JAMIE LYNN HENDRICKS
Deine dunkle Seite

Über die Autorin:

Jamie Lynn Hendricks war zwanzig Jahre in der Druckindustrie tätig, bevor sie sich dem Schreiben zuwandte. Mit dem Thriller FINDING TESSA gab sie 2021 ihr Debut. DEINE DUNKLE SEITE wurde als erstes ihrer Bücher ins Deutsche übersetzt. Sie lebt mit ihrem Mann und einem Hund in Florida.

JAMIE LYNN HENDRICKS

Deine
dunkle
Seite

THRILLER

Übersetzung aus dem amerikanischen
Englisch von Holger Hanowell

Lübbe

Vollständige Taschenbuchausgabe

Deutsche Erstausgabe

Für die Originalausgabe:
Copyright © 2023 by Jamie Lynn Hendricks
Titel der Originalausgabe: »I didn't do it«
Originalverlag: Scarlet, an Imprint of Penzler Publishers

Für die deutschsprachige Ausgabe:
Copyright © 2024 by Bastei Lübbe AG,
Schanzenstraße 6–20, 51063 Köln

Vervielfältigungen dieses Werkes für das Text- und
Data-Mining bleiben vorbehalten.

Textredaktion: Ralf Reiter
Umschlaggestaltung: Manuela Städele-Monverde
unter der Verwendung von Motiven von
© shutterstock: Kaspars Grinvalds | JuShoot
Satz: GGP Media GmbH, Pößneck
Gesetzt aus der Adobe Garamond
Druck und Verarbeitung: GGP Media GmbH, Pößneck

Printed in Germany
ISBN 978-3-404-19338-7

2   4   5   3   1

Sie finden uns im Internet unter luebbe.de
Bitte beachten Sie auch: lesejury.de

PROLOG

Donnerstagabend

Am Abend vor der Preisverleihung hätte Kristin Bailey ein Nervenbündel sein müssen. Stattdessen nippte sie gelassen an einem Glas Merlot und plauderte mit den anderen, die für den Thriller des Jahres nominiert waren. Sie stieß an mit Kevin Candela, Marco Crimmins und Larry Kuo, als könne sie nichts aus der Ruhe bringen. Die Einzige, die noch fehlte, war Vicky Overton, da ihr Flug von Florida Verspätung hatte.

»Und? Schon nervös wegen morgen?«, wollte Kevin wissen.

Kristin richtete das Stirnband zurecht, das sie immer trug, und schüttelte langsam den Kopf. »Wegen der Preisverleihung? Kein Stück. Aber morgen früh leite ich um halb acht das Panel *Trauma, Drama oder Vergeltung*.« Sie stöhnte bei der Uhrzeit. »Muss das so früh sein?«

Kevin lächelte. »Ich weiß. Ich nehme auch daran teil. Um drei Uhr halte ich dann einen Vortrag für *Große Leinwand oder Kleine Leinwand*.«

»Ich habe mir vorgenommen, zu allen Podiumsdiskussionen zu gehen. Es ist toll, dass in diesem Jahr so viele

Autorinnen und Autoren teilnehmen. Ich kann es kaum abwarten, die Leute persönlich kennenzulernen.«

Vor einigen Jahren war Kristin von Iowa nach New York gezogen, und in den nächsten Tagen veranstaltete ihre neue Heimatstadt für alle Bestseller-Autorinnen und -Autoren der *New York Times* und *USA Today* das Murderpalooza – *die* Thriller-Convention des Jahres.

Larry meldete sich zu Wort, starrte aber weiterhin auf sein Handy. »Auf Twitter meinen die Leute, Kevin ist ein sicherer Kandidat für den M-TOTY-Preis.« So nannten alle in der Branche den Thriller-of-the-Year-Preis des Murderpalooza.

»Sehe ich auch so. Dein Buch hat mir sehr gefallen, Kevin«, sagte Kristin. »Eure natürlich auch«, fügte sie hinzu, wobei sie erst Larry und dann Marco ansah. »Und Vickys. Es ist eine Ehre, nominiert zu werden.«

Das war die erforderliche Phrase, die Autorinnen und Autoren benutzten, wann immer sie für einen Preis im Gespräch waren. Zwei Jahre zuvor war Kristin mit dem Agatha Award ausgezeichnet worden. Und es stimmte, es war wirklich eine Ehre, nominiert zu werden. Sie hatte sich nie wohler gefühlt als unter ihresgleichen.

»Los, wir machen ein Foto von uns für Twitter. Alle Nominierten«, schlug Larry vor.

»Sollten wir nicht auf Vicky warten?«, meinte Kristin.

»Stimmt. Tja, wie auch immer, sie ist spät dran. Morgen können wir ja noch ein Foto machen.«

Kristin hatte kein gutes Gefühl dabei, und zwar gleich aus mehreren Gründen. Sie und Vicky hatten dieselbe Agentin, außerdem mochte sie Vicky, auch wenn die jüngsten Vorfälle vielleicht eine andere Geschichte erzählten. Doch das war ein Geheimnis, jedenfalls bisher.

Zu viert quetschten sie sich auf das Sofa für das Selfie. Larry postete das Foto, taggte alle und veröffentlichte es auf Book Twitter, wo alle, die an der Convention teilnahmen, während der nächsten zwei Tage dem Murderpalooza-Hashtag folgen würden.

Kristin schaute hinüber zur Bar und fing den Blick von Mike Brooks ein. Mike war einer ihrer besten Freunde in der Branche, aber das wussten nur wenige. An diesem Abend mussten sie sich aus dem Weg gehen. Denn schließlich wollten sie nicht, dass die Leute redeten. Er nickte ihr knapp zu, ehe er sich wieder seinem Begleiter zuwandte: Davis Walton. Kristin kannte Davis von einem Workshop für kreatives Schreiben aus dem Mittleren Westen. Sie beide hatten auch dieselbe Agentin. Allerdings sprach Kristin nur noch mit ihm, wenn es sich nicht vermeiden ließ. Seitdem Davis einen Verlagsvertrag hatte, war er ein völlig anderer Mensch. Sie verachtete ihn. Denn sie kannte sein wahres Ich.

Eine halbe Stunde später erhielt Kristin die SMS, auf die sie gewartet hatte, und wusste, dass sie in ihr Zimmer gehen und dort warten musste. Sie wollte gerade Schluss für heute machen, als Vicky Overton mit ihrem Freund hereinkam, einem freien Lektor namens Jim Russell. Sie sahen beide kaputt und geschafft aus – glasige Blicke, hängende Schultern. Kristin vermutete, dass es an den Verspätungen der langen Anreise lag, aber vielleicht steckte noch etwas anderes dahinter. Sie kannte Jim gut genug, um seine Mimik zu deuten.

Vicky hatte bereits eine Tragetasche voller Bücher dabei, und jetzt schien sie zu den Autorinnen und Autoren zu wollen, um die Bücher signieren zu lassen, denn, ja, Schreibende *fangirlen* sich gegenseitig. Jims und Kristins Blicke trafen sich, dann senkte er sofort den Kopf und starrte zu Boden. Kristin war sich sicher: Jim wollte nicht, dass Vicky mitbekam, wie dick befreundet sie waren. Die beiden begrüßten ein paar Leute, dann winkte Vicky Kristin zu und lächelte. Kristin schlug es auf den Magen.

Das Schuldgefühl.

Als Vicky und Jim die Hotelbar verließen, blieb Vicky noch kurz stehen, um mit einer jungen Frau zu sprechen, die sie offenbar kannte. Dann zeigte sie dieser jungen Frau, wo Kristin war, und als sich ihre Blicke trafen, verschlug es Kristin den Atem.

Oh nein! Sämtliche Panels, Preisverleihungen und Vorträge waren schlagartig vergessen. Ihre Stalkerin war hier. Und *das* machte Kristin echt nervös.

1. KAPITEL

Vicky Overton
Freitag, 11:30 Uhr

Es ist Freitagmittag, als ich beschließe, dass ich meine Agentin hasse. Da ich extra von Florida nach New York geflogen bin, um an dieser Convention teilzunehmen, hatte ich damit gerechnet, dass sie mich mit offenen Armen empfangen würde. Aber nein, Penelope Jacques kommt wie immer zu spät. Das ist jetzt schon das zweite Mal, dass ich ihr persönlich begegne, und wieder kommt sie zu spät. Es hätte mir eine Warnung sein müssen, aber ich war nun mal eine aufstrebende Schriftstellerin und habe in ihr meine Retterin gesehen. Nachdem ich nämlich über Jahre nur Absagen erhalten hatte, nahm ich das erstbeste Angebot an, das man mir machte. Nicht, dass sie allgemein eine schlechte Agentin wäre, sie ist einfach schlecht für mich.

In der Zwischenzeit habe ich ein kühles Glas Weißwein ausgetrunken und warte in dem Restaurant auf der Park Avenue auf unser Arbeitsgespräch beim Lunch. Ich rede bewusst von *Arbeit*, denn ich bin fest entschlossen, sie zu fragen, warum sie sich nicht richtig ins Zeug legt. Schließlich war mein Debütroman ein kleiner Erfolg. Er steht sogar auf der Liste für das heiß begehrte Murderpalooza, auf dem der Thriller des Jahres gewählt wird. Allerdings bin ich mir ziemlich sicher, dass mein Roman nicht gewinnt (»*aber es ist eine Ehre, nominiert zu werden*«). Und deshalb meinte Penelope, ich solle mich persönlich auf der Convention blicken lassen. Der Flug ist absetzbar, und die Convention bezahlt zwei Hotelübernachtungen für die Nominierten. Also ein Kurzurlaub für mich und meinen Freund – er hat darauf bestanden, mitzukommen. Er ist nämlich auch in der Branche, aber er bräuchte nicht an dieser Convention teilzunehmen.

Bislang hat Penelope überhaupt gar nichts mit meinem zweiten Manuskript angestellt, sie braucht Ewigkeiten, um auf meine E-Mails zu antworten. Das ist frustrierend, weil ich so eine prima Klientin bin – ich halte mich an die Deadlines, die sie mir setzt, ich beklage mich nicht. Inzwischen habe ich mein drittes Manuskript fertig, und sie hatte nicht mal Zeit, es zu lesen. Sie hat nicht mal auf meinen Entwurf für mein viertes Buch geantwortet, ich habe dann trotzdem angefangen, es zu schreiben, denn das tun Autorinnen eben. Wir können einfach nicht die Hände in den Schoß legen, wir drücken lieber die Tasten am Keyboard. Ich hoffe, dass es ihr gefällt und dass sie Zeit hat, es zu lesen, sobald es fertig ist.

Ich schaue auf meine Uhr. Eine Viertelstunde zu spät. Fast zwanzig Minuten. Mein Freund Jim möchte heute Nachmittag gern ein paar Touristensachen machen, und jetzt haben wir Zeitdruck. Ich weiß nur, dass ich gegen fünf Uhr wieder an der Hotelbar sein muss. Denn dort treffen sich die Autorinnen und Autoren auf ein entspanntes Gläschen nach all den Tagen, die mit Meetings und Panels angefüllt waren, ehe es mit den Verlagsleuten und Literaturagentinnen und Literaturagenten zum

Dinner geht. Jim meinte, er würde derweil die Zeit damit verbringen, mein drittes Manuskript Korrektur zu lesen, obwohl ich ihm schon jede überraschende Wendung erzählt habe, die darin vorkommt. Man kann sich wirklich nicht darauf verlassen, dass ich den Mund halte, wenn es um Plots und Geheimnisse geht. Ich bin dann immer so aufgeregt.

Endlich schneit Penelope herein. Ich schätze sie auf etwa vierzig, sie ist ziemlich groß, trägt eine schwarze Hose und ein zartrosafarbenes Seidentank, an dem man bereits die Schweißflecken erahnen kann. Sie streicht sich ihr langes dunkles Haar aus dem Nacken. Draußen ist es an die dreißig Grad, aber wenn man dreißig Junis in Florida verbracht hat, merkt man die Hitze kaum noch. Während sie sich dem Tisch nähert, fällt mir auf, dass ihr das Make-up im sommersprossigen Gesicht verläuft und auf ihren Wangen verschiedenfarbige Spuren hinterlässt.

»Meine Vicky!«, ruft sie übertrieben, lässt das Haar wieder in den Nacken fallen und kommt mir mit ausgebreiteten Armen entgegen. Als ich aufstehe, haucht sie mir Küsschen auf beide Wangen (sie ist ja schließlich Französin) und hängt dann ihre unverschämt lange Designer-Handtasche über die Stuhllehne. »Tut mir so leid, dass ich spät dran bin. Davis Waltons Filmagentin hat mich so lange am Telefon aufgehalten.«

Sie schnappt sich eine Cocktail-Serviette aus Papier und tupft sich den Schweiß aus dem Gesicht, während ich innerlich koche, dass ich so vollkommen uninteressant bin. Mein Debütroman hatte jede Menge Follower auf Instagram, trotzdem habe ich kein Angebot für eine Serie oder einen Film bekommen. Denn in diesem Jahr dreht sich alles um Davis Walton, von der Berichterstattung in der *New York Times* bis hin zu seinen ausgezeichneten Kritiken in den Fachzeitschriften und dem Abschluss eines Blockbuster-Filmvertrags. Das geht nun schon drei Monate so, dabei ist sein Buch noch gar nicht erschienen. Penelope hat sich nur auf das konzentriert, was mit Davis zu tun hatte, und da wundert es mich nicht, warum ich null Aufmerksamkeit bekomme. Sie hat eben ihre Lieblinge.

»Sie tragen das Haar anders«, bemerkt sie.

Es ist nicht mehr mausbraun – einer dieser Farb-Conditioner hat es ein bisschen dunkler gemacht, mit einem Touch Scharlachrot, fast Violett. Ich liebe es. Die kreative Ader in mir mag es, Grenzen auszutesten. Brünett, blond und rothaarig – das finde ich inzwischen alles langweilig.

»Wie läuft's bei Davis so?«, erkundige ich mich, weil ich eigentlich nichts gegen ihn habe. Wir folgen uns gegenseitig in den sozialen Medien und kaspern manchmal ein bisschen herum. In dieser Hinsicht sind wir Schreibenden großartig, ständig promoten wir uns gegenseitig. Ich freue mich schon, ihn heute Abend zu treffen; gestern Abend waren wir zu spät dran, um noch unter die Leute zu gehen. Unser Flug hatte über Stunden Verspätung wegen Unwettern in Tampa, und später benahm sich Jim seltsam und behauptete, er sei total müde von der Reise. Wir kamen an der Hotelbar vorbei, wo man alle antrifft, haben ein paar Leute begrüßt, und ich ließ mir ein paar Bücher signieren, aber damit hatte es sich dann auch schon. Eine halbe Stunde, wenn's hochkommt. Davis war dort, zusammen mit Mike Brooks und ein paar anderen Autorinnen und Autoren, aber sie waren von bewundernden Fans umschwärmt, deshalb wollte ich mich nicht aufdrängen.

Wie dem auch sei, es ist ja nicht Davis' Schuld, dass Penelope ihren Job nicht macht. Ich freue mich für ihn.

»Oh, Davis hat viel zu tun, ständig promotet er irgendetwas«, sagt Penelope. »Bee hat das ganze Marketing-Team für ihn engagiert.«

Bee Henry. Alle nennen sie Bee, denn – kein Witz – die Frau heißt in Wirklichkeit Banana Henry. Sie ist die Programmleiterin bei einem der größten Verlagshäuser. Bei der Akquise war sie so fasziniert von Davis' Roman, dass sie beim Bieten zu viel für seinen Vorschuss hingeblättert hat. Also ehrlich, wer bekommt für sein Debüt schon einen Vertrag über zwei Bücher und einen siebenstelligen Betrag? Bei meinem nächsten Vertrag will ich eine fünfstellige Summe aushandeln. Jetzt muss Bee zusehen, dass sie das Geld wieder reinkriegt, deshalb ist auch alles auf Davis ausgerichtet.

»Da wir gerade von Bee sprechen – haben Sie daran gedacht, ihr meinen zweiten Roman zu schicken?«, frage ich hoffnungsvoll.

Penelope hatte mein Debüt bei einem Boutique Publishing House untergebracht, und die wollten nur ein Buch – als Debüt war ich denen zu riskant. Sie nennen es »Boutique«, anstatt gleich zu sagen, dass sie weder eine Marketing- noch eine Werbeabteilung haben, also stehe ich ziemlich allein da. Jim hat mir ein bisschen Geld geliehen, auch wenn wir zu jener Zeit erst ein paar Monate zusammen waren. Ich nahm etwas von meinen Rücklagen und beauftragte eine Presseagentin, damit mein Buch Publicity bekam. Sie hat ihren Job ganz gut gemacht, und jetzt bin ich für den Heiligen-Gral-Preis hier beim Murderpalooza nominiert, obwohl meine Verkaufszahlen nicht gerade durch die Decke gegangen sind. Ich hoffe, dass der anhaltende Trubel rund um die Preisverleihung und mein Buch mich für jemanden wie Bee Henry und ihre überdimensionale Marketingabteilung attraktiv machen.

Da ich Penelope bisher nur einmal begegnet bin, kann ich ihre Mimik schlecht deuten, aber sie trommelt mit den Fingern auf den Tisch, winkt dann eine Bedienung zu sich und bestellt Wasser. Auf einer Gesichtshälfte ist ihr Selbstbräuner in der Hitze oxidiert, und jetzt sieht es so aus, als hätte sie Ausschlag.

»Ich habe Ihr zweites Manuskript schon an Bees Team geschickt, und sie haben es abgelehnt«, sagt sie.

Das ist mir neu. Wieso hat Penelope mir nicht erzählt, dass der größte Verlag dort draußen kein Interesse hat? Was hat sie eigentlich für Pläne mit mir? Ich hasse es, dass ich so denke: *eigentlich* für Pläne. Ich bin Schriftstellerin – eigentlich ist ein Füllwort und sollte gestrichen werden, aber jetzt im Ernst, wie sieht eigentlich ihr Plan aus? Außerdem, was konnte ich schon von jemandem erwarten, der Banana heißt? Mein leeres Weinglas verhöhnt mich, und plötzlich bin ich wie ausgedörrt.

»Tatsächlich«, fährt sie fort – *tatsächlich!* –, »habe ich es an verschiedene Verlage geschickt, und niemand will es haben. Wie wäre es, wenn wir es auf Eis legen? Schreiben Sie einfach ein neues Manuskript.«

Mir sinkt das Herz. Ich möchte ihr am liebsten sagen, dass diese Beziehung wohl nicht so gut funktioniert, aber ich halte erschrocken inne. Offensichtlich hat sie vergessen, dass ich erst kürzlich ein Manuskript fertiggestellt habe, außerdem hat sie meinen Entwurf für mein viertes Buch vergessen. Da sieht man, wie wenig ich ihr bedeute. Was fange ich jetzt mit den zwanzigtausend Wörtern an, die ich schon geschrieben habe? Nein, ich werde jetzt *nicht* in ihrem Beisein heulen, obwohl mir danach zumute ist.

Stattdessen sage ich: »Mir wäre es wirklich lieber gewesen, Sie hätten mir das früher gesagt.« *Wirklich* lieber. Wieder so ein Füllwort. Streichen! »Ich hätte einiges umschreiben können, ehe wir sämtliche Optionen verfallen lassen. Gibt es denn nicht irgendein Feedback aus dem Lektorat, mit dem ich arbeiten könnte?«

Ihre Augen werden schmal. »Ich denke, wir sollten eine andere Richtung einschlagen.«

Wir. Weil wir wieder Partner sind, nachdem sie mich über Monate ignoriert hat. Gott sei Dank, dass ihr Handy klingelt und die unaussprechliche Wut niederringt, die sich in meinem Bauch aufgestaut hat.

Sie blinzelt und sagt: »Da muss ich kurz rangehen, Sie verstehen.«

Vermutlich ist es Davis. Der Goldjunge.

Während sie das Gespräch entgegennimmt, greife ich auf die Gedankenliste meiner Ideen zurück, für den Fall, dass Penelope, die Zerstörerin meiner Träume, beschließt, als Nächstes mein Konzept für Buch Nr. 4 zu zerquetschen. Soll ich über die beste Freundin schreiben, die Geheimnisse hat? Über die Hochzeit, die nie stattfand? Den Ehemann, der seinen Geschäftspartner ermordet hat? Penelopes Miene nach zu urteilen, könnte man meinen, dass ihr jemand gesteckt hat, ihr Mann habe gerade seinen Geschäftspartner um die Ecke gebracht.

»Ich bin gleich da«, sagt sie leise und beendet das Gespräch. Ihre tränenfeuchten Augen sehen in meine Richtung. Sie öffnet den Mund, um etwas zu sagen, doch sie bringt kein Wort heraus. Sie blinzelt mehrmals hintereinander, als könne sie es nicht fassen, und sagt dann schließlich: »Kristin Bailey ist tot. Der Room Service hat sie in ihrem Hotelzimmer gefunden. Sie wurde erstochen.«

»Was?« Die einzige Reaktion, zu der ich fähig bin.

Kristin Bailey ist das weibliche Pendant zu Davis Walton, und das sage ich, obwohl er mehr Geld und mehr Aufmerksamkeit bekommen hat als jemand, der weitaus talentierter als er selbst war. Kristins Roman ist ebenfalls auf der Liste für den M-TOTY, und ich habe ein Vorab-Leseexemplar von Davis' Buch bekommen, das im Herbst erscheinen soll. Kein Vergleich, was den Schreibstil angeht – Kristin ist viel besser –, aber Davis ist nun mal ein Mann. *Hier, nimm einen Keks und einen Sack voller Geld, MISTER Ach-so-toll.*

Dennoch. Ermordet? Es fällt mir schwer, das zu begreifen. Warum sollte sie jemand töten wollen? Ich meine, abgesehen von mir. Okay, schlechter Scherz. Freundschaftlicher Wettbewerb und so weiter. Unsinn. Für uns Thrillerautoren ist das ein Motiv, oder etwa nicht?

Penelope schluchzt in ihre Stoffserviette. Kristin war schließlich auch eine ihrer Klientinnen. Ich weiß nicht, was ich sagen soll. Ich schiebe mein volles Wasserglas in ihre Richtung, sie schnappt es sich und nimmt einen Schluck, taucht dann einen Zipfel der Serviette ins Glas und tupft sich die Augen. Bei den Tränen und dem dicken Make-up wird alles nur noch schlimmer, aber das sage ich ihr natürlich nicht.

»Die Hotelleitung versucht, vorerst kein Wort darüber zu verlieren. Sie wollen nicht, dass Chaos auf der Convention ausbricht. Ich muss los. Wir besprechen das zu einem späteren Zeitpunkt, einverstanden?«, sagt Penelope und schiebt nach: »Ich muss sofort Davis informieren.«

Zu einem späteren Zeitpunkt? Tatsächlich wählt sie Davis' Nummer in meinem Beisein. Wieder *tatsächlich* – streichen! Ich bin extra wegen dieses Treffens und der Veranstaltung heute Abend hierhergeflogen. Der Rest des Nachmittags wird der reinste Wahnsinn sein. Kristin wurde in ihrem Zimmer ermordet. Ob ich überhaupt das Hotel betreten kann? Es ist ja jetzt ein Tatort.

Ich bekomme ein SMS-Signal, während Penelope sich die Tasche umhängt. Mein Handy liegt mit dem Display auf dem Tisch, also drehe ich es um und rechne mit einer Nachricht von Jim. Aber die SMS kommt von einer mir unbekannten Nummer.

Wusstest du, dass Kristin mit deinem Freund Jim geschlafen hat? Check seine SMS. Vielleicht bist du die Nächste.

2. KAPITEL

Davis Walton
Freitag, 11:30 Uhr

Was ist das für ein Lärm, verdammt? Ein Staubsauger? Ich drehe mich auf den Rücken, der Wecker zeigt halb zwölf an. Mittags oder nachts? Die Verdunkelungsrollos sind zugezogen. Moment. Es ist Mittag. Ich sehe einen Lichtschimmer.

Scheiße, ich habe fast bis mittags geschlafen. Wieder. Habe die Veranstaltungen am Morgen verpasst. Der Reinigungsservice zieht mit dem Staubsauger durch den Flur. Vielleicht sollte ich besser das *Bitte nicht stören*-Schild an die Tür hängen, weil ich vollkommen nackt bin. Habe ich natürlich gemacht. Ist ja nicht mein erstes Rodeo.

Neben mir ist das Bett leer, aber benutzt. Gestern Abend habe ich dieses Mädchen mitgenommen, oder? Ein echter Fehlgriff, aber sie – Janie? – hat sich mir ja geradezu an den Hals geschmissen. Es war unten an der Bar, nach den ersten Veranstaltungen. Nach dem gemeinsamen Dinner mit meiner Literaturagentin Penelope, meiner Filmagentin Susan, meinem Verleger Gary und meinem Presseagenten Billy. Sie alle kamen, um mich zu feiern – bei Steaks, die hundert Dollar kosteten. Wieso auch nicht? Ich bin es wert. Ich bin Davis Walton.

Als ich wieder im Hotel war, gönnte ich mir noch einen Schlummertrunk, *um gut schlafen zu können*. Was knockt mich besser aus als noch ein bisschen mehr Alkohol? Ich wollte mich auch mit ein paar anderen Schriftstellern austauschen, mit denen, die ich noch nicht persönlich kennengelernt habe. Ich weiß noch, dass Mike Brooks an der Bar Hof hielt. Wir kamen gut miteinander klar, hatte ich auch nicht anders erwartet. Ich habe versucht, nicht zu dick aufzutragen, während er mir die Ohren volljammerte, was alles bei ihm nicht geklappt hatte. Der Typ wurde schon als der nächste Lee Child gehandelt. War er ja auch – jedenfalls vor gut zehn Jahren. Vier fette *New York Times*-Bestseller. Damit war er wieder im Spiel nach der Jahrtausendwende. Sein fünfter Roman wurde verrissen. Mit den Büchern Nr. 6 bis Nr. 8 jagte er seiner Fangemeinde hinterher, aber er kam nie wieder an den Hype heran, der damals um seinen Namen gemacht wurde. Angeblich hat er ein neues Projekt mit einem Co-Autor, ist aber alles streng geheim. Ein Buch, mit dem er die Branche im Sturm erobern will.

Er sollte sich lieber auf weitere Misserfolge gefasst machen. Wahrscheinlich hat er die letzten Pressemitteilungen der Branche nicht gelesen, denn ich habe gerade einen Lauf.

Nach dem Bier genehmigten wir uns Tequila Shots, dann Scotch. Man kennt das ja: wenn schon, denn schon. Spätestens als ich mein Sakko ablegte und die Ärmel hochkrempelte, wollten alle auf der Convention ein Stück von mir abhaben. Andere Literaturagenten steckten mir heimlich ihre Visitenkarten zu, *für den Fall.* Mit gerade einmal dreiunddreißig bin ich der Star beim Murderpalooza.

Als dann dieses Mädchen mit ihrer Freundin auftauchte – gut möglich, dass sie Janie hieß –, konnte ich kaum noch die Augen offen halten. Ich erinnere mich, dass sie klein war, sie reichte mir gerade bis zur Schulter, dabei saß ich auf dem Barhocker. Sie hatte langes dunkles Haar, und sie war eher unauffällig – kann mich an nichts speziell erinnern, obwohl sie mir irgendwie bekannt vorkam. Man kennt sich eben in der Branche. Liegt an meinem Kater und dem leicht vernebelten Geist, dass ich mich an keine Details erinnern kann. Mike Brooks war da schon längst nach Hause gefahren, zu seinem Klotz am Bein in der Upper East Side, wo er wohnt, und Janie ergriff die Initiative (fuhr mir mit allen fünf Fingern durch mein dichtes Haar), also bin ich drauf angesprungen. Ihre Pitbull-Freundin mit dem Ehering, Connie, drängte sie mir regelrecht auf.

Ich bin clever genug zu wissen, was Janie wollte. Vor ihren Freundinnen prahlen. Wie sie den großen Star aus L.A. gevögelt hat. Ich kann mich zwar vor Angeboten kaum retten, aber ich schätze, sie hat mich überzeugt, und offenbar ist auch was gelaufen zwischen uns, obwohl ich mich nicht erinnern kann. Aber da liegen eine Kondompackung und ein verirrter Lippenstift auf dem Fußboden.

Um ehrlich zu sein, ich kann mich gar nicht erinnern, dass ich die Hotelbar verlassen habe. Ich hätte beide Frauen haben können letzte Nacht.

Mein Handy ist in meiner Hosentasche, und die Hose liegt direkt neben der Kondompackung, also stehe ich auf und ziehe das Handy heraus. Ich entsperre das Display und werde förmlich erschlagen von all den grünen Nachrichten. Schätze, ich werde mich wohl nie an die zahllosen SMS und verpassten Anrufe jeden Morgen gewöhnen. Es war gut, dass ich letztes Jahr von Illinois nach L.A. gezogen bin, perfekt getimt, da Penelope Jacques sich einen Monat später endlich auf meine E-Mails meldete und mein Buch vermarkten wollte. Sie hat mir große Sachen in Aussicht gestellt. Ihre Agentur ist die Topadresse, wenn es darum geht, Bücher zu verfilmen. Und die besitzen die Rechte. Bislang hat sie sich an die Vereinbarungen gehalten. Ich stehe im ›Buch des Monats September‹, sie hat das in Reeses Hände gelegt, hat ganzseitige Anzeigen in allen Fach- und Unterhaltungsmagazinen des Landes geschaltet. Damit nicht genug, denn auf allen Websites bin ich bei den mit Spannung erwarteten Veröffentlichungen an erster Stelle. Bisher haben drei ausländische Verlage angekündigt, das Buch zu übersetzen. Ich mache Penelope zu einer reichen Frau.

Während ich mir die Voicemails anhöre (irgendwelche Leute aus der Branche, die was von mir wollen, *Zeit für ein persönliches Gespräch*), ziehe ich die Rollos auf, und meine Pupillen verengen sich – wie ein Schwanz, der im kalten Wasser schrumpft. Autsch. Ich muss mehrmals blinzeln und suche nach meiner Sonnenbrille; sie liegt auf dem Nachttisch. Ich setze sie auf und schaue aus dem Fenster, die Straße liegt achtundvierzig Stockwerke unter mir. Mein Verleger hat die Penthouse-Suite für mich reserviert. Gott, jetzt stehe ich hier innen cool mit Sonnenbrille.

Aber es gibt ja noch die Welt da draußen, also sollte ich sie nutzen. Ich schnappe mir den Hotelkugelschreiber und den

Notizblock und öffne die Schiebetür zu meinem privaten Balkon. Im Grunde ist es eine Terrasse, rote und graue Backsteine mit Pflanzkübeln voller bunter Blumen. Zwei Liegestühle stehen am anderen Ende, direkt neben einer Minibar. Mein Blick fällt auf einen schmiedeeisernen Tisch mit vier Stühlen und Sonnenschirm, und ich rücke mir einen der Stühle zurecht, während ich eine Voicemail nach der anderen lösche. Erstaunlich, aber obwohl ich so hoch oben bin, kann ich immer noch die hupenden Autos hören. Weiß denn keiner in dieser Stadt, wie man fährt? Da sind mir ja der Verkehrsinfarkt und der Smog in L.A. noch lieber als dieser Lärm hier.

Wieder klingelt das Handy, während ich mir die Messages anhöre, und es ist Penelope. Ich lächle, ehe ich rangehe, damit sie mir die gute Laune gleich anmerkt. Wir Schriftsteller benutzen gerne eine Phrase, die nur auf Papier richtig zur Geltung kommt: *Er lächelte, aber dieses Lächeln erreichte seine Augen nicht.* Niemand denkt so oder spricht es laut aus. Nie. Ich sorge dafür, dass mein Lächeln meine Augen erreicht. Denn ich bin schließlich Mr. Nice Guy, *bescheiden*, so steht es jedenfalls im *Gentlemen's Quarterley*, und das bestätigen alle, mit denen ich zu tun habe.

»Hey, Penny, was gibt's?«

Den Spitznamen habe ich Penelope gleich bei unserem ersten Gespräch gegeben, und sie war so begeistert von mir, dass sie mir erlaubt, sie so zu nennen – aber nur mir.

Ich höre ein Schniefen. »Davis?«

Es klingt wie eine Frage. »Ja, ich bin's. Alles okay bei dir?«

»Nein. Kristin Bailey. Sie … man hat sie in ihrem Zimmer gefunden. Man hat auf sie eingestochen.«

»Was?« Ich gehe zu einem der Liegestühle und öffne die Minibar. Leer. Verdammt. Ich brauche einen Drink, um das zu überstehen. »Ach du Scheiße! Ist sie okay?«

»Sie ist tot, Davis.«

Alles Mögliche schwirrt mir im Augenblick durch den Kopf.

Ich bin aus dem Schneider.

»Oh mein Gott. Wo bist du?«

»Ich hatte mich früh zum Essen mit Vicky Overton getroffen, aber ich gehe jetzt. Ich fahre ins Hotel. Können wir uns in einer halben Stunde in der Nähe der Bar treffen? Aber sag noch niemandem etwas.«

»Auf keinen Fall. Kann ich noch irgendwas für dich tun?«

»Nein. Rede mit keinem von der Presse, falls du einen triffst. Warte, bis ich da bin.«

Sie hat das Gespräch beendet. Nicht mit der Presse reden? Das ist so, als würde man einem Politiker sagen, er solle keinen Tweet absetzen. Ich bin ein Naturtalent vor der Kamera.

Im Bad versuche ich wieder, das Licht anzumachen. Als ich gestern eincheckte, hatte ich keinen Schimmer, was ich tun sollte. Wieso leuchtete das Display eines iPad, das an der Wand hängt? Natürlich bin ich mit iPads vertraut, aber im Dunkeln kapiere ich nicht, was die Icons bedeuten, und seit wann gibt es keine Lichtschalter mehr? Als alles eingeschaltet ist, springe ich in die Dusche, um mir den Geruch von Alkohol und Janie aus den Poren zu waschen, aber die ganze Zeit muss ich an die Versprechen denken, die Kristin Bailey und ich uns gegeben haben. Heißt das jetzt, dass ich nicht mehr zu liefern brauche? Zugegeben, dass sie aus dem Rennen ist, ist nicht das Schlechteste für mich, es sei denn, sie hat irgendjemandem erzählt, was sie wusste.

Ein Handtuch um meine nasse untere Hälfte geschlagen, wische ich über den beschlagenen Spiegel, schnappe mir wieder mein Handy und fange an, die Nachrichten zu durchforsten. Diejenigen, die von fremden Nummern kommen, fangen immer an mit »Hi, hier ist Soundso, wir haben uns bei Soundso getroffen.« Als ich eine Nachricht von einem unbekannten Absender sehe, die nicht so anfängt, macht mich das neugierig.

Da steht nur:

Ich weiß von deinem Deal mit Kristin. Vielleicht bist du der Nächste.

3. KAPITEL

Mike Brooks
Freitag, 12:00 Uhr

Und wann kommst du zurück?«, fragt mich meine Frau Nicole.

Ich schlüpfe in mein Sportsakko, obwohl es draußen verdammt heiß ist, aber Nicole hat die Fenster zugemacht. Sie lebt schon ihr ganzes Leben in New York – ist hier geboren und aufgewachsen –, und eigentlich mag sie frische Luft und Autohupen. Wenn Nicole also alle Fenster schließt, dann versucht sie, die kühle Luft innen zu behalten, was wiederum bedeutet, dass die Hitze draußen unerträglich sein muss. Wir haben einzelne kleine Klimaanlagen in jedem Zimmer unseres klassischen Sechs-Raum-Apartments, das noch von vor dem Krieg stammt. Nicole bearbeitet mich schon lange, in ein schickes neues Gebäude mit zentraler Klimaanlage umzuziehen, aber ich mag den alten Stil. Bei dem Wort »alt« zucke ich ein bisschen zusammen, sehe ich doch, dass mein dunkles Haar in letzter Zeit ganz schön grau geworden ist. Meine Hose sitzt gefühlt jeden Tag ein bisschen strammer. Auf die Fünfzig zuzugehen ist kein Spaß.

»Ist nur zum Lunch mit Vita«, sage ich.

»Hm«, macht sie, ehe sie hinzufügt: »Bin überrascht, dass sie dich noch nicht fallen gelassen hat.« Sie sagt das halblaut vor sich hin, aber ich höre es trotzdem. Ich nehme ihr nicht übel, dass sie mir seit gut fünf Jahren mit solchen Spitzfindigkeiten kommt.

Klar, sie hat mich vor zehn Jahren geheiratet, als ich auf dem Höhepunkt meines Ruhmes war. Ich war siebenunddreißig und arbeitete gerade an meinem vierten *New York Times*-Bestseller – einer wurde sogar verfilmt.

Vier Bücher und zehn Jahre später habe ich keinen Hit mehr gelandet. Da ich gerade davon spreche, mit meinem jüngsten Projekt werde ich mich zurück ins Rampenlicht kämpfen. Ich verfolge nämlich einen Ansatz, der sehr avantgardistisch ist, gemeinsam mit einem Co-Autor, der streng geheim bleibt. Ich habe über fünfzigtausend Fans da draußen, die meinen Newsletter abonniert haben und alles Mögliche spekulieren, aber bislang weiß niemand, wer dieser Co-Autor ist. Nicht einmal meine Frau. Meine Agentin Vita Gallo hatte Leseproben per E-Mail an Lektorate geschickt, um Interesse zu wecken, kaum dass ich ihr mein Manuskript überlassen hatte.

»Vita glaubt eben noch an mich. Sie hat für die nächsten Tage Treffen mit einer Reihe von Verlegern vereinbart, um zu versuchen, mein neues Buch persönlich an den Mann oder die Frau zu bringen. Diese Convention ist eine gute Sache.«

Nicole steht vorm Spiegel und fährt sich mit beiden Händen durch ihr gebleichtes Haar, dann bringt sie ihr chirurgisch vergrößertes Geschenk zum Vierzigsten unter ihrem Kleid zur Geltung – sie hatte unsere Zwillinge mit fünfunddreißig bekommen und wollte mit vierzig ein Lifting, aber irgendwie ist daraus Körbchengröße D geworden. Zufrieden mit sich, sitzt sie auf der Bettkante und zieht High Heels an, weil sie eine Freundin zum Lunch trifft.

»Wirst du Vita verraten, wer dein geheimnisvoller Co-Autor ist?«, fragt sie, steht dann auf, kehrt mir den Rücken zu und hebt das Haar im Nacken an.

»Nein.« Ich mache den Reißverschluss ihrer roten Structured Blouse zu. »Ich habe dir ja schon gesagt, dass das absichtlich geheim ist. Die Leute überschlagen sich mit ihren Mutmaßungen. Der andere Autor möchte aber nicht, dass man weiß, wer er oder sie ist.«

»Es soll keiner wissen, oder will dieser Jemand sich nicht an die Titanic ketten?« Sie zieht eine perfekt gezupfte Braue hoch.

Ja, ich weiß, ich sinke schneller auf den Meeresgrund als dieses milliardenschwere blaue Diamantencollier.

»Tut mir leid«, sagt sie schnell und fasst sich an die Frisur. »In letzter Zeit ist alles wie eine Achterbahnfahrt, und ich komme mir ein bisschen vernachlässigt vor. Du arbeitest jetzt seit einem Jahr daran. Außerdem ging es mir nicht gerade gut. Aber ich will das nicht an dir auslassen.«

Als ich Nicole kennenlernte, war ich dreiunddreißig. Sie war die Begleitung eines Gasts auf meiner Party anlässlich der Veröffentlichung meines dritten Buchs, damals schrieb sie noch für *The Atlantic*, nachdem sie es mit ihrem eigenen Roman aufgegeben hatte. Sie bahnte sich ihren Weg zu mir, und sie fiel mir sofort auf. Es lag an ihrer perfekten, ebenmäßigen Nase. Eine solche Nase haben Schönheitschirurgen bestimmt als Anschauungsobjekt für »danach.« Und ihre Nase war natürlich.

Ich musste daran denken, wie gut wir zwei auf Fotos aussehen würden.

Klar, so narzisstisch können nur Autoren denken. Alles dreht sich um uns, und in Wirklichkeit – die Erfahrung habe ich gemacht – ist niemand mehr mit uns beschäftigt als wir selbst. Leserrezensionen im Netz? Jeder übergeht sie, nur wir sind wie besessen davon. Kritiken in Fachzeitschriften? Wir schauen immer zuerst nach unserem Namen – ich weiß gar nicht, wann ich zuletzt eine Fachzeitschrift oder ein Feuilleton gelesen habe, weil ich wissen wollte, was die Kritiker über *andere* Schriftsteller schreiben.

Während der letzten fünf Jahre habe ich mit meiner lahmen Detective-Crime-Drama-Leserschaft zu kämpfen, dabei scheint es sich bei den meisten Bestsellern um grelle kommerzielle Strandlektüre-Thriller mit zig überraschenden Wendungen zu handeln. Mein langjähriger Verleger hat mich letztes Jahr fallen gelassen, nach acht Büchern. Vita hatte mich gebeten, ich solle endlich sagen, wer mein geheimer Co-Autor ist, damit sie es potenziellen Verlegern und dem Rest der Literaturwelt erzählen kann.

Kein Stück. Ich habe eine Vertraulichkeitsvereinbarung unterschrieben. Selbst Nicole weiß nicht, mit wem ich den Großteil des Jahres meine Abende verbracht habe.

»Ich weiß, Honey, und es tut mir leid, dass dieses Buch so viel meiner Zeit geraubt hat. Aber es kommen bessere Zeiten. Vita glaubt an mich«, wiederhole ich mich.

Nicole steht vor dem Spiegel und trägt Lipgloss auf, presst kurz die Lippen aufeinander, verzieht den Mund zu einem Lächeln und fährt mit dem Zeigefinger über ihre Zähne, wie ein Junkie, der die Qualität von Kokain überprüft. Sie hört mir gar nicht zu. Und ich kann es ihr kaum verübeln. In letzter Zeit bin ich ein solcher Langweiler gewesen, in diesem Jahr habe ich mich in einen alten Mann verwandelt: Ich werde demnächst achtundvierzig, Nicole ist gerade erst einundvierzig geworden. Für mich heißt es immer Dinner um sechs und ab ins Bett um acht Uhr. Natürlich nur, wenn ich zu Hause bin.

»Oh, ehe ich gehe, wie lief es denn gestern Abend?«, erkundigt sie sich schließlich, offenbar interessiert. Ich hatte ihr eine Nachricht geschickt, dass ich mich mit Davis Walton treffe, dem Alleskönner. Dem Wunderkind, dem alle nacheifern.

So, wie ich früher mal war.

»Ganz gut«, antworte ich. »Davis ist noch geblieben, als ich gegangen bin. Er hatte Spaß, war umgeben von Frauen.«

Davis ist ein verdammter Schürzenjäger, wenn man den Kommentaren auf den Websites und den Flüsternetzwerken Glauben schenken darf.

Mich hat seit zehn Jahren keine mehr angemacht. So ist das eben bei abgehalfterten Typen wie mir.

Aber da war dieses eine Mal …

»Schätze, die haben ihn nicht in Ruhe gelassen. Muss nett sein, so jung zu sein.« Sie grinst.

Treffer – versenkt.

»Ich muss jetzt los, ich bin mit Donna verabredet«, sagt Nicole. »Die Kinder kommen gegen halb sechs aus dem Camp zurück, und Janina ist dann nachher hier, um sie in Empfang zu nehmen, falls ich später komme. Du bist wahrscheinlich auch wieder spät zu Hause, oder?«

Was würden wir ohne unsere Gelegenheits-Nanny Janina machen? Ich nicke. »Lunch mit Vita, dann schaue ich mir ein paar der Podiumsdiskussionen an und treffe mich mit den anderen an der Bar, ehe wir noch einen Happen essen vor der eigentlichen Preisverleihung. Ich habe mit Suzanne Shih und Dustin Feeney gechattet. Beide sind Klienten von Vita, daher haben wir Pläne geschmiedet.«

Sie sieht mich aus leicht verengten Augen an. »Von Dustin habe ich schon mal gehört. Aber wer ist Suzanne Shih?«

Ich meide ihren Blick. »Neu. Jung. Vita hat sie vor etwa fünf Monaten unter Vertrag genommen, ich bin ihr nur einmal begegnet. Ich glaube, sie sind mit dem Lektorat fertig, und Vita ist dabei, ihr Buch auf den Markt zu bringen. Ich habe das Manuskript gelesen. Es ist gut.«

Es ist gut. Es wird diese Woche auf der Convention einschlagen. Alle mögen diese spritzigen *Freunde-mit-brennenden-Geheimnissen-die-das-Leben-aller-ruinieren*-Romane. Hoffentlich gibt es da draußen noch einen Verleger, der alte weiße rauchende Männer in Trenchcoats und Fedora-Hüten mag, die dabei sind, Mafiaverbrechen aufzuklären.

Nein. Das war der Stoff meiner alten Romane. Mein neues Projekt ist der schillernde neue Kram, den alle lesen wollen.

Mein Handy klingelt. Vita.

Ich halte in Nicoles Beisein einen Zeigefinger hoch, als wäre ich eine gefragte Person, die einen Augenblick der Ruhe für einen superwichtigen Anruf braucht. »Hey, Vita, bin auf dem Sprung«, sage ich.

Ihr italienischer Akzent dröhnt durch mein Handy. »Nein, nein, komm nicht!«

Heilige Scheiße. Sie lässt mich fallen. Meine Karriere ist zu Ende. Offenbar sieht man mir meine Panik an, denn Nicole fragt mit stummen Lippenbewegungen: *Was?* Schätze, sie hat gesehen, wie mir die Farbe aus dem Gesicht gewichen ist. Ich konnte es jedenfalls spüren.

»Es hat einen Mord gegeben«, erzählt Vita weiter. »Kristin Bailey. *E morta.* Sie ist tot. Sie haben sie in ihrem Zimmer gefunden. Erstochen.«

Ein hoher durchdringender Ton geht durch meinen Kopf, wie ein Feedback am Mikrofon, und ich habe das Gefühl, dass mein Gehirn in zwei Hälften zerfällt. Kristin Bailey ist tot. Sie war meine Freundin. »Ich muss zum Hotel. Wir sehen uns da. Heilige Scheiße.«

»Sag niemandem was. Das Hotel will die Sache noch geheim halten, aber es ist schon auf Twitter.«

Twitter. Der Fluch jedes Schriftstellers. »Wir sehen uns.«

Ich beende das Gespräch und lasse das Smartphone in meine Sakkotasche gleiten. Unglaube erfasst mich, und ich stelle mir ihr Gesicht vor. Ihr Lächeln. Die Konzentration. Vertieft in Arbeit. Zwei aufgeklappte Laptops, ein Stapel Notizbücher mit handgeschriebenen Notizen, daneben ausgedruckte Seiten, damit sie ihren Plot strukturieren konnte. Sie strahlte eine irre Ruhe aus, die sich auf alle übertrug, die sie kannte. Sie hatte eine farbige Mutter, ihr Vater stammte aus Brasilien – sie war eine echte Schönheit. Ihre natürlichen Locken hatte sie immer mit einem Tuch gebändigt, die kleinen weißen Kragenhemden steckte sie in die Hose. Slipper. Immer adrett. Ich kenne niemanden, der sie nicht mochte.

Aber jemand hat sie umgebracht. Kristin Bailey ist tot.

Ich wiederhole das in Gedanken. *Kristin Bailey ist tot.* Das kann doch nicht wahr sein!

Ich liebte sie, aber nicht in romantischer Hinsicht. Sie war ein großartiger Mensch und eine verdammt gute Autorin. Sie war meine Freundin, und jetzt ist sie nicht mehr da. Ich schwöre, dass mir all das als Erstes durch den Kopf geht. Dann erst kommt der selbstsüchtige Teil: Werde ich überhaupt noch imstande sein, dieses Buch zu verkaufen – unter meinem Namen – jetzt, da meine geheime Co-Autorin ermordet worden ist?

Ich bekomme eine Nachricht, als ich zur Haustür gehe. Ich hole das Smartphone aus meiner Jacke. Die Nummer ist mir nicht bekannt, und ich ahne, dass ich wieder erbleiche.

Ich weiß, dass ihr das Buch gemeinsam geschrieben habt. Wie passend für dich. Vielleicht bist du der Nächste.

4. KAPITEL

Suzanne Shih
Freitag, 12:00 Uhr

Wisch mir einer das Lächeln aus dem Gesicht. Nur zu! Als ich zusammen mit den anderen der schreibenden Zunft auf die Tür zuhalte, kann ich nicht glauben, dass ich hier bin. Ich kann nicht glauben, dass ich heute Morgen mit *meiner Agentin* Vita gefrühstückt habe. Gott sei Dank, dass wir woanders essen waren, ich habe nämlich gehört, dass die Eier beim Büfett kalt und gummiartig sind und sowieso um acht Uhr schon weg sind. Ich kann nicht glauben, dass ich auf dem Murderpalooza bin und dass *meine Agentin* sich mit waschechten Verlegern aus New York über mein Buch unterhalten wird! Ich werde berühmt. Bin berühmt. Das wollte ich immer schon sein.

Meine Freunde im beschaulichen New Jersey konnten es gestern Abend nicht fassen, als sie auf den Fotos, die ich ihnen schickte, sahen, mit wem ich an der Hotelbar abhing. Okay, ich habe nicht wirklich mit ihnen abgehangen, aber sie waren alle da. Oh mein Gott, Davis Walton! Mike Brooks! Meine Lieblingsautorin Kristin Bailey war auch dort, aber ich hatte keine Gelegenheit, mich ihr vorzustellen. Vicky Overton kam mit einem Typen, der vermutlich ihr Freund ist. Ich bin fast in Ohnmacht gefallen, als sie mich ansprach, sie meinte sogar, wir würden uns heute auf einen Drink treffen, wenn alle später am Abend zurückkommen. Ihr könnt mir glauben, dass ich das in den Social Media verbreite. Die meisten meiner Freunde sind noch auf der Hochschule oder machen irgendwelche Einsteigerjobs, aber ich werde bald eine Autorin sein, die ihr Buch veröffentlicht, auf du und du mit der gesamten Mystery/Suspense/Thriller-Riege von Barnes & Noble. Und das alles, obwohl ich nächsten Monat erst vierundzwanzig werde!

Ich komme gerade von dem Panel *Showing vs. Telling*, das die Convention veranstaltet. Das war wieder so ein Event, bei dem ich nicht still sitzen konnte, weil ich voller Aufregung verfolgte, welche Autorinnen und Autoren da zu Wort kamen und welche Leute um mich herum im Publikum saßen. Leibhaftig. Wenn ich sage, dass ich diese Autorinnen und Autoren vergöttere, dann ist das noch untertrieben.

Meine Schulter tut weh von der Tragetasche mit all den Büchern, die ich seit heute Morgen mit mir herumschleppe. Habe ich wirklich zwölf Hardcover-Neuerscheinungen mit der Kreditkarte meiner Eltern bezahlt? Ja, habe ich. Eines Tages wird jemand genauso aufgeregt sein, meine Bücher mit sich herumzuschleppen. Wenn ich berühmt bin.

»Tolle Strähnchen«, sagt eine junge Frau zu mir, als wir beide den Konferenzraum verlassen, dann lächelt sie und streckt mir ihre Hand entgegen. »Hi, ich bin Tara Kretz. Bist du zum ersten Mal hier?«

»Hi, danke! Ja, erstes Mal für mich. Suzanne Shih.«

»Nett, dich kennenzulernen.«

Ich schüttele ihr die Hand, berühre dann unbewusst die pinken Strähnchen, die ich mir kürzlich in mein langes glattes schwarzes Haar habe machen lassen. Meine Mutter hätte mich am liebsten gekillt, als ich vom Friseursalon zurückkam. Meine Eltern sind so »traditionell«. Aber ich bin Künstlerin. Schreiben ist Kunst. Ich lasse mich viel von meinem So-gut-wie-Freund Constantine inspirieren. Wir sind erst seit ein paar Wochen zusammen. Er hat die Schule geschmissen und spielt in einer Band – meine Eltern werden auf der Stelle tot umfallen, wenn sie ihn kennenlernen, mit seinem gebleichten Haar, den Piercings und Tattoos an den Unterarmen.

Außerdem hat hier die Hälfte der Leute einen Regenbogen-Haar-Look. Leute wie ich. Allerdings habe ich mich dazu durchgerungen, mich etwas konservativer zu kleiden, nicht wie sonst im Punk-Rock-Style. Normalerweise komme ich in zerrissenen Jeans, Leder und Spitze, aber heute trage ich ein schwarzes Kleid mit kurzen Ärmeln – und mit Taschen. Der Heilige Gral der Frauenwelt.

»Wie hat dir die Diskussion gefallen? Ganz spannend, oder? Hast du eine Agentur?«, will Tara wissen.

Ja, habe ich. Das ist *so* cool. »Ja, ich habe erst kürzlich bei Vita Gallo unterschrieben. Sie schickt mein Manuskript bald an die Verlage. Für heute hat sie einige Meetings vereinbart. Das ist so nervenaufreibend.«

Tara nickt, und ihre rotblonden, nicht regenbogen-gestylten Locken passen perfekt zu ihrem pfirsichfarbenen Teint. Vermutlich ist sie nur ein paar Jahre älter als ich. Definitiv keine dreißig. Sie trägt einen schwarzen Rock, ein Tanktop und einen Blazer, den ich auch gerne hätte, weil es hier drin saukalt ist.

Ich schätze sie als ruhig und nett ein. »Prima. Ich bin bei Jeff O'Malley unter Vertrag. Wir haben erst letzte Woche einen Deal mit Bee Henrys Team ausgehandelt. Angela Rivera wird den Text überarbeiten.«

Ich habe Angelas Namen in den Danksagungen von mindestens einem halben Dutzend Büchern gesehen, die ich gelesen habe. »Dann bist du ja in guten Händen.« Gott, ich glaube, ich würde sterben vor Glück, wenn Bee Henry mein Buch kaufen würde.

Tara schaut auf ihre Uhr. »Hast du Hunger? Habe gehört, dass sie oben in der Bar gute Tapas haben.«

Obwohl er selbst ein launischer Rocker ist, sagt Constantine immer, ich sei »kaugummi-fröhlich«, und meint, es würde besser zu meinem Typ passen, wenn ich pinkfarbenes Zeug mit Rüschen tragen würde, was auch immer das heißen soll. Würde ich dann nicht so aussehen wie eine Kaugummi-Packung mit Bazooka Joe? Ich gebe zu, meine Wangen tun weh von dem Dauerlächeln, das ich seit heute Morgen aufsetze, und jetzt geht's mit einer Freundin zum Lunch.

Wisch mir einer das Lächeln aus dem Gesicht. Nur zu!

»Klingt großartig!« Ich muss mir abgewöhnen, so zu sprechen, als gäbe es immer ein Ausrufezeichen am Ende. Aber wie gesagt, ich kann nichts dafür. Kaugummi-fröhlich. »Denkst du, ich habe noch kurz Zeit, diese Tasche schnell auf mein Zimmer zu bringen? Ich schleppe sie schon seit mehr als drei Stunden mit mir herum.«

Tara holt zwei Bücher aus ihrer Handtasche. »Die sind von der *New York Times*-Liste der letzten Woche. Werden auch nicht leichter mit der Zeit.« Sie lacht.

Nur zwei Bücher? Sie hat nicht das Zeug dazu, berühmt zu werden.

Die Stimmung verändert sich, sobald wir den notdürftigen Lobby-Bereich betreten. Leute stehen herum, und alle haben ihre Tragetaschen mit Büchern vollgestopft. Einige haben sogar kleine Trolleys mit Büchern. Doch wo bis eben die ganze Zeit wild geplaudert wurde, verstummen die Leute reihum und machen *Pssst! Leise!* Und da fordert jemand alle mit strenger Stimme auf, nicht stehen zu bleiben, sondern sich links zu halten, die Treppe hinauf in Richtung große Lobby. Soll mir recht sein, denn da wollen wir ja sowieso hin. Als die Menge sich teilt, sehe ich etliche Polizeibeamte in Uniform.

Oh. Ich verdränge das Gefühl, dass sie auf der Suche nach mir sind, und drücke meine große Ledertasche enger an meinen Leib.

»Was ist hier nur los?«, wispert Tara, und zwischen ihren Augenbrauen bildet sich eine Falte. Ob sie doch älter als dreißig ist?

Ich zucke mit den Schultern. *Bitte mach, dass es hier nicht um mich geht und um das, was heute Morgen passiert ist.*

Das Stimmengewirr wird allmählich wieder lauter, eine Mischung aus Erstaunen und Panik. Einige Leute halten sich vor Schreck eine Hand vor den Mund, während sie auf ihre Handys starren; andere fassen sich ergriffen an die Herzgegend. Die Stimmen werden lauter. Jemand schreit *Oh mein Gott!*

»Was ist passiert?«, frage ich einen Mann neben mir. Moment, das ist nicht irgendjemand, das ist ja Kevin Candela! Ich habe zwei seiner Bücher gelesen, und er wird für den M-TOTY-Preis heute Abend gehandelt. Allerdings ist der Zeitpunkt fürs

Fangirling unpassend, weil offenbar irgendwas Schlimmes passiert ist.

Er wendet sich mir zu, Schweißperlen auf der Stirn. »Ich kann nicht glauben, dass das wahr ist, aber auf Twitter heißt es, Kristin Bailey ist tot.« Zuerst kapiere ich nicht, was er zu mir sagt, weil *oh mein Gott* Kevin Candela spricht mit mir! Und dann ... was?

»Tot?«, ruft Tara. »Ach du verdammte Scheiße!«

So viel dazu, dass ich sie als ruhig und nett einschätze.

Zumindest weiß ich jetzt, was es mit dem ganzen Trubel auf sich hat. Es geht gar nicht um mich. Mist.

Dann passiert das, was man nicht wahrhaben will. Die Fahrstuhltüren gehen auf, und umgeben von vier uniformierten Männern und einem Mann, auf dessen Jacke *Coroner* zu lesen ist, steht eine fahrbare Trage. Die Leute halten vor Schreck den Atem an, jemand zeigt auf die Trage und ruft etwas. Aber dort wird niemand mit Sauerstoffmaske auf der Trage zu einem Krankenwagen gebracht. Nein, es ist ein geschlossener Leichensack, der zu einem wartenden Van geschoben wird.

Weil ich befürchte, dass mir übel wird, halte ich mir eine Hand vor den Mund. Nicht Kristin. Bitte, nein!

Bestimmt sieht es komisch aus, wie ich dastehe und eine Hand in meine Tragetasche gleiten lasse. Von zu Hause habe ich drei Taschenbücher von Kristin Bailey mitgebracht, die ich mir von ihr signieren lassen wollte. Mein Idol ... ist tot ... und liegt in einem Sack. Ich will nicht wahrhaben, dass das geschieht. Sie starb in dem Glauben, dass ich verrückt bin. Bin ich aber nicht. Ich konnte es nicht klarstellen, und jetzt wird sie nie mehr meine Bücher signieren.

In der erschrockenen Menge fangen einige an zu weinen. Ich habe Kristin nicht persönlich kennengelernt, auch wenn ich mir das immer gewünscht habe, zumal wir uns per E-Mail ausgetauscht haben. Ich dachte, ich würde sie an diesem Abend in entspannter Atmosphäre mit ein paar anderen Autorinnen und Autoren treffen, dann könnte sie sehen, wie *normal* ich ticke, aber dazu wird es wohl nicht mehr kommen, oder?

Schlimmer noch, denn ich weiß, dass man mich mit Fragen löchern wird. Berühmt werden hatte ich mir anders vorgestellt. Das Smartphone vibriert in meiner Handtasche. Das rüttelt mich wach, und ich versuche, unbemerkt in die Tasche zu greifen, damit niemand meinen Kristin-Fanclub sieht. Ich blicke auf das Display. Eine Nachricht von einer mir unbekannten Nummer, und als ich sie lese, bleibt mir fast das Herz stehen.

Ich weiß, dass du Kristin gestalkt hast. Weiß das sonst noch jemand? Vielleicht bist du die Nächste.

5. KAPITEL

Vicky Overton
Freitag, 12:00 Uhr

Als Penelope mir hier gegenübersaß, hastig Wasser trank und heulte, schrieb ich unter dem Tisch *???* zurück an die unbekannte Nummer, die mir erzählen will, dass Jim mich mit einer Toten betrogen hat und dass ich vielleicht die Nächste bin. Ich wollte nicht, dass Penelope meine zittrigen Finger sieht. Ich hoffe, meine Reaktion war angemessen, denn ich tat genau das, was meine Charaktere immer machen, wenn sie eine furchtbare Nachricht erhalten. Die Hand vorm Mund, die weit aufgerissenen Augen, das *Oh mein Gott*. Sie ist ja schließlich Literaturagentin, keine Psychologin. Sie würde nie bemerken, dass ich das vorgetäuscht habe, aber gemischte Gefühle sind eine Untertreibung, wenn die Nachricht wahr ist, die ich gerade bekommen habe. Kristin und Jim? Ich kann ihn schlecht beschuldigen, ehe ich nicht weiß, was da läuft.

Mein Display leuchtet auf, und meine Nachricht kommt als unzustellbar zurück. Wer hat sie mir geschickt, verdammt? Penelope hatte sich verspätet und ist dann abgehauen, bevor wir zu dem kommen konnten, was ich mit ihr besprechen wollte. Anstatt sich mit mir zum Lunch zu verabreden, hat sie in meinem Beisein Davis angerufen und ihn gebeten, sich mit ihr an der Bar zu treffen. Sie hat mir sogar die Rechnung aufgehalst – *sogar* streichen! – über mein einsames Glas Wein. Tja, okay, ich will ehrlich sein, ich habe mir noch eins bestellt und die Rechnung beglichen. Wie sie sagen würde: *C'est la vie!*

Nachdem ich die Rechnung bezahlt habe, schicke ich Jim eine Nachricht. Ich muss mir das erst mal durch den Kopf gehen lassen und dann einen Blick auf sein Handy werfen. Ich lasse ihn wissen, dass es hier einen Notfall gab, dass Penelope wieder weg ist und ich den Rest des Tages frei habe. Ich nenne ihm die Details erst dann, wenn er vor mir steht, denn seine Reaktion wird mir Stoff für die Bücher der nächsten Jahre geben: *Ich wusste, dass er es nur vortäuschte, denn ich konnte ihm das Schuldgefühl am Gesicht ablesen; das kurze Luftholen, das verzögerte Blinzeln ...* Er schreibt sofort zurück und sagt, ich solle bleiben, wo ich bin. Er will sich mit mir zum Essen treffen, da er gerade nichts anderes zu tun hat.

Klar. Seine Geliebte ist tot.

Er fragt, wo wir uns treffen, und ich nenne ihm die Straßenkreuzung. Die Kundschaft um mich herum sieht aus wie die typischen Power-Lunch-Leute mit Oberhemden und langen Hosen und »Lassen Sie uns später noch einmal darauf zurückkommen«-Gerede. Ich merke, dass ich unabsichtlich bei einigen Unterhaltungen lausche und mich frage, ob irgendjemand von der Convention hier ist. Kristins Name wird nicht erwähnt, deshalb gehe ich davon aus, dass hier nur Banker, Anwälte und Werbefachleute sitzen. Als ich endlich die Aufmerksamkeit des Kellners habe, entschuldige ich mich dafür, dass ich die Rechnung schon so schnell beglichen habe, und bitte ihn, eine neue Bestellung aufzunehmen, als Jim herein-kommt. Man erkennt ihn sofort, insbesondere in der Stadt. Liegt wahrscheinlich daran, wie er sich kleidet. Mit seinen Adidas-Flip-Flops und dem bescheuerten Cap schreit er gera-dezu in die Welt hinaus: *Ich komme aus Florida!* Ich schrumpfe etwas auf dem Stuhl zusammen.

Jim ist immer supergebräunt – *super* – streichen! Das dunkle Haar, das unter dem Cap hervorlugt, kräuselt sich, vermutlich von der Luftfeuchtigkeit, denn so ist es die meiste Zeit über daheim in Florida. Mit seiner sonnengebräunten Haut und den erschreckend blauen Augen ist er ein echter Hingucker. War er immer schon.

Jim entdeckt mich und winkt mir zu, als wäre er neun Jahre alt und hätte soeben Mickey neben Donald Duck ent-deckt. Dann kommt er in meine Richtung. Als er näher kommt, kann ich das Logo auf seinem Cap lesen: Tampa Bay Lightning. Will er uns umbringen, hier in der Heimatstadt der New York Rangers? Meine Knöchel treten weiß hervor vor Wut, weil ich das Weinglas so fest umklammere, und ich muss mich beherrschen, damit ich es nicht auf ihn schmeiße, auch wenn ich heulen möchte bei dem Gedanken, dass er mich betrügt. Aber zuerst die Fakten. Könnte auch ein schlechter Scherz sein.

»Hey, Babe.« Er kneift mir in die Wange und nimmt gegenüber von mir Platz, in ebenjenem Stuhl, in dem vor zwanzig Minuten noch meine Agentin gesessen hat. Bevor sie wegging, um mit der *Oh-mein-Gott-nicht-Kristin Bailey*-Situa-tion klarzukommen. »Was ist passiert? Wieso ist Penelope schon weg?«

Jim ist der schlichte Typ, und das ist eines der Dinge, die ich an ihm liebe – *liebte*. Ich weiß nicht, wie ich mich fühle, und kämpfe gegen die Tränen an. Er schwört, dass er nicht zur Convention gekommen ist, um Kontakte zu knüpfen, sondern um mich zu unterstützen. Er lässt sowieso nicht verlauten, mit wem er gerade arbeitet. Er hat mir nur gesagt, dass fünf *New York Times*-Bestseller seine Klienten sind. Wer? Keine Ahnung. *Ich muss die Privatsphäre meiner Klienten schützen.* Niemand will zugeben, dass sie Hilfe in dieser Branche benötigen.

Jetzt weiß ich, warum er hier ist. Ein heimliches Liebesnest.

Wir haben uns vor ungefähr vier Jahren in Florida auf einer kleinen Schreibkonferenz in Saint Petersburg kennengelernt, und ich beauftragte ihn, mein Buch zu redigieren, ehe ich mich auf die Suche nach einer Agentur machte. Er hat das Buch sensationell überarbeitet, aber wir sind erst seit anderthalb Jahren zusammen. Ich traf ihn zufällig in einem Restaurant, wo sein Freund Bartender ist. Wir erkannten uns wieder, vereinbarten ein Date, um etwas »abzuhängen«, und der Rest ist Geschichte. Er betont immer, wie glücklich er ist.

Jetzt stelle ich alles infrage. Hat er letzten Monat wirklich seine Eltern in West Palm besucht oder war er hier, mit ihr? Als er wieder nach Hause kam, habe ich ihm extra ein Gourmetessen zubereitet, weil er sich über die Kochkünste seiner Mutter beklagte. Aber wahrscheinlich begleitete er Kristin in Restaurants, die Michelin-Sterne haben. Weil ich so viele Thriller lese, kommt es mir in den Sinn, Frostschutzmittel in seinen Kaffee zu kippen oder ihm das Buttermesser, das vor mir liegt, in den Hals zu rammen. Wieso versuche ich es nicht gleich? Weil ich keine dämliche Figur in irgendeinem dämlichen Buch bin, die ohne Grund zur Mörderin wird. Falls das alles der Wahrheit entspricht, muss ich strategisch vorgehen. Ich schulde ihm noch Geld, und ehrlich gesagt ... ist er brillant.

»Warum hast du so lange gebraucht?« Es kommt mir zu scharf über die Lippen. Mist. Ich wollte nicht so klingen, als wäre ich sauer. Allerdings taumele ich immer noch von der *Kristin-Bailey-ist-Jims-Freundin*-Botschaft.

Er zuckt mit den Schultern. »Ich habe mich verlaufen.«

»Ich habe dir doch gesagt 39./Ecke Park. Vom Hotel kann man zu Fuß hierherlaufen.«

Er schnappt sich das Glas Wasser, das Penelope nicht angerührt hat – noch habe ich keinen Weg gefunden, es in Wein zu verwandeln, hilf mir also, Jesus! –, und trinkt es leer. »Ich kenne mich hier in der Stadt nicht aus, also habe ich ein Taxi genommen. Aber der Fahrer fragte mich, welche Ecke ich aussteigen wollte, als wüsste ich die Richtung. Dann fängt er an zu rufen ›Norden? Süden? Osten? Westen?‹, als wüsste ich, was das überhaupt zu bedeuten hat, verdammt. Egal, er ist in die 39. Straße abgebogen und hat mich rausgelassen, und ich bin zu Fuß weiter und auf einer ganz anderen Avenue gelandet. Wie sich herausstellte, war ich zu Anfang schon gegenüber von dem Restaurant, aber woher soll ich das wissen?«

Hat er denn das riesige Schild nicht gesehen? Das mit dem Namen des Restaurants in großen pinken Buchstaben: *Ecke 39. and Park*?

»Also«, fange ich den Satz an und nehme einen langen Schluck. »Es gibt Neuigkeiten.«

Der Kellner kommt zu uns, und Jim bestellt ein Michelob Ultra, in der Flasche, ohne Glas. Ich krümme mich innerlich vor Scham. Wir sind hier doch nicht in irgendeiner Spelunke und schauen Football.

»Was gibt's denn Neues? Hat Penelope dein Buch verkauft?«, fragt er und sieht mich unverwandt aus seinen großen blauen Augen an.

Ich gebe irgendeinen Laut von mir, den ich eigentlich nicht machen wollte, denn – Mist – wahrscheinlich rechnet er mit einem Scheck, damit ich das geborgte Geld zurückzahlen kann. Daher muss ich darüber hinweggehen. »Nein. Wie es aussieht, wurde es dauernd abgelehnt. Aber das ist nicht, was ich dir eigentlich sagen wollte.«

Seine Augen verengen sich. Er konnte Penelope noch nie leiden. Einmal bezeichnete er sie als Raubtier, und zwar in dem Moment, als sie Davis Walton unter Vertrag nahm und von da an ihre Aufmerksamkeit fast ausschließlich auf ihn richtete.

»Es wurde abgelehnt? Wovon redest du da?«

Ich bewege meine Hand vor meinem Gesicht. *Keine große Sache.* Natürlich nicht. »Nein, darum geht es nicht. Sie musste los, weil sie einen beunruhigenden Anruf bekommen hat.« Ich mache eine Pause, um einen dramatischen Effekt zu erzielen, und genieße es. »Offensichtlich wurde Kristin Bailey heute Morgen ermordet in ihrem Hotelzimmer aufgefunden.«

Da ist dieser ganz kurze Moment. Eine Nanosekunde. Seine Augen werden glasig, sind dann aber wieder klar. Guter Lügner. Danke für die Reaktion, die ich in meinem nächsten Roman verwenden werde. Hier, nimm einen Keks.

»Oh, wow.« Er schluckt, und sein Adamsapfel hüpft vor meinen Augen, als wäre er eine Wackelfigur auf meinem Armaturenbrett. Hula-Tanz, Miststück. *Hu. La. Tanz.* »War das nicht das Mädel, das für den Preis heute Abend nominiert war? Mit dir?«

Ich nicke.

Das Mädel. Er und seine Lügen.

»Wie hat Penelope davon erfahren?«, will er wissen.

»Keine Ahnung. Irgendwer hat sie angerufen.«

Meine Augen verengen sich, denn ich warte darauf, dass er sich verrät. Jetzt weiß ich, warum er gestern jedes Mal kurz zusammenzuckte, wann immer eine Nachricht reinkam, die er dann ignorierte. Ich bin mir sicher, dass Kristin stinksauer war, weil sich ihr Lover in New York aufhielt, sich aber nicht bei ihr gemeldet hat. Allerdings war ich letzte Nacht halb im Koma. Vielleicht hat er sich rausgestohlen, um sich mit ihr zu treffen, während ich schlief.

Kann sein, dass ich schon ganz wuschig bin, aber die Nachricht von vorhin beschäftigt mich. *Wusstest du, dass Kristin mit deinem Freund Jim geschlafen hat? Check seine SMS. Vielleicht bist du die Nächste.*

Jemand weiß also, dass sie mit Jim gevögelt hat. Vor Kurzem.

Wer?

Bedeutet das, dass ich eine Verdächtige sein werde? Das wäre ein fantastischer Plot für einen Thriller. Die abservierte Freundin, die von der Affäre Wind bekommt und fröhlich zusticht. Gott, diese Plots nerven. Wie oft werden gewöhnliche, stabile Leute zu Mördern? Wer gern Thriller liest, schläft wahrscheinlich mit einem offenen Auge und traut niemandem über den Weg – nicht den eigenen Eltern, dem besten Freund, den Kollegen, vor allem nicht einem Verlobten oder einem Lover.

Sie alle sind durchgeknallte Mörder. Was bedeuten würde, dass Jim ebenfalls ein Verdächtiger wäre.

Aber das ist Fiktion. Viel wichtiger für mich ist doch, was ich sagen soll, wenn ich gefragt werde, wo ich gewesen bin, ehe ich mich mit Penelope zum Lunch verabredet habe.

6. KAPITEL

Davis Walton
Freitag, 12:00 Uhr

Auf dem Weg in die Lobby hält der Aufzug zigmal, das sind eben die Gefahren, wenn man in der Penthouse-Suite residiert. Jeder, der ein Convention-Schildchen am Revers trägt, erkennt mich. Ich weiß es, weil es ihnen plötzlich den Atem verschlägt oder weil sie versuchen, meinen Blick zu meiden. Sie lächeln mich an. Sie kennen mich, doch ich kenne sie nicht.

Obwohl es voll an der Hotelbar ist, herrscht Stille. Verdrießlichkeit. Alle erfahren, dass Kristin tot ist, also ist das hier ihre erste inoffizielle Totenwache. Penelope steht am anderen Ende des Raums und unterhält sich mit einer der Agentinnen, die letzte Nacht versucht haben, mich abzuwerben. Sie heißt Meghan Soundso. Dieses Tratsch-Miststück – Gott, auf ihrem Twitter-Account taucht jeder auf. Es ist ihr egal, ob du ein berühmter Autor, Agent, Lektor oder ein Newcomer bist. Sie schreibt, was sie schreibt, ohne sich später zu entschuldigen.

Ich setze mein umwerfendes Lächeln auf und gehe zu ihnen. Die beiden halten in ihrer Unterhaltung inne, als ich mich ihnen nähere.

»Oh, Davis, Gott sei Dank!«, sagt Penelope, ehe sie mich auf dramatische Weise an sich drückt. »Oh Mist, tut mir leid.« Sie löst sich von mir und deutet auf mein Hemd, auf dem ihre Bräunungscreme und Mascara Flecken hinterlassen haben.

Verdammt, muss das denn sein? Das ist Versace. Ich schnappe mir eine Cocktail-Serviette, tauche sie in das Wasserglas auf dem Tisch vor ihnen und versuche, die Flecken zu entfernen. »Ist schon okay, Penny. Ich weiß, das muss hart für dich heute Morgen gewesen sein.« Sie wird mir ein neues zukommen lassen. Leichtfüßig wende ich mich dieser Meghan-Frau zu und strecke ihr die Hand entgegen. »Davis Walton. Nett, Sie kennenzulernen.« Ich brauche Penelope nicht wissen zu lassen, dass Meghan versucht hat, mich abzuwerben. Ich sehe, wie dankbar mir Meghan in diesem Moment ist, denn bis eben sah sie aus, als würde sie sich gleich in die Hose machen.

»Hi, ich bin Meghan Morgan. Ich bin Agentin bei Nelson-Tully.«

Was Sie nicht sagen? Ihre Visitenkarte steckt noch in meinem Portemonnaie.

»Das ist doch verrückt. Ich kann nicht glauben, dass Kristin tot ist. Das muss eine interne Sache sein, es muss im Zusammenhang mit der Convention stehen. Wer würde sie erstechen wollen?«, fragt Penelope.

»Vicky Overton«, sagt Meghan mit einem unverfrorenen Laut der Verachtung.

»Vicky?« Penelope beißt nicht an. »Warum sagen Sie so etwas?«

»Nein, nein, nein. Ich glaube nicht, dass sie Kristin umgebracht hat. Ich meine ja nur, dass sie heute Abend auf der Liste für den Preis stand.«

Meghan Morgan weiß genau, was sie tut.

»Aber da stehen doch auch die Namen von Kevin Candela, Marco Crimmins und Larry Kuo«, sagt Penelope.

Ich beschließe, überhaupt nichts zu diesem Teil der Unterhaltung beizutragen, weil ich nicht will, dass jemand denkt, der Mord könnte etwas damit zu tun haben, dass ich Kristin kannte. Daher zucke ich mit den Schultern und leiste meinen bescheidenen Beitrag. »Ich verstehe, was Meghan meint. Jetzt ist nur noch eine Frau von der Liste übrig.«

Der kleine Anteil des Landjungen aus dem Mittleren Westen in mir bedauert diese Worte augenblicklich. Warum habe ich das nur gesagt? Ich glaube nicht, dass Vicky etwas damit zu tun hatte. Ich wiederhole eine Lüge, um den Druck von mir fernzuhalten. Kristin hatte recht; vielleicht bin ich doch ein Feigling.

Meghan zaubert ihr Smartphone hervor und tippt irgendetwas ein. Na großartig. Penelope greift nach einem Glas mit einer dunklen perlenden Flüssigkeit, nimmt einen Schluck und verzieht dann das Gesicht.

»Soll ich dir einen anderen Drink holen?«, biete ich ihr an, dabei müsste eigentlich sie mir Drinks spendieren. Ich bin ja immerhin ihr Klient.

»Nein, danke, aber ich habe noch eine offene Rechnung an der Bar. Du kannst dir ruhig etwas bestellen und auf die Rechnung setzen.«

»Danke, das werde ich tun. Hast du schon mit der Polizei gesprochen?«

Sie verneint mit einem Kopfschütteln. »Noch nicht. Ich habe zwar einen Augenblick mit einem Beamten gesprochen, aber ich glaube, er ist ein Ermittler im Auftrag des Hotels. Pearson heißt er, meine ich.« Sie senkt die Stimme und winkt mich näher zu sich. »Sie versuchen, die Sache geheim zu halten, falls jemand aus dem Hotel darin verwickelt ist. Angeblich wurde die Tür zu ihrem Zimmer nicht gewaltsam aufgebrochen.« Sie richtet sich wieder auf und spricht normal weiter. »Ich habe diesem Mann gesagt, dass ich Kristins Agentin war, und ihm meine Karte gegeben. Daher muss ich bestimmt auch eine Aussage machen. Insbesondere wenn …« Sie hält inne. Die Rädchen in ihrem Kopf drehen sich, und jetzt senkt sie die Stimme wieder zu einem Flüstern. »Ich meine, das war ein gezielter Mord, oder nicht?«

War es jemand vom Hotel, oder hat das mit der Convention zu tun? Die SMS, die ich bekommen habe, beweist, dass jemand von meiner Verbindung zu Kristin weiß. Bin ich tatsächlich in Gefahr? Könnte ich der Nächste sein?

»Ja. Sie wissen also nicht, wie der Mörder in ihr Zimmer gekommen ist?«, frage ich.

»Sie wissen nicht, ob sich jemand, der hier arbeitet, Zutritt zu ihrem Zimmer verschafft hat oder ob die Person schon bei ihr im Zimmer war. Oder ob sie diese Person überhaupt kannte.«

»Dann könnte es also jeder hier auf der Convention gewesen sein?« Ich blicke mich unauffällig um. Beobachtet mich die Person etwa gerade, die mir die SMS geschickt hat? Ist dieser Jemand jetzt auch hier? Es könnte jeder sein – Penelope, Meghan, verdammt, sogar Bee Henry. Und vermutlich könnte es auch Vicky sein. Jetzt fühle ich mich schon etwas besser mit Blick auf das, was ich vorhin laut ausgesprochen habe.

Penelope mustert mich mit ihren großen dunklen Augen. »Davis, du passt doch auf dich auf? Du darfst niemandem trauen. Was, wenn dies nur der erste Mord war?«

Ha! Zu spät. Die SMS hat mir bereits Angst eingejagt. Sollte ich das Penelope gegenüber erwähnen? Nein, noch nicht.

Außerdem hatte sich ja schon Janie an mich rangemacht, und erst jetzt wird mir klar, wie riskant das war. Sie könnte verrückt sein, und heute Morgen hätte ich tot auf dem Boden liegen können, erstochen in meiner Blutlache, bis mich der Room Service findet. Oh Mann, wie schäbig.

»Bin gleich zurück.« Ich drehe mich um und will zur Bar, brauche aber auf dem Weg dorthin nicht die Ellenbogen auszufahren, weil die Leute vor mir zurückweichen wie das Rote Meer. Zumindest spricht niemand mehr über die tote Frau. Obwohl sie es tun sollten. Wie furchtbar – ich hatte meine Probleme mit ihr, aber ich hätte ihren Tod nie gewollt. Das ist schlechtes Karma. Zu viele Autoren in meinem Umfeld haben schon den Tod gefunden.

Ich bestelle ein Bier vom Fass und nehme einen Schluck, lecke den Schaum von meinen Lippen, drehe mich dann um und –

»Davis!«

Mist. Ausgerechnet sie. Janie.

Sie hat mich auf dem falschen Fuß erwischt, und jetzt weiß ich nicht, was ich sagen soll. Ich habe sie gar nicht so jung in Erinnerung, und das macht mich wahnsinnig. Ich hoffe doch sehr, dass sie nicht mehr minderjährig ist. »Hey!«, sage ich und vermeide bewusst ihren Vornamen, weil ich mir nicht ganz sicher bin, ob sie wirklich Janie heißt. Wir vollführen das etwas peinliche Sollen-wir-uns-umarmen-oder-besser-die-Hand-geben-Ding, ehe wir uns auf eine flüchtige Umarmung einigen. »Hast du schon gehört, was passiert ist?«

»Wirklich tragisch«, sagt sie.

Ihre Stimme klingt rauchiger, als ich sie in Erinnerung habe, aber allmählich taucht ihr Bild wieder vor meinem von Scotch vernebelten Geist auf. Ja, dieses Gesicht erkenne ich definitiv wieder.

»Ja, absolut«, sage ich, mache große Augen und versuche, aus dieser Situation herauszukommen. »Hey, ich hasse so was, aber ich habe jetzt leider keine Zeit, mich in Ruhe zu unterhalten. Ich muss nämlich dringend mit meiner Agentin sprechen. Sie wartet schon.« Ich zeige auf Penelope.

Ihre Augen weiten sich vor Staunen. »Ohhh, Penelope Jacques ist deine Agentin? Kannst du mich ihr nicht vorstellen?«

Ich kenne dieses Mädel eigentlich gar nicht, und jetzt möchte sie, dass ich ihr einen Gefallen tue? Vermutlich ist sie eine Möchtegern-Schriftstellerin, die ständig Absagen kriegt. Ich sage nichts mehr, nicke nur und bedeute ihr, mir zu folgen, was sie sofort tut, wobei sie Halt an meinem Ellenbogen sucht. Als wir wieder bei dem Tisch ankommen, sind Penelope und Meghan beide mit ihren Handys beschäftigt, und ich möchte mich wirklich nicht mit dem Namen dieses Mädchens vertun, aber –

»Hey, Penny, dies ist eine Freundin, die ich gestern Abend kennengelernt habe.« Klar. Belassen wir es dabei.

Penelope mustert sie, gibt einen verächtlichen Laut von sich und presst dann die Lippen aufeinander. »Julie Keane. Was machen Sie hier auf dem Murderpalooza?«

Julie! Nicht Janie. Ups! Woher kennt Penelope sie bloß?

Julie wirkt niedergeschlagen, sie steht mit hängenden Schultern da, ihre Augen werden wässrig, aber sie blinzelt mögliche Tränen fort. »Ich versuche nur, ein paar Kontakte zu knüpfen. Vielleicht ein paar Leute kennenlernen, die auch Kritiken schreiben. Ich muss jede Menge Forschungsarbeit leisten. Ich bin sicher, Sie werden verstehen, dass das neu für mich ist.«

»Ja, richtig. Dann viel Glück bei ihrer ›Verwandlung‹.« Penelope sagt das mit einer Geste für Anführungszeichen, ehe ihr Blick zu mir wandert. »Davis, können wir uns irgendwo ungestört unterhalten?«

»Sicher.« Ich wende mich Julie zu. »Wir sehen uns nachher, ja?«

Sie nickt und bahnt sich unauffällig ihren Weg zur Hotelbar, vermutlich um gegen den Eiskübel anzutrinken, den Penelope gerade über ihr ausgeleert hat.

»Was sollte das eben?«, will ich wissen.

»Lass dich nicht auf Julie Keane ein. Das schadet deinem Ruf nur«, erwidert Penelope mit einem Grinsen.

»Wer ist sie denn überhaupt?«

Sie lacht aus vollem Halse. »Sie schreibt Liebesschmonzetten im Eigenverlag, versucht aber, eine anerkannte Thrillerautorin zu werden. Sie ist Anfang zwanzig und hat in den letzten Monaten jeden in der Branche kontaktiert wegen der Convention. Die Flüsternetzwerke kennen sie. Sie dünstet Verzweiflung aus, wenn du mich fragst.«

Aha. Liebesromane. Im Eigenverlag. Die Totenglocke in der Thrillerwelt, wenn man mich fragt – das ist so, als rechnete man damit, einen Oscar zu gewinnen, ist aber nur ein Sternchen in einer Seifenoper. Gott, ich habe mit einer Autorin von Liebesromanen geschlafen. Natürlich werde ich das leugnen, wenn man mich danach fragt. Ich gefährde meinen guten Ruf, wenn ich mich mit ihr zusammen blicken lasse.

Penelope kippt den Rest ihres Longdrinks herunter und macht wieder dieses hässliche Gesicht. Wie viel Alkohol hat dieses Zeug wohl? Ihr Smartphone vibriert in ihrer Hand, dann hält sie den Zeigefinger hoch, um mich wissen zu lassen, dass sie sich erst einmal der Person widmen muss, die ihr eine Nachricht schickt. Ich beschließe, mich in den sozialen Medien auf den neuesten Stand zu bringen, weil ich wissen will, was die Convention zu Kristin Bailey zu sagen hat.

Ich finde den Hashtag für Murderpalooza. Twitter kann ja so brutal sein.

Ich meine, ich mag Twitter – auf Twitter hat mir noch keiner zugesetzt, nein, für gewöhnlich kriechen mir die Leute in den Arsch. Aber die Leute haben wirklich ihre eigene Sichtweise auf alles, was sie als Tatsache darstellen, und diesmal ist es ganz klar die Schuld der Convention, dass Kristin getötet wurde. Die Hashtags sind überall.

#MordbeimMurderpalooza #WerIstDerNächste
#SagtDieConAb #IhrKonntetKristinNichtSchützen
#GerechtigkeitFürKristin

Meine Benachrichtigungsschaltfläche leuchtet wie ein Weihnachtsbaum, die Leute taggen mich, erwähnen meinen Namen, folgen mir. Ich checke ständig meine Follower, um zu schauen, ob es jemanden gibt, dem ich folgen könnte. Die Nicknames bringen mich normalerweise nicht ins Schwitzen, aber dieser hier stößt mir sauer auf.

@MPaloozaNxt2Die folgt dir.

Im Profilbild ist das Murderpalooza-Logo neben einem blutigen Messer zu erkennen, und offenbar wurde die Seite im Juni 2022 erstellt. Also heute. Sogar heute Morgen? Ich klicke sie an und sehe, dass sie nur vier Leuten folgt.

Nämlich mir.

Vicky Overton.

Mike Brooks.

Suzanne Shih.

Ich muss herausfinden, wer diese Suzanne Shih ist, aber erst muss ich Mike anrufen.

7. KAPITEL

Mike Brooks
Freitag, 12:15 Uhr

Das Taxi hält vor dem Hotel. Ich quäle mich aus dem Sitz und frage mich, was mich da jetzt erwartet, verdammt. Die Nachricht von Kristin Baileys Tod ist erschreckend. Wenn die Leute erst einmal dahinterkommen, dass sie meine Co-Autorin ist – war –, ist bei mir die Kacke am Dampfen. Das macht mich nervös, und daher lockere ich meine Krawatte und frage mich, ob die Feuchtigkeit, die mir aus den Poren quillt, von der Hitze draußen kommt oder von der Angst vor dem Druck, dem ich bald ausgesetzt sein werde. Denn entweder werde ich ein Verdächtiger in einem Mordfall sein, oder aber dieses Ding bringt mir eine siebenstellige Summe und einen weiteren Filmvertrag ein. Jemanden zu veröffentlichen, nachdem er tot ist, ist eine Sache für sich. Wer weiß, was für belastende Beweise in ihrem Hotelzimmer warten.

Tja, abgesehen von dem Manuskript selbst. Ich bin total am Arsch, wenn das jetzt jemand anders liest. Die Storyline ist ein bisschen zu persönlich.

Trotz der Hitze stehe ich auf dem Gehweg und versuche mich dazu zu bringen, die Tür aufzumachen, als mein Handy in meiner Jackentasche vibriert. Ich bin erstaunt, als ich aufs Display schaue. Es ist Davis Walton.

Ich krümme mich innerlich zusammen, als ich den Anruf mit dem grünen Button entgegennehme. »Hey, Davis.«

»Mike. Wo steckst du?«

Er klingt gehetzt, panisch. Er hätte Schauspieler werden sollen. Das ist ganz sicher Absicht, und ich beginne mich zu fragen, wie er den Tod von Kristin für sich nutzen wird.

»Ich stehe unten vor der Tür, will gerade rein.« Ich halte inne, und er sagt nichts. »Dann hast du also schon davon gehört?«

»Jeder weiß davon. Bleib unten. Ich komme raus.«

»Ich muss Vita sprechen. Sie wartet auf mich.«

»Fünf Minuten wird sie ja wohl warten können. Da ist etwas im Busch. Wir müssen reden.«

Falls er weiß, dass Kristin meine Co-Autorin war, sollte er vielleicht besser nicht so tun, als wüsste er es nicht.

»Okay, ich bin unten am Haupteingang.«

»Geh den Straßenblock hinunter. Ich treffe dich dann an der Ecke 42. und Lexington. Die Leute sollten uns nicht zusammen sehen.«

Die Verbindung wird unterbrochen, und wie immer gibt Davis den Ton an. Alle haben uns gestern Abend zusammen gesehen, was soll also das Getue? Wie der Trauerkloß, der ich bin, gehe ich einfach weiter. *Was immer du sagst, Sportsfreund.*

Ich stelle mich in den Schatten einer Markise und ziehe mein Jackett aus. Wenn ich reingehe, ziehe ich es wieder an, aber es ist zu heiß hier draußen, wenn man wie ein Idiot dasteht und das Hemd durchschwitzt. Ich drapiere das Jackett locker über meinen linken Unterarm und warte. Leute gehen vorüber, alles Fremde, aber viele von ihnen tragen das Abzeichen der Convention am Revers. Alle leben ihr Leben weiter, keinen kümmert es, dass mein Leben jäh unterbrochen wurde. Frauen verlassen in kleinen Gruppen Lokale, mit Salaten zum Mitnehmen und Kaffeebechern, und Männer klopfen einander auf die Schulter, ehe sie ein Steakhaus betreten, um sich ein üppiges Lunch zu gönnen. Währenddessen stehe ich da, mit hängenden Schultern, allein.

»Hey.«

Ich drehe mich um, vor mir steht Davis. Er trägt Jeans, und natürlich sieht er cool aus. Neid nagt an mir. Ich war mal so wie Davis. *Sieh genau hin, Kumpel, so sieht deine Zukunft aus. Nur nicht zu anmaßend werden.*

Zu spät.

Ich strecke ihm meine Hand entgegen. »Wie war der Rest des gestrigen Abends?«

Er zuckt zusammen, macht dann eine wegwerfende Geste. *Nicht so wichtig.* Klar. Wahrscheinlich hatte er einen flotten Dreier. Denn jetzt fängt er an, mein altes Leben zu führen, während die Branche mich mental missbraucht.

»Hast du schon einen Blick auf Twitter geworfen?«, fragt er.

Twitter. Der Fluch aller, die etwas veröffentlichen wollen. Alles spielt sich auf Twitter ab, bevor es irgendwo anders passiert. Jeder kann nachsehen, ob er ein *New York Times*-Bestseller ist oder längst abserviert wurde, sobald man die App anklickt. Ich versuche, Twitter möglichst zu meiden – es ist nicht gut für jemanden wie mich. Ich war berühmt, als die sozialen Medien noch in den Kinderschuhen steckten. Inzwischen sehe ich die

Kritiken zu meinen letzten Büchern, und das holt einen ganz schön zurück auf den Boden der Tatsachen.

»Nein, habe ich nicht. Aber sicher geht es nur um Kristin.« Ich schlucke. »Was denkst du, was da passiert ist?«

»Du weißt also nicht, wem der ›Murderpalooza Next To Die‹-Twitter-Account gehört?«

Der Nächste, der sterben wird. Hört sich ja so an wie die Nachricht, die ich bekommen habe. Woher weiß er davon?

Davis, du Scheißkerl. Davis hat mir diese SMS geschickt.

Ich bohre ihm meinen Zeigefinger in die Brust. »Was treibst du da für ein Spielchen, Davis?«

Er verdreht die Augen, und das sollte er auch, denn was werde ich schon groß machen? Ihn schlagen? Ich gehe auf die Fünfzig zu, und er ist schließlich Davis Walton. »Lass das«, sagt er, weil er weiß, dass ich mich nur lächerlich mache. »Ich vermute, du hast eine Nachricht bekommen mit dem Wortlaut, dass du der Nächste sein könntest? Denn so eine habe ich auch erhalten.«

Okay, das schockt mich schon. Ich weiß ja, dass ich die Nachricht aus einem bestimmten Grund bekommen habe, aber weiß Davis, dass Kristin und ich als Co-Autoren tätig waren? Ich muss auf der Hut sein. Wir haben ein rechtlich bindendes Dokument, in dem steht, dass ich niemandem etwas sagen darf. Aber ist das noch von Bedeutung, wenn sie tot ist? Damit kenne ich mich nicht aus. Ich bin schließlich kein Anwalt.

»Was stand denn in deiner Nachricht?«, frage ich ihn.

Er packt mich am Ellenbogen und geht mit mir um die Häuserecke. Ich sollte mich widersetzen, aber was bringt's?

Sobald wir vor einem Gebäude in einer Seitenstraße stehen – weniger Passanten –, holt Davis hörbar Luft.

»Auf Twitter ist mir heute Morgen jemand gefolgt. Der Account ist nach Murderpalooza benannt, dann Next To Die. Er folgt nur vier Leuten. Mir, dir, Vicky Overton und jemandem mit Namen Suzanne Shih.«

Meine Augenbrauen berühren sich fast. So what? Der Account folgt Autoren. Willkommen bei Publishing Twitter.

Dennoch. Dieser Name. *Murderpalooza. Next To Die.*

Widerstrebend öffne ich die App und klicke auf meine Benachrichtigungen, und ja, da sind tatsächlich einige neue Follower – wie eigentlich jedes Mal, wenn ich einen Blick auf dieses lächerliche Ding werfe. Wie gesagt, ich war früher berühmt. Beim Scrollen entdecke ich tatsächlich den Follower mit dem Namen @MPaloozaNxt2Die. Ich klicke es an. Davis hatte recht. Der Account folgt nur uns vieren.

Da folgt niemand einfach irgendwelchen *Autoren*. Da folgt jemand *uns*. Wieso? Noch hat dieser Jemand nichts getwittert.

»Hast du heute Morgen eine Nachricht von einer unbekannten Nummer erhalten?«, fragt Davis.

Ich nicke.

»Wer ist Suzanne Shih?«

Ich wische mir mit einer Hand den Schweiß von der Stirn, aber ich schwitze längst nicht mehr wegen der Hitze. »Sie ist auch bei Vita unter Vertrag. Eine Newcomerin. Ist schon seit vier oder fünf Monaten bei ihr. Wir wollten uns heute zum Dinner treffen. Ich, sie und Dustin Feeney.«

Er schüttelt mehrmals den Kopf. »Das Dinner ist abgesagt.

Hier geht irgendwas vor. Jemand weiß zu viel.« Seine Augen verengen sich. »Was wusstest du über Kristin Bailey?«

Ich verspanne mich. Nein, ich werde nichts preisgeben. Er wird alles nur gegen mich verwenden, damit ich wie ein Verdächtiger dastehe, denn sobald gewisse Dinge ans Licht kommen, werde ich Verdächtiger Nr. 1 sein. Das weiß ich jetzt schon.

Allerdings hat er gesagt, er habe auch eine Nachricht erhalten, daher täusche ich Wagemut vor. »Was wusstest *du* denn über Kristin Bailey?«

Er beruhigt sich wieder. »Was auch immer es sein mag, du kannst deinen letzten Dollar verwetten, dass Vicky und dieses Suzanne-Mädel auch etwas wussten. Wir müssen uns treffen. Sofort. Ich schicke Vicky eine Nachricht. Kannst du dich mit Suzanne in Verbindung setzen?«

Ich nicke, aber abgesehen davon, für wen er sich hält – Davis Walton! –, ich habe Vita nach wie vor versprochen, mich mit ihr zu treffen. »Gib mir etwas Zeit. Ich muss mich mit Vita zusammensetzen. Und was die Podiumsdiskussionen betrifft –«

»Hör zu, Dude, scheiß auf die Panels. Hast du mir überhaupt zugehört?«

Dude. Als wäre er ein Hipster oder ein Surfer. Aber er ist weder das eine noch das andere, und trotzdem kann er sich diesen Slang leisten. Überhaupt kann er sagen, was er will. Aus seinem Mund klingt alles wie Musik, die für den Grammy nominiert ist. Aber ich bleibe stur. Ich muss Vita sehen.

»Lass mich mit Vita sprechen. Um herauszufinden, was sie weiß. Du kontaktierst Vicky, ich kümmere mich dann um diese Suzanne. Treffen wir uns wieder gegen zwei?«

Er lacht glucksend. Nicht, weil es lustig wäre, sondern weil er es nicht fassen kann, dass ich mich seinen Anordnungen widersetze. »In Ordnung. Aber nicht im Hotel. Das ist dein Revier. Wohin können wir gehen, wo es still und unauffällig ist? Und weit weg vom Hotel. Ich will auf keinen Fall in der Nähe dieser Nachbarschaft sein, für den Fall, dass uns jemand beobachtet.«

Obwohl ich schon seit mehr als zwanzig Jahren in dieser Stadt lebe, stehe ich auf dem Schlauch. Dieser ganze Druck! »Ich schicke dir nachher eine Adresse zu. Aber jetzt muss ich los.«

Ich lasse ihn verdutzt stehen. Irgendetwas hat ihn nervös gemacht. Ehe ich oben in die Bar gehe, bin ich wieder auf Twitter, um auf dem Laufenden zu bleiben. Davis hat mich ganz durcheinandergebracht, und all die Forderungen, die er stellt, schmecken mir gar nicht. Vielleicht kapiere ich aber auch nicht, wie ernst die Situation ist.

Der Twitter-Account ist neu – es gibt ihn erst seit Juni 2022 –, und diesmal gibt es einen Tweet von @MPaloozaNxt2Die.

Ticktack ihr Motherfucker

8. KAPITEL

Suzanne Shih
Freitag, 12:30 Uhr

Nachdem ich in meinem Zimmer gekotzt habe, spüle ich den Mund aus und gehe wieder nach unten, wo Tara auf mich wartet. Ich musste die schweren Bücher loswerden und brauche immer noch was zu essen, weil mein Magen leer ist. An der Bar finden wir keinen Platz zum Lunch, daher gehen wir raus, überqueren die Straße und gehen in ein kleines Café, das verschiedene Salate, Sandwiches und Obstvarianten anbietet. Wir ergattern einen Tisch am Fenster, netter Platz, um Leute zu beobachten. Und das können wir auch tun, da der Van des Coroners inzwischen weggefahren ist – jener Wagen, in dem mein Idol tot in einem Leichensack liegt.

Tara sitzt mir gegenüber in dem orangefarbenen Kunststoffstuhl und öffnet den Deckel ihres Turkey-Clubsandwichs, dann dreht sie den Verschluss ihrer Wasserflasche ab und nimmt einen Schluck. Sie ist hübsch, wie ich finde. Die kleinen Falten auf ihrer Stirn sind verschwunden, und inzwischen vermute ich eher, dass sie doch noch keine dreißig ist. Sie hat Sommersprossen auf der Nase, aber sie trägt den Eyeliner zu stark auf. Muss *ich* gerade sagen – meine Augen sind klein, deshalb versuche ich das mit übertriebenen Lidstrichen und falschen Wimpern auszugleichen. Meine Eltern hassen das und sagen immer, ich solle mich so nehmen, wie Gott mich geschaffen hat. Tja, er hat mir auch einen Sephora-Eyeliner geschenkt.

Mein Magen grummelt, ich werfe einen Blick auf mein Essen auf dem wackligen Tisch. Ich hatte mich für eine Sushi-Box und eine Diät-Cola entschieden. Als ich meine Stäbchen nehme, bekommt Tara einen Anruf von ihrer Agentin. Sie lässt mich wissen, dass sie einen Moment braucht, und wendet sich von mir ab, um das Gespräch in Ruhe führen zu können, mit Blick zur Fensterfront. Wahrscheinlich Infos zu Kristin. Ich würde es lieber aus zweiter Hand von ihr erfahren und nicht darum betteln müssen. Es hat keinen Zweck, die Alarmglocken schrillen zu lassen. Ich beschließe, die Zeit zu nutzen, um Social Media zu checken.

Als Erstes checke ich meine Mails. Eine stammt von der Murderpalooza Convention.

Stellungnahme zum Tod von Kristin Bailey
Aufgrund der unvorhergesehenen Tragödie an diesem
Morgen werden alle Teilnehmer der Convention gebeten,
bei den Podiumsdiskussionen und anderen Meetings
Vorsicht walten zu lassen. Bislang hat die Hotelleitung
darum gebeten, den Vorfall als interne Sache zu behan-
deln, bis sie die Möglichkeit hat, die Aufenthaltsorte
sämtlicher Angestellten zwischen acht und zehn Uhr
morgens zu überprüfen und die Kameraaufzeichnungen
zu sichten. Die Hotelleitung hat einen eigenen Ermittler

auf den Fall angesetzt, und wie wir erfahren haben,
wird er bei den Ermittlungen mit dem NYPD zusammen-
arbeiten. Die Preisverleihung wird vorerst wie geplant um
20 Uhr stattfinden, aber achten Sie weiterhin auf mög-
liche Änderungen.
20 Prozent Rückerstattung erhalten Teilnehmer mit dem
dreitägigen Komplettpaket.
Mit freundlichen Grüßen
Jonathan DeLuca, Präsident, Murderpalooza

Eine steif formulierte Stellungnahme, ohne Herzblut. Rücker-
stattung! Die denken wohl nur ans Geld. Wieder mal typisch.
Eine Frau ist tot. Eine fantastische, schöne und wunderbare
Schriftstellerin ist tot. Und wieder nur Geld.

Moment mal – Scheiße! Die wollen die Kameraaufzeichnungen sichten. Scheiße!

Ich gehe auf Twitter und finde den Murderpalooza-Hashtag. Die Kommentare dort sind vernichtend. Ist ja klar, denn
das ist Twitter, und niemand weiß, wie man friedlich im Sand-
kasten spielt.

Echt jetzt Geld? #murderpalooza

Habt ihr denn kein Mitgefühl für die Familie #Murderpalooza
Na klar, die Rückerstattung hat Priorität. Schämt ihr euch nicht?

Oh mein Gott #Murderpalooza kann nicht für die Sicherheit
der Besucher garantieren! Alle sollten abreisen!

Sagt die Veranstaltung ab, ihr Schweine! #Murderpalooza
geht es doch sowieso nur ums Geld!

Tja dem Himmel sei Dank, dass es diese Preisverleihung

gibt! Alle wollen eben auf zwei Hochzeiten tanzen. ABGESEHEN VON KRISTIN #GerechtigkeitFürKristin #Murderpalooza

Dann gibt's natürlich noch jede Menge Theorien.

#Murderpalooza das ist wie eins der Bücher das ihr promotet. Tolle kostenlose Publicity oder?

#Murderpalooza habt ihr eure Autoren noch im Blick? Wirklich alle?

#Murderpalooza SAGT DIE CON AB! Das kann kein Zufall sein! #Haftung

#Murderpalooza ich frage mich, wo @VickyOvertonAutorin heute Morgen war? Letzte Frau, die übrig ist für den Preis. Irgendwie seltsam

Beim letzten Hashtag muss ich zweimal hinschauen. Der kam natürlich von Meghan Morgan – der Klatschtanten-Agentin mit der großen Klappe. Nicht, dass ich sie zur Rede stellen werde – ich bin schließlich immer noch eine Newcomerin, und sie hat ein paar ziemlich prominente Klienten, mit denen ich mir keinen Ärger einhandeln will, wenn ich die Absicht habe, berühmt zu werden. Schließlich brauche ich ja Autoren und Autorinnen, die auf dem Klappentext für mein Buch werben, und daher denke ich, dass es für mich das Beste wäre, zunächst den Mund zu halten.

Aber … hat sie allen Ernstes versucht, Vicky den Löwen zum Fraß vorzuwerfen? Wir haben es hier mit einem Mord zu tun. Einem echten Mord auf einer echten Convention. Das ist keine Storyline für ein Buch.

Und sie hat etwas damit bewirkt! Denn jetzt muss ich ständig daran denken. Gott, ich habe Vicky letzte Nacht getroffen! Ich hatte nur eine Sekunde Zeit, Hallo zu sagen, als sie mit einem Typen auftauchte, und sie wirkte nett und freundlich auf mich, aber was, wenn das alles nur Fassade ist? Wenn sie in Wirklichkeit eine neidische, dominante, durchgeknallte Frau ist? Sie zeigte auf –

Moment mal.

Ja, gestern Abend hat sie mir gezeigt, wo Kristin Bailey an der Bar saß. Hatte sie das sarkastisch gemeint? Ich weiß es nicht mehr – ich hatte ein paar Bier intus. Und war aufgeregt. Ich war umgeben von diesen Superstars und habe deshalb nicht so genau achtgegeben. Ich erinnere mich, dass Kristin etwas angespannt wirkte und dass Vicky nicht zu ihr gegangen ist, um sie zu begrüßen. Ich kenne Kristin besser als alle anderen hier, und das, obwohl sie nichts mit mir zu tun haben wollte.

Ich klicke auf meine Benachrichtigungen. Vier neue Follower! Und dann fühle ich mich scheiße, denn einer der Follower ist @VickyOvertonAutorin. *Die* Vicky Overton folgt mir, und ich sehe, dass ich inzwischen 433 Follower habe. Ein weiterer ist @Autorin_Tara_Kretz. Ich lächele bei dem Namen meiner neuen Freundin und folge auch ihr. Der dritte ist @AutorinKRR3. Ich kneife die Augen zusammen, um das Profilbild erkennen zu können, vergrößere es und, ja, das ist auch eine Newcomerin: nämlich Keri, die ich gestern Abend an der Bar kennengelernt habe. Der vierte Follower nennt sich @MPaloozaNxt2Die. Null Follower, er selbst folgt vier Leuten. Ich will ihn gerade blocken, als –

Was stand noch gleich in der SMS?

Vielleicht bist du die Nächste?

Ich reibe mir die Augen und schaue noch mal hin. Diese Person folgt mir und Vicky und Mike, aber auch Davis Walton. Wow! Da wirft jemand sein Netz weit aus.

Der einzige Tweet lautet: Ticktack ihr Motherfucker

Soll das etwa mir gelten?

Ich wische mir mit einer Serviette über die Stirn, als wieder eine Nachricht reinkommt, während ich das Smartphone in der Hand halte. Etwas verunsichert rutsche ich auf meinem Stuhl herum. Eigentlich will ich nicht hinsehen. Mir ist schon wieder ein bisschen schlecht, daher lege ich mir eine Hand auf den Bauch, ehe ich doch aufs Display schaue.

Oh, Gott sei Dank. Mike Brooks.

Ich muss mit dir reden. Es ist wichtig. Wo bist du?

Mit zittrigen Fingern schreibe ich zurück: **Beim Lunch mit einer Freundin.**

Wo? Die Sache kann nicht warten.

Tja, wie sich das Blatt gewendet hat.

Bin auf der anderen Straßenseite. Gib mir noch 20 min. Ich schreibe dir, wenn ich gehe.

Quatsch.

Tara beendet ihr Gespräch und knallt ihr Handy auf den Tisch. Meine Angst ist verflogen. »Heilige Scheiße, das war Jeff.«

Hm, das scheint sie öfter zu sagen. »Er sagt, auf Twitter heißt es, dass das kein Zufall war. Das ist kein Psychopath, der ins Hotel eingedrungen ist, vollgepumpt mit Crystal Meth. Bisher geben die Aufnahmen der Überwachungskameras keinen Aufschluss, aber sie glauben, dass der Mord mit der Convention zu tun hat. Und sie glauben, dass die Person immer noch unter uns ist.«

Gott sei Dank, dass die Videoaufnahmen keinen Aufschluss geben. Sonst wüssten sie, dass ich noch heute Morgen an ihrer Zimmertür war. Aber ich habe sie nicht umgebracht! Ich hasse es, dass mir sofort Vicky in den Sinn kommt. So hätte ich nie gedacht, wenn ich nicht den Tweet von Meghan Morgan gesehen hätte.

Aber im Grunde ist das eine gute Beobachtung. Denn wo war Vicky denn heute Morgen eigentlich?

9. KAPITEL

Vicky Overton
Freitag, 13:00 Uhr

Wir beschließen, unser Lunch unterwegs zu essen, da Jim meinte, er wolle sich an einem Hotdog-Straßenstand einen echten New Yorker »Dirty Water Dog« bestellen, also tun wir genau das. Der arme Kellner. Bestellung aufnehmen, Rechnung schließen – *sorry!* –, wieder eine neue Bestellung, und dann bestellen wir letzten Endes gar nichts … Ich lasse ihm ein ordentliches Trinkgeld da, weil wir ihn so auf Trab gehalten haben. Ich musste sowieso an die frische Luft, um den Weindunst loszuwerden, denn wenn ich noch beschwipster bin, könnte es passieren, dass ich Jim Vorwürfe mache, bevor ich Fakten habe. Wir halten Händchen, während ich Oscar-reif über den Times Square schreite, auf dem es so riecht wie der Hotdog, den Jim in sich hineingestopft hat. Nach außen tue ich so, als wäre alles in Butter. Dabei ist mein Hirn wie benebelt.

Jim lächelt, als er sich neben einer grünen M&M-Figur ablichten lässt, und ich mache das Foto wie auf Autopilot und steige über jemanden hinweg, der in seiner eigenen Kotze auf dem Gehweg pennt. Jim bleibt stehen und drückt dem Schlafenden einen Fünf-Dollar-Schein in die Hand. Er spielt die Rolle des Touristen so klasse. Eigentlich wollte er noch einen Abstecher zu Madame Tussauds Wax Museum machen, auch ins Museum of Natural History. *Guck mich doch nur an! Ich kannte die Autorin nicht einmal, mit der du auf der Liste stehst! Wie hieß sie noch gleich?* Er ist wirklich geschickt, so zu tun, als würde die Nachricht von Kristin Baileys Tod ihn nichts angehen. Ich weiß es besser, aber zuerst muss ich seine SMS checken, ehe ich ihn beschuldige. Sieht so aus, als ob ich genauso vertrauenswürdig bin wie er.

Die Dating-Szenerie, in der wir in Florida leben, ist nicht gerade das, was man im Fernsehen zu sehen bekommt. Es gibt Kellnerinnen und Fischer, Kneipenhocker und Einheimische. Und ich als Schriftstellerin mittendrin – nun ja, es ist nicht so, dass ich zur Arbeit pendele oder mir ausgefallene Mittagessen oder Happy Hours mit Kollegen gönne, bei denen ich andere Leute kennenlernen könnte. Man stößt nicht zufällig auf einen gut aussehenden Typen in der Reinigung, und es gibt kein Lunch mit Freundinnen, wo am Nachbartisch ein paar nette Jungs sitzen. Nein, ich arbeite allein, von morgens neun bis fünf Uhr am Nachmittag, manchmal sogar länger, und zwar in dem Ein-Zimmer-Apartment, das ich gemietet habe. Dort schlage ich mich freiberuflich als Lektorin durch, bis mein nächstes Buch verkauft ist. Das Erste hat sich nicht sonderlich gut verkauft – im oberen vierstelligen Bereich, wow, immerhin! Und die Honorargutschriften waren ganz okay. Aber mir würde es besser gehen, wenn Penelope ihren Job machen und mein zweites Buch professionell vermarkten würde.

Jetzt ist die Freundin meines Freundes – die meine Konkurrentin ist – tot, und es sieht nicht gut für mich aus. Falls Kristin Beweise für ihre gemeinsame Affäre auf ihrem Rechner oder SMS auf ihrem Handy hat, werde ich auf dieser verdammten Convention im Mittelpunkt der Aufmerksamkeit stehen, und zwar mehr, als mir lieb sein kann. Dann diese ganze Sache mit der Nachricht, die ich heute Morgen bekommen habe. Jemand anders weiß Bescheid. Jemand anders versucht mich zu ruinieren.

Jim nimmt meine Hand und führt mich weg von den Disneyfiguren und den anderen Touristen, und so gehen wir in östlicher Richtung wieder zurück zum Hotel. An einer roten Ampel checke ich kurz Instagram und sehe, dass Davis Walton mir eine Nachricht geschickt hat.

Hey, könnten Sie mich möglichst schnell anrufen? Ist wichtig!

Aha, sieh mal einer an, der Golden Boy hat mir seine Handynummer verraten.

»Ich muss kurz telefonieren«, sage ich zu Jim. »Davis Walton. Er sagt, es ist wichtig.«

Wir verlassen die Avenue und haben die Hälfte der Seitenstraße hinter uns, wo es etwas leiser ist – aber auch nur etwas. Verdammt. Dieses Gehupe will nicht aufhören, und es stinkt nach heißem Müll. Könnte ich hier leben, wenn ich Jim den Laufpass gebe und neu anfange? Ich stecke mir den Finger ins linke Ohr, presse mir das Handy ans rechte und warte, dass Davis rangeht. Er sagt seinen Vor- und Nachnamen.

»Hi, hier ist Vicky Overton.«

»Vicky. Wo sind Sie?«

Vielleicht erst mal Hallo? Davis und ich, wir kennen uns nur über Social Media, und es stört mich ein bisschen, dass er sofort so genau nachhakt. Was, wenn ich gerade aus der Dusche gekommen wäre? Sollte ich ihm dann unter die Nase reiben, dass ich klitschnass und nackt in meinem Hotelzimmer stehe? Wenn man dem Klatsch Glauben schenken darf, würde ihm das sicher gefallen.

»Auf dem Rückweg zum Hotel. Ein bisschen Sightseeing mit meinem Freund.« Ich verspüre ein Ziehen in meinem Herzen bei der Bezeichnung *meinem Freund*.

»Gehen Sie lieber nicht zurück ins Hotel. Noch nicht. Haben Sie schon auf Twitter geschaut?«

Oh Gott. Twitter. Wahrscheinlich hat jemand Wind von der Sache mit Kristin und Jim bekommen, und jetzt schleicht bestimmt die Presse durchs Hotel und wartet auf die Gelegenheit, wenig schmeichelhafte Fotos von uns zu schießen. Ich sehe schon den Post in den sozialen Medien, zumal die Thrillerfans auf Facebook eine Vorliebe fürs Dramatische haben. Ich, mit Sonnenbrille, den Kopf gesenkt, eine Hand wie zur Abwehr vor dem Gesicht. *Kein Kommentar!*

Ich muss schlucken, ehe ich antworte. »Nein, wieso?« Ich stelle mich dumm.

»Da ist was im Busch. Ich werde Ihnen jetzt eine Frage stellen und brauche eine ehrliche Antwort.«

Scheiße. »Okay.«

»Haben Sie heute eine merkwürdige Nachricht bekommen? In der steht, dass Sie die Nächste sein könnten?«

Mist, verdammter. Alle wissen es.

Moment, woher weiß Davis so etwas Persönliches? Die Autohupen überlagern sich in meinen Ohren, ich habe das Gefühl, dass Watte in meinen Gehörgängen steckt. Ich lehne mich an eine Hauswand an. Ich weiß nicht, was ich sagen soll, muss aber bald antworten, denn sonst –

»Okay, ich deute Ihr Schweigen als ein Ja«, meint Davis. »Hören Sie zu, ich habe auch so eine Nachricht erhalten. Auch Mike Brooks und offenbar so ein Mädel namens Suzanne Shih. Es gibt einen Twitter-Account, der uns vieren folgt. Und die Nachricht ist auf uns allein gemünzt. Es hat mit Kristin Bailey zu tun. Wir vier müssen reden. Mike hat mir einen Ort genannt, an dem wir uns treffen können, abseits des Trubels. Wir wollen nicht, dass irgendwelche Leute von der Convention in der Nähe sind. Ich schicke Ihnen den Standort. Haben Sie um zwei Uhr Zeit?«

Was er sagt, kommt bei mir nicht an – verfolgt mich etwa gerade jemand? Hastig schaue ich von links nach rechts. Überall Leute, und ich weiß nicht, nach wem ich Ausschau halte. Ist es der Typ mit den Take-away-Taschen, der die Essenslieferung als Tarnung nutzt? Belauscht die gut gekleidete Frau, die sich ein Handy ans Ohr drückt, gerade mein Gespräch? Ob der Fahrradbote ein Messer in seinem Rucksack hat?

Ich erkläre mich bereit, Davis zu treffen und der Sache auf den Grund zu gehen. »Hm, ja, zwei Uhr müsste gehen.«

»Okay, gut. Hey, erzählen Sie niemandem davon, bis wir wissen, was hier eigentlich läuft. Einverstanden?«

Ich nicke, ehe ich mir bewusst mache, dass er mich nicht sehen kann. »Ja, ich warte Ihre Nachricht ab.«

»Bestens. Dann bis bald.«

Er beendet das Gespräch, und ich starre auf mein Smartphone.

»Alles okay?«, fragt Jim.

»Wie? Oh, ja, klar.« Davis meint, wir sollen nichts sagen, und um ehrlich zu sein, ich habe für den Augenblick sowieso genug von Jim. »Ich treffe mich nachher mit ein paar anderen Autoren. Es geht um …« Mir fällt nichts ein. *Denk nach!* »Davis hat da ein paar Ideen, braucht aber ein Feedback von anderen.«

»Davis, aha. Hätte nie gedacht, dass der Hilfe von anderen nötig hat.«

Jim ist auf dem Laufenden, wenn es um den Klatsch rund um Schriftsteller geht. Er weiß, dass Davis ein bisschen … speziell ist.

»Ich muss dann los. Ich schreibe dir nachher, wann ich wieder am Hotel bin.«

»Wer wird denn noch bei dem Treffen sein?«, hakt er nach.

»Nur ich, Davis, Mike Brooks und Suzanne Shih. Sie ist ein Newbie.«

Er gibt mir einen flüchtigen Kuss, eher steif. Unter normalen Umständen würde ihn das erregen. Er würde sich mit Kristin treffen. Aber jetzt ist sie tot, und die SMS hallt noch in meinem Kopf nach.

Ich öffne meine Twitter-App, und ja, da ist ein Follower namens @MPaloozaNxt2Die, der mir seit Kurzem folgt. Ich klicke ihn an. Es gibt nur zwei Nachrichten.

Ticktack ihr Motherfucker
Einer von euch ist der Nächste. Ich weiß nur noch nicht, wer.

10. KAPITEL

Davis Walton
Freitag 13:15 Uhr

Als Penelope anruft, *schon wieder*, um die Drama Queen zu spielen, sage ich ihr, dass ich mir New York ansehe, da ich nicht damit rechne, dass die Panels an diesem Nachmittag gut besucht sein werden. Das ist nur die halbe Wahrheit.

Seit diesem zweiten Tweet spüre ich ein Prickeln im Nacken. Eifrig darauf bedacht, in den Massen abzutauchen, gehe ich in Richtung Times Square, nehme dann ein Taxi, das mich Downtown in der Nähe des Freedom Tower absetzen soll. Von dort aus nehme ich die U-Bahn zur Upper West Side und gehe den Rest der Strecke zu Fuß, zu der Adresse, die Mike mir genannt hat. Auf dem Times Square habe ich mich kurz mit einer Disneyfigur ablichten lassen und hebe mir das Foto für später auf, aber ich habe weder den neuen Turm noch das 9/11 Memorial besucht, und ich tummle mich nicht in Läden mit Käsespezialitäten aus aller Welt und teuren Antiquitätengeschäften.

Da ich nicht ganz sicher sein kann, dass man mir nicht folgt, habe ich mich für eine verdeckte Operation entschieden. Der letzte Tweet von @MPaloozaNxt2Die war eine direkte Todesdrohung. Einer von euch ist der Nächste. Daher will ich es meinen potenziellen Verfolgern möglichst schwer machen, mir auf den Fersen zu bleiben. Später werde ich das Foto von mir auf dem Times Square posten und den Ort taggen. Sollen sie ruhig glauben, dass ich dort bin.

Kurz bevor ich die Bar betreten will, bekomme ich eine Nachricht von einer blockierten Nummer.

Die Preisverleihung geht weiter, egal was passiert, denn sonst ... verstehst du?

Ich scheiße mir fast in die Hose. In meinem Kopf dreht sich alles. Meine Karriere ist gerade im Aufwind, und Screenshots sind für die Ewigkeit, und ich hoffe wirklich, in ihren E-Mails steht nichts darüber, was ich getan habe.

Unser System war absolut sicher. Ein E-Mail-Konto, das wir uns teilten. Wir tauschten uns über die bearbeiteten Entwürfe aus, die gespeichert und nie abgeschickt wurden. Keine gesendeten E-Mails bedeutet, dass man auch keine erhalten hat, also auch keine weitergeleiteten Mails. Andererseits stünde mein Wort gegen das Wort einer toten Frau. Ich habe Angst, mich in dem Konto einzuloggen, für den Fall, dass sie irgendwelche Abschiedsworte an mich hinterlassen hat.

Aber ich logge mich ein, für alle Fälle.

Nichts in dem Ordner für Entwürfe. Gar nichts. Unsere gesamte Kommunikation wurde gelöscht. Oder ... etwa versendet? Ich klicke den Order ›Gesendete Mails‹ an, und da ist es. Wurde heute Morgen an Kristins E-Mail geschickt, gegen zehn Uhr. Mein Herz beginnt zu rasen, mein Denken vernebelt sich. Mist.

Sie hat die Nachricht an sich selbst geschickt, oder vielleicht war das der Mörder? Und jetzt wird jeder, der ihre Sachen durchsucht, diese Nachricht entdecken.

Ich bekomme eine SMS und zuckte schon wieder zusammen – dieses Geräusch wird mich immer daran erinnern, dass ich bedroht werde.

Als ich die Nachricht sehe, kommt es noch dicker. Sie ist von Jonathan DeLuca, dem Vorsitzenden der ganzen Murderpalooza-Sache.

Die anderen Mitglieder des Gremiums üben Druck auf mich aus, die Veranstaltung heute Abend platzen zu lassen. Ich frage mich selbst schon, ob es überhaupt sinnvoll ist, die Preisverleihung durchzuziehen, wenn man bedenkt, was ich getan habe. Das könnte schlecht für uns beide laufen.

Großer Gott, weiß er etwa von der Nachricht, die ich vorhin bekommen habe? Er hat recht mit dem, was er getan hat. Es waren Bestechungsgelder, um die ich ihn gebeten habe und die Kristin von mir erpresst hat, aber die Show muss weitergehen, *denn sonst*, ja, klar, hab schon verstanden. Jetzt, da Kristin tot ist, habe ich Angst, dass die Art unserer Beziehung an die Öffentlichkeit dringt. Wenn die ganze Sache abgeblasen wird, wird derjenige, der mich hier verarscht, mir den Garaus machen. Ich schreibe zurück.

Nicht absagen – sag ihnen, was immer dir einfällt. Sag ihnen, es wird nichts erstattet und dass die Leute sich schon auf Twitter beklagen.

Er antwortet sofort.

Ich wollte ja auch, dass es weitergeht, und ich tue, was ich kann. Du musst verstehen, dass sich nach dem Tod von Kristin zwischen uns nichts ändert.

Natürlich ändert es nichts. Mist, sein Name taucht dauernd in diesem Entwurf auf, der jetzt eine gesendete Mail ist. Es könnte längst zu spät sein. *Alles gut*, schreibe ich zurück. Ich kann ihm nicht sagen, dass womöglich jemand anders weiß, was wir getan haben.

Vorsichtshalber werfe ich noch schnell einen Blick über die Schulter. Keine Ahnung, nach wem ich Ausschau halte – nach einem Mann oder einer Frau, einer alten oder jungen Person, einem Farbigen oder einem Weißen, jemandem aus der Branche oder einer normalen Person. Das macht mich noch verrückt. Ich bin nicht der Typ, der paranoid wird. Ich bin unzerstörbar.

Aber leider *bin* ich paranoid. Versucht da wirklich jemand, mich umzubringen? Diese Stadt müsste eigentlich groß genug sein, um sich in ihr zu verstecken. Aber warum habe ich dann das Gefühl, in der Falle zu sitzen?

Als ich das erste Mal nach New York kam, war ich noch ein Kind. In Illinois, wo ich aufwuchs, waren die Chicago Cubs das beherrschende Thema, obwohl sie in meiner Schulzeit nie was gewonnen haben. Einmal, in einem Sommer, packten meine Eltern kleine Rollkoffer für mich und Alyssa, und dann bestellten sie ein Auto für uns vier, das uns zum Flughafen brachte. Wir stiegen in einen Flieger – mein erster Flug überhaupt – und verbrachten ein verlängertes Wochenende in New

York. Ich bekam das Museum of Natural History zu sehen, auch das Guggenheim, wir waren im Central Park, schlenderten die Wall Street hinunter, waren am World Trade Center – wenige Monate bevor es für immer von der Bildfläche verschwand. Und natürlich spielten die Cubs im Shea Stadium.

Meine Eltern sind prima Leute. Sie haben uns gut erzogen, haben uns die Werte des Mittleren Westens mit auf den Weg gegeben. Daher frage ich mich, wie ich so vom Weg abkommen konnte …

Ich vermisse sie. Da ich das Smartphone sowieso in der Hand habe, rufe ich sie in Illinois an. Meine Mutter ist sofort dran.

»Hallo, mein kleiner süßer Lieblingsjunge.«

Und da fragen sich die Leute, warum ich so selbstverliebt und egozentrisch bin. Ich bin der klassische Fall für einen Therapeuten. Diese Art elterlichen Verhaltens ist vermutlich der Grund für meine Selbsttäuschung. Denn man hat mir immer gesagt, ich wäre zu gut in allem.

»Hey, Ma. Ist Dad auch da?«

»Er ist auf dem Golfplatz. Müsste in einer Stunde zurück sein. Ist alles okay bei dir?«

Jetzt ist nicht die Zeit zu sagen: *Ich wollte mich nur mal kurz melden und dir sagen, dass ich dich lieb habe, falls dies das letzte Mal sein sollte, dass wir miteinander sprechen.* Denn so etwas sagt man nicht zu einem übermächtigen Elternteil. Außerdem bin ich erschrocken, dass mein Vater sie allein gelassen hat, da die Demenz bei ihr fortschreitet.

»Nein, alles bestens. Ich bin in New York, und da musste ich daran denken, wie es war, als wir hier waren und das Spiel der Yankees gegen die Cubs gesehen haben und –«

»Oh«, unterbricht sie mich. »Eines Tages fliegen wir dorthin und sehen uns das Baseball-Spiel an. Versprochen.«

Ich schließe die Augen und drücke das Handy einen Moment gegen meine Brust. Sie hat einen schlechten Tag. Ich könnte meinen Vater umbringen. Warum hat er nicht Alyssa angerufen, dass sie kommt und nach ihr sieht? Ma wird noch das Haus abfackeln, wenn sie keiner beaufsichtigt.

»Wer ist gerade bei dir?«, frage ich und merke, wie verspannt mein Kiefer ist.

»Dein Vater natürlich. Paul!« Die Stimme klingt gedämpft, als ob sie eine Hand auf den alten Telefonhörer hält. »Paul!«

Gott. Sie hat keinen Schimmer, was um sie herum passiert.

»Was ist denn?« Ich höre seine Stimme im Hintergrund. Und atme auf. Natürlich hat er sie nicht allein gelassen. Sie hat einfach nur vergessen, dass er da war. »Hallo?«, dröhnt seine Stimme durchs Telefon.

»Dad, ich bin's.«

»Wie geht's dir, mein Junge?«

Ich presse die Lippen aufeinander. Ich kann jetzt nicht durchdrehen. Nicht jetzt. »Ich bin in New York bei einer Convention. Ich musste gerade daran denken, wie wir in jenem Sommer hier waren. Das Spiel der Cubs.«

»Ah, ja. Wir hatten eine tolle Zeit, und endlich haben sie mal ein Spiel gewonnen! Wie läuft's mit den Büchern?«

Ich nicke, als könnte er mich sehen. »Gut. Alles bestens. Wie geht's Ma?«

»Tja, nun«, macht er. »Hat gerade eine schlimme Phase. Geht seit ein paar Tagen so.«

Demenz ist ein steiniger Weg.

Ich schaue auf die Uhr. »Hey, morgen Abend werde ich spät zurückfliegen, wie wär's, wenn ich in Illinois bei euch vorbeischaue? Ich kann Montagmorgen den ersten Flieger nehmen und wäre dann zum Frühstück in L.A.«

»Das musst du nicht tun, mein Junge. Als du am Muttertag oder am Vatertag nicht zum Brunch gekommen bist, war uns klar, wie beschäftigt du inzwischen bist.«

Vor Scham steigt mir Hitze ins Gesicht, weil ich mich länger nicht bei meinen Eltern und meiner Schwester habe blicken lassen, die nur eine Viertelstunde von ihnen entfernt wohnt. Narzissmus ist eine Krankheit, ganz bestimmt. Ich bin der Musterknabe. Aber ist es wirklich Narzissmus, wenn ich weiß, dass ich darunter leide? Oder ist es bloß ein aufgeblasenes Ego? Wenn man dreiunddreißig Jahre eine Krone trägt und auf den sprichwörtlichen Schultern herumgetragen wird, während alle um einen herum jubeln, dann kommt eben so etwas dabei heraus.

»Doch, versprochen, ich komme. Ich sage Alyssa Bescheid, wann ich ankomme, und frage sie, ob sie Zeit hat, mich vom Flughafen abzuholen. Dann haben wir viel Zeit, uns zu unterhalten. Wir verbringen am Sonntag einen richtigen Familientag. Ich vermisse euch, Dad.«

»Wir dich auch, mein Junge.«

»Hey, drück Ma für mich und sag ihr, dass ich bald zu Besuch komme.«

Wir beenden das Gespräch, und ich hoffe, dass es der Wahrheit entspricht, wenn ich sage, dass ich bald irgendwo zu Besuch bin. Meine Mission lautet nun, die nächsten vierundzwanzig Stunden am Leben zu bleiben.

Immer noch auf der Hut, blicke ich mich weiterhin um, ehe ich die Bar betrete. Sie ist voll, was mich unter Strom setzt. Mein Blick huscht von links nach rechts. Noch sehe ich weder Mike noch Vicky und habe keine Ahnung, wie Suzanne Shih aussieht, aber ich denke, sie weiß, wer ich bin, wenn mich also gleich jemand unvermutet anspricht, werde ich nicht sofort reflexartig zum Schlag ausholen.

In einer Ecke entdecke ich einen leeren Tisch, aber noch ist er voller Geschirr. Ich suche den Blick des Barkeepers und deute auf den Tisch, und er nickt mir zu. Er ist frei. Ein Angestellter kommt mit einem Tablett und räumt Teller und Gläser weg. Ich zucke jedes Mal zusammen, wenn die Gläser aneinander klirren. Nachdem er die Tischfläche abgewischt hat, mache ich es mir bequem und klappe mein Handy auf, um das Foto auf Instagram und Twitter zu posten – das Foto, auf dem ich neben dem gelben Hund mit den Schlappohren zu sehen bin. Ich tagge den Ort als Times Square und schreibe dazu *Genieße die Auszeit!* Dann bestelle ich ein Bier an der Bar – wer weiß, wie lange es dauert, ehe sich bei dem Gedränge ein Kellner hierher verirrt – und kehre zu dem Tisch zurück, um nachzusehen, wie viele Likes ich in den letzten zwei Minuten bekommen habe.

Auf Twitter gibt es schon einen Kommentar zu meinem Foto. Von @MPaloozaNxt2Die.

Komm schon, Davis. Wir wissen doch beide, dass du da jetzt nicht bist

11. KAPITEL

Mike Brooks
Freitag, 13:30 Uhr

Ich schicke Suzanne eine SMS – wo steckt sie überhaupt? –, dann schreibe ich Vita, dass ich später komme. Nach der angespannten Unterhaltung mit Davis brauche ich einen Moment für mich. Allerdings weiß ich nicht, was ich machen soll. Daher schlendere ich den Straßenblock rauf und runter, begegne aber zu vielen Leuten von der Convention. *Hey, Mike, an was arbeiten Sie gerade?* Ich gehe weiter. Letzten Endes flüchte ich mich in einen Buchladen – ausgerechnet, ich weiß! Aber dort ist es zumindest leise. Ich nehme einen aktuellen Thriller, der ein cooles Cover hat, vom Tisch und setze mich in der hinteren Ecke auf eine kleine Empore. Ich schlage das Buch auf und tue so, als würde ich lesen, dabei gehe ich die Nachrichten auf Twitter durch, die mit der Convention zu tun haben. Außerdem will ich wissen, ob dieser Account wieder etwas gepostet hat.

Natürlich gibt es einen neuen Tweet, dass einer von uns ermordet wird, aber der Stalker-Mörder-Account weiß noch nicht, wer von uns als Nächster dran sein wird. Großartig.

Kein Wunder, dass ich mich verstecke. Ich bin ein Feigling. Ich brenne nicht darauf, reinzugehen und Vita zu treffen.

Jetzt im Ernst, was, wenn jemand im Hotel ist und nur darauf wartet, mich zu töten? Und mich ersticht, wie er oder sie Kristin erstochen hat? Vielleicht wäre es aber besser, ins Hotel zu gehen und Vita zu treffen, weil wir dann unter Leuten sind. Man könnte mich leichter töten, wenn ich allein bin. Mit eingekniffenem Schwanz kehre ich ins Hotel zurück, vorbei an den Scharen von Polizisten, und entdecke Vita, die in einer Ecke der Bar mit einigen anderen Agentinnen Hof hält. *Hit Me Baby One More Time* dudelt leise im Hintergrund, und ich werde nostalgisch, weil mich das an die Zeit erinnert, als ich noch der Künstler war, der »sich durchschlagen musste«. Der Song lief dauernd im Radio, als ich verkrampft an meinem Schreibtisch saß und an meinem ersten Manuskript arbeitete. Die guten alten Zeiten. Damals musste ich noch mein Kleingeld zusammenkratzen, um einen Kaffee zu kaufen, aber es gab noch keinen Irren auf Twitter, der versuchte, mich umzubringen.

»Wir haben ein Problem, Mike.«

Das ist das Erste, was Vita zu mir sagt, als ich reinkomme.

»Vita«, sage ich. »Was denn für ein Problem?«

Ihre Augen weiten sich, und sie wirkt fünf Jahre gealtert seit unserem letzten Treffen vergangenen Monat. Ihre dunklen Locken sind auf Kinnlänge geschnitten und bauschen sich an den Ohren pyramidenartig. Sie ist ein paar Jahre älter als ich, so meine Schätzung, als wir vor zwei Jahrzehnten unsere Karrieren vorantrieben, aber jetzt könnte sie als meine älteste Cousine Jami durchgehen, die ihren Namen ohne e schreibt, weil sie das schick findet. Bei Vita sammelt sich das Make-up in den Fältchen unter den Augen, was die Unzulänglichkeiten noch betont, und ich danke Gott, dass ich mir nicht jeden Tag das Gesicht zukleistern muss. Zumindest muss ich mein Alter nicht noch betonen. Das übernehmen die aufstrebenden Autoren mit ihren TikTok- und Instagram-Leben schon für mich.

»Mike, lass uns dort drüben reden«, sagt sie mit ihrem starken italienischen Akzent und nickt in Richtung einer Ecke.

Hier sind etwas weniger Leute, aber auch nur, weil man direkt neben der Tür zur Küche steht, und ich befürchte jetzt schon, dass mir diese Tür hundertmal in den Rücken knallen wird.

Knallen? Mein Hirn lässt einfach nicht locker.

Kaum stehen wir da, als – *klack* – die Tür auffliegt und mich trifft. Erschrocken mache ich einen Satz nach vorn und pralle gegen Vita, die mit dem Rücken gegen die Wand knallt. Sie sollte mir besser etwas verdammt Wichtiges zu sagen haben, wenn wir uns schon in diese Ecke quetschen. Die Tür geht wieder zu, in der Luft hängt der Geruch von Frittierfett.

»Was ist denn, Vita?«

Ein Zucken geht durch ihre Mundwinkel. »Ich wollte mich um vier Uhr mit Bee Henry treffen, deinetwegen.« Sie hält inne, verzieht ein klein wenig das Gesicht. »Ich bin mir nicht sicher, ob ich ihr dieses Manuskript zu lesen geben sollte. Ich weiß nicht, ob es überhaupt jemand lesen sollte.«

Ideal? Nein, kein Stück. Immerhin sollte das mein Comeback werden.

Aber das Thema des Buchs – nur mit meinem Namen darauf – ist gerade nicht sonderlich passend. Schlimmer noch, Vita weiß nicht, dass Kristin meine Co-Autorin war. Einen kurzen Moment bin ich drauf und dran, reinen Tisch zu machen und mit der Polizei zu sprechen. Zumindest könnte ich Vita alles erzählen und abwarten, was sie dann vorschlägt.

Hier geht es nicht nur darum, dass eine Karriere den Bach runtergeht. Das kann als Beweis gegen mich verwendet werden, und das lässt mich in keinem schmeichelhaften Licht erscheinen. Ich knicke ein.

»Vita, ich muss dir etwas sagen –«

Pling. Mein Handy. Eine Nachricht. Suzanne.

Wo bist du? Vorhin warst du in Panik. Ich bin in der Lobby, falls du hier bist.

Ich hatte das auf dem Schirm. Richtig. Ich erinnere mich, was Davis gesagt hat. Ich muss mit Suzanne reden, und dann müssen wir ins Clover & Crimson auf der Upper West Side, um uns dort mit den anderen zu treffen. Um herauszufinden, wer was weiß. Schließlich sind wir vier es, die gestalkt und bedroht werden.

»Tut mir leid, Vita, können wir später weiterreden? Mach dir keinen Kopf wegen des Manuskripts. Es gibt genug, worüber wir uns bei dieser Sache mit Kristin Sorgen machen müssen.«

»Genau deshalb mache ich mir ja Sorgen. Ich möchte nicht, dass irgendjemand es zu Gesicht bekommt. Eine Frage, ehe du gehst, ja?«

Sicher. Und ehe sie den Mund öffnet, weiß ich, was sie fragen wird. Ich nicke.

»War Kristin Bailey deine Co-Autorin?«

Bingo. Sie glaubt, dass ich Kristin umgebracht habe wegen dieses dämlichen Manuskripts. Ich ahne, dass meine Miene mich verrät. Ihre Augen weiten sich, und sie entfernt sich einen Schritt von mir. Sie hat Angst.

Ich hätte mir eine Antwort auf diese Frage zurechtlegen sollen, aber im Augenblick macht sie mir noch mehr Schwierigkeiten. Und ich habe ja schon genug am Hals, wenn die nächsten vierundzwanzig Stunden so ablaufen, wie ich es mir in meinen Gedanken ausmale. Ich lege meine Hände auf Vitas Schultern und versuche, ihr mit einem leichten Schütteln klarzumachen, dass alles in Ordnung ist.

Ich hätte sie nicht berühren dürfen. Sie hat Angst vor mir.

»Ich rufe dich heute Abend nach dem Dinner an, bevor die Preisverleihung beginnt«, beeile ich mich zu sagen. »Keine Sorge. Uns wird schon was einfallen.«

Sie nickt nur und lässt mich gehen. Auf dem Weg zu Suzanne checke ich Twitter, weil ich wissen will, ob die Person, die sich hinter dem Stalker-Account verbirgt, immer noch versucht mich umzubringen. Keine weiteren Tweets. Noch nicht. Aber eine Nachricht von Davis.

Beeil dich. Ich glaube, ich werde verfolgt.

Na großartig.

12. KAPITEL

Suzanne Shih
Freitag, 13:35 Uhr

Immer noch stehen Leute in der Lobby und weinen. Es ist erst ein paar Stunden her, aber die Nachricht hat sich bei allen Gästen wie ein Lauffeuer verbreitet.

So hatte ich mir meine erste Convention sicher nicht vorgestellt. Wie soll ich unter solchen Bedingungen eine soziale Plattform schaffen? Ich habe schon erreicht, dass Vicky mir folgt, und ich will sie unbedingt fragen, ob sie mir eine positive Kritik für den Klappentext schreibt, sobald Vita mein Manuskript verkauft. Aber wird es sich jetzt überhaupt verkaufen? Die Lektorinnen und Lektoren sind total verängstigt. Niemand will Meetings veranstalten, und die Leute reden schon davon, abzureisen. Wie soll ich da Freunde aus der Autorenbranche finden? Tara ist zwar klasse, aber sie hat keine Ausstrahlung.

Ich bin hier, weil ich Kontakte knüpfen will, weil ich gesehen werden möchte. Das ist mein leuchtender Augenblick. Meine Freunde zu Hause werden voller Neid verfolgen, wie berühmt ich werde. Ich will ein echter Promi werden. Heutzutage werden so viele Leute berühmt auf TikTok, aber ich bin auch clever. Ich habe einen Thriller geschrieben, der einfach ein

Bestseller werden muss! Das Blitzlichtgewitter wird mich blenden. Die Fans werden meinen Namen kreischen. Meine Reichweite auf Twitter müsste durch die Decke gehen. So stelle ich es mir jedenfalls vor, ich im Paillettenkleid oder mit Federboa auf dem roten Teppich, die Hand auf meiner Taille, wenn ich mich feiern lasse, weil mein Buch verfilmt wird. Und alle sagen mir, wie brillant ich doch bin. Das ist, was ich will – ist das denn zu viel verlangt?

Ich werde eine lebenslange Verbindung mit Kristin Bailey eingehen. Damit sie sieht, dass ich großartig bin. Und keine Stalkerin. Mist, ehe der Tag zu Ende geht, werde ich jede Menge Ärger am Hals haben.

Mike kommt hastig die Treppe herunter, und mein Magen verkrampft sich. Er sieht mich und zieht die Augenbrauen hoch. Ich kenne ihn nicht gut genug, um zu wissen, ob er mir damit etwas sagen will oder ob er wirklich erfreut ist, mich zu sehen.

Ich setze ein breites Lächeln auf, als er auf mich zukommt. »Hi, Mike!« Ich lege Begeisterung in meine Stimme. *Bitte, bitte, jetzt keine Standpauken.* »Wie geht es deinem Vater?«

Als wir uns zuletzt unterhielten, hatte sein Dad einen Herzinfarkt. Ich will, dass er weiß, dass ich mich daran erinnere.

»Hey, Suzanne. Er hat sich gut erholt, danke der Nachfrage. Ich möchte dich bitten, mitzukommen. Ich erkläre dir alles unterwegs.«

Eine Sache, die ich gelernt habe, ist, nirgendwo mit einem fremden Mann hinzugehen. Natürlich kenne ich ihn, aber er ist an die Fünfzig. Ich bin dreiundzwanzig. Ich habe Storys gehört von älteren etablierten Autoren, die junge Nachwuchstalente unter ihre Fittiche nehmen. Dann versuchen sie, mit ihnen zu schlafen. Und dann machen sie den jungen Leuten Vorhaltungen.

»Ich möchte lieber hierbleiben. Wo brennt's denn?«

Er stößt einen frustrierten Seufzer aus. »Wir müssen los. Wir treffen uns mit Vicky Overton und Davis Walton in einer Bar, etwas weiter weg.«

Okay, der Kerl weiß also genau, wie er mit mir umgehen muss. Hat er nicht gerade gesagt, wir treffen uns in kleiner Runde mit Davis Walton? Ich bin *dabei*. Und auch Vicky? Wie cool! Zu diesem Kreis zu gehören, wird mir von großem Vorteil sein. Ich nicke und wende mich schon zur Tür, damit er mein blödes Lächeln nicht sieht. Schweigend verlassen wir das Hotel, und Mike geht verdammt schnell, er bahnt sich seinen Weg durch die Menschenmenge auf dem Gehweg, während ich versuche mitzuhalten. Wir erreichen eine Kreuzung, und er ruft ein Taxi.

»Steig ein«, sagt er, als er die Tür öffnet.

Mein Magen krampft sich wieder zusammen, aber ich tue, was Mike sagt. Er steigt nach mir ein und schließt die Tür. »Ecke 81. und Amsterdam, bitte.«

Ich weiß nicht viel über New York City, aber mir ist klar, dass das nicht in der Nähe ist. Ich bin mir ziemlich sicher, dass es Upper West Side ist. Wir sind weitab vom Schuss, und ich habe plötzlich Angst, irgendwo zurückgelassen zu werden, ohne dass ich weiß, wo ich überhaupt bin. Der Taxifahrer biegt rechts ab, und wir fahren über die Park Avenue – ich weiß das, weil der Verkehr hier in beiden Richtung fließt, und zwischen Nord und Süd gibt es Pflanzkübel.

»Was ist los, Mike?«, frage ich.

Er schwitzt. Sicher, es ist heiß, aber er hechelt fast wie ein Hund, der ohne Ende gerannt ist. Gehen die Nerven mit ihm durch? Er sieht aus, als hätte er eine Kröte schlucken müssen.

»Um ehrlich zu sein, ich weiß es selbst noch nicht. Keiner von uns weiß das genau. Hast du schon auf Twitter nachgesehen?«

Ich nicke.

»Ist dir da dieser Account aufgefallen, der sich Murderpalooza Next To Die nennt?«

Ich erstarre. Und nicke wieder. Genau der Account hat mich zu Tode erschreckt.

»Hast du heute Morgen eine Nachricht bekommen, in der dir jemand das mitteilt?«

Woher weiß er das? Steckt er dahinter? Bin ich in Gefahr?

»Ich möchte aussteigen«, sage ich panisch und strecke die Hand nach dem Türgriff aus, als wollte ich mich aus dem fahrenden Auto stürzen und eine Hechtrolle auf dem Asphalt hinlegen.

»Nein, nein, warte. Ich habe auch so eine Nachricht erhalten. Übrigens auch Vicky und Davis. Dieser Account folgt nur uns vieren. Wir haben alle eine ähnliche Nachricht bekommen. Es hat mit Kristin Bailey zu tun. Ich fürchte, wir stecken ernsthaft in Schwierigkeiten. Wir hatten alle mit ihr zu tun, und wer auch immer hinter dem Account steckt, weiß, was wir mit Kristin zu tun hatten.«

Ticktack ihr Motherfucker

Ich stecke offenbar bis zum Hals in Schwierigkeiten. »Wieso? Wer ist diese Person denn?«, frage ich.

»Das wissen wir nicht. Aber wir schweben in Gefahr. Hast du den letzten Tweet gesehen?«

Ich schüttele den Kopf, hole dann mein Handy raus und gehe auf Twitter. Ich lese den letzten Tweet von diesem Account und bin mir sicher, dass ich blass werde. Einer von uns wird der Nächste sein?

»Aber was hat das zu bedeuten, Mike?«

»Ich weiß es nicht. Aber wir vier müssen der Sache auf den Grund gehen. Und zwar schnell. Bevor das aus dem Ruder läuft. Offensichtlich haben wir etwas gemeinsam – oder einen gemeinsamen Bekannten. Und dieser Jemand kennt Kristin.« Er blickt aus dem Fenster. »*Kannte* Kristin.«

»Ich kannte sie nicht einmal! Ich habe noch nichts ver-öffentlicht! Was hat das also alles mit mir zu tun?«

Ich muss wieder an die zig E-Mails denken, die ich Kristin geschickt habe. An die, die zurückkamen, erst von ihr, dann von ihrer Agentin, schließlich von ihren Anwälten. Ich habe einen Kloß im Hals. Das klingt gar nicht gut. Ich werde wie eine Verdächtige dastehen. Eine Stalkerin. Aber das bin ich nicht – ich bin ganz normal. Ein Fan.

»Ich kann dir keine Antworten geben, Suzanne. Deshalb müssen wir vier uns zusammensetzen. Jetzt.«

»Aber wieso so weit vom Hotel entfernt?«

Wieder ein resignierendes Seufzen. »Davis glaubt, er wird verfolgt.«

Werde auch ich verfolgt? Ist es das, was Mike meinte, als er sagte, wir schweben in Gefahr?

Den Rest der Fahrt verbringen wir schweigend. Es herrscht dichter Verkehr um diese Uhrzeit, ständig Stop-and-go, und ich nutze das als Vorwand, warum mir schlecht ist. Dieser Taxifahrer ist wohl lebensmüde. Fährt fünfzig Meilen und dann, BAMM, steigt er in die Eisen. Dann Stop-and-go, Stop-and-go. Und das Ganze wieder von vorn. Wir kommen am Columbus Circle vorbei, und der Verkehr fließt ein bisschen besser, danach haben wir freie Fahrt.

Das Taxi hält an einer Straßenecke. Mike bezahlt mit Kreditkarte, klickt auf dem kleinen Display, wie viel Trinkgeld er gibt, und wir steigen aus. »Hier entlang«, sagt er.

Ich folge ihm zu einer hohen Holztür, und er zieht an dem schmiedeeisernen Türgriff. Innen ist es schummerig, aber nett. Überall stehen Leute. Die Lampen hinter der Theke leuchten rot und purpurfarben, die Barhocker sind mit rotem Samt überzogen. Weiter hinter der Theke sind hohe Tische, und Mike hat nicht gelogen – denn an einem dieser Tische sitzt Davis Walton, allein. Er sieht umwerfend aus. Dunkle Locken, blaue Augen, und er ist so cool gekleidet. Ich konnte auf einer Convention keine Jeans anziehen, selbst wenn ich es gewollt hätte. Als er Mike sieht, zieht er einen Mundwinkel leicht hoch und winkt. Wir bahnen uns einen Weg durch die Gäste und erreichen den Tisch.

Sie begrüßen einander mit Handschlag, dann sieht Davis mich an. »Sie sind Suzanne?«

»Yeah, hi«, sage ich. »Ich habe Sie gestern Abend an der Hotelbar gesehen.«

Seiner Miene nach zu urteilen, habe ich ihm soeben gesagt, dass er ein untalentiertes Stück Dreck ist. Oh mein

Gott, jetzt hasst er mich. Er ist berühmt, und ich bin ein Niemand.

»Nehmen Sie Platz, *Suzanne*.« Er betont meinen Namen. »Ich muss herausfinden, wer Sie sind, zum Teufel, was Sie über Kristin Bailey wissen und warum Sie in drei Teufels Namen mein Leben in Gefahr bringen.«

Hoppla!

13. KAPITEL

Vicky Overton
Freitag, 14:00 Uhr

Ich steige aus dem Taxi und schaue auf das Schild Clover & Crimson, dann spähe ich durch eins der Fenster. Drinnen ist es zu dunkel, und ich kann kaum etwas erkennen, abgesehen davon, dass es dort voll ist. Ich werfe einen Blick über die Schulter, dann den Straßenblock hinunter, ob mir jemand Fremdes folgt. Überall steigen gerade Leute aus Taxis. Nichts macht mir richtig Gänsehaut. Was hatte ich erwartet? Dass jemand aus dem Taxi steigt mit einer Schärpe, auf der steht: *Ich bin @MPaloozaNxt2Die!*

Ich öffne die Tür und nehme den Geruch von Zimt wahr, vermutlich von einer der vielen Kerzen, die hinter der Theke in dunkel getönten Gläsern brennen, im Hintergrund dudelt leise Musik aus den 80ern. Der Laden ist gerammelt voll. Die Gäste sehen wie junge Berufstätige aus, aber es ist gerade mal 14 Uhr am Freitag. Arbeitet heutzutage keiner mehr? Ah, ich erinnere mich, dass die Freitage im Sommer in New York angesagt sind, die meisten arbeiten einen halben Tag. Bestimmt sind nicht alle hierhergekommen, um herauszufinden, wer hinter ihre Geheimnisse gekommen ist und warum sie gestalkt werden. Ich entdecke Davis, Mike und Suzanne an einem Tisch in der Ecke. Also bin ich die Letzte. Ich frage mich, ob die drei sich gegen mich verschworen haben.

Was, wenn sie gemeinsam hinter allem stecken? Meine Kehle ist wie zugeschnürt, und ich kann kaum richtig schlucken. Ich muss hier raus.

»Vicky!«

Es ist Mike. Er winkt mir. Ich zögere, dann lächelt Suzanne mir zu und winkt auch. Aus irgendeinem Grund beruhigt mich das ein wenig. Da ich ihr gestern Abend nur einen Augenblick begegnet bin, kann sie eigentlich keine Intrige gegen mich spinnen. Dafür ist sie zu naiv, sie ist zu *neu* in der Branche, um etwas auszuhecken. Ich gehe zu dem Tisch, nehme auf dem leeren Stuhl Platz und hänge meine Tasche über die Lehne.

»Hi«, begrüße ich die anderen.

»Nett, Sie offiziell kennenzulernen, Vicky«, sagt Davis. Sicher, der Trottel sieht tatsächlich so gut aus, wie ich es mir gedacht habe. Ich hasse es, so von ihm zu sprechen: der Trottel. Sprich mir nach: *Du hast nichts gegen Davis Walton.* Es ist ja nicht seine Schuld, dass Penelope beschissen ist.

»Freut mich auch, Davis«, sage ich. Natürlich habe ich ausgerechnet den Stuhl erwischt, der wackelt, und so sieht es ein bisschen komisch aus, als ich näher an den Tisch rücke. Ich beäuge die drei einen nach dem anderen. »Wollt ihr mir nicht erzählen, was eigentlich los ist?«

Mike räuspert sich. »Davis, du hast dieses kleine Meeting ins Leben gerufen. Jetzt sind alle da. Fang du an.«

»Erst mal brauchen wir was zu trinken.« Davis macht eine der Kellnerinnen auf sich aufmerksam, deren finstere Miene verrät, dass sie es gar nicht mag, wenn jemand mit den Fingern nach ihr schnippt. Trotzdem kommt sie zu uns an den Tisch, und ihr blonder Pferdeschwanz wippt leicht auf und ab. *Trotzdem* – streichen! Auf ihrem Schildchen steht *Krista*, und sie nimmt einen Stift, den sie sich hinters Ohr geklemmt hat, ehe sie uns mit einem schmallippigen Lächeln begrüßt.

»Was darf ich euch bringen?«, fragt sie.

»Ladies first«, meint Davis und macht eine gönnerhafte Geste, als würde er ein großes Opfer bringen.

»Wenn Sie haben, einen Sauvignon Blanc aus Neuseeland, bitte«, sage ich. Ich möchte am liebsten hinzufügen *vorzugsweise schnell*, aber das lasse ich natürlich. Nicht, weil es beides Adverbien sind, die ich sowieso im Kopf streichen werde, sondern weil ich glaube, dass ich beim nächsten Glas vollkommen überdreht wäre. Ein Gefühl, als würde man im nächsten Moment abheben, andererseits wäre es im Augenblick eine verdammt gute Idee, die Arme auszubreiten und den Sprung ins Ungewisse zu wagen.

»Bloody Mary.« Suzanne.

»Budweiser light.« Mike.

Davis schenkt Krista ein Lächeln, das sie als schmeichelhaft empfindet, und ihre Miene wird weicher. »Ich nehme auch eine Bloody Mary, aber bitte nicht zu scharf.« Er zwinkert ihr zu, und sie kichert. Er ist echt ein charmanter Kerl. Als sie weg ist, richtet er seine Aufmerksamkeit wieder auf uns und mimt nicht länger Mr Süßholzraspeln. »Wie eng wart ihr mit Kristin Bailey?«

Okay. Er kommt gleich zur Sache. Aber ich werde den Teufel tun, von ihrer Affäre mit Jim zu erzählen. Offenbar geht es Mike und Suzanne ähnlich, denn keiner will den Anfang machen. Da wird mir klar, dass Kristin sich ganz schön in die Scheiße geritten haben muss. Offensichtlich, denn das hat sie ja das Leben gekostet. Sie hat nicht nur mit meinem Freund geschlafen – sie hat auch mit den anderen zu tun.

»Wie eng waren Sie mit ihr?«, gebe ich die Frage zurück. Verdammt. Ich gebe die Sache mit ihr und Jim nicht preis.

Davis entgleiten die Gesichtszüge. Er hat immer gern die Kontrolle über alles, stellt die Fragen. Er ignoriert mich.

Dieser Song aus *Pretty in Pink* dudelt aus den Boxen, während wir uns alle vornehm zurückhalten. Mike holt hörbar Atem und scheint anzudeuten, dass er den Anfang machen wird. Wieder.

»Sie war die heimliche Co-Autorin meines neuen Buchs«, sagt er. »Ich fürchte, ich stecke in Schwierigkeiten.«

Oha!

»Wirklich?«, hake ich ungläubig nach. Ich hätte nicht gedacht, dass sie so dicke waren. »Gott, da musst du ganz schön angezählt sein.«

»Hm, mehr als das.« Er knetet die Hände. »Das Buch – Vita sollte es heute Bee Henry geben. Jetzt werden alle möglichen Meetings gecancelt, niemand weiß, wie die Convention weitergeht. Schlimmer noch, ich habe Vita gesprochen, ehe ich hierherkam, und jetzt will sie es gar nicht mehr unter die Leute bringen.«

Ich bin immer noch stinksauer, dass Bee – diese verdammte Banana Hammock Henry – über mein Manuskript hinweggegangen ist. »Und wieso nicht?«

»Weil ... es um einen Mord geht.«

»Offensichtlich«, sagt Davis und verdreht die Augen. »Wir sind hier ja schließlich auf dem Murderpalooza. Wir schreiben Thriller. Und in einem echten Thriller passieren eben Morde.«

Mikes Blick geht in eine unbestimmte Ferne, dann reibt er sich mit beiden Händen durchs Gesicht. »Es geht um einen Schriftsteller, der ermordet wird. Auf einer Convention. Und wie sich herausstellt, war es der Co-Autor. Im Buch«, fügt er hinzu, als könne er sich dadurch entlasten.

»Ach du Scheiße, Mike. Das ist gar nicht gut«, meint Davis. Dann mustert er ihn aus leicht verengten Augen. »Muss ich jetzt danach fragen?«

Mike gibt einen spöttischen Laut von sich. »Ob ich Kristin Bailey getötet habe? Nein, Davis, habe ich nicht. Wir waren befreundet. Ich bin, ehrlich gesagt, am Boden zerstört.« Sein Blick wird glasig, aber das kann man vortäuschen. Er schürzt die Lippen, als wäre das eine lächerliche Frage.

Aber ist es das?

Armer Mike. Er war einmal eine so große Nummer. Ich denke, er ist es noch, aber in diesem Geschäft geht es immer darum: *Was hast du kürzlich für mich getan?* Und er war nicht tatenlos. Ich glaube, mein Debüt hat sich besser verkauft als sein letztes Buch. Seine Leserschaft – ältere Leser, die auf altmodische politische Detective Stories stehen – wird allmählich verdrängt von der schnelllebigen Strandlektüre mit zig unerwarteten Wendungen.

»Das sollte mein Comeback werden«, sagt Mike. »Sie kam auf mich zu. Offenbar war sie ein Fan von mir. Meinte, sie würde mir bei einem knackigen Thriller helfen, und wir sollten ihren Namen geheim halten, um Aufmerksamkeit zu erhalten. Sobald alle wüssten, dass ich mit etwas Neuem um die Ecke komme, dazu noch etwas Geheimnisvollem, würde das für mehr Furore sorgen. Sie hat mich aus meiner Komfortzone geholt, und wir hatten vor, sie nach der Veröffentlichung im Zuge der Marketingkampagne als meine Partnerin vorzustellen. Und jetzt seht ihr ja, was passiert ist.«

Suzanne hat die ganze Zeit geschwiegen und an ihrem Glas Wasser genippt. Was hat sie damit zu tun? Sie hat ihr Debüt noch nicht verkauft. Sie ist ein absoluter Newbie, und sie ist so *jung*, als hätte sie gerade erst das College hinter sich. Ich bin im Begriff, sie zu fragen, als die Kellnerin kommt und die Getränke vor uns abstellt. Wir bedanken uns, ansonsten schweigen wir uns an und starren in unsere Gläser.

Suzanne nimmt ihr Glas. »Cheers?« Es klingt wie eine Frage, und es ist das erste Mal, dass sie überhaupt etwas sagt.

»Auf Kristin Bailey«, sagt Mike.

»Auf Kristin«, sage ich trotz der Verachtung, die ich empfinde. Denn in meinem Kopf wälzt sie sich nackt mit meinem Freund herum.

Wir stoßen an und nippen.

Davis nimmt einen großen Schluck, ehe er einmal quer über den Tisch spuckt und Mike erwischt. Suzanne und ich rutschten mit unseren Stühlen zurück.

»Was zum Teufel?«, ruft Davis, schnappt sich dann ein Glas Wasser in Reichweite – meins, weil seins schon leer ist – und kippt es runter. »Gottverdammt.« Dann reckt er den Hals und hält Ausschau nach der Kellnerin. »Hey! Krista! Komm sofort her!«

Davis ist rot angelaufen, Mike ist fassungslos und versucht, sich mit feuchten Cocktail-Servietten abzutupfen. Krista eilt zu uns an den Tisch, vollkommen verängstigt angesichts von Davis' Wut.

»Was ist passiert?«, fragt sie.

Davis schiebt seine Bloody Mary bis zur Tischkante, als wäre das Glas voller Bleichmittel. »Ich hab gesagt, *nicht* zu scharf würzen. Das ist ja wie eine Flasche Tabasco, das könnt ihr mir glauben.«

»Entspann dich, Davis. Ist ja nicht ihre Schuld«, sagt Mike. Er ist derjenige, der eigentlich stinksauer sein müsste, bei all den roten Klecksen auf seinem Hemd und dem Sakko. Er sieht Krista an. »Sorry.« Er entschuldigt sich für Davis? Er ist ja so nett.

»Tut mir leid«, meint Krista. »Ich schwöre, ich hab ihm gesagt, er soll nicht so viel dazutun. Ich bringe Ihnen noch eine.« Ihr Blick geht zu Mike. »Und Ihnen bringe ich ein Handtuch und etwas Club Soda. Tut mir echt leid.«

Sie geht wieder, und keiner weiß, was er sagen soll. Aber wir brauchen auch nichts zu sagen, weil wir alle gleichzeitig eine Nachricht reinbekommen. Ich greife nach meinem Handy vor mir auf dem Tisch und sehe, dass es wieder eine Nachricht von einer unbekannten Nummer ist.

Sorry wegen der Schärfe, Davis, aber habe ich jetzt eure Aufmerksamkeit? Vielleicht solltest du deinen Trinkkumpanen von Jason Fleming erzählen?

Wir alle sind erschrocken, denn offensichtlich starren wir auf dieselbe Nachricht.

Ich schaue sofort rüber zur Theke. Der Stalker vom Twitter-Account ist hier irgendwo, er oder sie kann nicht weit weg sein, da jemand was in Davis' Drink gekippt hat. Der Stalker beobachtet uns. Ich werfe einen Blick auf meinen köstlichen leichten Weißwein und schiebe das Glas von mir weg. Was, wenn jemand Gift reingetan hat?

Einer von euch wird der Nächste sein.

Wir schieben alle unsere Gläser in die Mitte des Tischs, weil wir dasselbe denken.

Verzweifelt blicken wir uns um, auf der Suche nach bekannten Gesichtern. Ein anderer Autor, eine Agentin, Lektorin – egal. Ich sehe nur Männer in kleineren Grüppchen, irgendein Craft Beer in der Hand, die Ärmel hochgekrempelt, Mädels wippen mit den Köpfen zum Takt der Achtziger-Musik. Eins der Mädels steht mit dem Rücken zu mir, trägt eine pinke Perücke und eine Schärpe, auf der etwas von Junggesellinnen-abschied steht. Ich sehe niemanden, den ich kenne, niemand schiebt sich auffällig durch die Menge und kippt scharfe Soßen und Gott weiß was für ein Zeug in die Drinks an der Theke. Ich sehe Davis an. Wir alle tun das. Er ist weiß wie die Wand. Ich stelle die Frage.

»Also dann, Davis, wer ist Jason Fleming?«

14. KAPITEL

Davis Walton
Freitag, 14:15 Uhr

Dieses Gespräch über Jason Fleming wird auf gar keinen Fall stattfinden. Ich werde es nicht zulassen. *Ich bin schließlich Davis Walton*, das sollten sie sich hinter die Ohren schreiben.

»Ich muss mal zur Toilette, und dann gehe ich zur Theke und bestelle uns eine neue Runde. Aber diesmal schaue ich genau zu, während die Drinks zubereitet werden«, sage ich.

»Komm schon, Davis. Setz dich. Wieso will Mord-Twitter, dass wir etwas über diesen Typen erfahren?«, will Mike wissen.

Er guckt auf die Uhr, die mir erst jetzt auffällt. Eine Limited Edition Rolex aus den frühen Neunzigern, die ich auch gerne hätte, aber die ist ziemlich teuer, selbst für mich. Es handelt sich um die eisblaue Daytona, die heute an die hundert Riesen wert sein müsste. Er muss sie sich gekauft haben, als sein drittes Buch vor über zehn Jahren verfilmt wurde, damals dürfte sie halb so teuer gewesen sein. Ich bin neidisch auf jemanden, der seine Glanzzeit längst hinter sich hat, und das ärgert mich.

Anstatt irgendwelche Ausflüchte zu erfinden, um nicht über Jason sprechen zu müssen, benehme ich mich wie ein

Sechsjähriger und raffe meinen Kram zusammen. »Ich platze gleich. Gebt mir drei Minuten.« Sie nicken alle, und ich stehe auf und presse meine Knie zusammen, damit niemand sieht, wie sehr meine Beine zittern. »Muss sonst noch wer zur Toilette?«

Sie schütteln die Köpfe, *nein*. Ich will mich ja nicht anstellen, aber ich wünschte, Mike würde mitkommen. Denn im Augenblick möchte ich nicht allein sein, und jetzt bleiben mir drei Minuten, ehe ich versuchen werde, bei dem Thema Jason Fleming um den heißen Brei herumzureden.

Es ist ziemlich schummerig hier drin, ich fädele mich an allen vorbei, um in den hinteren Bereich der Bar zu kommen. Wann immer ich gegen jemanden pralle, erwarte ich, dass man auf mich einsticht. Ich kneife die Augen zusammen, versuche, nicht die Orientierung zu verlieren. Ich wünschte, ich hätte den Durchblick, Tatsache ist aber, dass ich keine Ahnung habe, wer mich hier verarschen will. Und meine Geheimnisse hinausposaunt.

Und versucht, mich zu töten.

Okay, ich weiß, *sei nicht so dramatisch, Davis*. Es war extra scharfe Soße. Diesmal.

Ich entdecke das WC-Schild, daneben die gemalte Hand, die nach unten zeigt. Na, großartig – die Toiletten sind im Keller. Typisch für New York, aber wieso ausgerechnet jetzt?

Das Haus, in dem ich aufwuchs, hatte einen Keller, und meine Eltern richteten das Spielzimmer dort unten nicht eher ein, bis ich zehn und meine Schwester sieben war. Die Winter in Illinois sind kein Witz, und in den ersten zehn Jahren meines Lebens drangen aus dem Keller schreckliche klackende Laute, wann immer es schneite oder der Wind außer Kontrolle geriet. Der Heißwasserboiler, der Luftbefeuchter, die Elektroanlagen – alles machte unheimliche Geräusche, die wie ein Stöhnen klangen, und ich war immer zu verängstigt, der Sache auf den Grund zu gehen. Ich brauchte bloß die Tür zum Keller zu öffnen und die grauen Stufen zu sehen, die in die klamme Dunkelheit der grob verputzten Wände führten – es sah immer so aus wie in Horrorfilmen, wenn im Keller kleine Jungen oder Mädchen festgehalten werden. Schließlich wurde der Keller ausgebaut: Mein Dad verlegte Teppich und brachte Licht- leisten an, dann kamen Trockenbauwände, die gestrichen wur- den, und fortan stand ein Flachbildschirm im Keller, sodass alles erträglicher war. Denn meistens spielte ich dort unten mit meiner Schwester oder Freunden aus der Nachbarschaft – allein habe ich mich nie runtergetraut. Ich wusste, hinter der letzten Tür in der Ecke befand sich der nicht sanierte Bereich mit all den Geräten, die diese Geräusche machten. Und dort hausten die Monster.

Ich hasse Keller. Ich bin über dreißig und habe immer noch Angst.

Jetzt gehe ich genau diese unheimlichen Stufen nach unten, in die Unterwelt, wo niemand meine Schreie hören wird. Ich atme erleichtert aus, als ich zwei Unisex-Toilettenräume sehe, zwei Gäste warten, bis sie an der Reihe sind. Das bedeutet, die Toiletten sind nur jeweils für eine Person, daher brauche ich mir keine Sorgen zu machen, dass mich jemand von hinten attackiert, wenn ich meinen Schwanz in der Hand habe. Ich kann mich in meinem eigenen Shangri-La einschließen und in Ruhe pinkeln.

Ich bin fertig, betätige die Spülung, öffne die Tür und kollidiere halb mit einem Typen, der schon hineinwill, ehe ich ganz draußen bin. Ohne nachzudenken, lege ich ihm beide Hände auf die Brust und schiebe ihn von mir, bis er mit dem Rücken gegen die Wand prallt.

»Pass auf, Freundchen!«, sage ich, bereite mich innerlich darauf vor, mich zu verteidigen, und suche in seiner Miene nach Anzeichen, dass er mich kennt. Ist er etwa hinter mir her? Hat ihn jemand anders beauftragt? Hat er ein Messer dabei? Wird er mich jeden Moment niederstechen und in die Kabine stoßen, wo ich ausblute wie Kristin in ihrem Hotelbadezimmer?

»Tut mir leid, Mann«, lallt der Typ. »Hatte ein paar zu viel und muss jetzt echt mal.«

Er stolpert in den Toilettenraum und knallt die Tür hinter sich zu. Nichts weiter als ein betrunkener Spinner. Nicht jeder versucht mich zu töten.

Aber ich muss wieder nach oben, und Mike, Vicky und Suzanne haben wahrscheinlich längst Jason Fleming gegoogelt. Ich male mir aus, wie sie sich zu dritt um Mikes Smartphone drängen und von dem Unfall lesen. Andererseits ist das ein ziemlich häufiger Name. Sie wissen ja nicht mal, wo Jason lebt.

Lebte.

Als ich wieder oben ankomme, atme ich aus und bahne mir meinen Weg zurück zum Tisch, wo drei Mienen voller Ungeduld auf mich gerichtet sind. Ich deute an, dass ich kurz zur Theke gehe, um Drinks zu bestellen. Da ich mich zwischen zwei schönen Frauen hindurchzwängen muss, schenke ich ihnen mein *Hi, ich komme aus L.A.*-Lächeln, und sie machen mir Platz und lassen mich meine Bestellung aufgeben.

Der Barkeeper ist ein großer Typ, der sich den Schädel an den Seiten rasiert und das Deckhaar zu einem glänzenden Pferdeschwanz zusammengebunden hat. Er steht unter Strom, weil an der Theke jede Menge los ist, und ich spiele die übliche Trumpfkarte aus und winke mit einer Hundert-Dollar-Note – damit komme ich immer durch. Geld spricht seine eigene Sprache, was sich wieder einmal zeigt, denn der Barkeeper kommt in meine Richtung. Ich bestelle noch einmal dieselben Drinks wie vorhin und schaue dem Typen auf die Finger. Als Erstes mixt er die Bloody Marys.

»Diese ist nicht so scharf«, sagt er und schiebt schon mal eine in meine Richtung.

Ich nehme das Glas in die linke Hand und probiere. Perfekt. Der Typ greift nach einem sauberen Glas und schenkt Weißwein ein, dann zieht er die Bierflasche aus dem Eiskübel und öffnet sie.

»Macht vierundfünfzig zusammen.«

Ich bin so dankbar, ich lege die Banknote auf den Tresen und nicke den beiden Frauen zu, die mir Platz gemacht haben. »Danke. Die nächste Runde geht auf mich, und stimmt so.«

Sie himmeln mich an, und das brauchte ich, um mir in Erinnerung zu rufen, dass ich mir keine Sorgen zu machen brauche. Ich trage die vier Drinks zu unserem Tisch und sehe, dass die anderen mich erwartungsvoll anstarren. Was bedeutet, dass sie Jason Fleming gegoogelt haben und auf keinen Mist gestoßen sind. Oder dass sie auf irgendwelche hirnverbrannten Theorien gestoßen sind. Ich verteile die Drinks.

»Keine Sorge, ich habe ihm beim Zubereiten zugeschaut«, sage ich.

Vicky schnappt sich das Weinglas und nimmt einen Mordsschluck, und für einen Augenblick bin ich eifersüchtig auf ihren Freund. Mike trinkt das Bier aus der Flasche, und Suzanne rührt mit dem Papierstrohhalm in ihrer Bloody Mary, bis es aussieht, als würde die rote Flüssigkeit in einen Abfluss strudeln. Dann zieht sie den Strohhalm raus und nimmt einen Schluck.

»Also, wer ist Jason Fleming?«, fragt Vicky zum zweiten Mal. Offenbar hat sie sich Mut angetrunken, denn die Hälfte des Weins ist in Rekordzeit verschwunden.

Ich zucke mit den Schultern. *Keine große Sache.* »Ein Typ, den ich mal auf einer Mini-Schreib-Convention im Mittleren Westen getroffen habe. Müsste jetzt etwa sechs Jahre her sein.«

»Und in welchem Verhältnis stand er zu Kristin Bailey?«

Fuck. »Die beiden kannten sich. Sie kamen aus dem gleichen County in Iowa.«

»Sie sind doch aus Illinois, richtig? Ist das nicht gleich nebenan?«

Ich nicke, nippe am Glas und schlucke.

»Was haben Sie also mit ihm gemacht? Wieso sollte dieser Spinner vom Twitter-Account diesen Namen erwähnen?«

»Woher soll ich das wissen?«

»Weil du es sehr wohl weißt, Davis«, wirft Mike ein, und Zorn liegt in seiner Stimme. »Hör auf, uns zu verarschen. Ich habe von meinem Buch erzählt und dass Kristin meine Co-Autorin war. Diese Person weiß offensichtlich etwas über dich und Jason, und es ist offensichtlich etwas, das du nicht preisgeben willst.«

Ich nippe immer weiter an meinem Drink, bis ich irgendwann den Kopf in den Nacken legen muss, um die letzten
Tropfen zu ergattern, und das Eis kommt an meine Lippen. »Es
war nicht meine Schuld, dass er sein Auto um einen Baum
gewickelt hat.«

Oder vielleicht war es doch meine Schuld.

15. KAPITEL

Mike Brooks
Freitag, 14:30 Uhr

Woher soll ich das wissen, gefolgt von *Es war nicht meine Schuld* und *Wickelte sein Auto um einen Baum*: Das schreit förmlich nach Lügen. In was zum Teufel ist Davis da verwickelt? Was für eine Bedeutung hatte Jason Fleming für ihn? Wichtiger ist noch …

»Davis, willst du andeuten, dass du Verbindungen zu gleich *zwei* toten Autoren hast?«, frage ich.

Er nimmt Suzanne einfach das Glas Bloody Mary aus der Hand und leert es, während sie lauthals mit »Hey!« protestiert. Entsetzen spiegelt sich auf ihrer Miene.

Er verzieht das Gesicht, entweder von dem Extra-Schuss Tabasco, den er nicht wollte, oder wegen der Fragen. Etwas bereitet Davis Unbehagen. Ein untrügliches Zeichen.

Er stellt das Glas zu laut auf dem Tisch ab. »Was? Kennst du nicht auch mindestens zwei Leute, die tot sind?«

»Jeder kennt zwei Menschen, die nicht mehr leben. Aber zwei Tote, die beide Schriftsteller waren und sich kannten und nicht weit voneinander entfernt lebten? Dazu noch in *deiner Nähe*? Unwahrscheinlich.«

»Was willst du damit sagen, Mike?«

»Wie gut kanntest du ihn und Kristin, da wir schon dabei sind?«

»Ich habe euch gerade gesagt, dass wir uns auf einer Mini-Convention kennenlernten, als wir noch im Mittleren Westen lebten. Wir waren Newbies und tauschten uns per Mail über Sachen rund ums Schreiben aus. Hört zu, der Dude hatte ein paar Probleme. Wir wissen ja alle, wie Autoren ticken. Wir sind gequälte Individuen mit einem Hochstapler-Syndrom, abhängig von Kaffee und Alkohol. Tja, und Jason mochte nun mal keinen Kaffee. Und eines Tages machte er eine Spritztour.«

Davis zuckt nach diesen Worten mit den Schultern, als hätte der Typ ein Fahrrad mit Zehngang-Schaltung gehabt und wäre gegen einen Bordstein geprallt. Als wäre er nicht gestorben, weil er *sich um einen Baum gewickelt* hatte.

»Wenn ihr euch nicht nahestandet, wie hast du dann von seinem Tod erfahren?«

Er rutscht auf seinem Stuhl hin und her, lehnt sich dann zurück und spreizt die Beine. Macht sich größer. Als hätte er das Sagen. »Stand in der Zeitung.«

Das stimmt doch hinten und vorne nicht. Er ist zu gleichgültig. Hatte er ein heimliches Verhältnis mit Kristin? Mit Jason? »Irgendetwas sagt mir, dass Kristin wusste, was zwischen dir und Jason lief. Und jetzt sind sie beide tot.«

Davis verdreht die Augen. »Da ist nichts ›gelaufen‹, und ich weise die Andeutung zurück, dass wir ein Paar waren, Mike. Ich meine, komm schon.«

Okay, da hat er recht. Davis steht auf Frauen. »Trotzdem. Du verbirgst etwas.«

»Hey!«, mischt sich Suzanne ein. »Hört auf, ihr beiden. Wir wissen nicht mal —«

»Wie heißen Sie noch mal? *Suzanne?*«, wirft Davis ein. »Wer sind Sie überhaupt, zum Teufel?«

Suzannes Wangen nehmen die pinke Farbe ihrer Strähnchen an, und sie verstummt augenblicklich. Dann macht sie sich klein in der Ecke, nachdem sie vom Helden der Convention gemaßregelt wurde.

Ich weiß noch, als ich Suzanne das erste Mal sah. Eigentlich lernten wir uns per Mail kennen, denn so kommunizieren die Leute ja heutzutage. Als Vita Interesse erkennen ließ, sie unter Vertrag zu nehmen, fragte Suzanne nach Referenzen, und Vita schickte sie zu mir. Suzanne schrieb mir eine Mail und stellte mir alle relevanten Fragen – wie es ist, mit Vita zu arbeiten, wie ihr Kommunikationsstil aussieht, ob sie viel in die Texte eingreift –, und so tauschten wir uns eine Weile aus. E-Chatting. Sie lobte immer und immer wieder meine Arbeit – Suzanne neigt zu Übertreibungen, aber sie ist jung, und so sind die jungen Leute nun mal. Ich komme mir so alt vor, wenn ich das denke, aber es ist wahr.

Es fühlte sich gut an, wieder gefragt zu sein. Die Newcomer haben mich immer schon auf einen Sockel gehoben, sehr viel mehr als jeder halbwegs etablierte Autor, der in mir nur den Dinosaurier sieht, der nicht mehr auf der Höhe der Zeit ist und nicht mit dem sich verändernden Markt mithält. Als sie in der Stadt war, um die Dokumente bei Vita zu unterschreiben, trafen wir uns auf einen Drink. Sie lebt in New Jersey, daher ist sie häufig in der Stadt.

Aber nur dieses eine Mal. Seither habe ich sie nicht gesehen.

»Jetzt im Ernst, wer ist dieses Mädchen?«, will Davis wissen, er spricht hitzig, sieht sie an. »Sie sind ein Niemand. Sie haben noch nicht einmal Ihr Buch verkauft. Wieso sind Sie überhaupt hier?«

»Das ist tatsächlich eine gute Frage«, meldet sich Vicky zu Wort. »Was war zwischen dir und Kristin, dass der Twitter-Account nicht nur uns, sondern auch dich stalkt?«

»Leute! Wir sollten nicht übereinander herfallen«, sage ich. »Das ist genau das, was der Wahnsinnige auf Twitter erreichen will. Wir müssen zusammenhalten. Der Sache auf den Grund gehen.«

»Genau das versuche ich ja gerade, Mike«, sagt Vicky und richtet ihre Aufmerksamkeit wieder auf Suzanne. »Und? Welche Verbindung besteht zwischen dir und Kristin?«

Ich wusste gar nicht, dass Vicky so penetrant sein kann. Sie benimmt sich schon so wie Davis. »In welcher Beziehung standest *du* denn zu Kristin?«

Vicky sieht mich an, und Feuer lodert in ihren Augen. »Sie hat mit meinem Freund herumgevögelt. Sonst noch was?«

Wow. Sie sagt das so schnell, emotionslos, und ich bin vollkommen verblüfft.

Ihr Blick wird glasig, aber sie fängt sich rasch. »Ich brauche noch Wein.« Vicky legt den Kopf in den Nacken und kippt sich die letzten Tropfen Sauvignon in den Mund, ehe sie das Glas anmutig zurück auf den Tisch stellt. Dann verschränkt sie die Arme vor der Brust und reibt über die Ellenbogen, als wäre ihr kalt. Was ich bezweifle. Sie ist betrunken. Vermutlich wollte sie es gar nicht ausplaudern.

Denn, Mann, ist das jetzt ein Motiv? Nicht, dass ich glaube, dass Vicky eine Mörderin ist. Oder? Wenn das hier ein Buch wäre, wäre sie die Hauptverdächtige, aber dies ist das echte Leben. Ich bin vollkommen durcheinander.

»Wo waren Sie heute Morgen?«, fragt Davis sie und kommt mir zuvor.

Sie gibt einen höhnischen Laut von sich. »Ich brauche euch überhaupt nichts zu sagen.«

»Halten Sie das für einen Witz, Vicky? Nehmen Sie das etwa nicht ernst?« Davis wedelt mit seinem Smartphone herum, geht auf Twitter und hält ihr das Display vors Gesicht. »Denn es ist ernst.«

Vicky nimmt den Kopf ein Stück weit zurück, muss ihre Augen erst auf die Entfernung einstellen. Dann weiten sich ihre Augen, und sie reißt Davis das Gerät aus der Hand.

»Wieder ein Tweet von diesem Psycho!«, sagt sie.

Davis holt sich sein Handy zurück, während Suzanne und ich jeweils die App auf unseren Geräten öffnen.

Cheater cheater pumpkin eater, had a wife and couldn't keep her.

Ihre Blicke huschen zu Vicky, die lacht. Ich lache nicht. Denn das ist nicht lustig.

»Sorry, Murder Twitter, aber du bist zu spät«, sagt Vicky zu niemandem direkt. »Ich habe es ihnen schon erzählt.« Sie schreit in ihr Handy, in einem Singsang, als rechnete sie damit, eine Antwort zu bekommen. Als wäre der Twitter-Stalker in Wirklichkeit Siri, die dann so etwas sagt wie: *Oh, mein Fehler.* »Woher weiß der Twitter-Account, worüber wir gerade reden?«

Ist die Person hinter dem Account immer noch hier? Der Stalker könnte in unserer unmittelbaren Nähe sein. In der

Gruppe Mädchen dort an der Theke. Oder unter den Typen neben uns, die zu den Mädchen hinüberschauen. Verdammt, es könnte die Kellnerin sein oder der Barkeeper. Wahrscheinlicher ist aber – es könnte jemand sein, mit dem ich zusammensitze.

Ich taste mit einer Hand unter der Tischplatte entlang, auf der Suche nach einer Wanze. Als wüsste ich, wie sich so ein Ding anfühlt. Egal, ich habe etwas zu tun, auch wenn ich bloß ein uraltes Kaugummi ertaste.

»Checkt eure Handys«, sage ich. »Macht Bluetooth aus.«

Alle tun es, und Vickys Gesicht läuft rot an, als sie das Display berührt. »Ist aus.«

Vicky, Davis und Suzanne schauen sich wieder gehetzt um, weil wir glauben, dass man uns beobachtet. Dennoch, meine besorgte Miene und der Blick über die Schulter sind nur Show.

Ich glaube nicht, dass wir noch beobachtet werden. Ich sitze mit hängenden Schultern da.

Denn ich weiß, dass der Tweet mich meint.

16. KAPITEL

Suzanne Shih
Freitag, 14:45 Uhr

Hier mit am Tisch zu sitzen, gibt mir das Gefühl, so erwachsen zu sein. Klar, wir sind zwar alle erwachsen, aber diese drei sind wie *richtige* Erwachsene. Sie haben Schriftstellerkarrieren, sind verheiratet, haben Kinder und Filmverträge. Aber jetzt benehmen sie sich wie Kinder auf dem Spielplatz. Obwohl ich nicht gerade happy bin, dass irgend so ein Twitter-Freak unsere Unterhaltung belauscht.

Vicky zupft an ihren Fingernägeln herum. Warum ist sie so abweisend? Ich meine, ich möchte, dass wir uns gut verstehen und dass sie mich mag, aber ich kann nur an den Tweet von dieser Agentin Meghan Morgan denken, die sich fragte, wo Vicky heute Morgen war. Vicky wollte die Frage nicht beantworten, und das bringt mich zum Nachdenken.

Davis schaut immer noch ständig zur Theke, mit versteinerter Miene – was verbirgt er? Ich hasse mich dafür, dass ich ihn wie ein Fan angehimmelt und ihn für toll und so weiter gehalten habe, denn, seien wir ehrlich, er ist ein echter Arsch. Außerdem ist er super zwielichtig, was diesen Jason betrifft, den ich erst mal googeln werde, wenn ich wieder auf meinem

Zimmer bin. Ich will das nämlich nicht vor den anderen machen.

Mike sitzt wie ein Häuflein Elend da, niedergeschlagen – der Mike, den ich im Verlauf der letzten Monate ein bisschen kennenlernen durfte, seit ich bei Vita unterschrieben habe. Ihn kenne ich am besten von den dreien, und er ist der Einzige, der mit offenen Karten spielen wollte. Wir sind Gleichgesinnte.

Dann wiederum nicht. Davis ist vielleicht ein Arsch, aber er hat recht. Ich bin ein Nichts. Was mache ich hier zwischen diesen bedeutenden Leuten?

Ich dachte, dass Mike mich heute Morgen kontaktiert hat, weil wir uns vor ein paar Monaten begegnet sind, aber da lag ich falsch. Ich versuche, mich nicht von Mike vereinnahmen zu lassen, von seiner Genialität und seinem guten Benehmen, aber jetzt wissen wir, worüber er geschrieben hat. Über eine Thriller-Convention. Einen toten Autor. Einen schuldigen Co-Autor. Alle Finger zeigen auf Mike. Ich schätze, man könnte auch auf mich zeigen, deshalb tue ich mein Bestes, um keinen Verdacht zu erregen oder etwas Außergewöhnliches zu tun. Ich schaue normal geradeaus, kein hektisches Blinzeln mehr, keine zusammengezogenen Brauen, kein besorgtes Nippen am Wasserglas.

Gut. Ich bin eine Weile ein Kristin-Bailey-Fan gewesen – das ist aber keine brandneue Information. Das geht fünf Jahre zurück. Ich war ein Teenager, als ich anfing, diese Mails zu versenden. Ihre Prosa war großartig, und ich wollte so sein wie sie, daher ging ich auf ihre Website und schickte ihr eine Nachricht über den Kontakt dort. Ich schrieb ihr, Autorinnen of Color müssten zusammenhalten, ich sei ihr größter Fan und träumte davon, einen Roman zu schreiben. Stellt euch vor, wie überrascht ich war, als sie mir antwortete! Sie bedankte sich, dass ich ein Fan sei, gab mir ein paar Ratschläge und riet mir, Durchhaltevermögen zu beweisen.

Ich wette, dass sie das bereut hat.

Ich druckte mir ihre Antwort zweimal aus: Eine rahmte ich und hängte sie an die Wand, die andere hielt ich allen in den höheren Klassen in der Highschool vor die Nase. *Kristin Bailey kennt mich! Ich hab euch ja gesagt, ich werde berühmt!*

Ich fasste das als den Anfang einer Freundschaft auf. Ständig schrieb ich ihr Mails, bat um Rat, schickte ihr, was ich geschrieben hatte. Sie antwortete nicht mehr, was ich nicht verstand; denn sie hatte mir ja schließlich geraten, hartnäckig dranzubleiben. Kann sein, dass ich ein bisschen besessen von ihr war. E-Mails sind aber nur E-Mails. Es ist nicht so, dass ich bei ihr zu Hause angeklopft hätte, in ihrer Wohnung in der Lafayette Street, Block 14B, außerdem dauerte es nicht länger als eine halbe Stunde, um herauszufinden, wo sie wohnte. Es ist ja nicht so, dass ich ihr hier nach New York gefolgt bin. Oder sie umgebracht habe, um Gottes willen! Ich bin hier, weil ich Autorin bin, das ist der einzige Grund.

Andererseits … es wäre nicht gerade gut, wenn die letzten E-Mails ans Licht kämen. Als sie nicht zurückschrieb, schickte ich einfach weitere Mails und war immer frustrierter, dass daraus eine einseitige Kommunikation geworden war. Wer über die Art unserer Beziehung nicht Bescheid wusste, würde denken, dass es Drohungen waren. Davor hatte sie meine Kommentare zu ihren Tweets und auf Instagram gelikt – ich hatte ihr Zeichen nicht falsch gedeutet, deshalb war ich verwirrt, als sie mir mitteilte, ich solle aufhören, ihr zu schreiben.

Wir waren doch Freundinnen! Ich beschloss, dass sie mir nicht zurückzuschreiben brauchte, und daher verlangte ich es auch nicht mehr. Ich fühlte mich von Tag zu Tag besser, in der Gewissheit, dass ich ihr von mir erzählen konnte.

Es tat weh, als ich eine E-Mail von ihrer Agentin Penelope Jacques bekam:

Hi Suzanne,
Kristin freut sich wirklich, dass Sie so ein großer Fan von ihr sind! Aber sie hat viel zu tun. Sie arbeitet unter Hochdruck an dem nächsten großen Thriller und hat keine Zeit, Ihre Mails zu lesen! Danke, dass Sie ihre Bücher gelesen haben, und wenn Sie uns Ihre Adresse wissen lassen, sorge ich dafür, dass Sie eine Ausgabe mit einem Exlibris und ihrer Unterschrift bekommen.
Penelope Jacques, Literaturagentin

Klar, Kristin lag zumindest so viel an mir, dass sie mich wissen ließ, sie werde wieder Kontakt zu mir aufnehmen, sobald sie Zeit hätte. *Oh mein Gott*, ich bekam ein von ihr signiertes Exlibris! Ihre Handschrift war genau so, wie ich sie mir vorgestellt hatte – geneigt (sie war eindeutig Rechtshänderin), ein paar Schnörkel, ansonsten gestochen scharfe Buchstaben. Das »K« und das »B« waren riesig, fast dreimal so groß wie der Rest der Unterschrift. Ich wollte meine Unterschrift genau so einüben, wenn ich berühmt werde – ein großes »S« für meinen Vor- und Nachnamen. Aber ich war enttäuscht, als ich sah, dass für die Rückantwort ein Postfach in New York angegeben war. Nicht, dass ich zu ihrer Wohnung gelaufen wäre oder so was in der

Art, und wie gesagt, ihre Adresse war ganz leicht zu finden, aber wieso vertraute sie mir nicht? Sie kannte mich doch.

Ich bedankte mich bei ihr. Mehrmals. Okay, mehr als ein paarmal. Ich dachte, ich könnte den Kommunikationskanal so lange offen halten, bis sie wieder Zeit hätte, und erzählte ihr währenddessen ein bisschen aus meinem Leben. Dann bekam ich eine E-Mail von der Rechtsabteilung ihres Verlags.

Sehr geehrte Suzanne,
ich bin zuständig für die Rechtsberatung bei HYB Publishing. Man hat uns davon unterrichtet, dass Sie Kontakt zu Kristin Bailey aufgenommen haben. Nachdem Kristin und ihre Agentin mehrere Versuche unternommen haben, Ihre Begeisterung zu dämpfen, sehen wir uns gezwungen, Sie aufzufordern, dass Sie jeglichen Schriftverkehr unverzüglich abbrechen und von weiteren Kontaktaufnahmen absehen. Sollten Sie weitere Versuche unternehmen, werden wir im Interesse von Kristin Bailey rechtliche Schritte gegen Sie einleiten.
Mit freundlichen Grüßen
Irina Bottone, Esq.

Das war Juristensprache – ich ließ es sein. Das tat ich wirklich. Das ist jetzt ein halbes Jahr her.

Tja ... kann sein, dass ich ihr einmal eine Mail von Constantines Account geschickt habe. Okay, dreimal, und danach kamen sie als unzustellbar zurück. Ich wollte sie doch nur wissen lassen, wie gerne ich mich mit ihr beim Murderpalooza treffen würde und dass ich immer noch ihr größter Fan bin.

Als ich sie gestern an der Hotelbar sah, war das für mich, als hätte ich ein Einhorn in all seiner majestätischen Schönheit erblickt. Und jetzt ist sie tot, und das könnte auf mich zurückfallen, auf mich als besessenen Fan. Zumal die Überwachungsbänder zeigen werden, dass ich heute Morgen bei ihr war. Ich bin nämlich zu ihrem Zimmer gegangen. Ich meine, schließlich waren wir Freundinnen.

Davis und Mike haben mit ihren Sticheleien aufgehört, weil wir alle den letzten Tweet gesehen haben, **cheater cheater pumpkin eater**, unmittelbar nachdem Vicky uns eröffnet hat, was ihr Freund gemacht hat. Und ehrlich gesagt, wir haben es verdient, mehr davon zu erfahren. Vielleicht hat *er* sie ja getötet.

»Wie hast du von der Sache mit deinem Freund und Kristin erfahren?«, frage ich. »Weißt du, wo er heute Morgen gewesen ist?«

Vickys Blicke sind wie Dolche, und ich spüre die Klingen in meinem Schädel. Sie braucht mir nichts zu sagen. Ich bin ein Nichts. Sie sieht mich mit so viel Abscheu an, dass ich die Hitze in meinem Kopf spüre, und ich will einfach nur noch nach Hause, zurück nach New Jersey, zurück in Constantines Arme. Ich wünschte, ich wäre nie zu dieser Convention gefahren – was für ein Sinneswandel, wenn man bedenkt, was für Gefühle ich noch vor wenigen Stunden hatte. Was für ein Chaos der heutige Tag geworden ist.

»Ich weiß nicht, wie er sie kennengelernt hat«, sagt Vicky. »Wahrscheinlich in seiner Funktion als freier Lektor. Jim und ich frühstückten zusammen, als Kristin den Vorsitz bei einer der frühen Podiumsdiskussionen hatte.«

»Oh. Dann wissen Sie also nicht, wo er war, als sie ermordet wurde«, wirft Davis ein.

»Woher wollen Sie wissen, *wann* sie ermordet wurde?«, sagt Vicky zu ihm, dann sieht sie mich an. »Du bist die Einzige, die noch nichts gesagt hat. Wo warst du denn heute Morgen? Und in welcher Beziehung stehst du zu Kristin?«

Ich hasse Davis dafür, dass er meine Bloody Mary ausgetrunken hat, also trinke ich Wasser, was immer ein Anzeichen von Schuld in den Büchern ist, die ich lese. Ich hatte mir vorgenommen, das nicht zu tun, aber verdammt, man kriegt eben Durst.

»Ich habe heute Morgen gemeinsam mit Vita gefrühstückt.« Ich sehe schuldbewusst zu Mike, aber wir teilen uns eine Agentin, daher denkt er vielleicht, dass ich das aus einem Kameradschaftsgefühl tat. Verstärkung. »Dann war ich bei einigen Diskussionen. Ich habe eine andere Autorin kennengelernt, Tara Kretz, und hatte Lunch mit ihr. Das war, als Mike mir die Nachricht schickte, dass ich mit ihm hierherkommen sollte.«

»Verstehe«, meint Vicky. »Und in welcher Beziehung stehst du zu Kristin?« Sie lässt nicht locker. Ich schlucke gegen den Kloß im Hals an, und wahrscheinlich ist dieses Zögern zu viel, denn Vicky beugt sich vor und stupst mich heftig an. »Na los, Suzanne, spuck's aus.«

Ich meide ihren Blick, sehe auch sonst keinen an. »Ich war ein großer Fan von ihr, das ist alles.«

»Du erwartest, dass wir dir das abnehmen? Jemand bedroht uns. Dahinter muss mehr stecken. Was verheimlichst du uns?«

Sie klingt schon wie die Hauptfigur in ihrem Thriller, der für den Award heute Abend nominiert ist, und ich knicke ein.

Ich sollte es hinter mich bringen und suche die am wenigsten bedrohlichen Worte zusammen, die mir einfallen. »Ich habe ihr ein paar E-Mails geschrieben, die man womöglich als unpassend einstufen könnte.«

»Was soll das heißen?«

Das Brennen in meinen Augen bringt den Schleim in meiner Nase zum Fließen, und ich schniefe. »Ich dachte, wir wären Freundinnen. Sie antwortete mir nicht, aber ich schrieb immer weiter.«

»Und?«

»Und … dann ließ man mich wissen, ich solle das unterlassen.«

»Wer hat dir das gesagt?«

Hilfe! Ich hätte besser den Mund halten sollen. »Die Rechtsabteilung ihres Verlags.«

Sie atmen alle aus, aber nicht vor Erleichterung.

»Sie sind also eine echte Stalkerin, und jetzt sollen wir glauben, dass Sie nicht hinter diesem Mord-Twitter-Account stecken *und* dass Sie sie nicht umgebracht haben«, sagt Davis.

Arschloch. »Ich war es nicht. Wo ich heute Morgen war, kann ich nachweisen. Außerdem, hat nicht irgendjemand gesagt, es gibt Aufnahmen von Überwachungskameras?« Das sage ich, obwohl ich weiß, dass ich auf einer zu sehen bin. Ich will bloß, dass die drei mich vom Haken lassen.

Vicky gibt sich empört, dann bekommt sie eine SMS rein. Wir erstarren alle, schauen auf unsere Handys. Nichts. Nur bei Vicky.

»Oh mein Gott!«, entfährt es ihr. »Ich muss los. Jim wurde angegriffen.«

17. KAPITEL

Vicky Overton
Freitag, 15:00 Uhr

W ie meinen Sie das, angegriffen?«, fragt Davis.

»Ich weiß noch nichts Genaues«, sage ich absichtlich aufgewühlt, aber nur, weil mir dämmert, dass dieser Irrsinn noch lange nicht vorüber ist. Ich nehme meine Handtasche vom Stuhl und hänge sie mir über die linke Schulter. »Es ist auf der Upper East Side passiert. Wir sehen uns später an der Hotelbar. Lasst uns zusammenhalten.«

»Weiß Jim Bescheid, was los ist? Weiß er von den Nachrichten und dem psychotischen Twitter-Account?«

»Nein, das habe ich ihm nicht erzählt. Du hast gesagt, wir sollen vorerst nicht darüber sprechen.«

»Gut. Dann sag ihm nichts. Auch jetzt nicht.«

Ich wollte ihm sowieso nichts sagen. Ein Teil von mir, und das ist so furchtbar, ist froh, dass ihn jemand überfallen hat. Denn das hat mich davon abgehalten, ihm den Schädel zu spalten. Aber der Rest von mir ist natürlich zu Tode erschrocken, weil ich weiß, dass das als Warnung an mich gemeint ist – an uns alle. Wer immer dahintersteckt, kann uns jederzeit erwischen.

»Sollen wir uns nicht sowieso alle gegen fünf Uhr an der Hotelbar treffen? Belassen wir es dabei«, sage ich. »Die Preisverleihung beginnt um acht Uhr, versuchen wir also, die Sache vorher im Keim zu ersticken.«

»Suzanne und ich sind vor der Zeremonie mit Dustin Feeney zum Dinner verabredet«, sagt Mike. Suzanne, die ich nun liebevoll *Stalk*anne nennen werde, richtet sich bei der Erwähnung ihres Namens auf.

»Cancelt das«, sage ich. »Wir wollen doch bestimmt nicht noch jemanden in die Sache mit reinziehen. Nur wir vier heute Nachmittag. Fünf Uhr. Ich muss jetzt los.«

Ich warte die Antwort gar nicht erst ab und verlasse die Bar zuversichtlich – der irre Twitter-Typ ist nicht hier; er oder sie muss weit entfernt sein, auf der East Side, wo er Leuten auf den Schädel haut. Ich rufe ein Taxi und lese noch mal die Nachricht von Jim, die ich den anderen nicht zeigen wollte.

Ich will nicht, dass du dir Sorgen machst, aber ich werde ärztlich behandelt. Ich habe einen Schlag auf den Kopf bekommen, als ich durch ein Viertel geschlendert bin, und dann das Bewusstsein verloren. Irgendjemand fand mich vor seinem Stadthaus, blutend. Ich bin auf der 81., genau gegenüber von Lexington. Den Krankenwagen kannst du nicht übersehen.

81. Straße. Clover & Crimson ist in der West 81. Street. Jim ist im Augenblick in der East 81. Street. Im Grunde genau gegenüber von der Bar, auf der anderen Seite des Parks. *Im Grunde* – streichen! Was zum Teufel macht Jim Uptown auf der East

Side? Ich habe ihn am Times Square zurückgelassen, als ich mich auf den Weg machte, Davis, Mike und Stalkanne zu treffen, und da wollte er eigentlich zurück zum Hotel. Ist er mir zur Bar gefolgt und dann abgehauen? Weiß er von dem Twitter-Stalker?

Ist *er* etwa der Twitter-Stalker?

Diese Szenarien geistern durch meinen Kopf, als ein Taxi anhält. Ich steige ein und klebe wegen der Hitze an dem spröden Vinyl der Rückbank fest. Es stinkt hier drin, als hätte der letzte Fahrgast kein Deo benutzt und eine Diät von Eigelb und Bohnen gehabt. Ich lasse die Fensterscheibe herunter und sage dem Fahrer, wohin ich will. Er fährt los.

Weiß Jim, dass ich von seiner Affäre mit Kristin weiß? Gehörte es zu ihrem Bettgeflüster, dass sie kichernd Geheimnisse über Davis und diesen Jason-Fleming-Typen preisgegeben hat? Über ihren Co-Autor Mike? Ihre Stalkerin Stalkanne? Hatte Jim beschlossen, das gegen alle zu verwenden? Aber warum? Und warum gegen mich? Was verspricht sich Jim von alldem?

Es gibt da noch eine Frage, die ich mir nicht stellen will, aber ich tue es. Hat Jim Kristin umgebracht, weil er glaubte, er könne dadurch verhindern, dass ich von der Affäre erfahre? Oder war das ein Streit eines Liebespaars, der aus dem Ruder lief?

Mein Denken ist auf Faktensuche programmiert. Wenn jemand den Mord an Kristin aufklären kann, dann werden das Thriller-Autoren sein, insbesondere sobald man erfährt, dass das Opfer Geheimnisse hatte. Das ist schließlich unser täglich Brot. Wir fädeln es so ein, dass einer normalen Person etwas Schreckliches widerfährt, und denken uns dann eine pralle Hintergrundgeschichte aus, voller Rätsel und Geheimnisse. Als

Leser drehen wir jeden Brotkrumen zweimal um, den der Autor uns hinterlässt, und neun- von zehnmal kommen wir dahinter, wie die Story ausgeht. Das Whodunit. Wenn ich hinter alles komme, was alle gemacht haben, dann rette ich die Lage.

Das Taxi biegt in die 79., um dann durch den Park zur East Side zu fahren. Die Szenerie um mich herum ist langweilig, nur Bäume und Jogger, und mir wird klar, dass ich noch nie richtig im Central Park war, in der Nähe der berühmten Bethesda Fountain oder bei irgendeinem der kleineren Teiche und Boot-Restaurants. Ich beginne, mir mein Leben schreibend in gut besuchten Coffee Shops auf dem West Side Highway vorzustellen.

Als wir die 81. Straße erreichen, sehe ich den Krankenwagen und sage dem Fahrer, er soll mich an der Ecke rauslassen. Die Hecktüren sind offen, Jim sitzt auf der Ladekante und drückt sich einen Eisbeutel an den Kopf. Am linken Ohr ist getrocknetes Blut, ein Sani hat ihm einen Kopfverband angelegt, genau unterhalb des Haaransatzes. Er liegt nicht auf einer Trage, hängt nicht an Schläuchen oder Maschinen. Ein gutes Zeichen. Hat der kleine Mann Aua-aua? Offenbar hält er Smalltalk mit zwei Rettungssanitätern.

»Was ist passiert?«, frage ich, als ich beim Krankenwagen ankomme.

Die beiden Sanitäter stellen sich vor ihn, fast so, als wollten sie ihn abschirmen. Oh, *fast so* – streichen! Wahrscheinlich halten sie mich für eine Reporterin oder eine Wichtigtuerin.

»Ist schon okay, das ist meine Freundin Vicky«, sagt Jim.

Die Sanitäter machen mir Platz und lassen mich durch. Jim streckt mir eine Hand entgegen, mit der anderen drückt er sich immer noch den Eisbeutel an den Kopf. Aus Gewohnheit lasse ich mich von Jim in den Arm nehmen. Er drückt mir einen Kuss ins Haar und streicht mir über die Schulter, wie ein guter besorgter Freund es vor den Augen anderer machen würde.

»Was ist passiert? Und was machst du hier in diesem Viertel? Ich dachte, du wolltest zurück ins Hotel?«

»Wollte ich auch, aber vorher wollte ich hier ein bisschen herumschlendern. Ich hatte gehört, dass es hier ruhiger zugeht, und so wollte ich die Stadt auf mich wirken lassen, während du mit deinem Schreibkram beschäftigt warst.«

Lügner. Er lügt mich an. »Du wurdest also überfallen und ausgeraubt?« Jim wird zufällig überfallen, obwohl jemand hinter *mir* her ist? Sagt mir Bescheid, wenn ihr so etwas schon mal gehört habt, aber es werden Bücher darüber geschrieben …

»Nach einem Raubüberfall sieht es nicht aus«, sagt einer der Rettungssanitäter und reicht mir Jims Portemonnaie und sein Smartphone. »Er hatte seine persönlichen Sachen noch bei sich.«

Ich verstaue seine Sachen in meiner Handtasche. BINGO. Jetzt habe ich sein Handy und muss unbedingt seine Nachrichten durchgehen.

All das geht die Sanis nichts an, daher mache ich Anstalten, Jim mitzunehmen. »Kann ich ihn dann zurück ins Hotel bringen?«

»Yeah, das ist okay für uns«, sagt einer der beiden. »Die Polizei hat seine Aussage bereits, und jetzt überprüfen sie die Straße und die Überwachungskameras. Sie haben seine Kontaktdaten, man wird Sie wissen lassen, wenn man etwas gefunden hat.«

Sehr gut. »Danke, dass Sie so lange bei ihm geblieben sind«, sage ich.

Jim springt von der Ladekante des Krankenwagens und verabschiedet sich von den Sanis, dann gehen wir zurück zu der Ecke, an der ich vorhin ausgestiegen bin.

»Und? Wie war dein Treffen?«, fragt Jim.

Darüber will er jetzt sprechen? »Wer hat dir einen über den Schädel gezogen? Und was hast du eigentlich hier gemacht?« Meine Augen verengen sich vor Argwohn, weil ich ihm nicht glaube. Kein Stück.

»Habe ich dir doch gesagt. Ich wollte mich hier mal umsehen. Hast du gewusst, dass einige der Brownstone-Häuser hier an die zehn Millionen Dollar wert sind? Sogar noch mehr. Das ist doch krank!«

Ich nage auf meiner Unterlippe. Er hat das Thema gewechselt. Ich schreibe bessere Dialoge als diesen Müll, den er mir als Wahrheit verkaufen will. »Das Meeting lief gut. Themen unter Kollegen. Fahren wir zurück zum Hotel, damit du dich ausruhen kannst.«

Wir steigen in ein Taxi und schweigen die meiste Zeit, weil er über Kopfschmerzen klagt. Die hat er bestimmt. Er lehnt sich zurück und schließt die Augen. Ich krame in meiner Handtasche, wie ich es meistens tue. Sein Smartphone liegt obenauf. Ich werfe einen verstohlenen Blick auf Jim und sehe, dass er so tut, als würde er schlafen. Ich lasse sein Handy in der offenen Tasche und gebe seinen Code ein – 111222. Er ist ja so einfallsreich!

Es gibt tatsächlich diese Nachrichten zwischen ihm und »KNH«, und ich weiß, dass ihr mittlerer Name Noelle ist, weil ich das mal in einem Interview gelesen habe. Außerdem ist das der Name meiner Mutter, daher kann ich ihn mir gut merken. Die Nachrichten sind einen Monat alt und eindeutig.

Sie: **Rate mal, was für eine Farbe mein Slip hat** und **Glaubst du, Vicky ahnt was? Wirst du ihr sagen, was zwischen uns läuft?**

Und er: **Ich reiße dir den Slip vom Leib** und **Ich hab ihr gesagt ich besuche für drei Tage meine Eltern in West Palm, sie hat keinen Schimmer, dass ich nach NYC geflogen bin, um dich zu sehen.**

Tränen brennen in meinen Augen, und ich presse meine Lippen aufeinander. Hat er sie geliebt? Ich muss vorsichtig sein. Ich kann ihm nicht einfach das Handy vors Gesicht halten und schreiend weglaufen. Wir haben es mit einer Leiche zu tun. Ich muss rational bleiben, wenn das überhaupt möglich ist. Einen Tag werde ich das wohl noch aushalten.

Wenn das Vertrauen einmal weg ist, ist es für immer weg. Ich gehe den Rest der Nachrichten durch. Und finde eine, die von einer unterdrückten Nummer stammt.

Ich weiß, dass du letzte Nacht bei Kristin warst. Komm zur 81. und Lexington jetzt, oder ich erzähle den Bullen von eurem Streit heute Morgen.

Aha ... was haben wir denn hier?

Kristin Bailey
Der Abend vor dem Mord

Wie die meisten Leute stellte Kristin nie den Sound an ihrem Handy an, sodass es ein kleines vibrierendes Rechteck war, das sie ewig suchen musste, wenn sie es wieder einmal verlegt hatte. Meistens warf sie es nachlässig auf die Couch, aufs Bett oder auf einen Stapel Wäsche. Diesmal lag es auf dem Nachttisch des Hotels, wo es sich vibrierend um die eigene Achse drehte und Kristin mit einem wahren Hagel von SMS weckte. Sie versuchte sich an die Dunkelheit zu gewöhnen, auf dem Wecker war es halb drei morgens. Es konnte nur einer sein.

Mach die Tür auf.
Los, ich bin hier. Ich weiß nicht, wie viel Zeit ich habe.
Ich muss dich sehen.

Sie antwortete: **Einen Moment.**

Sie verließ das King-Size-Bett des Hotels und zitterte. Ihr hellblaues seidenes Nachtgewand brachte es nicht. Was, wenn jemand mitbekäme, dass sie um diese Uhrzeit die Zimmertür aufmachte? Sie lief ins Badezimmer, griff nach dem hoteleigenen Morgenmantel und schlüpfte hinein, ehe sie den Gürtel festzog. Es war eine dieser luxuriösen Roben, dünn und doch schwer, weicher auf der Innenseite als auf der Außenseite, und sie wähnte sich sofort in einem Wellness-Hotel, in Erwartung einer Massage. Nachdem sie einen Moment an dem Touchscreen herumgefummelt hatte, gingen die Lampen mit einem warmen bernsteinfarbenen Leuchten an, im Nachtmodus. Kristin betrachtete sich im Spiegel und wusste, dass sie nicht mit dem Seidentuch um den Kopf an die Tür gehen konnte, daher nahm sie es ab und versuchte, ihre Locken etwas aufzupeppen. Die Seide sorgte wirklich dafür, dass ihr Haar glänzte.

Nachdem sie mit Mundwasser gegurgelt hatte, rieb sie sich die Augen, damit nicht irgendwo noch Schlafdreck saß. *Krüstchen*, wie ihre Mutter immer dazu gesagt hatte. Kristin war fast vierzig und benutzte den Ausdruck immer noch. Sie erhaschte einen Blick auf das smaragdgrüne Kleid, das sie bei der Preisverleihung tragen wollte – sie sah es im Spiegel und lächelte. Sie hatte es mit dem Bügel innen an die Badezimmertür gehängt, damit die Schwaden vom Duschen die kleinen Falten glätteten. Sie liebte die Farbe dieses Kleids, das wie ein Edelstein leuchtete, sie hatte sogar ein Stirnband in der passenden Farbe: Beides sah umwerfend aus bei ihrem dunklen Haar und der dunklen Haut. Die Preisverleihung würde der Höhepunkt der Convention sein.

Die kommende halbe Stunde würde auch ein Highlight sein.

Sie schwebte zur Zimmertür und spähte durch den Spion. Jim Russell. Sie öffnete die Tür einen Spaltbreit, ließ die Kette aber noch eingehakt.

»Hat dich jemand auf dem Weg hierher gesehen?«, fragte Kristin.

»Nein«, wisperte er. »Mach schon, lass mich rein, ehe mich tatsächlich jemand sieht.«

Sie drückte die Tür wieder zu, nahm die Sicherheitskette ab und ließ ihn rein. Er grinste.

»Was ist?«

»Nichts. Du siehst süß aus. Tut mir leid, dass es so spät geworden ist, aber Vicky wollte nicht eher gehen. Ich habe versucht, sie zu überreden, dass sie gleich zur Hotelbar geht, als wir ankamen, damit wir beide mehr Zeit miteinander verbringen können. Sie ist vollkommen ausgeknockt, aber ich denke, ich habe nicht mehr als eine halbe Stunde. Wir dürfen nicht riskieren, dass man uns erwischt.«

Sie nickte. »Na, dann wollen wir keine Zeit vergeuden.«

18. KAPITEL

Davis Walton
Freitag, 15:15 Uhr

Wir einigten uns auf einen strategischen Rückzug aus dem Clover & Crimson. Suzanne brach als Erste auf, während Mike mit mir wartete. Ich sagte ihm, ich wolle als Nächster gehen, fünf Minuten später. Wenn uns ein Stalker beobachtet, hängt er sich vielleicht an Suzannes Fersen, ehe er merkt, dass sie allein ist, und dann zu uns zurückkommt. Doch dann wollte ich längst weg sein. Sorry, Mike. Ich bin wichtiger – inzwischen bin ich der größere Name. Wer auch immer dieses Spiel treibt, wird auch so denken. Die anderen sind mit ihren Informationen rausgerückt – Co-Writing, Stalking, Affären –, aber der Twitter-Stalker musste allen auf die Nase binden, was ich mit Jason Fleming zu tun hatte. Mist.

Ich gehe ein paar Blocks die Straße hinunter und warte dann an der 79. Straße, genau dort, wo sich die Querverbindung durch den Central Park schlängelt. Hier sind zu viele Leute um mich herum, als dass ich zum Ziel werden könnte. Niemand wird einen Angriff bei Tageslicht wagen.

Doch dann frage ich mich, was Vickys Freund widerfahren ist. Wahrscheinlich war es ein Raubüberfall, weil er wie ein Tourist aussah. Ich trage jedenfalls keine Socken in Sandalen.

Ich gebe meinen Code ein und öffne meine E-Mails – Grundgütiger, das sind ja über hundert, und das allein während der letzten Stunde, als ich versuchte, am Leben zu bleiben. Im Augenblick ist so vieles bei mir in Bewegung – Bücher, Film, Interviews –, ich bin omnipräsent. Ich sehe, dass mir die Programmleiterin Bee Henry geschrieben hat. Ich frage mich, ob überhaupt jemand weiß, dass sie mit richtigem Namen Banana heißt. Ich öffne die Mail.

Hey, Davis. Sicher hast du längst gehört, dass die meisten Termine gecancelt wurden wegen dieser Sache mit Kristin Bailey. Ich habe aber immer noch vor, mich heute Abend vor der Zeremonie zum Dinner zu verabreden, wenn du das auch möchtest …

Ich halte einen Moment beim Lesen inne, voller Stolz. Die angesagteste Programmleiterin des größten Verlagshauses – in der größten Stadt für Autoren auf der ganzen Welt – möchte sich immer noch mit mir treffen, obwohl einer aus unserer Zunft ermordet wurde. Alles wird gecancelt, nur ich nicht, und das lasse ich genüsslich auf mich wirken. Zur Hölle mit Vicky und Mike und diesem Mädel. Ich werde mich nicht mit denen um 17 Uhr treffen. Stattdessen treffe ich mich mit Bee.

Dann lese ich die Mail zu Ende.

… außerdem warte ich immer noch auf den Entwurf und die ersten drei Kapitel von Buch zwei. Hast du sie

ausgedruckt, damit ich sie lesen kann, oder schickst du
mir die Datei per Mail? Du weißt ja, dass ich Papier
bevorzuge, damit ich handschriftliche Anmerkungen
machen kann. Ich hoffe, dass du mir den Text heute
Abend zukommen lässt. Sag Bescheid, welche Uhrzeit
am besten für dich ist.

Scheiße.

Nein, ich habe keinen Entwurf und auch keine Seiten fertig, und eines Tages werde ich mich auf meine vier Buchstaben setzen müssen, um endlich anzufangen. Ich habe nicht nur keinen Entwurf, ich habe noch nicht einmal ein Resümee. Ich habe keine vergleichbaren Titel, die meiner Lektorin als Orientierung dienen könnten. Ich kann bei diesem Buch nicht mal mit zwei eingängigen Sätzen aufwarten. Schreibblockade? Mein Kopf ist wie ein Sieb.

Eine durchgeknallte Person ist hinter mir her, und meine Vergangenheit holt mich ein. Und Bee Henry will sich zum Dinner verabreden. Natürlich kann ich ihr nicht erzählen, was gerade passiert. Ich muss mich »L.A.-cool« geben. Ich antworte auf ihre Mail.

Bee,
toll. Ich fühle mich geschmeichelt, aber ich halte es für
keine so gute Idee, heute Abend anzustoßen. Wir sollten
für den Rest der Convention besser in Ruhe abwarten.
Bislang ist für morgen nichts abgesagt worden.
Vielleicht können wir uns dann noch einmal verabreden.
Ich lasse dich wissen, wie es bei mir terminlich aussieht,

vielleicht ist da noch ein Zeitfenster für dich und mich –
im Augenblick bin ich ziemlich ausgebucht.
Davis

So. Das Wort, nach dem ich suche, lautet S-c-h-a-n-d-e, und hoffentlich schämt sie sich, dass sie so selbstsüchtig war, nur an das Dinner zu denken und nicht an die tote Frau. Klar, ich täusche auch nur was vor, aber ich musste ja irgendwas schreiben. Auf die angeforderten Seiten bin ich nicht eingegangen. Das wird sie jetzt auch nicht tun. Sie muss wissen, dass ich gefragt bin und dass sie nicht ganz oben auf meiner To-do-Liste steht, auch wenn ich oben auf ihrer stehe.

Mit zittrigem Finger öffne ich die Twitter-App, aber es gibt nichts Neues von diesem Psychopathen. Allein will ich allerdings auch nicht durch den Park gehen, in einer Bar möchte ich ebenfalls nicht allein herumsitzen, zum Hotel will ich nicht zurück, weil sich dort mit Sicherheit der Stalker herumdrückt, aber dann komme ich zu dem Schluss, dass das Hotel die beste Idee ist. Ich kann mich in meinem Penthouse verkriechen, bis es Zeit ist, runter zur Hotelbar zu gehen. Es gibt schlimmere Orte. Immerhin habe ich eine eigene Terrasse. Solange der Stalker nicht Spiderman ist, der sich von Dach zu Dach schwingt, müsste ich auf meiner Terrasse sicher sein.

Aus dem Taxi rufe ich Penelope an, und natürlich geht sie sofort dran.

»Davis! Wo bist du?«

»Auf dem Weg zum Hotel. Und du?«

»In meinem Büro. Ich muss Kristins Verträge durchgehen

wegen ihres Vermögens. Ich muss mir da Klarheit verschaffen, weil ich weiß, dass die Anfrage kommen wird.«

Ich hole tief Atem. »Ich muss dich etwas fragen, und ich möchte, dass du das für dich behältst.«

»Oh?« Ihre Stimme steigt an. Sie ist fasziniert.

»Was kannst du mir über einen Superfan von Kristin namens Suzanne Shih sagen?«

»Ah, ja. Wow. Sie hat Kristin ziemlich wirres Zeug per Mail geschickt.«

Jetzt bin ich es, der aufhorcht. Natürlich hat Suzanne die Sache heruntergespielt, aber was für Zeug hat sie wirklich geschrieben? »Wirres Zeug, wie meinst du das?«

Ich höre Papier rascheln, gedämpfte Geräusche, daher weiß ich, dass Penelope akribisch ihren Schreibtisch durchwühlt auf der Suche nach Beweisen aus der Vergangenheit. »Soweit ich das in Erinnerung habe, schrieb sie zuerst über das, was sie selbst verfasst hatte, dann wurden die E-Mails zu Monologen, um ehrlich zu sein. Sie hatte sich ganz klar über Kristin informiert und kannte persönliche Details, die noch nicht mal ich weiß. Fast hätte man glauben können, sie war in sie verknallt.«

»Kannst du etwas davon zusammensuchen und mir dann gleich per Mail schicken?«

»Ja. Aber wieso? Stimmt etwas nicht? Du glaubst doch nicht –«

»Ich weiß nicht, was ich glauben kann und was nicht, ich spiele bloß Detektiv. Aber ich vermute, dass das, was da vielleicht zwischen Suzanne und Kristin gelaufen ist, nicht gut ist. Versprichst du mir, dass du es mir so bald wie möglich schickst?«

»Ja, versprochen. Soll ich zurück zum Hotel fahren?«

»Ich wüsste nicht, inwieweit das im Augenblick sinnvoll wäre. Kümmere dich um den Papierkram, ich schreibe dir, wenn ich was wissen muss.«

»Okay. Pass auf dich auf. Nur für den Fall, dass jemand es auf Schriftsteller abgesehen hat.«

Nur für den Fall. Wenn sie wüsste. »Mache ich.«

Ich beende das Gespräch und bin zufrieden. Wenn dieses Mädel Suzanne eine Bedrohung für mich und für all das, was ich mir aufgebaut habe, darstellen sollte, dann werde ich das im Keim ersticken. Heute Abend.

Als das Taxi vor dem Hotel hält, scheinen die Polizeisirenen verstummt zu sein – nichts als das übliche Gehupe in New York City. Auf dem Weg zu den Aufzügen fühle ich mich magisch von der Hotelbar angezogen, um mir einen Drink zu genehmigen. Aber ich gehe weiter. Ich biege um die Ecke und –

»Davis! Ich hab dich schon überall gesucht!«

Mist. Es ist … nicht Janie. Jamie? Julie!

»Oh, hi. Was gibt's?« Ich vermeide ihren Namen immer noch. Nur für den Fall.

»Ich vermisse meinen Lieblingslippenstift. Ist er mir letzte Nacht vielleicht aus der Handtasche gerollt? Ich habe eine Nachricht unter deiner Tür durchgeschoben. Weil ich deine Handynummer nicht habe.«

Ich habe den Lippenstift bei mir gesehen, aber ich will diesem Mädchen kein weiteres Futter geben.

»Okay. Ich bin gerade auf dem Weg nach oben. Ich schaue nach.«

»Toll! Kann ich mitkommen?«

Ihre Stimme ist so voller sexueller Anspielungen, dass Old Davis – der Davis von heute Morgen – bestimmt Ja gesagt hätte, sofort. Aber jetzt ist jetzt. Dies ist Davis der Weise. Ha, natürlich.

»Im Augenblick habe ich viel um die Ohren. Ich muss noch arbeiten. Verstehst du? Aber ich kümmere mich um den Lippenstift.« Der Ausdruck in ihren Augen ist voller Hoffnung. »Du hast doch bestimmt deine Nummer auf den Zettel geschrieben?«, füge ich hinzu, um sie wenigstens ein bisschen optimistisch zu stimmen.

Sie lächelt. Sie ist niedlich, aber zu jung. Was für ein Jammer, dass sie Liebesschnulzen schreibt. Im Eigenverlag? Kein Stück. Das kann ich nicht.

»Habe ich. Aber ruf mich doch jetzt an, dann hast du meine Nummer und ich habe deine.«

Ich streiche mir mit einer Hand durchs Haar, um sie zu entwaffnen – für gewöhnlich fallen die Mädchen reihenweise in Ohnmacht, wenn ich das tue –, und ich sehe, wie sie nachgibt und einen Rückzieher macht. Wenn ich ihr das hier gesagt habe. »Nachher bin ich mit ein paar Leuten an der Hotelbar verabredet. Wir könnten uns ja dort treffen?« Ich zwinkere ihr zu. »Aber jetzt muss ich wirklich los.«

Die Antwort warte ich nicht ab. Ich wende mich von ihr ab und hoffe, dass sie mir nicht folgt.

Als ich mein Zimmer betrete, sehe ich den Zettel auf dem Fußboden, mit Julies Handynummer. Der Room Service war da, und das Bett, in dem wir es getrieben haben, ist proper und gemacht, es gibt frische Handtücher im Bad, und ja, da auf dem Tisch steht der verdammte Lippenstift. Ich öffne die

Minibar, und auch dort ist alles aufgefüllt. Ich nehme ein Glas und einen Jack Daniels und beschließe, das Eis wegzulassen, denn die Eismaschine steht am anderen Ende des Korridors, und ich bin zu träge – ich brauche eine Auszeit. Ich öffne die Terrassentür, stelle das Glas auf dem Tisch draußen ab und setze mich, den Blick zum Himmel gerichtet.

Kristin Bailey.

Jason Fleming.

Tommy Johnson.

Warten wir's ab, bis die anderen von dem dritten längst verblichenen Autor erfahren, mit dem ich zu tun hatte.

19. KAPITEL

Mike Brooks
Freitag, 15:15 Uhr

Ich kann nichts dafür, ich zittere immer noch. Davis hat gerade erst die Bar verlassen (*»Komm schon, ich bin als Nächster dran!«*, meinte er), denn klar – er ist nun mal Davis Walton. Ich bin allein, aber bin ich das wirklich? Werde ich je wieder das Gefühl haben, allein irgendwo zu sein, wenn ich überall spähende Augen zu sehen glaube? Innen, draußen, online ...

Kaum dass Vicky diese SMS bekam, musste ich an meine Kinder denken. Und natürlich an Nicole. Wenn es jemandem gelingt, an Jim heranzukommen, wie soll ich da wissen, ob meine Kinder in Sicherheit sind? Ich schaue auf die Uhr – Viertel nach drei. Sie werden erst gegen halb sechs aus dem Camp abgeholt, und Nicole müsste inzwischen vom Lunch mit Donna zurück sein. Ich rufe sie an.

Der Ruf geht raus.

Zweimal.

Dreimal.

Ich male mir das Schlimmste aus. Meine Gedanken wandern sofort zu einer Szene, die aus einem meiner Bücher stammen könnte. Sie erhielt einen Anruf, dass die Kinder nirgends aufzufinden seien, und in ihrer Panik hatte sie nicht einmal Zeit, mich anzurufen oder zu benachrichtigen, während sie zur Tür hinausläuft. Oder schlimmer noch, vielleicht wurden die Kinder abgeschlachtet, und man fand sie im Park, aufgehängt an einem Ast, der Killer hinterlässt eine Notiz an ihren baumelnden Körpern, dass alles Dads Schuld sei …

Ich muss unbedingt aus dieser Thriller-Nummer raus!

Der Rufton verhallt zum vierten Mal. Ein fünftes Mal.

Ich werde fast wahnsinnig, als sie endlich abnimmt.

»Hey.«

Super gelassen. Nichts passiert. Den Kids geht's gut.

»Hey, Nicole. Alles okay? Auch bei den Kindern?«

»Warum fragst du mich das? Bist du mir gefolgt?«

Ich höre die Anspannung in ihrer Stimme. Warum muss ausgerechnet das unser Gespräch beherrschen? Was treibt sie gerade, dass sie so besorgt ist, ich könnte dahinterkommen?

»Wo steckst du?«, frage ich voller Argwohn.

»Bei Saks«, erwidert sie nüchtern.

Also Shopping. »Alles wie geplant bei Taylor und Tyler?«

Die beiden sind sechs, und ich habe mich immer noch nicht daran gewöhnt, ihre Namen auszusprechen. Das war Nicoles Idee, genau wie die Marotte, die Kinder gleich anzuziehen. Sie lässt Kleidchen für Taylor anfertigen, und Tyler bekommt dann Hosen oder Hemden in dem gleichen Muster. Ich hasse es, zuzugeben, dass sie zu *diesen* Upper-East-Side-Müttern gehört – natürlich liebt sie die Kinder von ganzem Herzen und würde alles für sie tun –, aber Nicole arrangiert auch die Sommerlager und sorgt dafür, dass die Nanny sie in der Privatschule abholt, damit sie selbst shoppen gehen kann – oder zum Lunch, zu Massagen und zur Mani-küre.

»Ich sagte doch, dass es den Kindern gut geht. Was ist der Autorin passiert? Die, die gestorben ist?«

Ich schaue erneut auf meine Uhr. Mir bleiben noch anderthalb Stunden, ehe ich Vicky, Davis und Suzanne an der Hotelbar treffe. Ich muss Nicole erzählen, was hier los ist – sie muss mehr auf ihre unmittelbare Umgebung achten, für den Fall, dass jemand versucht, über sie an mich heranzukommen. Das ist schließlich meine Familie.

»Ich komme zu dir. Ich muss mit dir reden. Wir treffen uns an der Bar im Waldorf in zwanzig Minuten.«

»Mike, warum sagst du mir nie rechtzeitig Bescheid? Ich brauche mehr als zwanzig Minuten.«

Ich schaue argwöhnisch aufs Handy, auch wenn sie mich nicht sehen kann. »Das Waldorf ist keine zwei Blocks von Saks entfernt.«

»Ich bin beladen mit Klamotten. Ich wollte gerade in die Umkleidekabine.«

»Ach so? Leg sie ab. Kannst du später noch anprobieren. Es ist wichtig.«

Sie schweigt.

Sie ist nicht bei Saks.

»Wie lange brauchst du denn bis zum Waldorf?« Ich bin so ein Waschlappen. Ich weiß, wo sie ist.

»Ich könnte es in einer Dreiviertelstunde schaffen. Aber die Kinder kommen –«

Ich unterbreche sie. »Bis nachher.«

Ich beende das Gespräch. Um die Kids kümmert sich Janina

nach dem Camp. Ich wette, Nicole hat gleich nachdem ich los bin, das Lunch mit Donna abgesagt. Ich verfluche mich, denn gottverdammt, ich hätte es wissen müssen, als ich die Hauptredner für den heutigen Nachmittag gesehen habe. Vielleicht habe ich das absichtlich verdrängt.

Nicoles alter Schwarm ist in der Stadt, genauer gesagt auf dem Murderpalooza – der Professor, bei dem sie vor gefühlt hundert Jahren studierte, als sie noch Schriftstellerin werden wollte, bevor er nach Providence zog, weil er dort einen angenehmen Job an der Brown University bekam: Kurse für kreatives Schreiben. Es war ebenjener Professor, dem sie fünf Jahre nach ihrem Abschluss wiederbegegnete und mit dem sie dann eine Affäre hatte, die einen ganzen Sommer dauerte – und ich sage *Affäre*, weil Matthew Payne selbst verheiratet ist, verdammt, und sogar noch älter als ich ist. Das war lange bevor ich Nicole kennenlernte, und ich bin nicht eifersüchtig auf ehemalige Liebhaber, aber *ähem*, mir ist es lieber, wenn es *ehemalige* Liebhaber bleiben. Er war heute Nachmittag einer der Hauptredner, und nach dem Ende dieser Podiumsdiskussion hat er bestimmt alte Kontakte in New York City aufgesucht. Wieso die Reise vergeuden?

Er sollte eigentlich darüber sprechen, wie man den Schreibstil verbessern kann. Und nicht meine Frau bumsen.

Ich werde bald wissen, ob sie mit ihm zusammen war, wenn sie anders gekleidet ist. Sie trägt superenge oder superkurze Sachen, wenn sie sich mit ihm treffen wollte. Ich frage mich, wie lange sie noch in Kontakt geblieben sind. Schaut er nur gelegentlich vorbei? Oder hatten sie Telefonsex, während ich meine Nächte damit verbracht habe, mein Manuskript mit Kristin zu schreiben?

Das ist, was Kristin und ich gemacht haben – wir haben an dem Manuskript gearbeitet. Mein Herz krampft sich wieder zusammen bei dem Gedanken, dass sie nicht mehr da ist. Sie war eine grandiose Autorin und ein toller Mensch, und es betrübt mich, wenn ich nur daran denke, was wir uns alles für unsere Werbestrategie ausgedacht hatten, wie wir Kristin einführen wollten. Alles vorbei. Von jetzt auf gleich.

Ich verlasse das Clover & Crimson in mieser Stimmung, und es ist mir egal, ob mich jemand beobachtet. Ich rufe ein Taxi und sage dem Fahrer, er soll mich am Waldorf absetzen. Mit etwas Glück ist kaum Verkehr, sodass ich in zehn Minuten da bin. So ist das in New York City. Einmal quer durch die Stadt, dreißig Blocks in südlicher Richtung dauert vielleicht nur zehn Minuten – oder aber eine ganze Stunde. Ich brauche jetzt einen Scotch, um meine Nerven zu beruhigen, besser gleich einen doppelten. Dieser Tag war für die Tonne, angefangen bei dem Mord, dann unsere neue ungleiche Gruppe bis zu dieser Twitter-Mord-Stalker-Person.

Ich muss wieder an den letzten Tweet denken, der von diesem Account stammte.

Cheater cheater pumpkin eater had a wife and couldn't keep her.

Dabei ging es um mich. Zumindest *dachte* ich, dass es dabei um mich geht.

Denn mir kann man auch nicht vertrauen. Von welcher Indiskretion weiß der Twitter-Stalker?

Von Nicoles oder von meiner?

20. KAPITEL

Suzanne Shih
Freitag, 15:30 Uhr

Ich versuche, möglichst schnell durch die Lobby bis zu den Aufzügen zu kommen – ich möchte mich nur noch auf meinem Zimmer einigeln, allein. Ich möchte mit Constantine sprechen. Ich will Jason Fleming googeln. Und ich muss mir überlegen, wie ich es erklären soll, dass ich Kristin heute Morgen getroffen habe. Egal, wer in diesem Fall ermittelt, man wird mich danach fragen, da bin ich mir sicher.

Natürlich entdeckt meine neue Freundin Tara mich sofort und kommt schnurstracks in meine Richtung. Großartig.

Ich lächele sie an. »Hey!« Etwas zu enthusiastisch. Aber sie soll nicht wissen, dass ich Angst habe. Es könnte ja sie sein. Was, wenn sie sich mit mir anfreunden wollte, um mich umzubringen? Ich darf niemandem trauen. Was, wenn sie die Stalkerin ist?

»Wo bist du gewesen?«, fragt sie und sieht mich aus großen Augen an. »Du musst dir anhören, was sich die Leute hier über Kristin erzählen.«

Aha, so läuft das. Sie will mich ausquetschen, wo ich war und was ich weiß, weil sie es war. Von jetzt an muss ich das von jedem denken, dem ich begegne. Anstatt ihr zu erzählen, wo ich war, stelle ich mich auf das ein, was sie mir zu berichten hat. Schreibende stehen eben immer gerne im Mittelpunkt der Aufmerksamkeit, daher überlasse ich ihr das Reden. Vielleicht hat sie ja irgendwelche Gerüchte gehört und will jetzt die Bombe platzen lassen.

»Und? Was erzählen sich die Leute?«

Ihre Augen sind in Bewegung. »Eine Agentin schreibt auf Twitter, sie glaubt, dass Vicky Overton etwas damit zu tun hat. Okay, das war nicht *exakt* ihr Wortlaut, aber sie hat Vickys Namen in diesem Zusammenhang erwähnt. Etliche Leute haben sich furchtbar darüber aufgeregt, und danach hat sie ihn gelöscht, aber du weißt ja, Screenshots sind für die Ewigkeit.«

Man wird über Vicky herfallen wegen dieses Tweets. Besser Vicky als ich. Ich bin die liebe, unschuldige Newcomerin Suzanne. Ich bin sowieso außen vor.

»Oh Mann, das ist hart. Hat die Polizei schon mit irgendjemandem gesprochen? Oder haben sie das Material der Überwachungskameras ausgewertet?«

»Ich weiß nichts von Videoaufzeichnungen. Ein Typ streicht hier durchs Hotel. Ich glaube, er heißt Pearson. Er spricht mit allen und jedem. Nichts Offizielles, und mich hat er noch nicht befragt, aber ich weiß ja sowieso nichts. Ich kannte Kristin nicht. Die versuchen immer noch, die Sache unter Verschluss zu halten. Ich bin ständig auf Twitter, um Neues zu erfahren, weil ich sonst nirgendwo etwas finde.«

Und jemand stalkt mich auf Twitter.

»Möchtest du einen Drink?«, fragt sie. »Ich habe vorhin bei Bethany Walter und Erik Nelson gesessen. Wusstest du, dass er

Kevin Candela seit seiner Kindheit kennt? Kevin kam vorbei und erwähnte, er sei für den Preis nominiert, und –«

Sie lässt wie beiläufig Namen von Autorinnen und Autoren fallen, bei denen ich normalerweise in Ekstase gerate, aber ich blende sie aus, weil ich allein sein will. Allein in meinem Zimmer, die Tür fest hinter mir verschlossen. Der Ruhm kann warten, weil mein Leben in Gefahr ist. Auch wenn ich Insiderwissen von den etablierten Schreiberlingen haben möchte, glaube ich, dass Tara in einem Punkt recht hat. Twitter schafft Fakten, was Schriftsteller betrifft. Ein Autor kann sich über einen anderen beklagen, und dann beziehen alle Stellung, und einer oder eine wird dann zweifellos von seiner oder ihrer Agentin fallen gelassen, und der Verlag kündigt den Vertrag. Ich habe das erlebt – die Cancel Culture, die Twitter-Universum-Autoren so lieben. Sie sind schlimmer als der Mob, und Twitter ist Tony Soprano. Ich brauche Zeit zum Recherchieren. Ich muss die Hauptfigur in meinem eigenen Real-Life-Thriller sein.

Wir verabschieden uns, und ich gehe in Richtung der Fahrstühle. Obwohl es acht in einer Reihe sind, ist keiner unten, doch dann öffnet sich eine Tür ganz links, um mich hinauf in den zehnten Stock zu bringen – das ist zwar gar nicht meine Etage, aber die Neugier treibt mich an. Der Fahrstuhl ist leer, als ich ihn betrete, wofür ich dankbar bin, aber gleichzeitig habe ich Angst, als sich die Tür leise schließt.

Hummmmmmmmmm. Aufwärts, los geht's.

Der Fahrstuhl hält im Zwischenstock, wo sich die Hotelbar befindet. *Mist.* Die Tür geht wieder auf, und ein Mann kommt herein. Er ist knapp 1,80 Meter groß, vermutlich Mitte fünfzig, zumindest sehe ich ein paar verirrte graue Strähnen in dem, was von seinem dunklen Schopf übrig ist, der sich auf beiden Seiten über seinen Ohren auftürmt. Ich muss an Danny DeVito in *It's Always Sunny in Philadelphia* denken, an die Serie, von der meine Eltern gern die Wiederholung sehen, und ich unterdrücke ein Lachen. Man kann sich nicht vorstellen, dass Danny DeVito so groß ist.

Der Mann drückt auf den Knopf für den zwölften Stock und steht dann da, die Hände locker ineinander verschränkt. Er nickt mir zu. Um den Hals trägt er ein Band mit einem Schildchen der Convention, aber ich will nicht auf seinen Namen starren. Ein Teil von mir ist super gespannt, wer das wohl sein könnte (ein berühmter Autor?), der andere Teil will Beweise, wer mir das angetan hat, damit ich mit meinem eigenen Blut seinen Namen an die Innenwand des Aufzugs schreiben kann, nachdem er mich niedergestochen hat und am Boden verbluten lässt. Bei diesem Gedanken quetsche ich mich in eine Ecke des Fahrstuhls, der mir plötzlich nur noch halb so groß vorkommt, nicht nur wegen des Typen. Die Wände scheinen auf mich zuzukommen. Ich umklammere mein Smartphone mit einer Hand und starre auf das Display, um nicht mit dem Fremden sprechen zu müssen. Ist eine schlechte Angewohnheit von mir, mit Fremden zu sprechen. Ich gehöre sonst zu denjenigen, die sich sogar mit ihrem Uber-Fahrer auf Instagram anfreunden.

Dieser kurze Trip zum Murderpalooza wird sicherlich dazu führen, dass ich fortan manche Dinge anders sehen werde.

Der Fahrstuhl hält in der zehnten Etage, und ich atme hörbar aus, als ich auf die Tür zugehe. Der Typ sagt etwas wie

Bis dann. Ich biege gleich links in den Hotelflur ab und blicke nicht zurück, ich renne fast. Als ich höre, wie die Tür zugeht, mache ich sofort kehrt und gehe den Flur rechter Hand hinunter. Er braucht ja schließlich nicht zu wissen, in welchen Flügel des Hotels ich gehe. Ich habe so schon genug Ärger.

Aber ich höre keine Schritte hinter mir. Ich bin schon paranoid.

Kristins verschlossene Tür befindet sich am Ende des Flurs und ist mit dem grellen KEIN ZUTRITT-Band der Polizei gekennzeichnet. Ich schaue zunächst nach links und rechts, um mich zu vergewissern, dass niemand in meiner Nähe ist. Der Tatort wurde vermutlich schon vor Stunden geräumt. Dann schleiche ich auf Zehenspitzen den Flur hinunter, weiß aber nicht, wie mein Plan aussieht. Mit dem Türgriff werde ich es besser nicht versuchen – Fingerabdrücke –, und ich habe das Gefühl, dass ich noch mehr in Schwierigkeiten gerate, aber verdammt, ich muss es tun. Es liegt in meiner Natur.

Als ich an der Tür ankomme, presse ich mein Ohr dagegen und bin verblüfft, als ich eine männliche Stimme höre, die leise spricht. Klingt nach einseitiger Unterhaltung, als würde jemand telefonieren. Ich stecke meinen Finger ins andere Ohr und lausche angestrengt an der Tür, um Bruchstücke des Gesprächs aufzuschnappen.

Ich weiß ... keine Sorge ... alle wissen, dass sie tot ist, deshalb müssen wir uns Gedanken um die Preisverleihung machen ...

Ich atme offenbar lauter aus als beabsichtigt, und dann verstummt die Stimme. In dem Zimmer bewegt sich jemand. Ich erstarre wie ein Reh im Scheinwerferkegel, und mein Instinkt sagt mir, dass sich jemand der Tür nähert. Die Person atmet so laut, dass ich es hören kann, und da ahne ich, dass der Fremde genau das tut, was ich gerade tue: Er presst sein Ohr gegen die Tür.

Ich jage wie ein geölter Blitz davon, in Richtung Treppenaufgang, und renne fünf Treppenabsätze nach unten, in die fünfte Etage, wo mein Zimmer liegt. Ich halte meine Karte gegen die Tür, drei grüne Leuchtsignale, dann das vertraute Klicken des Schlossmechanismus. Ich trete ein, knalle die Tür hinter mir zu, werfe einen Blick ins Bad, hinter den Duschvorhang, dann in den Kleiderschrank, nur um sicherzugehen, dass mir der schwarze Mann nicht auflauert. Mein Herz schlägt doppelt so schnell wie gewöhnlich, und im Stillen mache ich mir Vorwürfe. Womit hatte ich eigentlich gerechnet?

Wer ist in ihrem Zimmer, und mit wem arbeitet diese Person zusammen? Sind diese Leute etwa auf der Suche nach mir?

Das Hoteltelefon hat keine Nachrichten für mich, und während ich an der Minibar lehne, schreibe ich Constantine, weil ich wissen will, ob er Zeit zum Reden hat. Er antwortet nie direkt, denn meistens genießt er den Groove vor seinen Verstärkern, aber allein dass ich ihm jetzt schreiben kann, wie sonst auch, beruhigt mich zumindest ein bisschen. Als mein Herz wieder normal schlägt, ist es Zeit, mich an die Arbeit zu machen.

Ich google Jason Fleming. Es sind zu viele Leute mit diesem Namen, daher schränke ich die Suche ein: »Jason Fleming Iowa« und »Jason Fleming Iowa Autounfall«, dann scrolle ich mich durch zwei Google-Seiten, bevor ich auf eine kurze Nachricht aus einem kleinen Regionalblatt stoße.

Jason David Fleming, 26, starb am 11. Mai 2016 bei einem Autounfall. Sein Auto wurde von einem anderen Fahrer auf der Longfellow Road entdeckt, Fleming war gegen einen Baum geprallt. Vorläufigen Berichten zufolge war der Unfall weder auf Fremdeinwirkung noch auf den Einfluss von Alkohol/Drogen zurückzuführen.

Die Organisation für die Bestattung übernimmt das Hawthorne Funeral Home am 17. Mai. Die Hinterbliebenen sind seine Eltern Judy und Jason Fleming Sr., seine Stiefmutter Carla Fleming und seine Halbschwester Diana, 16. Anstelle von Blumen bittet die Familie um Spenden für die örtliche Bibliothek, Heimer Public, die Jasons Lieblingsort war.

Es gibt ein Foto, auf dem die Familie zu sehen ist. Es ist körnig und in Schwarz-Weiß, aber ich kann sein Gesicht gerade so erkennen. Etwas daran kommt mir vertraut vor, aber ich weiß nicht, was. Dennoch, ich habe die Info Heimer, Iowa. Zumindest ein Anfang.

Die Kommentare zu dem Artikel sind überwiegend ernst gehalten, aber natürlich wagen sich nachts im Netz die Trolle nach draußen. Ein Beitrag sticht besonders ins Auge.

KooKoo4: Ich hab gehört, es war Selbstmord. In seiner Tasche war eine Nachricht.

LisaPease1999: Einen Scheiß weißt du. Dein Name sagt schon alles @KooKoo4

KooKoo4: @LisaPease1999: Ich habe Bullen in der Familie. Einer war vor Ort.

LisaPease1999: Na klar. Speicher das ab unter »Dinge, die nie passiert sind« Fick dich @KooKoo4

Willkommen im Internet, Freunde, wo dieses Benehmen inzwischen zum Alltag gehört. Es wird sogar gefeiert. Retweeten und viral gehen – nur das zählt. Nicht die Wahrheit.

Trotzdem keine totale Pleite. Selbstmord? Eine Nachricht?

Ich setze meine Google-Suche mit »Jason Fleming Selbstmord« fort, bekomme aber nur ein paar mehr Treffer zu irgendwelchen Kommentaren zu Artikeln. Nichts Konkretes. Mein Bauch zieht sich zusammen, als ich »Jason Fleming Kristin Bailey« eingebe. Davis sagte doch, dass sie sich alle kannten. Ein Artikel ploppt auf – es gibt ein Interview mit ihr. Ich überfliege den Artikel, bis ich die Stelle finde.

»Jason und ich, wir waren beide in einer Kritikergruppe«, sagt Kristin Bailey, eine Freundin und Autorin aus der Gegend. »Wir haben uns gegenseitig Seiten zugeschickt, auch mit anderen Autorinnen und Autoren. Er war talentiert, aber unsicher, wie die meisten Schriftsteller. Ich wusste nicht, dass er so depressiv war. Ich frage mich, was ihn hat durchdrehen lassen.«

»Durchdrehen lassen? Die Autopsie ergab, dass er keinen Alkohol im Blut hatte. Haben Sie Grund zu der Annahme, dass er Selbstmordgedanken hatte?«

»Nein, aber wir hatten uns schon einmal über die scharfen Kurven auf der Longfellow Road unterhalten. Er hat erwähnt, dass er dort nicht gerne fuhr. Ich befürchte, dass jemand eine schlechte Kritik verfasst hat, und insgeheim wird er gewusst haben, was passieren würde, wenn er schnell fährt. Seine Eltern und seine Schwester tun mir so leid.«

Ich frage mich, ob auch Kristin von dieser Nachricht gehört hat, die in seiner Tasche gewesen sein soll. Aber das kann sie nun niemanden mehr fragen.

Sollte ich seine Familie kontaktieren, um herauszufinden, was Davis Walton mit der ganzen Sache zu tun hatte?

Ich sitze auf der Bettkante, um nachzudenken.

Dann schließt sich eine Hand um mein Fußgelenk.

21. KAPITEL

Vicky Overton
Freitag, 15:45 Uhr

Jim und ich steigen aus dem Taxi und eilen durch die Menschenmenge ins Hotel. Ich winke ein paar Leuten zu, an denen wir in der Lobby vorbeikommen, aber ich glaube nicht, dass im Augenblick viele in der Stimmung sind, stehen zu bleiben und sich zu unterhalten, denn die meisten schauen woanders hin, sobald sie mich sehen. Andererseits, der Lärm, der von der Hotelbar nach unten dringt, erzählt eine andere Geschichte. Im Coffee Shop in der Lobby stehen die Besucher der Convention in den üblichen Grüppchen dicht gedrängt um die Tische herum – diejenigen, die einen gemeinsamen Verlag oder ein gemeinsames Veröffentlichungsdatum haben oder zusammen als Newcomer in die Branche eingestiegen sind. Man erkennt sie sofort. Ich kenne die meisten von ihnen vom Sehen, wegen Twitter und Instagram. Wie haben sich Autorinnen und Autoren eigentlich vor der Zeit der sozialen Medien kennengelernt? Es gibt sicher immer noch viele Leute, die darauf aus sind, Theorien zu diskutieren. *Sicher* – streichen!

Da ich gerade von Theorien spreche, ich frage mich, welche Theorien im Augenblick im Umlauf sind. Ob sonst noch jemand den angeblichen Streit zwischen Kristin und meinem Freund mitbekommen hat? Ich kann es kaum abwarten, in meinem Zimmer zu sein und auf Twitter zu gehen.

Wir haben fast die Aufzüge erreicht, als sich mir ein hünenhafter Mann in den Weg stellt und eine Hand hochhält. *Stopp.* Er ist an die 1,90 Meter, das dunkle Haar hat er sich fast ganz abrasiert. *Ganz –* streichen! Es wird immer schlimmer mit meinen Füllwörtern. Seine dichten dunklen Brauen wölben sich über tief liegende braune Augen, und seine Wangen sind rundlich, was ihn jünger aussehen lässt als das Alter, auf das ich ihn schätze: Mitte dreißig. Er trägt ein Sportsakko über einem Poloshirt, dazu eine dunkle Hose. Am Gürtel hat er ein Abzeichen.

Ein kleines Keuchen entfährt mir, weil ich Angst habe.

»Vicky Overton?«, fragt er.

»Ja?« Er kennt mich. Er hat auf mich gewartet.

»Mein Name ist Pearson. Ich bin der Ermittler, den das Hotel beauftragt hat. Können wir reden?«

Tja, da ist er, der Moment, auf den ich gewartet habe. Ich sehe Jim an. »Geh ruhig vor. Wir treffen uns dann später.«

Pearson mustert ihn von Kopf bis Fuß. »Sie sind Jim Russell?«

»Yeah«, erwidert Jim, meidet aber den Blick des Mannes. Natürlich macht er das; er will nicht über die Platzwunde am Kopf sprechen, auch nicht über die Nachrichten in seinem Handy, von denen er nicht weiß, dass ich sie inzwischen kenne. Oh, ganz zu schweigen von der *Ich-habe-mit-der-Toten-geschlafen*-Sache.

»Sie sind zusammen?«, fragt er und zeigt anklagend auf Jim,

dann auf mich. Okay, nicht direkt anklagend, aber er ist beharrlich.

»Ja.« Jim benimmt sich dämlich. Seine Wangen sind gerötet. »Vicky ist meine Freundin.«

Noch.

»Dann sollten Sie auch bleiben«, meint Pearson. »Ich möchte mit Ihnen beiden reden.«

Jim lässt die Schultern hängen, wie ich es erwartet hatte. Erwischt.

Ich schaue mich in der Lobby um. Zur Hotelbar möchte ich nicht gehen, wo jeder sieht, dass wir uns mit dem Ermittler unterhalten. Ich habe nichts getan.

Dennoch …

Warum sind all die Leute um uns herum stehen geblieben und starren mich an? Warum stehe ich jetzt im Mittelpunkt der Aufmerksamkeit? Ich bin wohl kaum die erste Person, mit der Pearson gesprochen hat. Jeder kompetente Ermittler hätte inzwischen mit der Hälfte der Organisatoren und Autorinnen und Autoren gesprochen.

»Sollen wir uns in unserem Zimmer ungestört unterhalten?«, frage ich.

Pearsons dicker Hals zuckt, als er sich umsieht. »Nein. Dort drüben«, sagt er und deutet in eine ruhigere Ecke der Lobby, wo die mit Samt bezogenen Bänke stehen, auf denen die Gäste sonst nach dem Check-in warten, bis ihre Zimmer fertig sind. Inzwischen haben alle eingecheckt, der Bereich bei den Bänken ist leer.

»Klar«, sage ich, denn was soll ich sonst groß sagen? Ich streite mich doch nicht mit jemandem, der wahrscheinlich

160

weiß, dass mein Freund eine Beziehung mit Kristin hatte, und mich deshalb für eine Verdächtige hält.

Ich gehe voraus und sehe aus dem Augenwinkel, dass Jim hinter mir her trottet, gefolgt von Pearson. Das ist beunruhigend. Ich habe das Gefühl, über eine Planke zu laufen, und hinter mir drängt mich ein einäugiger Pirat mit der Säbelspitze vorwärts, bereit, mir in den Rücken zu stechen, sodass ich ins Wasser stürze, wo es nur so vor Haien wimmelt.

Ich möchte mich auf eine der Bänke plumpsen lassen, aber ich bleibe stehen, als ich mich Pearson zuwende. »Wie kann ich Ihnen weiterhelfen, Sir?« *Sir*. Ich gebe mich kooperativ.

Er atmet lange aus, fischt einen Notizblock aus seiner linken Brusttasche und blättert ein paar Seiten durch. Seine dunklen Augen gehen ein paar Notizen durch, langsam, und ich wünschte, ich *wäre* in der Hotelbar. Ich brauche noch einen Wein – ein Wunder, dass ich jetzt noch meinen Namen weiß. Für einen Nachmittag habe ich bereits zu viel Wein intus, und Penelope hat das Lunch abgesagt. Alles, was ich bisher hatte, war ein Bissen von Jims »Dirty Water Dog« auf dem Times Square. Ich bin ganz schön beduselt. Meine Fähigkeit, Wein zu konsumieren, ist zwar legendär, aber trotzdem.

»Vicky«, beginnt er. »Wie gut kannten –« Er hält inne, kratzt sich mit dem Bleistift am Kopf und ändert die Taktik. Sein Blick geht zu Jim. »Jim Russell, wie gut kannten Sie Kristin Bailey?«

Oh, *sehr* geschickt, Pearson. Das ist so gut, am liebsten würde ich Ihnen vor aller Augen High Five geben – denn die Leute starren immer noch herüber. Quetsch es aus ihm heraus. Moment, woher weiß *er* denn von Kristin und Jim? Mist. Die

Security hat Beweise ihrer Affäre in ihrem Zimmer gefunden, stimmt's? Sie wissen, dass sie mit meinem Freund geschlafen hat. Eine halbe Stunde, und ich trage Handschellen. *Mord aus Rache!* Ein perfekter Plot für ein Buch.

Ich setze meine schockierte Miene auf – zerfurchte Stirn, leicht vorgeschobene Lippen, als ich ruckartig Jim ansehe. *Und? Wie gut kanntest du Kristin Bailey?*

»Uh, sie ist eine Autorin. Wie meine Freundin.« Er rückt näher an mich heran. Ich unterdrücke ein Kichern.

Pearson nickt. Dann lächelt er, wobei er keine Zähne entblößt. »Sie kennen sie also von ihrem Buch bei Barnes & Noble, richtig?«

Jim sieht kurz mich an, dann wieder Pearson. »Ich bin nur als Begleitung meiner Freundin hier. Zur Unterstützung.« Er hat in den letzten zwei Minuten dreimal Freundin gesagt. Die Schuld nagt an ihm. »Ich bin kein Autor, sondern freier Lektor mit Schwerpunkt kreatives Schreiben. Das sind zwei verschiedene Dinge.«

Pearson hält seinem Blick stand. Klare Aussage. Dann sieht er mich an. »Wie gut kannten Sie Kristin Bailey?«

Darauf bin ich vorbereitet. Ich wusste, dass die Frage irgendwann kommt. »Ziemlich gut durch Social Media. Wir haben die gleiche Agentin, deshalb standen wir häufig in Kontakt. Sie ist eine brillante Autorin. *War.* War eine brillante Autorin.« Meine Mundwinkel zeigen nach unten. »Ehrlich, das Ganze ist eine Tragödie.«

»Richtig. Und wo waren Sie heute Morgen gegen zehn Uhr?«

Ich zögere, und ich weiß, dass ich erledigt bin. Aber es ist nicht so, dass diese Information beim Mittagessen der Verleger breitgetreten und per Mail an die Hälfte der Branche geht. Ich rede hier mit einem Ermittler. »Ich habe mich mit einer anderen Literaturagentin getroffen.«

Gut. Penelope kotzt mich an. Sie war toll für Kristin, aber seien wir ehrlich, es würde mich nicht schocken, wenn Kristin vorhatte, sie auch in den Wind zu schießen. Es ging immer nur um Davis Walton, die ganze Zeit, ein halbes Jahr, und ja, ich habe die Schnauze so voll, dass sie nicht auf meine E-Mails antwortet oder meine Anrufe nicht entgegennimmt. Ich habe auch einiges am Start. Solange eine Autorin oder ein Autor noch bei einer anderen Agentur unter Vertrag steht, ist es für sie oder ihn tabu – übrigens auch für die neue, Interesse bekundende Literaturagentin –, sich zu treffen und darüber zu sprechen, wer sie oder ihn fortan offiziell vertreten wird.

Ob ich mir darüber gerade Gedanken mache? Nein. Fuck it! Wein.

»Ich habe mich mit einer anderen Agentin verabredet, weil ich mit meiner jetzigen nicht zufrieden bin. Sie hat mir nicht die Art von Aufmerksamkeit geschenkt, die ich benötige, um meine Karriere voranzubringen.« Ich sage das mit Überzeugung. Es ist schließlich wahr. »Da das aber in meiner Branche nicht gern gesehen wird, wäre ich Ihnen verbunden, wenn das unter uns bliebe.«

Er kritzelt ein paar Notizen hin. »Und das kann jemand bestätigen?«

»Ja. Ich habe mich mit Gina Farrant getroffen. Sie wird das bezeugen.«

»Aha.« Mehr sagt er dazu nicht.

»Aha, was?« Nur ruhig, Mädchen.

»Laut einiger Tweets scheinen die Leute zu glauben, dass Sie es auf Kristin abgesehen hatten. Konkurrenz, verstehen Sie?«

»Was für Tweets?« Mir stockt der Atem. Noch mehr von dem verfluchten Twitter-Kram. Die Leute reden über mich? Ist das der Grund, warum alle entweder bewusst nicht zu mir herübersehen oder mich anstarren? Ich hole sofort mein Smartphone aus der Handtasche und öffne den Account des Stalkers. Von dem Irren gibt es jedenfalls nichts Neues. »Von was reden Sie da?«

Ich tippe wie eine Wahnsinnige, hashtagge meinen Namen. Was um alles in der Welt ist das hier?

Meine glasigen Augen nehmen meinen Namen wahr, immer und überall. Da ist ein Tweet von einer Agentin, Meghan Morgan, von dem die Hälfte der Branche einen Screenshot gemacht hat. Und dieser Tweet ist eine kaum verhohlene Anschuldigung. Nämlich dass ich es gewesen bin, die kleine Vicky Overton, die Kristin Bailey ausschalten wollte. Wie bitte? Warum? Wegen eines dämlichen erfundenen Preises, den irgendein dahergelaufenes Gremium verleiht? Für erfundene Szenarien? Wollt ihr mich verarschen, verdammt? Das ist kein Thriller-Buch; das ist das echte Leben. Ich schaue auf und blicke mich um, halte Ausschau nach dieser Meghan.

»Ich bringe sie um«, entweicht es meinem Mund.

Ups! *Achte auf deine Worte*, sagt Jim immer zu mir, wenn ich keinen klaren Gedanken formen kann. Tja, diesen Gedanken habe ich geformt und dann zum unpassendsten Augenblick ausgespuckt.

»Sorry, Sie wissen, was ich meine«, schiebe ich schnell hinterher.

Pearsons Lippe zuckt. Ich bin die Verdächtige Nr. 1! »Ich fürchte, mir ist jetzt nicht nach Scherzen, Ma'am.«

Bitte – Sie sind doch älter als ich, sagen Sie daher nicht Ma'am zu mir. »Warum haben Sie vorhin Jim gefragt, ob er Kristin kennt?« Ich kann doch genauso gut versuchen herauszufinden, was er weiß. Weiß er von der Affäre, oder geht er davon aus, dass die beiden sich nur kannten?

Er klappt das Notizbuch zu. »Jemand hat heute Morgen gesehen, wie die beiden sich gestritten haben.«

»Was?« Ich sage es zu laut und richte mein Augenmerk auf Jim. Er muss in dem Glauben bleiben, dass ich diese heikle Information noch nicht kenne. »Das ist eine Lüge.«

Aber um ehrlich zu sein – ich war nicht den ganzen Morgen mit Jim zusammen.

Was mich wieder zu der Frage führt – während ich mit Gina verabredet war, wo war Jim da eigentlich?

22. KAPITEL

Davis Walton
Freitag, 15:45 Uhr

Nach zwei Gläsern Jack Daniels sag ich mir: Scheiß drauf, ich werde doch wohl noch auf die Schnelle was für Bee Henry zusammenkritzeln können. Immerhin bin ich Schriftsteller. Der einzige Grund, warum ich noch nichts zu Papier gebrachte habe, ist, dass ich zu sehr abgelenkt war. Und da ist dieser Tag nicht gerade hilfreich, aber vielleicht kann ich meine innere Furcht kanalisieren und irgendwas hinrotzen.

Die Wahrheit ist, ich habe versucht, mir etwas auszudenken, das so bedeutungsvoll und exzellent wie der erste Roman ist, den ich im Lektorat eingereicht habe. Es ist hart, den eigenen Hype beizubehalten. Alle in der Branche reden immer von der Krise beim zweiten Roman und dass es sehr viel schwieriger ist als beim ersten.

Ohne Scheiß!

Ich erhebe mich von meinem superbequemen Lehnstuhl auf der Terrasse und gehe ins Penthouse. Auf dem Schreibtisch steht mein zugeklappter Laptop und verhöhnt mich. Seit letztem Monat ist er ein Accessoire, etwas, das ich in Händen halte und das mir Sicherheit gibt. *Ich bin ein Schriftsteller.* Wenn die

Leute mich mit dem Laptop sehen, wissen sie dann, wer ich bin? Schreit es nicht förmlich nach *berühmter Autor*?

Mein Laptop ist superdünn und wiegt weniger als ein Pfund, daher kann ich ihn mühelos weiter in die Mitte des Tischs schieben und aufklappen. Ich drücke eine Taste, und schon erwacht der Bildschirm zum Leben – mein Hintergrundbild ist das Cover meines ersten Thrillers *Memories Gone Wrong*, der diesen Herbst erscheint – der Titel, der mir den Film-Deal eingebracht hat. Ich werde der Spitzenkandidat für den M-TOTY nächstes Jahr sein.

Wenn ich dieses Jahr überstehe. Aber worüber schreibe ich jetzt?

Ich öffne Microsoft Word und hoffe, dass mich die Inspiration ereilt. Die einzige Thriller-Erfahrung, die ich im Augenblick gemacht habe, ist, dass vier Autoren bei einer Convention gestalkt werden. Und ich schätze, Mike hat diese Art von Story in seinem Manuskript mit Kristin unter Dach und Fach. Niemand kann einen Nachahmer leiden.

Eins der letzten Gespräche, das ich mit Kristin geführt habe, kommt mir in den Sinn – das Gespräch, nach dem sie mir erzählt hatte, was sie über mich wusste.

»Du weißt doch hoffentlich, was du zu tun hast? Du wirst all deinen speziellen neu gewonnenen Ruhm nutzen, um sicherzustellen, dass ich die nötigen Stimmen bekomme, um beim Murderpalooza den Preis für den Thriller des Jahres zu gewinnen. Du solltest dafür sorgen, dass ich auf der Bühne stehe und die Aufmerksamkeit erhalte, die mir gebührt.«

»Sei doch vernünftig, Kristin. Was soll ich denn deiner Meinung nach tun?«

»*Tja, du bist doch Davis Walton, oder etwa nicht? Du wirst schon einen Weg finden. Denk dir was aus, denn sonst* ... «

Und ich habe eine Lösung gefunden. Denn ich konnte Jonathan DeLuca, dem Vorsitzenden dieses ganzen Krams, das Versprechen abringen, dass er die Stimmabgabe beeinflusst. Als Gegenleistung habe ich ihm in Aussicht gestellt, Murderpalooza in allem zu unterstützen, was in den nächsten zwei Jahren erreicht werden soll. Dadurch wird die Convention noch bekannter, als sie es augenblicklich ist, und das wird Jonathan als Rechtfertigung dienen, die Anmeldegebühren für die Teilnahme zu verdoppeln. Man zahlt jetzt schon fünfhundert Dollar für ein paar Tage voller Panels und Veranstaltungen, und hinzu kommt noch das Hotelzimmer oder das Flugticket für die Leute von außerhalb. Ich muss wieder an die SMS denken, die er mir heute geschickt hat.

Du musst verstehen, dass sich nach dem Tod von Kristin zwischen uns nichts ändert.

Wie konnte ich bloß in diesen Schlamassel hineingeraten? Ich stecke sowieso schon knietief in der Scheiße, ich sollte vielleicht mit einem Schwamm oder einem Eimer herumlaufen.

Zeit zu schreiben. Ich schaue auf die leere Seite und beschließe, es in Angriff zu nehmen, und tippe *Der* ...

Mein Geist ist leer. Ich habe nichts zu sagen. Der *was?*

Ich erinnere mich an den Rat, den Jason Fleming uns immer in unserer Schreibgruppe mit auf den Weg gab – dazu gehörten übrigens auch Kristin und Tommy Johnson. Eine Gruppe und drei Autoren, die nicht länger unter uns sind. *Schreibt über das, was ihr kennt.* Das hat Jason immer gesagt. Schreibt über das, was ihr kennt. In diesem Zusammenhang muss ich an unsere Hierarchie denken. Kristin Bailey kam letzten Endes ganz groß raus. Jason Fleming wäre der Nächste gewesen, wenn er nicht gestorben wäre – er war wirklich gut. Tommy Johnson war hingegen so untalentiert, dass es einem schon unwirklich vorkam. Die Seiten dieses Typen strotzten nur so von all den Klischees beim Schreiben – es fing schon damit an, dass eine Figur am Anfang aufwacht, dann sein ständiges *Telling* anstatt des *Showing*, nicht zu vergessen seine dämlichen rudimentären Metaphern. Einmal, als jeder dem anderen seine Arbeit zum Lesen gab, lautete sein Text ungefähr so: »Brrr. Mir ist sehr kalt. Draußen muss es Winter sein. Ich sehe Wolken, und der Himmel ist grau.«

Aus Autorensicht ist das ziemlich schlechter Stil. Eigentlich alles daran ist mies. Es ist reines Erzählen, es ist zu passiv, es geht über das Grundlegende hinaus, und wer zum Teufel schreibt »sehr« kalt?

Jetzt sind Kristin, Jason und Tommy alle nicht mehr am Leben.

Schreibt über das, was ihr kennt.

Ach, verdammt, ich weiß, was ein guter Thriller und eine spannende Story ist. Oder ein großartiger Whodunit. Mit Figuren, die Geheimnisse haben. All die Dinge, die sie tun, um diese Geheimnisse im Verborgenen zu halten.

Ich streiche *Der* und beginne mit *Sein Talent sollte ihn weiterbringen, aber nicht in ein frühes Grab.* Ich lehne mich zurück und lese den Satz noch einmal. Soso. Kein schlechter Anfang. Ehe ich es mir bewusst mache, habe ich eine Seite geschrieben. Dann zwei. Je mehr ich schreibe, desto leichter fällt es mir, über einen rätselhaften *War-es-wirklich-Selbstmord*-Fall zu schreiben.

Sicher, meine Figuren sind keine Schriftsteller; sie sind eher so etwas wie Finanztypen. Und sie sind befreundet. Und mein Buch wird sich um eine Freundschaft drehen, die schiefgeht, und von jemandem handeln, der weiß, was läuft, dazu falsche Fährten und all diese guten Zutaten. Ich kann das schaffen. Und ich kann es so drehen, dass man den Eindruck hat, ich bringe das alles mühelos aufs Papier. Ich bin schließlich Davis Walton.

Es dauert nicht lange, und ich habe ein ganzes Kapitel fertig. Zu Beginn fährt Figur A mit seinem Kumpel, Figur B, zusammen in seinem Auto. Figur B treibt Figur A in den Wahnsinn, es geht um Aktienkäufe, die nicht gut laufen, bis es zu einem Streit kommt, was Figur A dazu veranlasst, zu schnell um eine enge Kurve zu fahren. Das Auto gerät ins Schleudern und prallt mit der Fahrerseite gegen einen Baum, der Airbag geht auf und bricht Figur A das Genick. Figur B hat nur eine Platzwunde am Kopf und Schmerzen im Nacken davongetragen, Schleudertrauma im Wesentlichen. Er will nicht, dass irgendwer erfährt, dass er an diesem Abend mit Figur A zusammen gewesen ist (dazu später mehr, denn, ist doch klar, ich meine, es soll eine spannende Story sein, da kann ich nicht schon im ersten Kapitel mein ganzes Pulver verschießen), deshalb kritzelt er *Tut mir leid* auf einen Zettel und steckt ihn Figur A in die Tasche, ehe er aus dem Auto steigt, unbemerkt. Auf diese Weise sieht es wie ein Selbstmord aus. Was passiert ist, war nicht Figur Bs Schuld – wirklich nicht. Es war kein Mord. Er wollte einfach nichts mit den Folgen zu tun haben. Er hatte andere Pläne für sein Leben.

Schreibt über das, was ihr kennt.

Die Notiz, die ich schrieb und in Jason Flemings Tasche stopfte, lautete *Ich werde es als Autor nie zu etwas bringen*. Danach ging ich fünfzehn Meilen zu Fuß, bis es hell wurde, über eine Bundesstaatengrenze hinweg. Ich wohnte damals in Illinois an der Grenze zu Iowa, wo Jason Fleming lebte. Fast zwei Wochen lang habe ich mich allein um mich selbst gekümmert. Während meine Prellungen verheilten und ich wieder den Kopf richtig drehen konnte, stürzte ich mich ins Schreiben und Lektorieren. Es dauerte Jahre, bis das Meisterwerk *Memories Gone Wrong* so weit gediehen war, dass man es Verlagen anbieten konnte.

Die einzige Person, die wusste, dass ich auch an diesem Abend im Auto saß, war Tommy Johnson, und zum Glück ist er ebenfalls tot.

Aber jetzt wissen andere Leute über Jason Fleming Bescheid, und ich habe Bedenken, dass rauskommt, wie Tommy Johnson verschwunden ist.

Penelope sollte besser etwas gegen dieses Mädel Suzanne in der Hand haben, die Kristin gestalkt hat. Alle sollten sich stattdessen auf sie konzentrieren.

Wenn sie nämlich noch weiter bei mir nachbohren, dann kriegen sie noch raus, dass ich Tommy Johnson getötet habe.

23. KAPITEL

Mike Brooks
Freitag, 15:45 Uhr

Mein zweiter Scotch ist unterwegs zu mir, während ich auf Nicole warte. Sie sollte sich besser das Höschen hochziehen und sich in der nächsten Viertelstunde hier blicken lassen.

Die Lobby-Bar im Waldorf gehört zu meinen Lieblingsbars in New York. Das Dekor schreit förmlich nach dem alten New York, mit der dicken Theke aus Eiche, eingefasst von Säulen im Onyx-Gold-Look, die sich weiter durch den Raum ziehen. Es ist warm und einladend hier, auf den Tischen stehen farbenprächtige Blumen – heute zur Abwechslung mal pink –, um einen Kontrast zum sauberen und anständigen Flair zu bilden. Die Leute tummeln sich in der Bar – Geschäftsleute schließen einen Deal per Handschlag, Touristen betrachten staunend die vergoldete Decke.

Mein Jackett hängt über der Lehne eines Stuhls, den ich für Nicole reserviert habe. Die Bar ist zwar nicht so voll, dass ich einen Platz freihalten müsste, aber als Ehemann mache ich das natürlich. Ich knete meine Hände, während ich mir vorstelle, wie sich meine Frau mit Matthew Payne im Bett wälzt. Sie verschachert die Kinder an irgendeine Betreuung im Camp, dann soll sich Janina um die beiden kümmern, nur damit meine Frau mit diesem Idioten herummachen kann.

Dann ist da noch der Spruch von dem Twitter-Account. **Cheater cheater.**

Ich trommle nervös mit den Fingern auf den Tisch – *rat-a-tat, rat-a-tat* –, bis die Kellnerin endlich mit meinem zweiten Drink kommt. Sie legt eine neue Cocktail-Serviette auf den Tisch und stellt darauf meinen Drink ab, dann nimmt sie das leere Glas mit, an dessen Boden die alte Serviette klebt. Der einsame große Eiswürfel schmilzt eine Weile vor sich hin, ehe ich das Glas nehme und daran nippe. Ich sehe wie ein verdammter Alkoholiker aus, wenn ich hier allein herumsitze. Vor zehn Jahren hätte mich wahrscheinlich irgendjemand entdeckt. *Bestseller-Autor Mike Brooks sitzt allein in der Bar und lässt sich volllaufen.* Heute würde ich es nicht mehr in die Zeitung schaffen, es sei denn, ich spende die Hälfte meiner Honorarabrechnungen krebskranken Kindern. Könnte sein, dass meine bevorstehende Scheidung für Schlagzeilen sorgt. Könnte sein. Verflucht, vielleicht wäre ich wieder ein akzeptabler Junggeselle. Unwillkürlich fasse ich mir an meinen leicht vorstehenden Bauch – so war das nicht, als ich in meinen Dreißigern war, so viel steht fest. Meine Ich-bin-fast-fünfzig-Selbstachtung ist so, als würde ich ein T-Shirt im Pool tragen.

Ich male mir schon wieder Sachen aus, die vielleicht gar nicht stimmen. Schließlich habe ich keinen Beweis, dass Nicole bei Matthew Payne ist. Ist nur so ein Bauchgefühl.

Ich nehme einen ziemlich großen Schluck Scotch, als Nicole hereinkommt, der Luftzug der sich schließenden Tür weht ihr einmal durchs Haar. Anders als ich vermutet habe, trägt sie nichts Hautenges oder Superkurzes, allerdings hat sie auch nicht mehr das Kleid an, an dem ich heute Morgen den Reißverschluss zugemacht habe. Also hat sie sich doch umgezogen. Warum? Anscheinend hatte sie Lunch mit Donna, ehe sie zu Saks zum Shoppen gegangen ist. Anscheinend.

Sie entdeckt mich und winkt, und ich versuche, ihre Miene zu deuten. Sie hat für jede Gelegenheit die passende. Ob sie stolz auf ihre Kinder ist? Sie blinzelt. Hatte sie zu viel Wein? Ihr rechtes Auge hängt etwas tiefer. Mal eben so fünf Riesen bei Saks gelassen? Sie schürzt die Lippen. Doch jetzt lächelt sie. Sonst nichts. Sie gibt sich neutral.

Sie fühlt sich schuldig. Sie tut das mit Absicht.

»Hi«, sagt sie, als sie bei meinem Tisch ist, und beugt sich für einen Kuss zu mir herab. Normalerweise stehe ich auf, wenn ich sie begrüße, aber im Augenblick kann ich mich nicht dazu aufraffen. »Was war jetzt so dringend? Weiß man inzwischen, was der toten Autorin widerfahren ist?«

Das ist das zweite oder dritte Mal, dass sie so distanziert und beiläufig darüber spricht. Sie ist keine tote Autorin; Kristin war eine Freundin. Ich mustere Nicole, als sie ihre große Louis-Vuitton-Handtasche auf den Stuhl neben sich legt – Gott bewahre, wenn sie den Boden berührt – und ihr Baumwollkleid unter ihrem Arsch glatt streicht, ehe sie sich setzt.

»Die tote Autorin hat einen Namen. Kristin Bailey«, sage ich. »Sie wurde ermordet.«

Die Farbe weicht aus ihrem Gesicht. »Auf der Convention?«

»In dem Hotel, in dem die Convention stattfindet, ja.«

»Gott! Weiß man schon, wer es getan hat?«

Sie stellt ihre Fragen ziemlich kühl und winkt der Kellnerin, um sich ein Sodawasser mit Limonenspalte zu bestellen. Während des Tages trinkt sie keinen Alkohol. Hat irgendetwas mit »Fältchen« zu tun.

»Nicht, dass ich wüsste. Aber ich war zuletzt kurz nach dem Mittag im Hotel, und zu dem Zeitpunkt herrschte dort Chaos.«

»Hm. Und wo warst du dann?«

Wo warst *du* denn?

»Ich habe mich mit ein paar anderen Autoren getroffen. Vicky Overton. Suzanne Shih. Davis.« Kein Nachname erforderlich. Madonna. Cher. Prince Harry.

»Wow, er hat den Nachmittag mit dir verbracht?«, fragt sie und sieht mich aus großen Augen an.

Klar. Weil ich nicht mehr länger angesagt bin. Ich habe ihr noch nicht erzählt, dass Vita mein Manuskript nicht mehr an den Mann bringen will, weil es darin genau um das geht, was passiert ist. Und ups, in der Story habe *ich* es getan. Anstatt zuzulassen, dass sie mir das Gefühl gibt, ein Stück Dreck zu sein, gehe ich in die Offensive.

»Warst du heute Nachmittag mit Matthew Payne zusammen?«

Ihre Miene verändert sich, und ich weiß sofort, dass ich falsch damit lag, dass sie eine Affäre mit ihm hat, weil Nicole nicht schuldbewusst aussieht; sie sieht verletzt aus.

»Was? Ist er hier?«

Vierzig zu werden, hat Nicole arg zu schaffen gemacht. Sie sieht immer noch toll aus, auch wenn einiges an ihr künstlich ist, aber die Zahl an sich, das Ganze mit dem *mittleren Alter* ist ihr gar nicht gut bekommen. Jetzt ist sie einundvierzig, und soeben hat sie erfahren, dass ihr Ex-Lover, mit dem sie eine leidenschaftliche Affäre hatte, sie nicht angerufen hat, als er nach New York kam. Sie ist sauer, weil sie nicht mehr jung ist, und ich weiß, dass sie sich vorstellt, wie er den Mädels Anfang zwanzig nachstellt, wie er es getan hatte, als sie in dem Alter war.

»Er war einer der Hauptredner auf der Convention. Und dann, bei allem, was heute Morgen geschehen ist ...« Ich zucke mit den Schultern. »Da nehme ich doch an, dass er einen freien Nachmittag hatte.«

»Ja, und? Da dachtest du, dass er mich angerufen hat? Schlimmer noch, du dachtest, ich hätte dich angelogen und wäre gleich zu ihm gerannt, um mit ihm zu schlafen?«

»Du trägst ein anderes Kleid.«

»Ich habe mich nach dem Lunch umgezogen. Es ist heiß heute, ich war verschwitzt.«

Ich komme mir wie ein Arsch vor, geschieht mir recht. Ich atme lange aus. »Tut mir leid, Nic. Ich hatte einen stressigen Tag.«

Ich beuge mich vor und reibe mir die Schläfen. Dieser *cheater cheater*-Tweet galt dann also klar mir. Gott, es war doch nur ein einziges Mal. Es war gar nicht meine Absicht. Ich suche keine Ausflüchte, weil das, was passiert ist, falsch war. Es kam nicht mal zum Sex, es war nur wildes Knutschen und Rummachen, auch wenn das die Sache an sich nicht besser macht. Aus meiner Sicht fing alles mit einem harten Tag an, Kristin und ich, wir hatten eine Meinungsverschiedenheit, und ich bin wütend abgedampft. Ich fing an zu trinken, und da war sie und füllte meine ganze Wahrnehmung aus – zunächst war da nichts Körperliches, aber sie schmeichelte mir wegen meiner früheren

Romane. Ich war schwach. Sie sagte mir, ich sei brillant, und das hatte ich schon seit Langem nicht mehr gehört. Als sie mir eine Hand aufs Knie legte und in Richtung Toilettenraum nickte, wurde ich schwach.

Das war hundertprozentig mein Fehler, und glaubt mir, ich habe mir selbst am meisten Vorwürfe gemacht.

Offensichtlich hat sie das jemandem erzählt, aber von mir weiß es keiner. Aus Scham habe ich geschwiegen. Und jetzt weiß es der Twitter-Stalker. Jetzt stelle ich alles infrage. Alles und jeden, der mir heute begegnet ist.

Ich lege Nicole eine Hand aufs Knie. Zeit, reinen Tisch zu machen.

»Da ist noch etwas, das ich dir sagen wollte.«

Sie nippt an ihrem Sodawasser und zieht die Augenbraue hoch, jedenfalls so weit, wie es das Botox erlaubt. Sie tut das nicht aus echter Neugierde, sondern vielmehr aus einer *Was-willst-du-mir-da-erzählen*-Haltung. Und als Feigling, der ich bin, kneife ich. Obwohl ich es eigentlich hinter mich bringen will, für den Fall, dass mir die Sache von damals um die Ohren fliegt, beschließe ich, diese Brücke hinter mit abzubrechen, wenn es so weit kommt. Daher erzähle ich ihr die andere Sache.

»Kristin Bailey – sie war meine Co-Autorin.«

»Was?« Nicole verschluckt sich fast. Jetzt kann ich ihre Miene deuten. Schock-und-Furcht-Taktik. »Bist du in Gefahr?«

»Ich bin mir nicht sicher. Aber da ist noch mehr.«

»Dachte ich mir. Darfst du endlich das Manuskript verkaufen?«

Ich hole tief Luft. »Das ist noch meine kleinste Sorge. Vita hat mir bereits gesagt, dass sie es nicht auf den Markt bringen will.«

»Na großartig.« Sie schlägt mit der flachen Hand auf den Tisch. »Seit einem Jahr bist du fast jeden Abend weg und arbeitest an dem Ding. Und jetzt höre ich, dass die Co-Autorin tot ist und die Arbeit für die Katz war?« Sie trinkt das Sodawasser aus, spießt das Stück Limone mit ihrem Strohhalm auf, sieht mich aber nicht an. »Das sollte dein großes Comeback werden, Mike.«

»Ich weiß, aber –«

»Vielleicht kannst du das für dich nutzen. Die Publicity. Postum und so weiter. Lieben Autoren und Autorinnen so was etwa nicht?«

»Gott im Himmel, Nic. Hörst du dir überhaupt zu, was du da sagst? Die Leiche ist nicht mal kalt.«

»Worum geht's denn eigentlich in dem Buch?«

»Tja, das versuche ich dir ja gerade zu erklären. Es geht um Co-Autoren, von denen niemand etwas weiß, und eine davon wird bei einer Convention getötet. Und in dem Buch ist der Co-Autor der Täter.«

Sie hört auf, über mich hinweg zu reden, und starrt mich an. Jetzt stützt sie den Kopf in die Hände. »Was machen wir denn jetzt, Mike? Wenn du das Buch nicht verkaufen kannst, was sollen wir dann mit dem Geld machen?«

»Geld? Wir haben jede Menge Geld.« Wie oft muss ich sie noch daran erinnern, dass ich früher einmal der nächste Michael Connelly war? Meine Vorschüsse haben sich immer ausgezahlt, und außerdem bekomme ich immer noch Honorarabrechnungen von Buch Nr. 1. Komm schon, Frau, wer, glaubst du, bezahlt deine Kreditkartenrechnungen und die Schönheits-OPs?

»Wir brauchen ein größeres Haus«, sagt sie.

Wie konnte ich das vergessen? Jeden Monat höre ich mir an, wie es wäre, wenn wir ein Haus mit allem Drum und Dran hätten, am besten gleich mit Fitnessstudio und Dachterrasse für Partys.

»Ich habe dir doch gesagt, mir gefällt, wo wir wohnen. Es ist dort nicht so unzumutbar, wie du es immer darstellst.«

»Tue ich doch gar nicht«, sagt sie wie eine Teenagerin, der man vorwirft, bei einer Prüfung betrogen zu haben. »Mike –« Tränen schillern in ihren Augen, ehe sie weiterspricht. »Ich bin schwanger. Ich war nicht shoppen bei Saks. Ich war bei der Ärztin, um die Bestätigung zu haben. Ich wollte es dir nicht unter diesen Umständen sagen.«

Halt, stopp.

Ich habe das Gefühl, als hätte mir jemand mit einem Baseballschläger vor die Brust geschlagen, und dann überkommt mich eine große Ruhe. Natürlich freue ich mich. Meine Frau und ich haben noch ein Kind gezeugt. Aber mit einundvierzig und siebenundvierzig komme ich nicht umhin, mir vorzustellen, wie viel schwieriger das werden wird. Ich hatte eigentlich nicht vor, mit fünfzig mit Windeln und Aufs-Töpfchen-Gehen beschäftigt zu sein.

Ich stehe auf, ziehe Nicole auf die Füße und umarme meine Frau. »Das sind tolle Neuigkeiten.« Ich drücke ihr einen Kuss auf die Stirn, dann küsse ich ihre perfekt gestylte Nase.

Sie hat Tränen in den Augen. »Wirklich? In meinem Alter

ist das schon eine Risikoschwangerschaft, und es ist noch so früh. Außerdem hatte ich nicht vor, mit Mitte vierzig auf Windeln und den ganzen Kram zu achten.«

Von jetzt auf gleich weiß ich, dass alles gut wird, wie auch immer die Sache laufen wird. Zumindest im Buch des Lebens stehen unsere Namen auf derselben Seite.

Da ich gerade von Seiten spreche, ich muss einen Weg finden, dieses Buch zu veröffentlichen – auch wenn mich das zu einem Verdächtigen macht. Und ich muss tun, was ich tun muss, um sicherzustellen, dass mein Murks nicht auffliegt.

Ganz gleich, was ich dafür tun muss.

Was wiederum bedeutet: Wenn ich dafür jemanden aus meiner neu gegründeten Truppe opfern muss, sei's drum.

24. KAPITEL

Suzanne Shih
Freitag, 15:45 Uhr

Ich sitze auf dem Fußboden, lehne mit dem Rücken an der Schranktür und zittere. Constantine kapiert nicht, warum ich nicht mit ihm sprechen will. Er hat ja auch nicht die letzten paar Stunden durchlebt, die ich durchlebt habe, und er ahnt nicht, in was für einer Gefahr ich schwebe. Sich in mein Hotelzimmer zu schleichen und mir eine Heidenangst einzujagen, indem er sich unterm Bett versteckt und mich dann am Fußgelenk packt – normalerweise stecke ich das weg, aber heute bin ich einfach ... ich schaffe das nicht.

»Das war doch nur ein Scherz«, meint er. »Ich dachte, das wär lustig.«

»War es aber nicht«, sage ich. »Wie bist du überhaupt reingekommen?«

Er verdreht die großen Rehaugen. Er trägt wieder Eyeliner, und sein zu langes, mit der Rasierklinge gestutztes Haar wackelt, als er lacht. »Weißt du noch, ich habe dir doch erzählt, wie meine Ex und ich uns einmal in ein Hotelzimmer geschlichen haben, oder? Da hab ich es auch so gemacht. Ich wartete auf den Room Service, und als sie wieder ging, bin ich einfach rein, als würde mir das Zimmer gehören. Wahrnehmung wird Realität, du weißt schon.«

Constantine ist so viel selbstbewusster als ich. Er ist ein paar Jahre älter – sechsundzwanzig, und er drängt mich, unabhängiger zu werden und mehr Kontrolle über mein Leben zu bekommen. Nicht nur mit Blick auf meine so konservativen Eltern – seine ließen sich scheiden, als er fünf war, und heirateten kurz darauf ihre neuen Partner. Er hat Halbgeschwister und Stiefgeschwister und lebt seinen sorgenfreien Band-Lifestyle ohne irgendwelche Strukturen. Einen Tag verbringt er mit Jammen und raucht Gras, am nächsten Tag füllt er die Regale bei Target auf (wo er seine Kohle verdient), den Tag darauf verbringt er am Strand und lässt sich volllaufen. Er kapiert es einfach nicht.

»Ich hätte fast einen Herzanfall gehabt. Hier wurde heute jemand ermordet!«

»Was? Oh mein Gott, das ist ja furchtbar. Wieso hast du mir nichts gesagt?«

Ich schüttele den Kopf. »Ich hatte viel zu tun. Es war eine Autorin, deshalb ging hier alles drunter und drüber. Als du mich vorhin gepackt hast, dachte ich, ich wäre die Nächste.«

»Wie kommst du bitte schön darauf, dass du die Nächste bist?«

Wenn er wüsste! Es ist nicht sein Fehler, dass ich ihm nichts erzählt habe. Und ich kann es immer noch nicht. Ich muss ihn aus allem heraushalten, was hier läuft. Abschottung.

Er kommt zu mir gekrochen und legt mir einen Arm um die Schultern. Ich glaube, er ahnt, wie ich zittere, vielleicht spürt er es sogar, denn er streichelt mir über den Kopf und küsst meine

Schläfe. »Tut mir leid.« Ich habe beide Arme um die angewinkelten Knie geschlungen und das Kinn auf die Knie gestützt. Er zieht mich in dieser Haltung zu sich und hält mich. »Bist du wenigstens froh, mich zu sehen? Die Jungs sind abgehauen, weil die Freundin oder der Freund von einem ihnen wegen irgendetwas dumm gekommen ist. Ich wollte dich überraschen, deshalb hab ich kurz entschlossen den Zug genommen.«

Ich bin froh, ihn zu sehen. Jetzt, da er hier ist, sind wir nur ein junges Paar in einem Hotel, erkunden New York, wie wir es gemacht haben, als wir uns vor ein paar Monaten kennenlernten. Dennoch, ein Teil von mir ist sauer auf ihn. Ich sagte ihm, dass ich während der Convention arbeiten muss und dass Vita Meetings arrangiert hat, um zu versuchen, meinen Roman auf den Markt zu bringen. Ich bin erst gestern Abend angekommen und in weniger als zwei Tagen wieder zu Hause. Heute Abend findet die Preisverleihung statt. Ich muss Kontakte knüpfen. Wieso lässt er mir nicht die Zeit, das zu tun, was ich tun muss? Ich habe bis in den Abend hinein zu tun. Wie hatte er sich das überhaupt gedacht, wenn ich nicht zufällig auf mein Zimmer gegangen wäre? Wollte er etwa bis Mitternacht unter meinem Bett liegen?

Ich schmiege mich kurz an ihn, um ihn zu beruhigen, gebe ihm dann einen flüchtigen Kuss und stehe auf. Ich schaue mich nach dem Handy um, das ich fallen gelassen habe – oder weggeschleudert habe? –, als ich schrie, weil da die Hand an meinem Knöchel war.

»Suchst du das hier?«, fragt er und holt es hervor, er hatte darauf gesessen. Dann wirft er einen Blick aufs Display. »Wer ist Jason Fleming?«

Ich reiße ihm das Smartphone aus der Hand, weil ich ihm nicht erklären will, was mich heute alles beschäftigt hat. Jedenfalls noch nicht.

»Er war der Freund von einem meiner Kollegen, mit dem ich mich angefreundet habe.«

»Oh, hast du eine Menge neuer Freunde kennengelernt?«

Constantine klammert eigentlich nicht, im Gegenteil, er ist ein bisschen distanziert. Vielleicht wird ihm klar, wie unterschiedlich unsere Welten sind. Ich hoffe, dass sich mein Leben in Richtung Bücherlesungen und Podiumsdiskussionen und Filmpremieren entwickelt. Ich werde im Rampenlicht stehen und über den roten Teppich flanieren, und wenn es das Letzte ist, was ich tue. Er glaubt zwar, dass er und seine Band die nächste *Panic! at the Disco* sind, aber sie haben noch nicht mal richtige Gigs – sie spielen in Bars und auf Jahrmärkten. Ich meine, ich habe eine richtige *Agentin*. Er muss mir jetzt Zeit lassen, meine eigene Marke zu werden, damit mein Name etabliert ist. Ich will, dass jeder den Namen Suzanne Shih kennt, als wäre ich eine der Kardashians.

»Ja, ich habe jede Menge Leute kennengelernt.« Ich zögere. Heute Morgen war ich so aufgeregt, in den Social Media zu posten, dass ich mit Vicky, Davis und Mike abhänge. Aber jetzt ... scheiße, Vicky ist so gut wie die Mörderin, wenn es nach dem Twitter-Mob geht, Davis hat sich als kompletter Vollidiot entpuppt, und Mike ... tja ...

»Ich weiß, dass du manchmal glaubst, ich würde deine neue Karriere nicht unterstützen, deshalb habe ich getan, was ich für dich tun sollte.«

Hä? »Wie meinst du das?«

Er kriecht zum Bett, unter dem er einen Beutel versteckt hat. Er öffnet ihn und kramt darin herum. Ich kann Kleidungsstücke erahnen und, heiliger Bimbam!, hat er etwa vor, über Nacht zu bleiben? Das passt mir im Augenblick aber gar nicht, doch wie soll ich ihm beibringen, dass er wieder nach Hause fahren soll? Er kann nicht bleiben. Kann er einfach nicht.

Ich werfe einen Blick auf die Uhr und registriere, dass mir noch weniger als eine Stunde bleibt, ehe ich die Gang unten an der Bar treffe. Schließlich kramt er unten aus dem Beutel sein Smartphone hervor, ehe er ein paar Buttons drückt. Lächelnd reicht er mir sein Handy. Auf seinem Unterarm prangt das Tattoo *Just Breathe*, und ich versuche, den Ratschlag zu beherzigen, einfach ruhig durchzuatmen.

»Was zeigst du mir da?« Ich schaue angestrengt aufs Display. Nein.

Nein, nein, nein, nein, nein, nein, nein …

»Das ist das Interview, das ich für dich für die ›Next To Die‹-Serie für Murderpalooza machen sollte. Ich habe die Fragen im Zug beantwortet und schon abgeschickt.«

Wovon redet er da? Ich habe nie und nimmer so was zugestimmt. Meine Hände zittern, aber irgendwie schaffe ich es ins Bad, weil ich eine Haarklammer brauche, um mein Haar im Nacken zusammenzustecken. Ich nehme eine kleine Flasche Wasser aus dem Mini-Kühlschrank, auch wenn man mir dafür sechs Dollar berechnen wird, und setze mich aufs Bett. Die E-Mail kam von MPaloozaNxt2Die@gmail.com

Natürlich, woher sonst?

Hi Constantine Walker! Wir machen eine limitierte Serie
über ein paar der weniger bekannten Autor:innen, um
deren Profil zu schärfen, und Suzanne Shih hat uns deine
Kontaktdaten gegeben. Wenn es dir nichts ausmacht, diese
Fragen so schnell wie möglich zu beantworten, könnten
wir ihr Murderpalooza-Profil erstellen. Danke, und dir
einen Mords-Tag!

Nein, nein, nein, nein, nein, nein, nein ...
Ich fange an zu lesen und bin alles andere als begeistert.

Frage 1: Wie gut kennst du Suzanne Shih, und wie habt
ihr euch kennengelernt?
Antwort 1: Wir haben uns in einem Tattoo-Studio
kennengelernt. Ich ließ mir noch etwas Tinte auf meinen
Unterarm tätowieren, und sie war auf der Suche nach
einem kleinen Tattoo, das ihre Eltern nicht sehen würden.
Ich bin gleich mit ihr ins Gespräch gekommen, wir hatten
vieles gemeinsam, und sie ist so verdammt niedlich. So
führte eins zum anderen.

Frage 2: Suzanne ist eine Thriller-Autorin. Wovor hat sie
am meisten Angst?
Antwort 2: Im Dunkeln irgendwo eingeschlossen zu sein.
Einmal haben wir uns einen Film angeschaut, wo jemand
allein in einem Käfig eingesperrt war und nichts sehen
konnte. Und da sagte sie, dass sie davor am meisten Angst
hätte.

Frage 3: Was war für Suzanne die größte Motivation, am Murderpalooza teilzunehmen?

Antwort 3: Sie will definitiv Kontakte knüpfen. Sie ist manchmal wie besessen. Einige Leute flippen aus, wenn sie Tony Hawk oder Dave Grohl sehen, sie flippt aus bei Leuten wie Kristin Bailey.

Frage 4: Hast du gelesen, was sie schreibt, und wenn ja, wie findest du es?

Antwort 4: Ich glaube, sie ist ein Riesentalent, aber ich bin natürlich voreingenommen.

Frage 5: Letzte Frage: Hat sie dir erzählt, wer ihr Lieblingsautor/ihre Lieblingsautorin ist, oder kannst du es erraten?

Antwort 5: Definitiv Kristin Bailey. Sie hat mir erzählt, dass sie sich vor einiger Zeit über Social Media ausgetauscht haben und dass sie befreundet sind. Sie ist schon ganz aufgeregt, sie persönlich kennenzulernen.

Mir rutscht das Smartphone aufs Bett, ich sehe ihn an. »Warum machst du das?«

Er lächelt. Er ahnt ja nicht, wie schwer er es mir damit gemacht hat.

»Das Interview soll auf einer Profil-Seite über neue Autoren auf der Website von Murderpalooza erscheinen. Du hast doch erzählt, dass Kristin als Kandidatin für den großen Preis gehandelt wird. Warte ab, bis sie dieses Profil sieht. Dann weiß sie, wie sehr du sie bewunderst. Stell dir nur vor, was sie alles für deine Karriere tun könnte, was das für eine Werbung für dich wäre! Könntest du dir vorstellen, dass sie einen Klappentext für dein Buch schreibt?«

Mir wird schwindelig. Der Raum beginnt sich zu drehen, dann ist alles schwarz.

Kristin Bailey
Am Morgen des Mordes

K ristin hatte wieder mal zwei linke Hände, als sie versuchte, ihre Ohrringe anzulegen. Sie war total müde, und ihr *Mitten-in-der-Nacht*-Besucher machte es nur noch schlimmer. Sie bekam nicht genügend von ihrem Schönheitsschlaf. Es klang wie ein Klischee, aber ihre Mama war über sechzig und ging locker für zehn Jahre jünger durch. Und das führte sie immer auf ihren Schönheitsschlaf zurück.

Es war kurz vor sieben Uhr morgens, und Bethany Walter hatte ihr mitgeteilt, sie werde vorbeikommen und Kristin abholen, da sie beide an der frühen Podiumsdiskussion teilnehmen wollten. Sie hatten vor, Station am kalten Büfett zu machen, da bei Kristin ohne Frühstück nichts lief. Die wichtigste Mahlzeit des Tages, wenn es nach ihrer Mama ging. Obwohl sie jetzt wahrscheinlich gerade genug Zeit hätte, sich einen halben Bagel in den Mund zu stopfen und mit Kaffee hinunterzuspülen. Sie brauchte ihren Kaffee, mindestens drei Tassen morgens. Alle, die schreiben, funktionieren mit Koffein und Selbstzweifeln.

Sie bewunderte sich selbst im Spiegel. Mit ihren mandelförmigen Augen und der dunklen Haut sah sie aus wie Mama. Von Daddy hatte sie den schlanken, geschmeidigen Körper, aber von Mama die schönen Gesichtszüge. Tolles Haar, selbst wenn es geglättet war, denn damit kam sie besser zurecht. Tolles Lächeln. Tolle Haut. Sie vermisste ihre Eltern und ihre beiden jüngeren Brüder wie verrückt, seitdem sie von Iowa nach New York City gezogen war. Sie hatte drei Jahrzehnte dort verbracht, und Mama hatte ihr immer gesagt, sie solle erhobenen Hauptes durchs Leben gehen.

New York war viel akzeptabler. Es war der bessere Ort, um ihre Karriere voranzubringen, und tja, nach dem Tod von Jason Fleming hatte sie den Mittleren Westen verlassen müssen. Sie musste neu anfangen.

Es klopfte an der Tür, und Kristin wusste, dass es Bethany war. Sie griff nach ihrem blauen Stirnband und fasste ihr Haar am Hinterkopf zusammen. An diesem Tag trug sie Schwarz, aber ihre Accessoires – Ohrringe, Halskette, Armreifen, Schal, Gürtel und Stirnband – waren türkisfarben, um sich von der Eintönigkeit abzuheben.

»Komme!«

Ohne durch den Spion zu spähen, machte sie die Sicherungskette ab, öffnete die Tür –

Keine Chance. Es war die kleine verrückte Bitch Suzanne Shih, die sie schon seit Jahren stalkte. Kristin bekam Panik, und gerade als sie versuchte, die Tür zuzudrücken, zwängte Suzanne ihren Arm durch den Türrahmen – was noch übergriffiger war, als unangemeldet aufzukreuzen.

»Ich wollte doch nur mit dir sprechen«, sagte Suzanne. »Ich komme auch nicht rein. Ich hab was für dich.«

Kristin überlegte, ob sie die Tür trotzdem zuknallen sollte, um ihr den Arm zu brechen. »Ich rufe die Security oder schreie, bis mich jemand hört.«

Suzanne setzte ihren flehenden Blick auf, aber Kristin entdeckte den Irrsinn hinter dieser Fassade.

»Bitte, Kristin, du hast mich missverstanden. Ich möchte doch nur, dass unsere Freundschaft wieder so wird, wie sie anfangs war.«

»Ich kenne dich nicht mal. Ich zähle bis drei, bevor ich schreie.«

In Kristins Welt bedeutete das, dass es wirklich ernst zuging. Mama zählte immer bis drei. Das war eine Warnung an sie und ihre Brüder, dass nur noch wenig Zeit verblieb, bis Mama ausrastete oder die Kinder sich das *Wartet-bis-euer-Vater-nach-Hause-kommt*-Gerede anhören mussten.

»Eins.« Sollte sie ihr den Arm brechen? »Zwei.« Wo war Bethany bloß? Bitte mach, dass diese verfluchten Fahrstuhltüren aufgehen.

»Na gut«, meinte Suzanne. Den rechten Arm hielt sie immer noch zwischen Tür und Rahmen, dann holte sie mit der linken Hand etwas aus ihrer Handtasche. »Es ist nur eine Postkarte. Ich wollte bloß, dass du weißt, wie viel du mir bedeutest und wie sehr du mir bei meiner Karriere geholfen hast.« Sie ließ den Umschlag auf den Fußboden im Zimmer fallen. »Ich gehe jetzt wieder. Hoffentlich denkst du von jetzt an besser von mir.«

Sie zog den Arm zurück, und Kristin konnte die Tür gar nicht schnell genug zuschlagen. Dann schloss sie ab, schob den Riegel vor, hängte die Kette ein, während ihr Herz vor

Aufregung in ihrer Brust hämmerte. Die kleinen Schweiß-perlen an ihrem Haaransatz und das Zittern ihrer Hände ver-rieten ihr, dass sie eine Xanax brauchte. Doch das durfte sie jetzt nicht nehmen … in einer halben Stunde sollte sie das Panel leiten.

Der Umschlag, der auf dem Boden lag, schien sie zu ver-höhnen. Sie wollte ihn nicht einmal anfassen. Diese verrückte Bitch hatte vielleicht irgendwo Anthrax herbekommen, aber dann öffnete Kristin den Umschlag trotzdem.

Es handelte sich um ein Gedicht auf einer Postkarte. Ein Gedicht, das in Suzannes verdrehtem Hirn vielleicht unschul-dig klang, doch Kristin erkannte darin die Bedrohung, die diese Zeilen darstellten.

Sie warf die Karte achtlos weg, setzte sich aufs Bett und wartete auf Bethany. Sie wollte für den Rest der Convention nicht allein sein. Sie wollte so bald wie möglich mit Jim reden.

25. KAPITEL

Vicky Overton
Freitag, 16:00 Uhr

Wir sind damit fertig, Pearsons Fragen zu beantworten – der »Streit« hatte sich laut Jim folgendermaßen abgespielt: Kristin habe ihn angerempelt und sich nicht dafür entschuldigt, und er habe ihr daraufhin etwas Fieses an den Kopf geworfen, worauf sie ihn ebenfalls anranzte. Klar, sicher. Ich bin dankbar, dass Pearson uns nicht mit nach »Downtown« nehmen will oder wie das im Fernsehen dann immer heißt.

Zurück auf unserem Zimmer, mache ich die Tür hinter uns zu und schmeiße meine Tasche neben meinem Laptop auf den Schreibtisch, gehe dann schnell an Jim vorbei, der unbeholfen dasteht – und mir eigentlich ständig im Weg ist –, und verschwinde im Bad.

Ich drehe den Wasserhahn auf – eines der wenigen Dinge, für das man in diesem Haus keinen Knopf zu drücken braucht – und halte meinen Mittelfinger unter das fließende Wasser, bis ich fühle, dass es warm wird, dann binde ich mein Haar zu einem Pferdeschwanz und benetze mein Gesicht mit Wasser. Ich finde meine Tube mit Reinigungscreme und verreibe sie, bis sich Schaum bildet, dann verteile ich sie in meinem Gesicht, als wäre ich eine Mutter, die gerade versucht, die Kritzeleien eines Kindes von der Wand zu entfernen. Ein letztes Mal wasche ich mir das Gesicht, tupfe es trocken und betrachte mich im Spiegel.

Mein ganzes Leben war ich eine ziemlich gute Schülerin – *ziemlich* streichen. Ich lief mit der Meute, brannte nicht mit einem Band-Freak durch und war keine Cheerleaderin. Unauffällige Schülerin mit guten Noten. Bin nie in Schwierigkeiten geraten, und zwar mit Absicht. Meine Eltern waren nämlich strenger als andere, und um ehrlich zu sein, ich hatte Angst vor ihnen. Sie hatten viel Geld und setzten es immer als Druckmittel gegen mich ein. Unterbewusst ist das vielleicht der Grund, warum ich in einer Branche arbeite, die schlecht bezahlt wird. Meine Eltern hätten es lieber gesehen, wenn ich Schönheitschirurgin wie er oder Anwältin wie sie geworden wäre. Worauf ich hinauswill – ich war langweilig, wenn man so will. Jetzt werde ich verhört, jemand, den ich kenne, wurde ermordet, und mein Freund hatte eine Affäre mit dem Opfer, und oh mein Gott, ist da vielleicht ein Killer im Zimmer nebenan? In nur wenigen Stunden hat mein Leben aufgehört, ganz normal zu sein.

»Alles okay bei dir?«, fragt Jim, der psychotische Mörder, und klopft an die Tür.

Ich erschrecke und merke erst jetzt, dass ich nicht mit ihm allein sein will. Was, wenn ich mit meiner Vermutung richtigliege?

Andererseits bekam er ja die Nachricht, nach Upper Lexington zu kommen. Und er wurde angegriffen. Es sei denn, das hat er vorgetäuscht. Könnte er sich die Nachricht selbst zuschicken, von demselben Wegwerfhandy, das er bislang benutzt hat, um uns zu quälen? Hat er also geahnt, dass ich auf sein Display schauen würde, nachdem ich heute Morgen die Nachricht bekommen habe, genau das zu tun? Könnte er sich selbst die Kopfverletzung zugefügt haben, um mich auf eine falsche Fährte zu locken?

Es ist alles so verwirrend, und jetzt male ich mir schon Dinge aus. Das ist die Schriftstellerin in mir. Aber wenn man das Vertrauen in eine Person verliert, dann zweifelt man alles an, was er oder sie tut. Ich muss ihn nach Kristin fragen. Ich verdiene die Wahrheit.

»Mir geht's gut. Komme gleich«, sage ich.

Vorsichtig nähere ich mich der Tür, warte schweigend, halte den Atem an. Ich höre nichts. Keine Bewegung, kein Fernsehen. Ich reiße die Tür auf, und da ist Jim und macht erschrocken einen Satz zurück. Er hat genau das gemacht, was ich gerade gemacht habe: Lauschen. Das Gesicht gegen die Scheibe gepresst, wenn man so will.

»Was hast du da gemacht?«, frage ich ihn. »Wieso warst du so dicht vor der Tür?«

»Ich wollte bloß wissen, ob bei dir alles in Ordnung ist.« Er hält das Smartphone in der Hand.

Ich senke argwöhnisch den Blick. »Wieso?«

»Nichts. Nur wegen alldem, was sie so im Netz über dich sagen.«

Ich zwänge mich an ihm vorbei, lasse meine Tasche links liegen, in der mein Handy ist, klappe direkt meinen Laptop auf und logge mich bei Twitter ein wie ein Dinosaurier. Niemand benutzt die Desktop-Version. Ich hashtagge meinen Namen, der nicht gerade einen Trend setzt, aber als ich »latest« anklicke, sind da tonnenweise Posts. Sie kommen alle paar Minuten rein.

GERECHTIGKEITFUERKRISTIN@Murderpalooza #murderpalooza

Wo war @VickyOvertonAutorin?

Eine Frau verließ @Murderpalooza. Alle wissen, dass sie diesen Preis nicht an einen Mann verleihen. Macht @VickyOvertonAutorin sicher zu einer Favoritin NURMALSOGESAGT

Kann man schuldig @Murderpalooza sagen? Habe gerade @VickyOvertonAutorin gesehen, wie sie in der Lobby von einem Detective oder was auch immer gegrillt wurde #murderpalooza

War das nicht die beste Freundin in ihrem Buch? Vicky und Kristin. Sie gingen freundlich miteinander um, wenn man von den sozialen Kontakten ausgehen kann. Das Leben von @VickyOvertonAutorin spielt sich in Echtzeit ab @Murderpalooza #murderpalooza.

Ein Post nach dem anderen. Mir klappt die Kinnlade runter, und ich stehe auf. Jim legt mir eine Hand auf die Schulter, aber ich schüttele sie ab, auch wenn es mir in den Fingern kribbelt. Auch in den Füßen. In meinem Gesicht. Mein Blick fällt auf den kleinen Schrank, in dem sich die Minibar befindet, ich bücke mich und öffne sie, dann den Kühlschrank. Es gibt kein Sauvy B, aber eine Miniflasche ihrer größeren Schwester Chardonnay lächelt mich an.

»Als Pearson dir eine Frage zu Kristin Bailey gestellt hat – warum hast du da gestottert?«

Es ist lustig, wenn ich tatsächlich sehe, wie ihm das Blut aus dem Gesicht weicht. *Tatsächlich* – streichen! »Ich schätze, er hat sich allgemein abgesichert. Du weißt schon, alle Leute befragen. Ist das nicht sein Job?«

»Willst du mir jetzt erzählen, dass du nicht mit ihr geschlafen hast?« Ist an der Zeit, dass ich es anspreche.

»Nein, das ist doch verrückt.« Er sagt es, ohne zu zögern, als hätte er auf meine Frage gewartet. »Wieso fragst du mich das?«

Ich trinke mir Mut an. »Du hast mit ihr geschlafen.« Ich sage es mit einem leichten Zittern in der Stimme. »Jetzt ist sie tot.«

Er meidet meinen Blick und geht zum Fenster, stemmt die Hände in die Hüften wie ein schicker kleiner Geschäftsführer aus den Achtzigern und starrt auf die Straße unten. Gott sei Dank haben wir keinen Balkon, denn dann hätte ich den Lügner in die Tiefe gestürzt. Nein – ich bin keine Figur aus einem Buch. Wie ich schon erwähnte, normale Leute töten nicht aus dämlichen Gründen.

»Du hast gelogen, Jim.«

»Wieso glaubst du das?«

So geht das schon die ganze Zeit. Er hat all meine Fragen mit einer anderen Frage beantwortet. Ein Anzeichen von Schuld. »Nun, fangen wir doch damit an, dass ich deine Nachrichten gesehen habe, die nur wenige Wochen alt sind. Wie lange geht die Sache schon?«

Er schüttelt den Kopf. »Du missverstehst das alles.«

»Dann erklär es mir.« Es ist wohl kaum fair, mir zu sagen, ich würde die Sache missverstehen, wenn er davon gesprochen hat, ihr den Slip vom Leib zu reißen. Ich meine, komm schon.

Er zuckt zusammen. »Ich brauche hier gar nichts zu erklären.« Da ist ein scharfer Unterton in seiner Stimme.

»Du warst heute Morgen bei ihr. Leute haben dich gesehen. Worum ging es wirklich bei diesem Streit?«

Er hält inne. »Du glaubst es nur, weil Pearson es erwähnt hat.«

Aufgeflogen. »Du leugnest es also?«

Unsere hitzigen Blicke begegnen sich.

»Na, sag's ruhig! Du glaubst, ich habe sie getötet.« Er hebt die Hände, als müsste er sich verteidigen, ganz so, als würde ich mich ihm mit einem Messer nähern. Oder als würde ich die Lampe packen, die neben mir auf dem Schreibtisch steht, und sie ihm über den Schädel ziehen, diesmal auf der anderen Seite, damit die Prellungen zueinander passen. Und diese Möglichkeit ist sehr viel wahrscheinlicher. Normale Leute neigen wirklich dazu, sich von ihrer Leidenschaft hinreißen zu lassen.

»Raus.« Mehr habe ich nicht zu sagen.

Zunächst rührt er sich nicht. Dann verzieht er das Gesicht – *ist mir doch egal!* –, geht zur Tür und öffnet sie. Leise fluchend zieht er fest am Griff, aber diese verdammten Hoteltüren schließen nur langsam und leise, daher kann er sie nicht hinter sich zuknallen lassen. Das leise Klicken verrät mir, dass er fort ist. Jetzt kann ich in Ruhe weinen, vergieße aber keine Träne wegen ihm. Jedenfalls so gut wie keine.

Ich hole Feuchttücher aus dem Bad, setze mich wieder an den Schreibtisch und richte meine Aufmerksamkeit auf den PC. Ich klicke »top« an, weil ich wissen will, was die neuesten Kommentare auf Twitter sind, und einige davon beziehen sich auf diesen Screenshot von Meghan Morgan. Ich lese die Kommentare von dem, der sechshundertachtundzwanzig Likes und über hundert Retweets hat. Großartig. Es verbreitet sich wie ein Lauffeuer.

Verteidigt mich irgendjemand?

Klar, natürlich. Die anderen Nominierten, Kevin Candela, Larry Kuo und Marco Crimmins, haben sich alle zu Wort gemeldet und den unerträglichen Twitter-Mob gescholten, sie sagen, es sei kein echter Feminismus, wenn man eine Frau ohne Beweise den Löwen zum Fraß vorwirft. *Danke schön.*

Ein paar sind auf meiner Seite, aber dann entdecke ich einen Kommentar von dem unwahrscheinlichsten Verbündeten.

@MPaloozaNxt2Die Hat irgendjemand auf @Murderpalooza #murderpalooza je von Jason Fleming gehört? Vielleicht solltet ihr mal bei ihm nachforschen, ehe ihr Anschuldigungen erhebt gegen @VickyOvertonAutorin #kristinbailey

Tja, Mist. Mag ich den Twitter-Stalker etwa jetzt?

Nein, natürlich nicht, aber während ich ertragen musste, dass mein Name unter Dauerbeschuss steht – dann die Sache mit Jim und dem Detective, der mich auf dem Kieker hat –, habe ich vergessen, dass es da eine Verbindung zwischen Davis und diesem anderen toten Schriftsteller Jason Fleming gibt.

Aber jetzt ist es mir wieder eingefallen.

Ich gehe auf Google.

26. KAPITEL

Davis Walton
Freitag, 16:15 Uhr

Noch eine Dreiviertelstunde, bis ich die Truppe an der Bar treffe. Ich lehne mich auf dem Schreibtischstuhl zurück und strecke meine Hände übertrieben über den Kopf. Mein geknöpftes Hemd rutscht hoch und entblößt meine Bauchmuskeln, und ich tätschelte sie ohne Grund, sie sind immer noch fit und stramm. Ich erhasche einen Blick auf mich im Spiegel und entdecke den Make-up-Fleck, den Penelope auf meinem Versace-Hemd hinterlassen hat. Mist, jetzt bin ich den ganzen Tag damit rumgelaufen. Verdammt. Ich stehe auf und gehe zum Schrank. Meine Oberhemden sind tadellos aufgereiht. Ich nehme ein blaues der Marke UnTuckit, weil ich nach außen demonstrieren will, dass ich mich auch unter die gewöhnlichen Leute mischen kann. Bei mir muss nicht immer alles vom Designer sein.

Immer noch zufrieden mit meinem frisch verfassten Kapitel eins, fange ich an, einen groben Entwurf vom Rest des Romans zu schreiben, oder zumindest einen Überblick über die ersten drei Kapitel. Vielleicht kann ich ja Bee morgen ein *Wow!* entlocken und sie überraschen, wenn ich wie beiläufig sage:

Klar habe ich den Entwurf und die ersten drei Kapitel fertig, dieser Kram geht mir doch spielend leicht von der Hand!

In welche Richtung soll die Story denn nun eigentlich gehen? Ich bin mir noch nicht sicher, was wirklich *nach* dem Autounfall passierte, denn ich bin ja nicht blöd wie Mike. Ich schreibe doch nicht einen Plot, der mich dann so aussehen lässt, als hätte ich einen Mord begangen. Obwohl das, was Jason widerfahren ist, ja kein Mord war.

Ich beschließe, dass Kapitel zwei fünf Jahre vor dem Autounfall einsetzt, und beschreibe, wie Figur A und Figur B sich überhaupt kennenlernten und so weiter. Ich baue also Spannung auf, wie sie zusammenarbeiten und mit ihrem Hedgefonds Erfolg haben und wie es überhaupt dazu kam, dass sie in diesem Auto saßen und stritten, bevor Figur A das Auto um einen Baum wickelt.

Bis ein Buch veröffentlicht ist, vergeht verdammt viel Zeit. Wenn diese Story eines Tages erscheint, werden wahrscheinlich zwei Jahre ins Land gegangen sein. Dann wird Jason Fleming längst vergessen sein. Die Leute täuschen online Wut vor, aber sie haben auch ein kurzes Gedächtnis. Was diese Leute an einem Tag zu canceln versuchen – als würden sie wie im Film mit Mistgabeln und brennenden Fackeln auftauchen –, wird ein paar Tage später durch neue Wut über etwas anderes übertüncht.

Zurück am Schreibtisch, gehe ich meine Mails durch. Zuerst klicke ich die an, die über meine Website eingegangen sind. So unfassbar viele Fans, obwohl das erste Buch noch nicht mal draußen ist. Mein Verlag hat Vorabexemplare an ungefähr fünfhundert Leute von Bookstagram vergeben. Die Rezensionen sind erstaunlich gewesen. Bee meinte, die Vorbestellungen seien durch die Decke gegangen, aber ich schätze, wenn man David Fincher für das erste Projekt gewinnen kann, passiert genau das.

David Fincher. Schon recht bald wird den Leuten mein Name vertrauter sein als seiner.

Ich beantworte etwa zehn Mails. Ich bin zufrieden mit mir und checke noch einmal Twitter.

Oh nein. Wieder ein neuer Tweet von @MPaloozaNxt2Die.

Inzwischen dürftet ihr alle meine Arbeit für mich machen. Was habt ihr denn so über euch herausgefunden?

Am Ende waren ein paar Emojis. Ein Computer. Ein Detektiv mit Vergrößerungsglas.

Ein Auto. Eine Explosion. Handschellen.

Dieser Mistkerl! Der Twitter-Stalker weiß, dass er bei uns allen einen Nerv getroffen hat. Ja, einer stellt Nachforschungen über den anderen an. Tatsächlich habe ich als Erstes Penelope nach Details über Suzanne ausgequetscht. Hat sie mir das eigentlich schon geschickt?

Ich verlasse die Fanpost vorerst und öffne meine regulären E-Mails. Da ist eine von Penelope mit Anhang. In der Betreffzeile steht *Suzanne*.

Na bitte schön. Ich verschränke meine Hände und fange an zu lesen.

Ich lese alles durch. Es begann ziemlich unschuldig – sie war ein Fan. Große Sache, ich habe jede Menge Fans. Ihre E-Mails, weitergeleitet von Kristin an Penelope und jetzt an mich, erzählen die Geschichte einer Obsession.

Dieses Mädel ist durchgeknallt. Absolut, hundert Prozent total verrückt.

In einer E-Mail hat sie alles aufgeschrieben, was sie an diesem Tag gemacht hat, als würde sie ihrem Geliebten schreiben, der in den Krieg musste. Was für Träume sie aufwachen ließen, welchen Geschmack ihre Zahnpasta hat, was sie eingekauft hat, worüber ihr Professor für Einführung in die Geisteswissenschaften gesprochen hat – bis ins kleinste Detail. Sie erwähnte, wie es ist, bei ihren strengen Eltern zu wohnen – echt, immer noch? Was für ein Jammerlappen.

Dann wurden die Mails düster, nach dem Motto *Warum schreibst du mir nicht zurück?* und *Willst du dafür verantwortlich sein, was passiert, wenn du es nicht tust?* Das war der Punkt, als die Anwälte auf den Plan traten. Und die Mails hörten auf.

Verrückte Bitches bleiben verrückt, und ich glaube keinen Moment, dass sie einfach so mit allem aufgehört hat. Ist sie hierhergekommen, um mit Kristin zu reden? Um ihr zu demonstrieren, was passiert, wenn man sie ignoriert?

Wollte sie Kristin umbringen?

Ich schaue wieder auf Twitter nach, diesmal auf Suzannes Profil. Als ich scrolle, wirkt es eher unschuldig. Sie benimmt sich wie ein Kind, mit Katzenvideo-Retweets und lächerlichen Zitaten, die über das Leben sinnieren. Jede Menge Fotos von Essen, Fotos mit ihr und Freundinnen, die mit White Claw anstoßen. Ein Foto von ihr und einem hageren Typen mit platinblondem Haar und jeder Menge Piercings und Tattoos mit einem Herzchen darüber. Wonach suche ich eigentlich? Ich weiß es selbst nicht.

Bis ich auf etwas stoße, das etliche Monate zurückliegt und mich hart erwischt. Was geht hier vor, zum Teufel?

@AutorinSuzanneShih
Ich werde letzte Nacht immer in Erinnerung behalten <3 Das ist dir weggerutscht, LOL Keine Sorge, ich bringe sie dir zurück

Niemand ist getaggt, aber unter dem Tweet ist ein Foto, auf dem offenbar eine Armbanduhr auf einem Nachttisch zu erkennen ist. Diese Uhr habe ich schon einmal gesehen. Genau dieses Modell will ich sogar unbedingt haben.

Es ist eine eisblaue Daytona Rolex, Limited Edition, aus den frühen Neunzigern.

27. KAPITEL

Mike Brooks
Freitag, 16:30 Uhr

Ich gucke, wie spät es ist – halb fünf. Ich fühle mich mies, Nicole jetzt zurückzulassen, aber um sie, meine Kids und meine Karriere zu schützen, muss ich los. Ich nehme ihre Hände und drücke Küsse auf ihre Handrücken, von links nach rechts und zurück. Ihre perfekten kleinen Hände, die genau in meine passen, Hände, die Matthew Payne nicht angerufen und seinen Körper nicht berührt haben. Ich habe mein Schuldgefühl auf sie projiziert. Mist.

Meine eigene Indiskretion.

Es war während des Winters, nach einer langen und aufreibenden Schreibsession mit Kristin, ich log Nicole an und sagte ihr, es würde noch bis tief in die Nacht gehen. Was ich brauchte, war ein Drink, ich wollte zu Hause nicht ins Kreuzverhör genommen werden, wollte nicht, dass die Kinder wegen der Schule zeterten und mir stolz irgendwelche Bastelarbeiten zuschoben, um mir ein Lächeln zu entlocken, damit ich ihnen meine Aufmerksamkeit schenkte. Ich weiß, das hört sich scheiße an, aber manchmal muss ich einfach nur an mich denken, meiner geistigen Gesundheit zuliebe und für den Fortbestand meiner Ehe.

Kristin lebt – lebte – in der Lafayette Street in NoHo, also North of Houston Street, wie man hier sagt, in einem angesagten Viertel mit vielen Restaurants und Bars, südlich vom Union Square. Nachdem wir Kapitel zweiunddreißig angegangen waren – jenes Kapitel, in dem die Leser entdecken, dass der Co-Autor einen Mord begangen hat –, brauchte ich eine Auszeit, denn wir sind bei der Frage aneinandergeraten, wie die Sache denn nun ans Licht kommen sollte. Ich erinnere mich, dass ich Kristin ihren Willen ließ und fluchtartig ging, wobei ich die Tür hinter mir zuschlug.

Ich ging in nördlicher Richtung zum *The Strand*-Buchladen, um genug Abstand zu haben. Von Büchern umgeben zu sein, hat immer schon beruhigend auf mich gewirkt. Der Geruch, das Gefühl, die Leute stehen herum, schauen sich in Ruhe um, einige mit aufgeschlagenen Büchern in den Händen, lesend. Einfach himmlisch.

Ich ignorierte die »Leseempfehlung«- und die »Aktuelle Thriller«-Abteilungen und ging zur alphabetisch geordneten Bücherwand »Literatur«. Ich bog also um die Ecke, wo der Buchstabe »B« geschrieben stand, und dort, auf dem zweiten Regal von unten, standen meine acht Bücher. Je ein Exemplar. In Vergessenheit geraten. Zumindest mein dritter Roman – mein bekanntester, der die Vorlage zu einem Hollywood-Blockbuster war – stand mit dem Cover zu den Kunden wie ein Grabstein.

Hier ruht Mike Brooks.

Die Verzweiflung war greifbar.

Genau in diesem Moment erreichte mich eine E-Mail von Suzanne Shih. Sie sei gerade in der Stadt, um im Beisein von

Vita Vertretungspapiere zu unterzeichnen, und wollte wissen, ob ich Zeit für einen Drink hätte, damit wir uns einmal persönlich kennenlernten. Seit ein paar Wochen chatteten wir per Mail, und wann immer sie mir schrieb, war sie voll des Lobes. Ich brauchte einen Booster für mein Ego, deshalb verriet ich ihr den Namen und die Adresse einer weniger bekannten Bar ganz in der Nähe.

Von Vitas Büro aus war es ein Fußweg von gut zwanzig Minuten, also saß ich auf einem Barhocker und legte meine leichte Jacke auf den Hocker neben mir, um ihn freizuhalten. Ich hatte einen Tequila in einer Mischung 1:3. Drei Shots in fünf Minuten. Das hatte ich zuletzt getan, als Nicole und ich während der Flitterwochen in Cabo in Mexiko waren. Damals war ich Mitte dreißig und steckte die Drinks anders weg als heute mit Ende vierzig. Fünf Minuten nachdem ich die Shots intus hatte, war es mir vollkommen egal, was zwischen mir und Kristin gewesen war.

Ich war abgestumpft.

Und verfolgte mit starrem Blick das Basketballspiel auf dem TV-Bildschirm über der Theke, als Suzanne auftauchte. Sie hatte eine Tüte von *The Strand* dabei, und darin waren alle acht Bücher von mir. Sie hatte den gesamten Mike-Brooks-Bestand aufgekauft, was bedeutete, dass sie Exemplare nachbestellen müssten. Das fühlte sich gut an.

Sie bat mich, die Bücher zu signieren. Was sich noch besser anfühlte. Sie redete und redete und redete, länger als eine Stunde, während ich einen Bourbon trank, dann eine Bloody Mary. Dann bestellte ich noch eine, genau wie sie. Inzwischen war mein Sichtfeld schon leicht verschwommen, als sie die

Innenseite meines Oberschenkels berührte. Sie wollte mich. Vielleicht nicht mich, sondern Mike Brooks. Und ich wollte mich einfach wieder wie *Mike Brooks* fühlen.

Wir gingen in den Vorraum zu den Toilettenräumen, und sie packte mich am Hemd und zog mich an ihren Körper – wir waren plötzlich wie Teenager, unsere Hände waren überall. Dann schob sie mir eine Hand zwischen die Beine, und ich kam wieder zu mir.

Ich war verheiratet. Sie war jung und fasziniert von Promis. Ich wich von ihr zurück und wischte mir einmal durchs Gesicht, sagte ihr, es wäre ein Fehler, und entschuldigte mich. Sie hielt mein Handgelenk fest und meinte, es sei schon okay und dass sie das verstehe. Es war eine Fehleinschätzung, auch wenn ich bezweifle, dass Nicole das auch so sehen würde.

Dennoch, ich war ein bisschen angetrunken, und sie meinte, sie wolle mir in ein Taxi helfen, das mich nach Hause bringen würde.

Und die ganze Zeit hielt sie mein Handgelenk fest. Ich war so durcheinander, ich kann mich überhaupt nicht erinnern, dass sie mir meine Vierzigtausend-Dollar-Uhr abnahm.

Am nächsten Tag schickte sie mir per Mail ein Bild von der Uhr. Sie schrieb, sie »sei weggerutscht« und sie habe sie aufgefangen und in ihrem Zimmer aufbewahrt, damit sie dort sicher war, und dass sie in der nächsten Woche in der Stadt wäre. Wir sollten uns treffen, damit sie mir die Uhr zurückgeben könne. An jenem Tag erfand ich eine Ausrede – eine ganz schlechte –, nämlich dass mein Vater einen Herzanfall hätte, und bat sie, die Uhr beim Portier abzugeben. Was sie auch tat.

Und danach bin ich ihr nicht mehr begegnet, erst heute

wieder. Wie sich die Dinge doch in wenigen Monaten verändert haben. Jetzt versucht die Twitter-Mord-Stalker-Person uns zu töten, und gerade hat meine Frau mir gesagt, dass wir ein Baby erwarten. Ich will Nicole nicht verlassen und nicht zurück zu den drei anderen potenziellen Opfern gehen, eins davon ist Suzanne. Aber ich muss das tun, um meine Familie zu schützen. Sollte einer von uns als Nächster dran sein, dann muss ich, verdammt noch mal, dafür sorgen, dass nicht ich das Opfer bin.

»Baby, es tut mir leid, aber ich muss jetzt los. Gleich fängt ein großes Meeting im Hotel an, um fünf Uhr«, erkläre ich Nicole. Und küsse wieder ihre Hände. »Die Veranstaltung ist um acht, und ich muss dabei sein. Ich komme zurück, sobald es vorbei ist. Keine Nacht an der Bar mehr. Versprochen.«

Ihre Augen verraten sie, als sie sagt: »Okay, tu, was du tun musst.« Sie trinkt ihren Club Soda aus. »Mit wem triffst du dich? Ich dachte, du hättest gesagt, dass Vita das Manuskript nicht vermarkten will.«

Oh. »Davis wieder mal. Vor Kurzem meinte er, er würde ein paar Leute mitbringen, die er kennt, die Connections haben.« Eine Notlüge. Allmählich habe ich den Dreh raus. Aber stolz bin ich deswegen nicht. »Vielleicht will es jemand anders vermarkten.«

»Du willst Vita den Rücken kehren?«

Nein, ich werde Vita nie den Rücken kehren. Ich bin schon seit zwei Jahrzehnten bei ihr unter Vertrag. Wir haben unsere Karrieren gemeinsam begonnen, und ich hoffe doch sehr, dass sie so loyal zu mir steht wie ich zu ihr. »Vielleicht. Deshalb will ich ja dieses Gespräch.«

Wieder eine Lüge. Ich habe keine Zweifel, dass ich Vita überreden kann, das Manuskript zu vermarkten. Letzten Endes.

»Einen Moment, bitte«, sage ich und hole mein Handy hervor.

Ich tue so, als würde ich E-Mails checken, aber in Wirklichkeit gehe ich auf Twitter, um nachzusehen, ob es sicher ist, Nicole zu verlassen. Da ist wieder ein Tweet von diesem mörderischen Stalker-Account.

Inzwischen dürftet ihr alle meine Arbeit für mich machen. Was habt ihr denn so über euch herausgefunden?

Ich hoffe, niemand hat etwas über mich und Suzanne ausgegraben. Und Mist ... wollte ich nicht eigentlich längst herausfinden, wer dieser Jason Fleming war? Und was Davis verheimlicht? Hoffentlich komme ich schon bald dahinter.

Ich werfe wieder einen Blick auf die Uhr, und mir dreht sich der Magen. »Ich muss jetzt wirklich gehen. Kommst du klar?« Dann denke ich nach und füge hinzu: »Ich rufe dir ein Taxi.« Ich möchte nicht, dass sie ohne Begleitung unterwegs ist.

Wir verlassen das Waldorf, und ich lege ihr beschützend einen Arm um die Schultern, während ich ein Taxi rufe. Sie dreht sich zu mir und lächelt, und ich platziere noch einen kleinen Kuss auf ihre perfekte Nase. Ich schließe die Autotür, und das Taxi fährt los. Ich stehe auf dem Gehweg und schaue dem Wagen nach, bis meine alten Augen ihn nicht mehr sehen können.

Jetzt muss ich mir selbst ein Taxi organisieren für die Fahrt zum Hotel, und während der Fahrt werde ich Jason Fleming googeln.

28. KAPITEL

Suzanne Shih
Freitag, 16:45 Uhr

Ich komme wieder zu mir, als Constantine mir ein Glas Wasser ins Gesicht schüttet. Verwirrung setzt ein. Warum bin ich nass, und wieso liege ich auf dem Fußboden?

»Bin ich ohnmächtig geworden?«, frage ich.

»Gott, Suzanne, du hast mir einen Riesenschrecken eingejagt!«

»Tut mir leid.«

Ich schaue mich im Zimmer um. Ich weiß, wo ich bin, und sehe meinen Laptop auf dem Schreibtisch. Constantines Beutel liegt immer noch am Boden, direkt vor mir. Warum fühle ich mich dann so orientierungslos?

Oh, klar. Mein Freund hat ein Interview über mich gegeben, und zwar dem Twitter-Stalker, da bin ich mir sicher. Und jetzt weiß der Twitter-Stalker, dass ich Angst vor der Dunkelheit und engen Räumen habe.

»Trink das hier«, sagt er. »Ich habe dich aufgefangen, ehe du dich verletzen konntest. Gott sei Dank. Du hättest dir den Kopf aufschlagen können.«

Es ist Wasser. Ich brauche etwas Stärkeres, aber ich trinke es trotzdem. Als ich aufstehe, sind meine Beine wie Butter und ich kicke meine Schuhe weg, weil ich barfuß laufen will, falls ich noch mal ohnmächtig werde. Sosehr ich auch brüllen und um mich treten und schreien will, es ist nicht Constantines Fehler. Er glaubte, mir einen Gefallen zu tun, und dafür liebe ich ihn fast.

»Ich wünschte wirklich, du hättest das nicht ausgefüllt. Du hättest mich vorher fragen sollen.«

»Warum?«

»Weil ich das nicht erlaubt hätte.«

»Oh.« Er macht ein ernstes Gesicht, wirkt durcheinander. »Was ist so schlimm daran? Die haben gesagt, du hättest ihnen meine E-Mail gegeben. Woher sollte ich das wissen?«

»Ich hab sie denen nicht gegeben. Und nachdem ich das gelesen habe, solltest du vielleicht besser wissen, dass die Person, die heute Morgen hier ermordet wurde, niemand anders als Kristin Bailey war.«

Er hält sich eine Hand vor den offenen Mund. »Oh Scheiße. Ist das dein Ernst? Du ... ich meine, du warst doch total begeistert von ihr.« Es tut weh, das von Constantine zu hören. »Ich schreibe denen noch mal eine E-Mail, vielleicht kann ich das zurücknehmen. Ich bezweifle, dass die Convention das Interview jetzt überhaupt veröffentlichen wird.«

»Die Convention hat –« Ich unterbreche mich. Wir haben uns zu viert darauf geeinigt, dass wir das alles vorerst für uns behalten. Obwohl ich im Augenblick nicht weiß, wo meine Loyalität liegt.

Davis Walton ist in irgendetwas verwickelt, das mit Jason Fleming zu tun hat, ich weiß nur noch nicht, was es ist. Vickys

Freund hat mit Kristin geschlafen. Mike hat ein Buch zusammen mit ihr geschrieben.

Mike.

Ich war so cool, als ich ihn heute Nachmittag gesehen habe. Ich bin nicht gleich zu ihm gerannt, als er mir die erste Nachricht schickte und meinte, er wolle mich sehen, stattdessen habe ich ihm gesagt, dass ich zum Lunch mit Tara war, was ja auch stimmte. Es ist mir immer noch ziemlich peinlich, was letzten Winter passiert ist. Er hat das Thema nicht angesprochen, ich auch nicht. Wahrscheinlich will er das vergessen, genau wie ich. Was habe ich mir nur dabei gedacht, mich so an ihn ranzuschmeißen? Ich bin ein Niemand. Dachte ich etwa, er würde mir einen Klappentext schreiben oder seine Kontakte zur *New York Times* spielen lassen? Es passierte nach der E-Mail von Kristins Anwälten, und ich schätze, dass ich wieder bei jemandem andocken wollte, der berühmt ist, um mich in seinem Bekanntheitsgrad zu sonnen. Ich habe überlegt, ihm das zu sagen, aber wir sind bisher nicht allein gewesen. Nur im Taxi zum Clover & Crimson, aber da hatte ich Angst wegen der SMS und dem Stalker-Twitter-Account. Es war nicht der richtige Zeitpunkt.

Stalker. Jetzt denken sie, ich wäre eine gottverdammte Stalkerin, obwohl ich das nicht bin. Kristin war nur noch nicht bereit für meine Freundschaft. Mike ist wahrscheinlich froh, dass er aus der Nummer rausgekommen ist und dass ich ihm nicht zugesetzt habe wie in *Misery*. Man stelle sich vor, was passiert wäre, wenn ich wie besessen geblieben wäre und ihm das angetan hätte, was ich Kristin angetan habe? Oder Schlimmeres?

Constantine kann das nicht wissen. Das war in der Zeit, bevor wir uns kannten, aber ich will nicht, dass er weiß, dass ich mich schamlos an einen Autor herangemacht habe, der doppelt so alt ist wie ich. Constantine würde mich dann mit anderen Augen sehen. Ich will nicht, dass er mich für jemanden hält, der sozial aufsteigen will. Ganz gleich, was ich bin, auf gewisse Weise will ich immer noch, dass die Leute mich sehen, was trügerisch sein könnte, aber hey – so ist das mit dem Ruhm. Zeigt mir eine Person in Hollywood, die tatsächlich nur zwei Minuten duscht und das Wasser beim Zähneputzen abstellt, und alles der Umwelt zuliebe. Das kauf ich denen nicht ab. Niemand sollte das glauben. Aber das ist der Preis des Ruhms, und ich bin bereit, ihn zu bezahlen.

»Ich glaube nicht, dass der Fragenkatalog was mit der Convention zu tun hatte. Vielleicht gehörte das zu ihrem PR-Zeug, das zu einem bestimmten Zeitpunkt veröffentlicht werden sollte. Ich habe wirklich ein Formular ausgefüllt und meine E-Mail-Adresse für Interviews rausgegeben«, lüge ich. »Die Convention hätte das nach dem Vorfall heute Morgen nicht rausgegeben. Ich wette, dass heute trotzdem jemand gefeuert wird«, füge ich mit einem Achselzucken hinzu. Ich will ihm kein schlechtes Gefühl geben.

Er sieht mich an, seine Miene eine Mischung aus Glück und Bedauern. »Tja, hast du Zeit auf einen Drink oder so was in der Art?«

Ich schaue auf die Uhr auf dem Nachttisch. Mist! In fünf Minuten muss ich unten sein, und Constantine kann nicht mitkommen. »Ich muss mich mit ein paar Autoren treffen. Und zwar ziemlich genau *jetzt*.«

»Oh.« Er sitzt mit hängenden Schultern da. »Kann ich nicht mitkommen?«

»Es ist beruflich. Ich hab dir ja gesagt, dass ich die ganze Zeit hier beschäftigt sein würde. Aber ich verspreche, dass ich sofort wieder aufs Zimmer komme, wenn ich fertig bin. Ich schwöre es.« Ich lege eine Hand auf mein Herz, als würden wir eine Art Pakt besiegeln. Es tut nichts zur Sache, dass ich schwöre – Constantine glaubt nicht an Gott; er ist Anhänger der Wicca-Bewegung, die ich, ehrlich gesagt, immer cooler finde, je mehr ich darüber lese. Es ist anders, als es in Filmen dargestellt wird. »Ich schwöre auf Hekate.«

Nach ein paar Monaten habe ich mir ein bisschen von dem Wicca-Talk angewöhnt. Hekate ist nämlich seine Göttin. Er lächelt, weil ich mir Mühe gegeben habe.

»Okay. Ich halte das Bett warm. Wie lange wirst du weg sein?«

»Ein paar Stunden, höchstens. Versprochen.« Ich küsse ihn auf den Mund. »Ich muss jetzt gehen.«

Ich laufe ins Bad, um mein Haar auf die Schnelle zu bürsten und frisches Lipgloss aufzutragen. Ein bisschen Parfum, und schon bin ich winkend zur Tür hinaus.

Auf dem Weg zum Fahrstuhl checke ich den Murderpalooza-Hashtag, weil ich wissen will, ob's was Neues gibt.

Tatsächlich. Vicky ist so gut wie entlastet, denn jetzt hat sich der Twitter-Mob einen neuen Verdächtigen ausgeguckt.

29. KAPITEL

Vicky Overton
Freitag, 16:45 Uhr

Entweder kapiere ich nicht, was die große Sache sein soll, oder ich übersehe etwas bei meiner Online-Suche nach Jason Fleming. Das Einzige, was ich mir zusammenreimen kann, ist, dass Kristin, Jason und Davis vor über fünf Jahren in einer Gruppe für kreatives Schreiben waren, damals im Mittleren Westen. Das hat Davis ja uns gegenüber auch schon angedeutet. Dann starb Jason bei einem Autounfall, der vielleicht, vielleicht aber auch nicht Selbstmord war – das waren Mutmaßungen im Netz. Und jetzt ist Kristin tot.

Der Twitter-Stalker sieht da eine Verbindung, außerdem sagt er, einer von uns ist als Nächster dran, wenn ich das also alles in Betracht ziehe, würde ich wetten, dass Davis der Nächste ist. Das dürfte ihm einen Dämpfer verpassen. Tot sein und so weiter. Bei seinem Glück wird ihn das noch unsterblich machen. *Der* Davis Walton, bereits tot, als er am Anfang seines Ruhms stand: der Golden Boy, der er nie sein wird. Vermutlich errichten sie ihm zu Ehren eine Statue. Und ändern den Namen der Veranstaltung des heutigen Abends in *Davis Walton Thriller Book of the Year Award*. An Preisen gibt es ja schon den Lefty

Award, den Agatha Award, den Anthony Award … da könnten wir genauso gut den Davis verleihen. Gegrüßet seist du!

Ich bin kurz davor, meinen Laptop zuzuklappen, doch mein Selbsterhaltungstrieb verlangt von mir, dass ich mich verteidige. Ich meine, wirklich. Seitdem Meghan Morgan – diese feige Kuh – ihren Tweet gelöscht hat, entdecke ich den, der am meisten retweetet wurde, und zitiere diesen Tweet. Er ist schon tausendmal retweetet worden. Ich werde dieses Miststück wegen übler Nachrede drankriegen, wenn das hier vorüber ist. Ich beginne mit einer Reihe von »Gesicht mit Freudentränen«-Emojis.

@VickyOvertonAutorin
Sorry, ich war nicht richtig drin in dem Thema. Ich war gerade dabei, meine Klingen zu säubern und die Bullen zu belügen! (Augenrollen-Emoji) Wenn irgendwer diesen Schwachsinn glaubt, dann sollte er vielleicht besser professionelle Hilfe in Anspruch nehmen. Und meine Anwälte melden sich, wenn das hier vorbei ist @AgentMegaMorgs #murderpalooza @Murderpalooza

Ich klicke den Button und schicke es raus ins Twitter-Universum und warte ab. Binnen Sekunden leuchtet meine kleine blaue Glocke auf und zählt ein, zwei, drei, zwanzig, dreißig … meine Nachricht wird gut angenommen. Oder man wirft mir vor, ich sei eine lügnerische Mörderin. Entweder/Oder.

Ich habe noch einen Moment, bevor ich nach unten muss zu dem kleinen Treffen, daher benetze ich mein Gesicht noch einmal mit Wasser und trage Make-up neu auf. Allerdings verzichte ich auf die volle Prozedur und beschließe, eine getönte Tagescreme und glänzendes Lipgloss aufzutragen, ehe ich die Wimpern mit Mascara schwärze. Das müsste reichen.

Als ich das Bad verlasse, will ich einen letzten Blick auf den PC-Bildschirm werfen, ehe ich runtergehe, doch dann höre ich ein Geräusch vor meiner Tür. Auf Zehenspitzen gehe ich zum Spion und spähe hindurch, und dort steht Jim, mit der weißen Schlüsselkarte in der Hand, die er gegen das Sensorfeld hält. Nichts tut sich. Nur ein *Klick, Klick, Klick*. Meine Hand schwebt bereits über dem Türgriff, um Jim aufzumachen, aber dann bin ich mir nicht sicher, ob ich ihn überhaupt reinlassen will. Wieso ist er schon nach zehn Minuten zurück?

Ich warte darauf, dass er die Schlüsselkarte wieder einsteckt, als er mit der Hand in die hintere Hosentasche greift und sein Portemonnaie herausholt. Er schiebt die Schlüsselkarte hinein und zieht eine identische heraus. Als er diese Karte gegen den Sensor hält, funktioniert der Türmechanismus auf einmal, sodass ich einen Satz zurück mache. Er öffnet die Tür, und ich stehe immer noch zu nah beim Eingang.

»Ich dachte, du wärst fort. Hattest du nicht ein großes Meeting?«, fragt er.

»Bin gerade auf dem Weg«, erwidere ich. Wieder starren wir einander hitzig in die Augen. »Wieso kommst du zurück?«

Und wessen Schlüsselkarte hast du da gerade benutzt?

»Ich wollte mein Zeug holen. Ich dachte, du bräuchtest deinen Freiraum, deshalb habe ich für heute Nacht ein anderes Zimmer gebucht.«

Was du nicht sagst. Mitten in Manhattan, im Hochsommer, also in der Hochsaison für Touristen (vielleicht abgesehen von

Weihnachten), bucht er mal eben so ein Zimmer, obwohl das Hotel seit Monaten wegen der Convention ausgebucht ist? Und er ist einfach so nach unten geschlendert, hat sich an der Rezeption angestellt und ist dann keine zehn Minuten später wieder hier oben?

Wessen Schlüsselkarte ist das? Kristins? Würden die Bullen diese Karte nicht gerne bei ihm finden?

»Bullshit.«

Er verdreht die Augen und zwängt sich an mir vorbei. »Schick mir 'ne Nachricht, wenn du's dir anders überlegst und die Nacht nicht allein verbringen willst.« Er öffnet eine Schublade und schmeißt seine Boxershorts, Socken und zwei kurze Hosen in seine Tasche, während ich schweigend zusehe. Falls er auf ein *mea culpa* wartet, sollte er sich besser an Enttäuschungen gewöhnen. Als er den Reißverschluss seiner Tasche zumacht, sieht er mich an, die Mundwinkel zeigen nach unten, in seinem Blick liegt der Wunsch nach Vergebung. »Ich habe dich nie angelogen.«

»Ich habe die SMS gesehen, Jim. Letzten Monat bist du nicht zu deinen Eltern gefahren. Du warst hier. Mit ihr. Und ihren Slips.«

Diesmal sehe ich ihm das Schuldgefühl an. Er schluckt schwer, Schweißperlen schillern auf seiner Stirn. »Ich schätze, wir werden reden müssen, wenn wir wieder in Florida sind.«

Er wartet, dass ich dazu etwas sage, aber ich schweige. Dann trete ich beiseite und deute mit einer Hand an, dass er gehen soll. Er nimmt seine Tasche und verlässt das Zimmer.

Meine Augen brennen, und ich bin froh, dass ich nicht den Eye Shadow neu aufgetragen habe, während ich die Tränen fortblinzle. Ich habe eine strategische Trennung geplant. Aber natürlich denke ich jetzt an die guten Zeiten. Wie er immer den Arm um mich gelegt hat und ich mich perfekt an ihn schmiegen konnte, wie er mit mir die Westküste Floridas rauf und runter gefahren ist zu jedem verdammten Barnes & Noble und den Indie-Buchläden, damit ich Bücher signieren konnte, und wie verdammt stolz er immer war, wenn eins meiner Bücher erschien. War das denn alles vorgetäuscht? Warum hat er das alles weggeworfen?

Ich tupfe mir die Augenwinkel mit einem Feuchttuch trocken, damit meine Mascara nicht verläuft und ich aussehe wie die sitzen gelassene Geliebte. Ein letzter Blick auf den Bildschirm, um zu sehen, was mein Tweet macht, und dann muss ich los. Ich lade die Twitter-Seite neu, und, ja, er macht sich gut. Mehr als sechzig Retweets, vierhundert Likes. Ich will die zitierten Tweets lesen und was sie sagen, aber mir fehlt die Zeit. Vorsichtshalber klicke ich den Murderpalooza-Hashtag an und … *was?*

Ich kneife die Augen zusammen. Heilige Scheiße.

Das ist ja wie im Film! Was sagst du @AutorMBrooks1234 #murderpalooza #killer #schuldig

Tja, ich wette @AutorMBrooks1234 bereut es so richtig #murderpalooza

WO ZUM TEUFEL BLEIBT DIE FESTNAHME @AutorMBrooks1234 #murderpalooza

Karriereselbstmord, hat @AutorMBrooks1234 etwa geglaubt niemand würde dahinterkommen? #murderpalooza #gerechtigkeitfürkristin #mörder

Oh mein Gott @AutorMBrooks1234 hat seine Co-Autorin getötet, es war #KristinBailey, einer muss ihn festnehmen! #murderpalooza

Es ist überall.

Was ist bloß passiert?

Ich sehe auf die Uhr. Zeit zu gehen, aber Mist ... einen Moment noch. Ich scrolle weiter, bis ich es sehe. @MPaloozaNxt2Die hat ein Foto getweetet und #murderpalooza und #KristinBailey gehashtaggt. Ich klicke darauf und vergrößere es.

Oh nein. Es handelt sich um die Zusammenfassung seines neuen Buchs auf einer Seite, mitsamt dem mörderischen Krimi-Ende und allem Drum und Dran. Und sein Name und Kristin Baileys Name werden als Co-Autoren genannt.

Whodunit? Wer's war? Mike war's!

Es wurde schon tausendmal retweetet.

30. KAPITEL

Davis Walton
Freitag, 17:00 Uhr

Ich kann mir das Lächeln nicht verkneifen. Nein, gelogen. Das ist ein feistes Grinsen, eines, das meine ganze Erscheinung beherrscht. Die Informationen über Suzanne, die mir Penelope zukommen ließ, sind einfach zu gut. Und um noch eins draufzusetzen, hatte Mike Brooks mit dem Mädel was am Laufen. Als ich ihn früher am Nachmittag gefragt und dabei den Twitter-Stalker erwähnt habe, meinte er nur: »Oh, klar kenne ich Suzanne, wir haben die gleiche Agentin.« Ha! Da steckt sooo viel mehr dahinter. Seine Armbanduhr auf ihrem Nachttisch ist der unwiderlegbare Beweis.

Sie haben uns angelogen. Ich habe jetzt die Beweise, und ich wette, die haben mich und Vicky verarscht. Die stecken gemeinsam dahinter. Abgesehen davon, dass Suzanne eine Stalkerin ist und Mike zweifellos die Story gemeinsam mit Kristin geschrieben hat, hat er das verblendete Mädel wahrscheinlich dazu gebracht, in seinem Auftrag zu töten. Er wollte, dass Kristin tot ist, er wollte den Ruhm ganz für sich allein, dabei hatte Kristin vermutlich neunzig Prozent der Story verfasst. Ich frage mich, wie lange er das schon geplant hat. Bestimmt ein halbes Jahr.

Suzanne ist jung und leicht zu beeindrucken und offensichtlich durchgeknallt, ich kann ihr also kaum verübeln, dass sie sich seinen Wünschen beugt. Mike ist alt und verheiratet. Er hat Kinder, um Gottes willen. Er hatte mal Erfolg. Er wusste von Anfang an, was er tat, und machte sich an junge Mädels ran.

Darüber hinaus hat irgendjemand die Zusammenfassung des Buchs geleakt, das er zusammen mit Kristin geschrieben hat. Das mit all den Geheimnissen am Ende, und beide Namen werden genannt. Die Leute werden das sowieso wieder vergessen, falls es je veröffentlicht wird, denn es wird wohl kaum in den nächsten zwei Jahren in den Regalen stehen. Aber jetzt glaubt jeder, Mike hätte Kristin getötet. Ich persönlich sehe das nicht so – ich denke, dazu hat er Suzanne angestiftet –, aber wer es auch immer getan hat, hatte Zugang zu Kristins Computer und hat alles ins Twitter-Universum geblasen. Wie auch immer. Solange mir das sämtliche Anschuldigungen und Geheimnisse vom Hals hält, bitte.

Und jetzt, da ich weiß, dass Suzanne und Mike eine Affäre haben und wahrscheinlich gemeinsam getötet haben – dazu noch die neuen Anschuldigungen online, die auf Mike hindeuten –, kann ich die Fragen über Jason Fleming ignorieren. Wenn jemand fragt, halte ich ihr oder ihm einfach Suzannes Tweet von Mikes Uhr vor die Nase. Ihr könnt darauf wetten, dass ich einen Screenshot gemacht habe, das Foto gespeichert und per Mail an mich selbst geschickt habe. Das Internet vergisst nichts, meine Freunde.

Ich bin der Erste an der Bar, und das ist sowohl gut als auch schlecht. Gut, weil ich jetzt noch einen Tisch für vier reservieren kann und keiner Fragen stellen wird. Schlecht, weil ich mich immer noch verstohlen umschaue, obwohl ich weiß, dass Mike und Suzanne wahrscheinlich für diesen Mord verantwortlich sind. Ich habe immer noch Angst vor den Monstern im Keller.

Kein Wunder also, dass ich wie ein Mädchen aufschreie, als mir jemand die Hand auf den Arm legt. Leute schauen in meine Richtung, weil sie wissen wollen, woher dieser spitze Schrei kam, und als ich mich umdrehe, sehe ich Janie. Nein, Julie. Wieso kann ich mir ihren Namen nicht merken? Egal, ich hatte ihr ja gesagt, ich würde sie *später am Abend* treffen. Nur Leute, die achtzig sind, glauben, fünf Uhr ist *später am Abend*. Warum findet sie mich immer, wenn ich gerade allein und verwundbar bin? Plötzlich will ich es drauf ankommen lassen, was die potenziellen Mörder betrifft, anstatt mit ihr Smalltalk zu machen.

»Hey, du. Hast du meinen Lippenstift gefunden?«, fragt sie.

Mist. »Ja, klar. Leider habe ich ihn oben gelassen. Ich bin eben sehr beschäftigt.« Ich nicke zur Bekräftigung. Meine Zeit ist kostbar, dies hier aber nicht. Kann ich ihr nicht einen Dollar geben, damit sie sich einen neuen kauft? »Ich hole ihn später. Jetzt warte ich auf ein paar Leute. Können wir ein andermal reden?«

»Oh, kann ich zusammen mit dir warten?«

Versteht dieses Mädchen denn keinen Wink mit dem Zaunpfahl? Lächelnd nimmt sie am Tisch Platz, ehe ich etwas erwidern kann, dann stellt sie den Drink vor sich ab, den sie mitgebracht hat. Er ist bernsteinfarben, aber schaumig, und oben schwimmt eine Maraschino-Kirsche. Ist das ein Amaretto Sour? Mann, sie ist jung, aber für so jung habe ich sie nun auch wieder nicht gehalten. Penelope sagte was von einundzwanzig. Das passt nur, wenn ich über vierzig bin. Warum ist sie ständig da? Hat sie denn keine Freundinnen mitgebracht? Sie taucht immer allein auf, scharwenzelt ständig um mich herum. Ist sie eine Stalkerin?

Mir kommt ein grässlicher Gedanke. Oh mein Gott, könnte es sein, dass die Schmonzetten-Autorin, die ihre Bücher selbst verlegt, Morde begeht, um zu erforschen, wie man am besten ins Thriller-Genre einsteigt?

Sie saugt den Rest des Cocktails durch den Strohhalm, bis es dieses furchtbare Blubber-Lufttunnelgeräusch gibt, das ich so hasse.

»Was machst du noch so, ehe die Verleihung beginnt?«, will sie wissen.

Ich verzweifle langsam, will aber trotzdem keine mögliche Mörderin vergraulen, die es vielleicht auf mich abgesehen hat. Ich brauche jetzt jegliche Unterstützung, die ich kriegen kann. »Arbeiten.« Ich lasse ein wissendes Nicken folgen.

Ich war noch nie so froh in meinem Leben, als ich Vicky Overton entdecke. Zum Glück hat sie sich diese lilafarbenen Strähnchen ins Haar machen lassen, denn nur deshalb erspähe ich sie inmitten all der Leute, die sich bei der Treppe zur Hotelbar tummeln. Ich lächle und winke übertrieben. *Komm schon.* »Sorry. Aber da ist schon die erste Person, die ich treffen will.« Könnte es genauso gut so klingen lassen, als hätte ich hier das Sagen, und so wird es wohl auch sein, sobald diese beiden anderen Lügner hier aufkreuzen.

Vicky nähert sich dem Tisch, und ich sehe etwas anderes in ihren Augen. Ist das Angst oder Traurigkeit? An diesem Nachmittag war sie entrüstet. Oh Scheiße – ich hatte schon ganz vergessen, dass sie fluchtartig die Bar verlassen hat. Ich frage mich, ob ihr hundsgemeiner Freund okay ist. Und ich frage mich, inwieweit sie das überhaupt kümmert. Es ist keine Stunde her, dass sie mich fragte, ob *er* seine Geliebte getötet hat. Jetzt weiß ich es besser. Mike und Suzanne tragen das sprichwörtliche *K für Killer* tätowiert auf ihrer Brust.

Aber mit einem Mal kommt mir auch Julie in den Sinn.

»Hey, suchen Sie sich einen Platz aus«, lade ich Vicky ein, ehe ich Besorgnis vortäusche. »Wie geht's Jim? Was ist da eigentlich passiert?«

Sie schweigt, dann presst sie die Lippen aufeinander, und ich könnte schwören, dass sie sich ein Grinsen verkneift. Dann spricht sie Julie an. »Wenn es Ihnen nichts ausmacht?«

»Oh«, macht Julie und streckt ihr dann die Hand entgegen. »Hi, ich bin Julie Keane. Ich habe Davis gestern Abend kennengelernt.«

Sie sagt das mit einem wissenden Blick, der mich erledigt. Na großartig, jetzt weiß Vicky, dass ich mit einer Autorin von Liebesromanen geschlafen habe.

Vicky macht eine kaum wahrnehmbare Handbewegung. »Könnten wir vielleicht unter uns sein?«

Ich zwinkere Julie zu, ehe ich nicke. *Na los, kleines Mädel. Vicky und ich müssen jetzt über die Thriller-Sache sprechen, die nur für Erwachsene ist, mach also bitte den Abmarsch.*

»Wir sehen uns später, Davis«, sagt sie. Dann geht sie endlich, den fast leeren Drink in der Hand.

»Also wirklich, Davis! Julie Keane?«, fragt Vicky, eine Braue hochgezogen.

Ich mache eine fahrige Geste, um nicht ins Detail gehen zu müssen. »Was ist Jim zugestoßen?«

Sie zuckt mit den Schultern. »Der Idiot hat sich ausrauben lassen. Das hatte aber nichts hiermit zu tun, und schon gar nichts mit uns.« Sie reiht die beiden Sätze so schnell aneinander, dass ich spüre, dass sie mir etwas verheimlicht.

Jetzt ist nicht der richtige Zeitpunkt. Es ist mir so was von egal, ob ihr Freund überfallen wurde, solange es jemand auf mich abgesehen haben könnte. »Aber egal, haben Sie schon auf Twitter nachgeschaut?«

Sie nickt. »Ja, und ich bin überrascht, dass Sie sich nach all den Verdächtigungen noch mit mir blicken lassen. Aber man kennt ja den Twitter-Mob. Was die Leute dort verzapfen, ist die Goldwährung, bis genügend von ihnen auf irgendetwas anderes abfahren. Das Gedächtnis ist kurz.«

Traurig, aber wahr. »Yep. Und haben Sie den jüngsten Tweet gesehen?«

Wieder ein Nicken. »Was meinen Sie, wer könnte in der Lage gewesen sein, an Mikes Zusammenfassung heranzukommen?«

Tja, seine Agentin Vita Gallo und all diejenigen, denen sie den Text zugeschickt hat, aber Mike hatte ja erwähnt, dass seine Agentin die Zusammenfassung nicht an die Lektorate geschickt hat wegen der Storyline. Vita wirkt schuldbewusst, aber passt das überhaupt zu ihr, Mike nach zwei Jahrzehnten einfach so fallen zu lassen? *Ihr habt die Zusammenfassung gesehen, und Kristin Bailey wurde erstochen, ich musste ihn fallen lassen!*

Ich senke die Stimme. »Ich glaube, Suzanne und Mike haben uns von Anfang an verarscht. Die stecken unter einer

Decke.« Ich poche zweimal mit dem Zeigefinger auf den Tisch, um anzudeuten, dass meine Worte Gewicht haben.

»Stalkanne? Wohl kaum. Sie ist nur ein blauäugiges Kind. Fan-E-Mails sind nicht mit einem Mordkomplott gleichzusetzen.«

Nach einer Bemerkung wie dieser bezeichnet sich Vicky immer noch als Thriller-Autorin? »Dann sehen Sie sich das hier mal an.«

Ich greife nach meinem Smartphone, das auf dem Tisch liegt. Jede Menge neue Nachrichten, wie ich sofort sehe – wie sollte es auch anders sein? –, und ich vergewissere mich, dass keine von einer unbekannten Nummer stammt. Ich öffne die Foto-App und scrolle zu dem Screenshot, den ich von Suzannes Twitter-Seite gemacht habe, genauer gesagt zu dem belastenden Foto. Vicky nimmt das Handy, kneift die Augen ein wenig zusammen, als sie auf das Display schaut, und vergrößert es, ehe sie erneut hinsieht und mit den Schultern zuckt. Sie reicht es mir zurück.

»Und?«

»Das ist Mikes Uhr.«

»Ach, kommen Sie«, sagt sie mit einer gewissen Theatralik.

Soll ich ihr jetzt sagen, dass ich genau weiß, dass es seine Uhr ist, weil ich neidisch deswegen bin? Wie würde mich das dastehen lassen? »Er trägt sie heute. Ist mir vorhin aufgefallen. Ein Bekannter von mir hatte genau dieses Modell in einer Kollektion, die für mich gedacht war. Ich habe mir dann eine andere ausgesucht, aber ich weiß trotzdem, wie Mikes Modell aussieht. Vintage-Look.« Hört sich doch gleich viel besser an. Jetzt bin *ich* derjenige, der dieses Modell abgelehnt hat.

»Es kann nicht sein, dass sie uns das nicht gesagt hätten, wenn es wahr wäre, nach allem, was heute passiert ist.«

»Denken Sie doch mal nach«, sage ich und senke meine Stimme weiter. »Mike will sich wieder im Ruhm sonnen. Suzanne ist durchgeknallt. Die haben das gemeinsam getan, und uns haben sie komplett verarscht.«

»Aber warum?«

Ich habe keinen Abschluss an einer Elitehochschule gemacht, deshalb weiß ich auch nicht auf alles eine Antwort. Ich werfe die Hände in die Höhe. »Wo bleiben die beiden denn dann? Wieso sind wir jetzt die Einzigen hier? Wir hatten uns zu viert um fünf Uhr verabredet. Das ist wichtig. Wir müssen herausfinden, was hier vor sich geht. Erinnern Sie sich an den Film *Scream*? Zwei Killer. Der eine deckt den anderen. Sie hatten immer ein Alibi. Ich sage Ihnen, die stecken da beide gemeinsam drin. Würde mich nicht wundern, wenn Mike inzwischen auf halbem Weg nach Panama wäre.«

»Von dort würde er nicht ausgeliefert«, meint Vicky, die Augen geweitet. »Meine Hauptfigur in Buch Nummer zwei – die hat das recherchiert.«

Wir schweigen. Also nur wir beide an der Hotelbar. Ich hätte nie gedacht, dass ich mich bei dieser Sache mit Vicky zusammentun würde. Ihr geht es vermutlich genauso, warum, kann ich nicht sagen. Sich auf meine Seite zu schlagen, dürfte jedem gut zu Gesicht stehen, aber Vicky weiß bestimmt, dass das, was ich sage, Sinn ergibt.

Dann taucht Mike auf. Gott sei Dank nähert sich ihm jemand, der wie ein Bulle aussieht, ehe Mike zu uns an den Tisch kommen kann.

31. KAPITEL

Mike Brooks
Freitag, 17:05 Uhr

Gerade als ich glaubte, ich wäre der Sache auf den Grund gegangen, setzt die Twitter-Stalker-Mord-Person mir zu.

Ich lese Book Twitter nicht; das ist lächerlich. Das sind ein paar Leute, die sich mit ihrer eigenen Meinung aufplustern, andere Leute tatsächlich dazu zwingen, genauso zu denken wie sie, und sofort alle canceln, die nicht so denken wie sie. Sie beschweren sich darüber, dass Leute andere mobben, erkennen aber nicht die Scheinheiligkeit dahinter. Ich kann nicht von einem auf den anderen Tag mit dem Schritt halten, was ich angeblich wissen soll.

Nun ja, falls jemand meinen Namen vergessen haben sollte, so hat er ihn jetzt wieder auf dem Schirm. Sogar die jungen Leute. Ich bin überall auf Twitter. Mein Name, in Verbindung mit Kristins Name. Unsere verdammte Zusammenfassung des Buchs ist auf Twitter. Abgesehen von uns beiden hatte nur Vita sie. Obwohl ich nicht glaube, dass Vita etwas damit zu tun hat, gebe ich zu, dass ich argwöhnisch bin. Aber mir kommt noch etwas anderes in den Sinn, denn vielleicht hat Kristin die Zusammenfassung jemandem geschickt, von dem ich nichts weiß. Ich habe zwar keine Ahnung, warum sie das tun sollte, außerdem läuft das allem zuwider, was wir vereinbart haben, aber jemand hat sie getötet. Vielleicht steckte sie in jeder Menge Schwierigkeiten, von denen ich keine Ahnung hatte. Andererseits, wer auch immer Kristin ermordet hat, hat nun Zugang zu einem Hort aus Scheiß, den sie wusste. Dagegen ist die Buchzusammenfassung Peanuts.

Da im Augenblick reger Verkehr herrscht, bitte ich den Taxifahrer, mich ein paar Blocks entfernt aussteigen zu lassen. Ich schlüpfe in einen Bodega-Laden und rufe Vita an.

Der Ruf geht zigmal raus. Dann die Voicemail. Klar. Sie will dem Mörder aus dem Weg gehen.

»Vita, Mike hier. Ich muss dich sprechen. Ich weiß, dass du weißt, was hier läuft.« Ich schlucke vernehmlich. »Online. Auf Twitter. Ich bin mir sicher, du weißt, dass das, was sie sagen, nicht wahr ist, aber ich muss wissen, wem du sonst noch die Buchzusammenfassung gegeben hast. Ruf mich bitte sofort an.«

Ich beende das Gespräch und stecke das Handy wieder in meine Tasche, dann beschließe ich, dass ich die Suppe auslöffeln muss, im Beisein des Rests meiner neuen Truppe. Aber diesmal habe ich etwas zu sagen, wenn sie sich gegen mich verschwören sollten, wenn sie auf Twitter sind, was sie zweifellos sind. Ich biege um die Ecke und bleibe einen Moment vor der Tür stehen, dann atme ich tief durch und trete ein.

In der Nähe des Eingangs steht jemand, der wie ein Polizist aussieht, und mein Herzschlag beschleunigt sich. Aber warum bloß? Ich habe nichts getan. Aber die Wahrnehmung ist die Realität in dieser neuen Online-Welt, was sich auch gleich bestätigt, als mir dieser hünenhafte Mann schnell den Weg versperrt.

»Mike Brooks?«

»Ja?« Ich will mich räuspern, kann es aber nicht, nicht in Gegenwart dieses Mannes. Ich darf mir nicht im Geringsten anmerken lassen, dass mir unbehaglich zumute ist, obwohl ich das Gefühl habe, eine lebendige Voodoo-Puppe zu sein, auf die mit Nadeln eingestochen wird. *Eingestochen*. Ups. Gepikt?

»Pearson. Ich ermittle im Auftrag des Hotels.« Er holt eine Art Abzeichen aus der Tasche seines Jacketts und hält es mir vor die Nase, ehe er es wieder einsteckt. Ich habe diese Marke nicht richtig entziffern können, aber sie hatte irgendein Siegel, das offiziell aussah. »Folgen Sie mir.«

Schon wendet er sich von mir ab und geht mit langen Schritten davon, und mir bleibt keine Wahl, als ihm zu folgen. Was soll ich auch groß tun? Etwa weglaufen und nicht kooperieren? Wenn überhaupt, dann möchte ich eine Hilfe sein. Kristin war meine Freundin. Wenn ich mit der Beantwortung seiner Fragen dazu beitragen kann, herauszufinden, wer sie ermordet hat, umso besser.

Während wir uns in die Ecke unten in der Lobby zurückziehen, starren uns alle an, tuscheln, zeigen auf uns. Zumindest wissen jetzt endlich wieder alle, wer ich bin. Ich bezweifle allerdings, dass sich das in Verkaufszahlen niederschlagen wird, es sei denn, ich werde festgenommen und schreibe im Gefängnis ein Buch darüber, irrtümlicherweise verhaftet worden zu sein. Nicht gerade das, was ich mir für meine Memoiren vorgestellt habe.

In der Ecke angekommen, dreht Pearson sich zu mir um und holt ein Notizbuch und einen Stift hervor. Gott, hab ich einen Durst. Meine Zunge fühlt sich schwer und klebrig an.

»Mr. Brooks, Sie haben sicher von der Sache mit Kristin Bailey gehört.«

»Ja, habe ich«, antworte ich und nicke betrübt.

»Wir wissen aus sicherer Quelle, dass Sie und Miss Bailey vor Kurzem ein gemeinsames Projekt beendet haben.«

»Das ist korrekt.« Ich brauche Wasser. Ich kann kaum schlucken.

»Bezüglich des besagten Projekts sind neue Informationen ans Tageslicht gekommen.«

»Ja, das habe ich gesehen, online. Jemand hat die Buchzu-sammenfassung geleakt.«

Pearson notiert auch das, den Kopf leicht gesenkt. Dann heftet er seinen Blick auf mich. »Ich habe es gelesen. Ziemlich belastend, finden Sie nicht?«

»Ich war heute Morgen zu Hause. Bei meiner Frau. Den ganzen Morgen.«

»Aha, und Ihre Frau wird Ihre Aussage bestätigen können, nehme ich an. Hat Sie sonst noch jemand dort gesehen?«

Glaubt er allen Ernstes, Nicole würde mich decken? »Meine Nanny, Janina, hat die Kinder so gegen halb zehn abgeholt. Für das Camp.«

»Aha. Halb zehn. Und danach hat sie Sie nicht noch einmal gesehen?«

Ich muss schlucken, aber ich kann nicht. Ich habe keinen Speichel. »Nein, ich habe den Morgen damit verbracht, E-Mails zu beantworten, dann habe ich mich fertig gemacht, um meine Agentin zum Lunch zu treffen. Das war auch der Zeitpunkt, als sie mich anrief und mir die Neuigkeit mitteilte. Ich war noch zu Hause, als sie anrief. Dann bin ich gleich losgefahren.«

Er kritzelt jedes einzelne Wort in Steno hin. »Die Leute sagen, Sie waren gestern Abend hier. Hatten Sie überhaupt ein Wort mit Kristin gewechselt?«

»Nein, am gestrigen Abend nicht. Ich sah sie an der Bar, aber da hatte ich mich gerade mit ein paar anderen Leuten zusammengesetzt.« Mit dem verfluchten Davis. Wenn Kristin und ich uns wie zwei normale Menschen unterhalten hätten, dann hätte ich sie vielleicht retten können. Aber sie war ja diejenige, die meinte, es sei ihr nicht recht, wenn die Leute sähen, wie dick befreundet wir waren.

»Ein paar Leute erwähnten, Kristin sei ein wenig ... angespannt gewesen gestern Abend. Ist Ihnen diesbezüglich etwas Ungewöhnliches aufgefallen?«

Wem könnte das aufgefallen sein? Mit wem hat er sonst noch gesprochen? Mist, vermutlich mit allen, die gestern Abend einen Drink an der Hotelbar hatten. Vielleicht sogar normale Gäste, die Kristin gar nicht erkannt hätten. Das ist es ja, denn nur Autoren und begeisterte Leser wären überhaupt imstande, einen Schriftsteller oder eine Schriftstellerin zu erkennen. Es sei denn, man ist Stephen King.

»Nein, da ist mir nichts Ungewöhnliches aufgefallen. Ich saß bei Davis Walton und ein paar anderen Leuten. Ich erinnere mich, dass ich sie zusammen mit ihrer Agentin gesehen habe, Penelope Jacques. Da waren auch noch ein paar andere Autoren, aber ich weiß nicht mehr genau, wann das war. Ich habe die Bar früh verlassen und bin nach Hause gefahren. Ich wohne in Upper Manhattan, daher habe ich kein Zimmer hier im Hotel.«

»Und zu diesem Zeitpunkt wusste sonst niemand, dass Sie und Miss Bailey Co-Autoren an dem neuen Projekt waren?«

»Nicht, dass ich wüsste.«

»Mr. Brooks, Sie werden verstehen, warum Sie das in ein schlechtes Licht rückt.«

Endlich habe ich genug Speichel, um schlucken zu können. Es ist zäh, und ich habe das Gefühl, als hätte ich Klebstoff verschluckt. »Ich war es nicht.« Shaggys »It Wasn't Me« kommt mir in den Sinn. Der Song, der mir gefiel, als ich noch cool war.

Ich habe endgültig die Nase voll und beschließe, den Pakt zu brechen. Ich öffne den Mund, um es zu sagen, aber was würde das eigentlich bringen?

Mr. Pearson, Sir, jemand hat mir und drei anderen Autoren eine Drohnachricht geschickt, und ein Stalker-Twitter-Account verbreitet üble Dinge! Das riecht nach Ablenkung, die ich nicht nötig habe, weil ich mir rund um Kristins Tod nichts habe zuschulden kommen lassen. Erst will ich mit den anderen reden, ehe ich Pearson davon in Kenntnis setze.

»Hat sie gelitten?«, frage ich, meine Augen sind glasig, weil meine Gefühle echt sind.

Pearson atmet hörbar aus. »Erstochen zu werden, ist nicht unbedingt die angenehmste Art und Weise zu sterben, Mr. Brooks. Aber das wissen Sie bestimmt, nicht wahr? Haben Sie darüber nicht in Ihrem Buch geschrieben?«

Ich schweige erschrocken und wische mir verzweifelt mit einer Hand über die Stirn. Die arme Kristin. Das ist nicht fair.

Pearson holt eine Karte aus seiner Tasche und reicht sie mir. »Sollte Ihnen noch etwas einfallen, was Ihnen gestern Abend vielleicht seltsam vorkam, dann rufen Sie mich an.«

Ich nicke. »Ich habe es nicht getan. Sie war meine Freundin. Ich werde Ihnen helfen, so gut ich kann.«

Mist.

Mist.

Mist.

Warum ist mir ausgerechnet das eingefallen? Das sind genau die Sätze, die der Co-Autor im Buch benutzt, als er beschuldigt wird. Und wir wissen ja, wie das ausging.

Pearson geht, und ich stehe allein da, während mich alle anstarren. Ich will aus vollem Halse brüllen: *Ich bin nicht in Handschellen, also geht weiter!* Doch stattdessen stehe ich mit hängenden Schultern da, um mich kleiner zu machen, um nicht aufzufallen, falls das überhaupt möglich ist, und schleiche mich davon.

Als ich die unterste Stufe der Treppe erreiche, die zur Hotelbar führt, sehe ich, wie Suzanne gerade bei Davis und Vicky Platz nimmt.

32. KAPITEL

Suzanne Shih
Freitag, 17:10 Uhr

An der Hotelbar ist immer noch viel los, die Leute stoßen an und lachen. Als bedeute ihnen Kristin nichts. Als wäre an diesem Morgen keine wundervolle Frau ermordet worden. Nachdem man ihre Leiche in den wartenden Wagen verfrachtet hatte, haben sich bei den meisten Leuten sämtliche Erinnerungen verflüchtigt, denn, hey, es ist Happy Hour.

Ich bin nicht wie die meisten Leute. Ich kann es immer noch nicht fassen, dass sie nicht mehr da ist. Ich kann nicht glauben, dass ich es so lange ausgehalten habe wie heute.

Ich entdecke Vicky und Davis an einem der Bartische in der Ecke und gehe beklommen zu ihnen. Beide sehen mich mit ausdrucksloser Miene an, als ich am Tisch ankomme – etwas hat sich in ihren Mienen verändert. Sie machen den Eindruck, als kümmerte sie die Sache mit Kristin auch nicht mehr.

»Hi«, sage ich, als ich einen Stuhl zurechtrücke und neben Vicky an dem rechteckigen Tisch Platz nehme, gegenüber von Davis. »Wie geht es Jim?«, erkundige ich mich.

Vicky bläst kurz die Backen auf und atmet aus. »Dem geht's gut. Und wie geht es *Mike*?«

Sie betont seinen Namen unüberhörbar.

»Mike?« Es verschlägt mir kurz den Atem, als mir bewusst wird, dass er gar nicht hier ist. »Wo ist er? Ist ihm was passiert?« *Einer von euch ist als Nächster dran.*

Davis' Augen gleichen in diesem Moment seinem Mund. Sie verengen sich, genau wie seine geschürzten Lippen, und ich habe wieder das Gefühl, gleich von meinen Eltern angeschrien zu werden. Dann gleitet sein Blick über meinen Kopf hinweg, und er hebt einen Arm und winkt. »Hier drüben!«

Ich drehe mich auf meinem Stuhl herum und sehe Mike in unsere Richtung kommen. Ich atme erleichtert auf. Der Twitter-Stalker hat ihn nicht erwischt.

Noch nicht.

»Hey. Sorry, ich wurde aufgehalten. Ein Ermittler wollte mich sprechen.« Er setzt sich auf den letzten freien Platz. »Ich bin mir sicher, dass ihr es schon im Internetz gesehen habt.«

Dabei macht er Anführungszeichen in der Luft und sagt wohl absichtlich »Internetz« wie ältere Leute, weil das lustig klingen soll. Galgenhumor. Er nimmt sich selbst auf den Arm, weil er ernsthaft in Schwierigkeiten ist. Jetzt wissen alle Bescheid, dass er und Kristin Co-Autoren waren, dank des Twitter-Accounts. In diesem Moment bemerke ich die Musik im Hintergrund, eine der langsameren Nummern von Bruno Mars. Warum erst jetzt? Weil die Gespräche der Leute leiser geworden sind, man tuschelt, alle starren zu unserem Tisch herüber. Sobald einer von uns in die Menge sieht, wenden die Leute den Blick ab und senken den Kopf. Gespräche werden wieder aufgenommen.

Wir sind alle Ausgestoßene. Erst Vicky, jetzt ist es Mike.

Ich und Davis sind die Nächsten. Twitter wird uns erwischen, niemand bleibt verschont.

Kaum habe ich diesen Gedanken, als der Ermittler, der sich im Hintergrund herumdrückt, zu uns an den Tisch kommt und erst auf Vicky, dann auf Mike zeigt.

»Vicky Overton. Mike Brooks ... Sie kennen sich beide gut?«, fragt er, ohne überhaupt Hallo zu sagen.

»Yeah. Und?«, erwidert Vicky.

»Mir war nicht bewusst, dass sie eng befreundet sind.« Er zieht die Augenbrauen hoch. »Aber ich wollte sowieso mit den anderen hier am Tisch sprechen«, fährt Pearson fort und sieht Davis an. »Davis Walton, richtig? Hätten Sie kurz Zeit auf ein Wort, unter vier Augen?«

Davis erstarrt, und plötzlich sieht er zehn Jahre jünger aus. Wie ein verängstigter kleiner Junge. Ich bin froh, dass dieser Pearson mich vom Haken lässt.

»Wissen Sie«, setzt Davis an und lässt seinen Charme in Gegenwart des Detectives spielen. Ich merke ihm das an der Stimme an, obwohl ich ihn erst seit ein paar Stunden kenne. »Vielleicht sollten Sie zuerst mit Suzanne sprechen.« Er deutet auf mich. »Wie sich herausgestellt hat, sah sich Kristin Bailey gezwungen, eine einstweilige Verfügung gegen sie zu erlassen.«

»Das ist nicht wahr!«, rufe ich.

Vicky eilt nicht zu meiner Verteidigung. Ebenso wenig Mike.

»Kommen Sie, Suzanne. Das haben Sie uns doch schon erzählt. Sie haben gesagt, Anwälte wurden eingeschaltet. Wollen Sie diesen Mann hier jetzt etwa anlügen, vor uns?«

»Ihr wisst nicht, wovon ihr da sprecht!«

Mein Herzschlag verdreifacht sich, und ich denke an Constantine, der oben in meinem Zimmer sitzt und auf mich wartet. Er kennt das Ausmaß der Ereignisse überhaupt nicht. Es war eine Freundschaft, für die Kristin zu jener Zeit zu beschäftigt war, und ich hätte ihr den Freiraum lassen sollen, den sie brauchte. Aber hört mal, man kann mich doch nicht für so etwas Dämliches festnehmen, wegen *E-Mails*, die ein halbes Jahr alt sind. Sollen sie doch versuchen, mir den Mord an Kristin anzuhängen. Tatsache ist und bleibt: Ich war's nicht.

»Nur zu, Detective. Fragen Sie sie. Sie ist eine Stalkerin.« Davis reibt es ihm wirklich unter die Nase, und ich kann mich nicht verteidigen.

»Hört auf damit!« Meine erhobene Stimme hat Aufmerksamkeit erregt, und die Leute starren wieder zu uns herüber, diesmal stört es sie nicht, wenn man sie dabei erwischt. Sie machen keine Anstalten, wegzugucken, wenn ich Blickkontakt suche. Vicky nippt an ihrem Wasser und schaut dann weg, und Mike wirkt wie ein Reh im Licht der Autoscheinwerfer. Pearson schaut von einem zum anderen, als verfolgte er ein Tennismatch. »Ich bin keine Stalkerin. Wir waren befreundet. Wir kannten uns.« Ich komme mir so klein vor, so bedeutungslos im Beisein all dieser Erwachsenen, daher gehe ich aufs Ganze, wieso auch nicht? »Sie sollten Davis mal nach Jason Fleming fragen.«

Pearson sieht Davis an. »Wen meint sie damit?«

»Jason Fleming. Er ist auch tot. Davis und Kristin kannten ihn beide. Sie wohnten alle nicht weit auseinander, und nun sind Kristin und Jason tot.«

Der Blick, den Davis mir zuwirft, trifft mich wie eine Kugel zwischen die Augen, und mein Kopf schnellt zurück von dem Aufprall. Es würde mich nicht wundern, wenn mir jetzt Blut ins Auge liefe. Ich hätte wohl besser den Mund halten sollen. Bestimmt wird er mich dafür umbringen.

Als Nächste.

»Es ist Davis«, setze ich nach. »Davis hat es getan. Weil er es tun musste.«

Ganz gleich, was der Mob auf Twitter verzapft, ich glaube nicht, dass es Vicky war. Und Mike bestimmt auch nicht. Und ich war's auch nicht. Vermutlich steckt Davis hinter dieser Sache. Er könnte sehr wohl der Twitter-Account sein. Immerhin war es seine Idee, dass wir uns treffen. Woher wissen wir überhaupt, dass seine Bloody Mary zu scharf war? Er hat eine große Sache daraus gemacht, dass man es angeblich auf ihn abgesehen hat, weil er wusste, dass wir sowieso keine Möglichkeit hatten, das zu überprüfen. Er legt uns rein. Er hat Vicky verdächtigt, dann Mike. War doch klar, dass er sich dann auf mich stürzt!

»Genug jetzt«, sagt Pearson. »Ich weiß zwar nicht, was hier zwischen Ihnen läuft, aber ich komme schon noch dahinter. Davis, ich warte dann dort drüben –« Er deutet in Richtung der Couch am unteren Ende der Treppe. »Wenn Sie mit Ihrer Besprechung fertig sind, dann unterhalten wir uns unter vier Augen.«

Pearson geht in Richtung der Treppe, somit gibt es keinen Ausweg mehr, es sei denn, Davis will aus dem Fenster springen.

Und *ha, ha, ha.* Noch will Pearson nicht mit mir sprechen. Nur mit Davis.

»Sie sind in dieser Branche erledigt, Mädel!«, sagt Davis und sticht mit dem Zeigefinger über den Tisch in meine Richtung. »Sie kriegen keine Unterstützung von Autoren. Und falls Sie je davon geträumt haben sollten, dass Bee Henry Ihr Buch kauft, tja, da muss ich Ihnen leider sagen, dass das nie –«

»Gott im Himmel, Davis, genug von diesem süffisanten Scheiß!«, mischt sich Mike ein.

Davis schaut gelassen in Mikes Richtung und kichert leise. »Also das überrascht mich jetzt nicht. Du verteidigst sie natürlich. Überrascht Sie das, Vicky?«

»Nope«, pflichtet sie ihm bei.

»Wovon redet ihr zwei da eigentlich?«, will Mike wissen.

Davis holt sein Smartphone aus der Tasche, tippt ein paarmal aufs Display und hält es dann Mike hin, der hinschaut und rot anläuft. Dann hält Davis es mir hin.

Oh mein Gott.

Ups. Mikes Uhr auf meinem Nachttisch.

Mike kneift die Augen erst zu, reißt sie dann wieder auf und sieht mich voller Verachtung an. »Ich kann nicht glauben, dass du das auf Twitter hochgeladen hast.«

»Ich –« Ich soll *was*? Ich habe keine Ahnung, was ich sagen soll. Ich bin dreiundzwanzig und brauche Aufmerksamkeit. Das wird jemand, der so alt wie Mike ist, wohl nicht verstehen. »Das ist so ein Generationending.« Was Besseres fällt mir gerade nicht ein. »Wir posten alles.«

Mike schlägt mit der flachen Hand auf den Tisch, Vicky unterdrückt ein Lachen, und Davis grinst wie ein Zirkusclown. Ich schaue zur Seite und sehe, dass Pearson sich immer noch Notizen macht.

»Leute, Pearson beobachtet uns«, sage ich mit total hoher Stimme, um nicht in Tränen auszubrechen. Ich will diesen Tweet nicht erklären müssen.

»Na und?«, meint Vicky. »Soll er doch gaffen. Wenn einer von euch Arschlöchern was Böses im Schilde führt, dann hoffe ich, dass er euch drankriegt. Ich habe eine weiße Weste. Mein Freund hintergeht mich. Große Sache.« Sie saugt die letzte Pfütze Wasser mit dem Strohhalm auf.

»Du hast uns nie erzählt, wo du heute Morgen warst«, sage ich und versuche immer noch, nicht wieder in die Schusslinie zu geraten. Ich glaube zwar nicht, dass Vicky irgendetwas gemacht hat, aber ich möchte, dass die anderen an ihr zweifeln. Nicht an mir. An ihr.

Sie stochert mit dem Strohhalm im Rest Eis herum, und ich stelle mir vor, wie sie mit dieser Handbewegung auf Kristin eingestochen hat. »Ich brauche euch gar nichts zu sagen. Tatsache ist, ich habe Pearson schon gesagt, wo ich war. Und? Seht ihr deswegen Handschellen an mir? Nein? Also lasst mich gefälligst in Ruhe.«

Tränen brennen in meinen Augen, dann kullern sie heraus. Ich schnappe mir eine Cocktail-Serviette, die unter meinem Glas steht, und tupfe mir die Augen. Hat keinen Zweck. Ich fange an zu heulen. Vicky beschließt, mit ihrem Handy zu spielen, und Davis sendet immer noch Todesstrahlen in meine Richtung. Mike sieht mich absichtlich nicht an. Ich schulde Vicky und Davis gar nichts, aber ich fühle mich ganz scheußlich, dass Mike mich hasst.

»Leute«, kommt es von Vicky. »Da ist wieder ein Tweet.«

@MPaloozaNxt2Die

Ich kann euch an dem Tisch neben den Sonnenblumen sehen. Bestellt Drinks, denn sonst. Davis sollte euch besser von Jason erzählen. Beides muss jetzt passieren, sonst stirbt jemand.

33. KAPITEL

Vicky Overton
Freitag, 17:15 Uhr

Ich schaue nach rechts. An der Wand neben Davis steht ein Kübel mit Sonnenblumen. Wir werden beobachtet; nicht zum ersten Mal, und etwas verrät mir, dass es auch nicht das letzte Mal sein wird. Wer hat sich hier herumgedrückt, als ich kam? Ich weiß es nicht mehr. Die Angst um mein Leben hat sozusagen Vorrang.

»Ich habe keinen Durst«, sage ich. Ha! Das wäre das erste Mal.

»Also ich nehme bestimmt keinen Drink. Der ist vergiftet«, meint Davis und macht eine abwehrende Geste.

Er ist auffallend nervös, seitdem Pearson mit ihm gesprochen hat. Wie ist er nur davongekommen? Er mit seinem Davis-Getue. Darauf fällt irgendwie jeder rein.

»Ich hab Angst«, kommt es von Stalkanne.

Dann herrscht Stille. Wir sehen alle Mike an.

»Wir müssen tun, was da steht.«

Ich weiß, dass er recht hat. Aber ich frage mich auch, was passiert, wenn ich jetzt aufstehe, meine Handtasche schnappe, meinen Kram zusammenpacke und gehe. Werden die anderen drei dann abgeschlachtet, weil sie bleiben? Oder ist das genau, was der Twitter-Stalker will? Rechnet er oder sie damit, dass jemand aufsteht und geht, und der Mörder wartet dann unter dem Bett? Jetzt vermisse ich Jim. Ich will nicht allein sein. Davis' Ego ist zu groß, er ist nie allein, und Stalkanne kann einfach mit Mike in wilder Ehe leben, wie es aussieht, aber ich werfe Jim raus und bin jetzt auf mich allein gestellt. Nicht gerade sehr tröstlich. Selbst wenn ich glaube, dass er es immer noch sein könnte.

Eine Kellnerin für Cocktails kommt zu uns, und ich mustere sie. Sie setzt dieses Lächeln auf, das man nur im Gesicht einer geschiedenen, alleinerziehenden Mutter sieht, die Drinks ausschenkt. Müde, resigniert, aber hoffnungsvoll. *Ich brauche das Trinkgeld, um die Miete zahlen zu können, also quält mich bitte nicht.*

»Kann ich eure Bestellung aufnehmen?«

»Ja, drei Cabernets Hausmarke und einen Sauvignon Blanc aus Neuseeland, bitte«, sage ich, übernehme damit die Führung und mache es den anderen leicht. Uns. Und ihr.

Sie nickt und deutet auf die Speisekarte, die eingeschweißt in der Mitte des Tischs steht. »Von 16 bis 19 Uhr ist Happy Hour, aber die Küche hat schon geöffnet, ich könnte also …«

»Erst mal nur die Getränke, danke«, unterbreche ich sie.

»Okay, geht klar, ich bringe euch auch noch ein paar Speisekarten mit, falls ihr es euch anders überlegt und in Ruhe aussuchen möchtet.«

»Hausmarke?«, meint Davis, und ich verdrehe die Augen.

»Ich mag keinen Rotwein«, sagt Stalkanne.

»Ist mir egal. Trink es«, erwidere ich. Ich habe die Nase voll von ihr. Gott, erst ist sie wie besessen von Kristin Bailey, und jetzt stellt sich heraus, dass sie das auch bei Mike so gemacht hat? »Was ist da genau zwischen euch gelaufen?« *Genau* – streichen! Die Klatschbase in mir will wissen, was da zum Teufel zwischen Stalkanne und Mike war, bevor der Twitter-Stalker mich umbringt. Zu Jason Fleming kommen wir noch früh genug. Davis wird sich wohl schon in die Windeln gemacht haben.

Stalkanne senkt den Blick, und Mike verzieht wie unter Schmerzen das Gesicht. Er sieht aus, als wäre er an nur einem Tag um zehn Jahre gealtert.

»Da war nichts«, sagt Mike. Als Davis etwas dazu sagen will, hält Mike eine Hand hoch. »Ich weiß, wie das für euch aussehen muss. Wir sind einen Abend ausgegangen, und ich hatte ein paar Drinks zu viel. Suzanne half mir in ein Taxi, und sie ist mir vom Arm gerutscht.«

»*Ich werde letzte Nacht nie vergessen, Herzchen-Emoji*«, sagt Davis mit hoher Singsang-Stimme und macht sich über den Tweet samt Foto von Stalkanne lustig.

»Da stand auch, dass sie weggerutscht ist«, sagt Stalkanne.

»Warum habt ihr zwei uns nicht erzählt, dass so was passiert ist? Neulich an der Bar habt ihr euch so verhalten, als hättet ihr euch gerade erst kennengelernt.«

»Glaubst du etwa, ich bin auch noch stolz drauf?«, sagt Mike. »Dass ich im Beisein einer jungen Frau so betrunken bin, dass *sie* letzten Endes *mir* in ein Taxi helfen muss?«

»Ich bin jung und war einfach so aufgeregt«, meint Stalkanne. »Ich meine, ich hatte gerade bei meiner Agentin unterschrieben, und dann hatte ich plötzlich ein paar Drinks mit Mike Brooks. Deshalb habe ich gesagt, ich würde das nie vergessen.« Ihr Blick gleitet zu ihm, dann zurück zu mir. »Es ist nichts passiert. Ich schätze, ihr wisst inzwischen längst, dass ich bei vielen Dingen gern ein bisschen übertreibe.«

Das ergibt Sinn. Ich kann mir nicht vorstellen, dass Mike sich auf ein Mädchen einlässt, das halb so alt ist wie er. Er ist ja schließlich nicht Davis.

»Du hast, was Jason betrifft, jetzt lange genug um den heißen Brei herumgeredet, Davis«, sagt Mike. »Wir sind nicht deine Agenten oder Fans, auch nicht deine Verleger. Wir sind hier immer noch alle in Schwierigkeiten.« Er seufzt. »Vielleicht sollten wir Pearson sagen, was los ist. Wir sollten ihm besser von der Twitter-Mord-Stalker-Person erzählen.«

In diesem Moment kommt die Kellnerin zurück und stellt die Getränke mitten auf dem Tisch ab. »Okay, hier haben wir den Sauvignon Blanc und drei Cabernets der Hausmarke. Sonst noch etwas?«

»Im Augenblick nicht, danke«, sage ich, anstatt sie sofort wegzuscheuchen. Als sie fort ist, nehme ich einen Schluck – ah, was für eine Erleichterung! –, presse meine Lippen aufeinander und stimme Mike zu. »Es wird Zeit. Wir müssen Pearson sagen, was wir wissen. Über den Twitter-Account und über das, was diese Person mit uns anstellt.«

»Ich lasse mir mein Leben doch nicht wegen eines Twitter-Accounts ruinieren«, wirft Davis ein.

»Ha, als wären Sie der Erste.« Ich meine, kommt schon, Leute. Twitter ruiniert mindestens ein Leben am Tag.

»Wir können es ihm noch nicht sagen. Wir wissen nicht, was das nach sich ziehen wird. Diese Person hat Kristin ermordet.«

»Bist du dir sicher?«, fragt Mike. »Ich glaube, wir sollten es Pearson sagen. Vielleicht findet er heraus, wer hinter dem Account steckt. Diese Leute haben normalerweise ihre Kontaktpersonen bei der Polizei. Die haben Abteilungen, die auf diesen Kram spezialisiert sind.«

»Du kannst es dir leisten, das zu sagen«, zischt Davis. »Dein großes Geheimnis ist raus, Mike. Jeder weiß, dass Kristin deine Co-Autorin war. Wir wissen, dass du mit Suzanne angebandelt hast. Und ich bin mir sicher, dass herauskommt, dass Suzanne sie gestalkt hat.« Er sieht dabei mich an. »Ihr Freund hat mit Kristin herumgevögelt. Vermutlich ist er es, der mit uns seine Spielchen treibt. Fuck, wahrscheinlich hat Jim sie getötet.«

Ich hasse es, einer Meinung mit Davis zu sein, und das schon wieder. Ich weiß wirklich nicht, wo Jim an diesem Morgen war, als ich mich mit Gina Farrant getroffen habe. Ich habe keine Ahnung, weswegen sich er und Kristin gestritten haben. Es sieht nicht gut aus. Wirklich gar nicht gut, überhaupt nicht gut – und ich werde diese unnötige Wiederholung jetzt nicht kritisch kommentieren. Da er abgedampft ist, als ich ihn mit den Nachrichten konfrontiert habe, und dann meinte, wir müssten reden, sobald wir wieder zu Hause sind – das hat mich alles mehr aufgewühlt, als ich gedacht hätte.

Ich war eigentlich so weit, auf Nimmerwiedersehen zu sagen, aber es bricht mir das Herz. Ich will nicht glauben, dass es Jim war. Deshalb lenke ich ab. »Da Sie gerade davon sprechen, was ist denn *Ihr* Geheimnis, und was hat das alles mit Jason zu tun?«, frage ich. »Denken Sie, das Ganze ist ein Witz?«

»Ach, kommen Sie, das ist hier kein Buch, Vicky. Glauben Sie wirklich, dass jemand versucht, uns hier zu erwischen?« Er greift nach einem der Weingläser und nimmt einen Schluck, dann läuft er ganz rot im Gesicht an. »Das ist eine Frechheit. Ich hab euch doch gesagt, diese Hausmarke –« Er hält inne, schluckt mehrmals hintereinander. Seine Augen treten aus den Höhlen.

Dann greift er sich an den Hals.

34. KAPITEL

Davis Walton
Freitag, 17:30 Uhr

Was geschieht nur mit mir? Oh mein Gott, sterbe ich etwa? So geht es mit mir doch wohl nicht zu Ende? Wie kann ich genau hier sterben, wenn all diese Leute um mich herum sind? Wenn ich vom Stuhl kippe, werden sie wissen, dass was nicht stimmt. Sie werden sich um mich scharen und zusehen, wie sich mein Gesicht verzerrt. Die Leute werden Videos machen. Aber auf diese Weise will ich nicht unsterblich werden. Schlimmer noch, wenn ich überlebe – dann haben die Leute mich im Augenblick größter Schwäche gesehen. Wie sterbe ich denn nun mit Anstand? Ich kann mich kaum einfach entschuldigen, die Stufen nach unten gehen und dann wie Schneewittchen auf einem der Sofas in der Lobby mein Leben aushauchen. So wird es geschehen, genau hier, in der Lobby-Bar.

Das geht mir durch den Kopf, als ich mir an den Hals fasse. Mein Vermächtnis. Dann … dann geht es wieder weg.

Warum bin ich nur so speziell?

Meine Augen tränen, sicher, aber was ich da auch immer in meinem Hals gespürt habe – dieses Brennen, dieses Gefühl, jemand würde mir einen Schraubstock anlegen, ist fort. Ich schlucke mehrmals nacheinander. Was ist das für ein Geschmack? War da etwa *Gin* drin? Stellt euch vor, ihr nehmt einen Schluck Rotwein, der mit Gin vermischt ist. Abscheulich.

Aber kaum giftig. Ich werde wohl doch nicht sterben.

»Was ist nur los mit dir?«, fragt Mike. »Bist du okay?«

Ich nicke, verzichte auf den dramatischen Auftritt. Keine große Sache eigentlich. »Ich glaube, da hat jemand Gin reingetan.«

Mike nimmt das Glas und riecht daran. »Furchtbar.« Dann riecht er an den anderen beiden Weingläsern, sieht uns drei nacheinander an und nippt an einem der Gläser. Nichts. Dann am anderen. Nada. »Diese beiden sind okay.«

»Die Kellnerin hat versucht, mich zu töten! Sie steckt da mit drin!«

»Dich töten? Das ist Gin. Außerdem konnte sie nicht wissen, welches Glas du nehmen würdest.«

Ich sehe Vicky an. »Zumindest Sie wussten, dass Sie nicht daraus trinken würden. Warum haben Sie sich denn etwas anderes bestellt? Sie haben für uns bestellt. Wo ist Jim? Steckt ihr unter einer Decke? Erinnern Sie sich an *Husband's Double Life* von Kevin Candela? In diesem Buch tun sich der Mann und die Frau zusammen, um die Geliebte gemeinsam aus dem Weg zu schaffen.« Ich reihe die Anschuldigungen aneinander, weil ich weiß, was gleich kommt.

»Ja, Sie haben mich erwischt«, sagt Vicky gelangweilt. »Ich hab's Jim gesagt, der, nebenbei bemerkt, nirgends aufzutreiben ist, dass er dafür sorgen soll, dass der Gin in einem der Gläser landet. Ich bin ja so verschlagen und schlecht. Aber jetzt sollten Sie endlich von Jason Fleming erzählen, Davis.«

Sie verlagert ihr Gewicht auf dem Stuhl. Habe ich da einen Nerv bei ihr getroffen?

Wenn die beiden nicht als Team zusammenarbeiten, dann weiß die Person, die hinter dem Stalker-Twitter-Account steckt, dass wir hier sitzen. Sie muss in Sichtweite sein, denn diese Person weiß, dass ich neben den Sonnenblumen sitze. Also gut, vielleicht ist es nicht einer meiner drei Begleiter hier, mit denen ich gerade zusammensitze, aber trotzdem arbeitet einer der drei mit Kristins Mörder zusammen. Da bin ich mir sicher. Und wer nicht als Nächstes stirbt, schränkt die Zahl der Verdächtigen weiter ein.

Aber ich kann doch nicht einfach sterben. Ich werde ihnen sagen, was sie erfahren müssen. Hoffentlich reicht das, damit der Twitter-Stalker mich endlich vom Haken lässt.

»Okay. Der Twitter-Stalker will wahrscheinlich, dass ich euch etwas erzähle, was ich euch bislang verschwiegen habe.« Die drei sehen mich aufmerksam an. Aber die volle Wahrheit werden sie nicht erfahren. Ich werde niemanden je wissen lassen, dass ich bei Jason im Auto saß, als er starb. Niemand weiß das. Ich glaube, dass das sogar der Twitter-Stalker nicht weiß, denn sonst hätte diese Person das längst hinausposaunt. Nein, der oder die Unbekannte will, dass ich den dreien hier erzähle, wie ich Jason behandelt habe. Und dass ich letzten Endes vielleicht doch kein so netter Typ bin.

»Und?«, fragt Vicky.

Ich hole tief Luft, bereit, lange auszuatmen. »Okay, ich war nicht gerade nett zu ihm. Er war ein passabler Schriftsteller, und ich war neidisch auf ihn. Ich habe ihn ständig schlecht-gemacht. Eine besonders bissige E-Mail habe ich ihm an dem

Tag geschickt … als er sein Auto um einen Baum wickelte. Von da an hatte ich immer Angst, ich hätte irgendetwas mit seinem Unfall zu tun.« Ich schlucke. »Es könnte Selbstmord gewesen sein. Es heißt, da wäre ein Zettel in seiner Tasche gewesen. Aber das wurde nie bestätigt.«

Ich weiß mit Sicherheit, dass ich es so aussehen ließ, aber diese Information hatte niemand anders als seine Familie und die Bullen. Sicher, es gab Spekulationen, weil einige Leute einfach ihren Mund nicht halten können, aber man weiß ja, was über Spekulationen und das Internet gesagt wird. Wer auch immer damit angefangen hat, von einem Selbstmord zu sprechen, hat von mir zu hören bekommen, dass er sich gleich einen Aluhut aufsetzen kann. Niemand lässt sich gern als Verschwörungstheoretiker bezeichnen, selbst wenn diese Leute wissen, dass sie recht haben.

Hinzu kommt: Wenn ich vehement leugne, dass es Selbstmord war, bedeutet das *Ich weiß nichts von einem Zettel.*

»Gott«, meint Mike. »Jetzt verstehe ich, warum du nicht wolltest, dass das rauskommt. Ich bin mir sicher, wenn Paramount wüsste, dass du in eine üble Mobbing-Geschichte verwickelt bist, die zu einem Selbstmord führte, würde dein Film-Deal auf Nimmerwiedersehen sagen.«

»Ich war jung.«

»Du warst fünfundzwanzig, Davis.«

Gut, siebenundzwanzig, aber das ist eine Frage der Semantik. »Ich kann keine Entschuldigung vorbringen.« Ich zucke Mitleid heischend die Schultern, die Mundwinkel nach unten gekrümmt. »Ich schätze, ich war mal ein ziemlicher Idiot.«

Vicky gibt einen spöttischen Laut von sich oder verschluckt sich am Wein. Wie dem auch sei, sie hat kein Recht, mich zu verurteilen. Wir waren immer ziemlich cool, was soziale Kontakte und so weiter angeht, aber ich glaube, inzwischen mag sie mich nicht mehr so richtig. Ich warte darauf, dass sie über mich herfallen, mir sagen, was für ein Trottel ich bin, dass sie mir drohen, es anderen Autoren zu sagen, aber dann sehe ich meine Rettungsleine. Ich kneife die Augen ein wenig zusammen, weil ich, ehe ich die Anschuldigung ausspreche, mir sicher sein muss, dass ich auch wirklich sehe, was ich zu sehen glaube.

Ich wusste es. Ich *wusste* es, verdammt!

Das dort drüben ist doch Vickys Freund Jim, oder nicht?

Ich kneife die Augen noch fester zusammen, weil ich mir keinen Fehler leisten kann. Ja, das ist er. Er trägt so ein bescheuertes Cap … was ist das denn? Das Hockey-Team aus Tampa? Was für ein Loser. Es ist mir egal, ob sie zum dritten Mal in Folge um den Stanley Cup spielen, du bist hier in New York, Kumpel! Er beugt sich vor, die Ellenbogen auf der Theke … ganz fasziniert von seinem Smartphone. Schreibt er eine Nachricht? Seine Daumen bewegen sich rasend schnell.

Er ist es. Er ist der Twitter-Stalker. Ich schnappe mir mein Handy vom Tisch, gehe auf Twitter und, ja, da ist wieder ein Tweet.

Hörst du mir jetzt zu @TheDavisWalton? Ich hab ihre Reaktionen gesehen, als du ihnen von Jason erzählt hast. Sorg dafür, dass ihr alle heute Abend bei der Preisverleihung seid. Das wollt ihr bestimmt nicht verpassen.

Ich weiß, dass es Jim ist. Die anderen sagen irgendetwas, aber das blende ich aus. Mein Blick geht hinüber zur Theke, ich beobachte ihn wie ein Falke eine Feldmaus. Kein Stück. Kein Stück lasse ich zu, dass er mich schikaniert. Ich werde herausfinden, was er weiß, und zwar genau jetzt. Ich stehe auf.

»Wo willst du hin?«, fragt Mike.

Ich antworte ihm nicht. Ich gehe um den Tisch herum und gehe los und –

»Mr. Walton. Wo soll's denn hingehen?«

Es ist Pearson. Mist. Ich habe vergessen, dass er mich auf dem Kieker hat. Ich kann ihn wohl schlecht abschütteln. Ich könnte ihm aber sagen, dass Jim der Twitter-Stalker ist. Und den dreien kann ich nicht sagen, dass ich ihn sehe. Ich werde mit ihm sprechen, von Mann zu Mann.

»Nein, nein, wollte mir nur kurz die Beine vertreten.«

»Tja, jetzt, da Sie schon mal hier sind, könnten Sie mir vielleicht ein paar Fragen beantworten.«

»Klar, sicher.« Ich streiche mein Hemd glatt, obwohl ich weiß, dass es knitterfrei ist. Meine Gefährten starren mich an, dann Pearson. Sie rechnen damit, dass ich verunsichert bin. Bin ich aber nicht. Ich war's nicht. »Nach Ihnen?« Ich bedeute ihm, dass er vorgehen soll.

Okay, vielleicht schwitze ich ein bisschen, als ich ihm die Stufen hinunter folge. Als wir unten ankommen, legt er mir eine Hand auf den Arm und zieht mich zur Seite, und zwar so, dass man den Tisch oben sehen kann. Mit Absicht? Wahrscheinlich. Er will, dass sie wissen, dass er mir nichts antut.

»Mr. ... Walton, richtig?«

Offensichtlich kein großer Leser, sonst würde er diese Frage nicht stellen. »Ja, Davis Walton, Sir.« Ich füge ein *Sir* hinzu, um anzudeuten, dass ich fügsam bin. Und nichts zu verbergen habe. Bei der Befragung kooperieren werde.

»Hmmm.« Er blickt auf sein Notizbüchlein. »Nur rasch ein paar Fragen zu Kristin Bailey. Das ist Ihnen doch recht, oder?«

Ich schiebe meine Hände in die Taschen. Lässig. Nichts zu verbergen. »Schießen Sie los, Sir.«

»Wann haben Sie zuletzt mit Kristin gesprochen?«

Verstehe, er will mich bei einer Lüge erwischen. »Vor etwa zwei Wochen.« Ich schwöre es, denn das war das letzte Mal, dass ich mit ihr *gesprochen* habe. Kontakt hatte ich danach zu ihr. Wenn er Wert auf Semantik legt, dann tue ich das auch.

»Oh, wirklich?«

»Wirklich. Haben Sie schon mit Suzanne Shih gesprochen? Die beiden hatten ein paar Probleme.«

Er sagt dazu nichts, und sein Ermittlerhirn dürfte wissen, dass ich nur ablenke. Er will, dass ich mich in Lügen verstricke. Ich habe genügend Recherchen betrieben, um zu wissen, dass man nur spricht, wenn man gefragt wird. Gib nicht mehr preis, als du gefragt wirst. Das ist eine eherne Regel. Ich bin ja nicht blöd.

»Haben Sie sich einen E-Mail-Account geteilt?«

»Was? Das ist doch lächerlich.« Gott, ich bin so was von dran. Wieso sage ich nicht einfach die Wahrheit? Ich werde jetzt so oder so schuldbewusst aussehen. Ich mit meinem Jähzorn und meinem losen Mundwerk. »Was genau meinen Sie mit ›geteilt‹?«

»Kristins Laptop stand offen auf ihrem Schreibtisch. Und da gab es einen E-Mail-Account namens OurLittleSecret1234@ gmail. Etwas von diesem Account wurde an Kristin Baileys E-Mail-Adresse geschickt.«

Ich bin geliefert. Ich bin so was von am Arsch.

»Was sagten Sie gerade?« Komm schon, Davis! Wieso stellst du dich dumm? Man hat dich erwischt.

»Es liegt ein paar Monate zurück. Sah wie ein grober Entwurf aus. Nachrichten, die zwischen zwei Leuten hin und her gingen. Hatte etwas mit der Preisverleihung zu tun heute Abend. Die eine Person erpresste die andere, es ging dabei um Stimmen, um den Preis zu gewinnen, der heute Abend verliehen wird. Die andere Person machte Versprechungen und ging einen Deal mit jemandem namens Jonathan DeLuca ein. Offenkundig hat die erste Person die zweite Person erpresst, dabei ging es um Informationen zu einem gewissen ...« Pearson blättert in seinem Büchlein. »Einem Jason Fleming. Und einem Tommy Johnson. Wissen Sie etwas über einen der beiden?«

Ich bin mir sicher, dass mein Gesicht zu Alabaster erstarrt. Ich kann ihm genau das erzählen, was ich schon den anderen über Jason erzählt habe. Es stimmt ja auch ungefähr. Aber wie um alles in der Welt soll ich erklären, dass Tommy Johnson verschwunden ist?

Ich schaue hinauf zu unserem Tisch. Vicky, Mike und Suzanne starren mich an.

»Ist das vertraulich?«, frage ich.

»Vorerst, ja.«

Er wird das verstehen. Ich kann ihn bestimmt überzeugen, was für Auswirkungen das haben wird.

Ich besteche ihn, wenn es sein muss. Schließlich bin ich es, der in Gefahr ist. Ich werde nichts von dem Twitter-Stalker sagen ... noch nicht.

»Okay, Pearson. Ich werde Ihnen von Jason Fleming erzählen. Und von Tommy Johnson.«

35. KAPITEL

Mike Brooks
Freitag, 17:45 Uhr

B in ich in Gefahr? Sicher. Sind Nicole oder meine Kinder in Gefahr? Schwer zu sagen. Aber ich werde alles tun, um sie zu beschützen, und das ist im Augenblick das, worüber ich mir Gedanken mache. Ich schaue auf den Twitter-Account und lese den letzten Tweet noch einmal.

Hörst du mir jetzt zu @TheDavisWalton? Ich hab ihre Reaktionen gesehen, als du ihnen von Jason erzählt hast. Sorg dafür, dass ihr alle heute Abend bei der Preisverleihung seid. Das wollt ihr bestimmt nicht verpassen.

Ich hasse es, zugeben zu müssen, dass Davis recht haben könnte. Was, wenn es Jim ist?

Als Vicky online attackiert wurde, war der Grund diese Agentin Meghan Morgan. Vicky wurde nicht von der Twitter-Mord-Person in die Mangel genommen. Tatsache ist, die Twitter-Mord-Person verteidigte sie sogar, und zwar indem sie die Sache auf Davis abwälzte.

Wenn Jim eine Affäre mit Kristin hatte, könnte er ganz klar

an die Buchzusammenfassung gekommen sein. Nur Gott weiß, wann er Kristin das letzte Mal gesehen hat. An der Zusammenfassung wird seit vier Monaten gearbeitet, demnach könnte es irgendwann zwischen Anfang Frühling und jetzt gewesen sein. Vielleicht war er letzte Nacht bei ihr. Vielleicht hat er sie heute Morgen getötet und eine Kopie gepostet.

Jetzt ist die Twitter-Mord-Person hinter mir her und lässt mich schuldig aussehen. Suzanne ist als Nächste dran, da bin ich mir sicher.

Während ich versuche zu begreifen, was hier vor sich geht, kommt mir eine Sache dauernd in den Sinn. Jedes. Mal. Wieder.

»Hey«, sage ich zu den Frauen, jetzt, da wir unter uns sind, »warum reden dieser Twitter-Account und die Person, die uns Nachrichten schickt, eigentlich ständig von Jason Fleming? Immer und immer wieder. Ich habe da so ein Gefühl, dass wir immer noch nicht die ganze Story kennen.« Ich atme laut aus, mein Gürtel liegt eng um meinen Hosenbund. Ich muss bald eine Diät machen, wenn ich wieder hinter einem Kleinkind herlaufen soll. »Davis verheimlicht uns was. Ich weiß es. Habt ihr denn schon was über diesen Jason erfahren?«

»Nur allgemeines Zeug«, meint Vicky. »Aber ich gebe zu, ich habe mich da nicht reingekniet. Ich war gerade damit beschäftigt, Jim aus unserem Zimmer zu werfen und die hässlichen Dinge über mich zu lesen, da habe ich nicht groß recherchiert.« Ihre Augen werden wässrig, sie blinzelt schnell, greift dann nach dem Weinglas und nimmt einen langen Schluck. Schon ihr zweiter Schluck, und da sie nicht sofort so reagiert wie Davis, gehe ich davon aus, dass ihr Wein gut ist und nicht mit Gin versetzt wurde. Oder mit etwas Schlimmerem.

Ich nicke solidarisch mit Vicky, denn ich weiß, wie es sich anfühlt, wenn Twitter einen beschuldigt, ein Mörder zu sein. Ich sehe Suzanne an. Verdammt, sie ist eine Stalkerin. Wahrscheinlich hat sie inzwischen Jason Flemings Sozialversicherungsnummer. »Was hast du über Jason herausgefunden?«

Sie schnappt sich ihr Smartphone und scrollt. »Ich habe einen Artikel gefunden, der interessant sein könnte. Kristin ist interviewt worden. Und ich habe herausgefunden, wo er lebte: Heimer, Iowa. Seine Eltern und seine Schwester Diana wohnten damals dort, als das vor all den Jahren passierte.«

Mein Interesse ist geweckt, und aus einem bestimmten Grund, den sicher nur ich spüre, glaube ich, dass wir aus dieser Sache raus sind, wenn wir hinter das Geheimnis der Jason-Davis-Connection kommen. Ich glaube, wir sollten der Sache auf den Grund gehen, indem wir unsere Stärken ausspielen.

Suzannes Stärke ist das Stalken.

Sie scrollt immer noch und findet den Artikel – er ist kurz, also überfliege ich ihn und reiche dann Vicky das Handy, die sichtlich interessiert liest. Das Kinn stützt sie auf einer Faust ab, während sie mit der freien Hand scrollt. Dann wirft sie das Handy Suzanne zu.

»Okay, was haben wir also jetzt?«, fragt Vicky.

Ich sehe Suzanne an. »Nimm es mir nicht übel, aber wir brauchen dich, um das zu tun, was du offensichtlich am besten kannst. Hast du sonst noch was herausgefunden?«

»Im Nachruf heißt es, die Familie nimmt Spenden für seinen Lieblingsort entgegen, und das war die Heimer Public Library. So habe ich das mit Heimer herausgefunden«, sagt Suzanne.

Das ist gut. Genau das, was wir brauchen. »Und du sagst, seine Familie lebt noch da?« Sie nickt. »Was kannst du über seine Schwester Diana Fleming in Erfahrung bringen?«

Jetzt sieht sie erschrocken aus. »Was soll ich denn tun? Sie anrufen und sie über ihren toten Bruder und Davis Walton ausfragen? Komm schon. Das kann ich doch nicht machen.«

»Ich mache das«, meint Vicky. »Besorg mir die Nummer.«

»Wartet, wartet«, sage ich. »Wir sollten nicht überstürzt handeln. Im Augenblick brauchen wir mehr Informationen. Suzanne, könntest du –« Ich deute auf ihr Smartphone. Sie nickt, nimmt es und versucht, etwas über Diana herauszufinden. Ich schaue auf die Uhr. »Die Preisverleihung ist in etwas mehr als zwei Stunden. Wir sollen gegen halb acht da sein, oder?«

»Ja. Ich muss noch duschen und mich umziehen. Ich habe ein hübsches Kleid für die Verleihung. Für den Fall«, sagt Vicky.

Bei all dem Trubel heute habe ich fast vergessen, dass sie nominiert ist, und ich fühle mich scheiße. »Hey. Wie geht's denn so? Bist du schon nervös wegen heute Abend?«

Sie schüttelt den Kopf. »Nein, eigentlich nicht. Es ist eine Ehre, nominiert zu sein. Ich dachte, Kevin Candela wäre ein Favorit, aber jetzt glaube ich, dass es Kristin Bailey sein wird.«

»Diese Abstimmungen mussten schon vor Wochen gemacht werden. Ich bezweifle, dass sich etwas ändert, nur weil … wegen der heutigen Ereignisse.« Ich reibe mir das Gesicht, immer noch entsetzt und traurig, dass Kristin nicht mehr da ist. »Sie hat sich wirklich auf das alles hier gefreut. Und ich weiß, dass du deine Probleme mit ihr hattest, Vicky, aber wenn du gewinnst, könntest du mir dann einen Gefallen tun und sie in deiner Dankesrede namentlich erwähnen? Sie war eine gute Freundin von mir. Und ich denke, vor dem heutigen Tag war sie auch deine Freundin.«

Ihr Gesicht zuckt. »Ich habe alle Nominierten in dem Kurzvideo aufgezählt, das sie abspielen werden, ehe der Gewinner oder die Gewinnerin genannt wird.« Sie nimmt noch einen Schluck Wein. »Eine Freundin schläft nicht mit dem Freund ihrer Freundin. Und es war nicht so, dass Jim der große Trottel ist und mich hintergangen hat. Sie wusste, dass wir zusammen waren. Sie erwähnt mich in einigen der SMS, die sie ihm geschickt hat.«

Ich will nicht, dass Vicky sich aufregt, deshalb frage ich Suzanne, wie sie mit ihrer Recherche vorankommt.

»Gut. Die Eltern sind noch in Heimer. Suche noch nach mehr Infos.« Sie schaut über die Schulter, die Stufen hinunter, wo Davis sich intensiv mit dem Detective unterhält. »Woher weiß ich, dass ihr euch nicht gegen mich verbündet, wie wir es gerade mit Davis machen?«

Ich lache. »Das kannst du nicht wissen. Du wirst uns schon vertrauen müssen. Davis lügt.«

Als wüsste er, dass wir von ihm sprechen, stürmt Davis die Treppe hinauf, nimmt zwei Stufen auf einmal. Ich bedeute den Frauen, den Mund zu halten, ehe er den Tisch erreicht und sich setzt. Er wirkt nervös und zupft sofort an einer Papierserviette herum, kaum, dass er Platz genommen hat.

»Und? Wie ist's gelaufen?«, frage ich. »Alles geklärt mit Pearson?«

»Wie Vicky schon sagte, ihr seht mich nicht in Handschellen, oder?«

Er schaut über meinen Kopf hinweg und sieht angespannt aus. Es sind seine Augen, und diesen Blick habe ich schon den ganzen Tag an ihm wahrgenommen. Ich drehe mich um und schaue mich um. »Hältst du Ausschau nach jemandem?«

»Dachte, ich hätte da jemanden gesehen, den ich kenne.« Er richtet seinen Blick auf Suzanne. »Pearson will Sie sprechen.«

36. KAPITEL

Suzanne Shih
Freitag, 18:00 Uhr

Mich? Was soll ich denn getan haben?«

Oh nein. Alle im Hotel wissen es. Sie haben sich das Material der Überwachungskameras angesehen, was mich gleichermaßen belastet wie entlastet. Wie peinlich!

»Komm schon, Suzanne, ich bin mir sicher, dass die Beweise haben, dass Sie sie gestalkt haben«, sagt Davis.

»Ich habe nicht –« Ich wollte mich schon auf einen Streit einlassen, aber da bekomme ich unter dem Tisch einen Tritt gegen das linke Schienbein. Mike.

Seine Augen weiten sich, er schüttelt kaum merklich den Kopf, was ich als *Lass dich nicht mit Davis ein, er ist schuldig* interpretiere. Okay. Also ich, Mike und Vicky gegen Davis. Trotzdem befürchte ich, dass sie sich sofort gegen mich verschwören, wenn ich vom Tisch aufstehe. Davis hatte es schon auf mich abgesehen, als ich ihn früher am Nachmittag traf, und jetzt wird er versuchen, die anderen mit seinem schmeichlerischen Gerede zu überzeugen: *Suzanne ist eine Stalkerin, Stalkerin, Stalkerin!*

Also gut. Ich werde mit Pearson sprechen, und dann sorge

ich dafür, dass ich Diana Flemings Nummer für Vicky raus-
kriege. Wenn Davis glaubt, er könne mich zu Fall bringen,
dann werde ich ihn mit seinen eigenen Waffen schlagen. Aber
soll ich ihnen erzählen, was ich durch Kristins Tür gehört habe?
Als ich einen Mann sprechen hörte und es um die Verleihung
heute Abend ging?

Nein. Kann ich nicht. *Stalkerin, Stalkerin, Stalkerin!* Was
hatte ich da überhaupt zu suchen?

»Ich muss mich wirklich beeilen. Es wird Zeit, zu duschen
und die Abendgarderobe anzulegen«, meint Vicky. »Viel
Glück.« Sie trinkt den Wein nicht aus, sondern steht auf und
geht ohne ein weiteres Wort an mir vorbei.

»Okay, dann werde ich mal mit dem Detective sprechen,
bevor ich wieder auf mein Zimmer gehe«, sage ich. Ich muss
mir noch darüber klar werden, was ich heute Abend mit
Constantine mache, vorausgesetzt, ich lebe noch, ehe die Verleihung beginnt. »Schätze, wir sehen uns dann später bei der
Veranstaltung.«

Mike legt mir eine Hand auf den Unterarm und schüttelt
ihn, und Davis macht ein Peace-Zeichen in meine Richtung
und grinst. Was für ein Spinner!

Mein Gang ist ein bisschen unsicher, als ich die Stufen nach
unten gehe, wo Pearson auf mich wartet. Ich glaube, ich habe
schon mit dreiundzwanzig Jahren eine Midlife-Krise. Gestern
habe ich mich noch wie ein junges Mädel gefühlt – kaugummi-
fröhlich –, und heute fühle ich mich ausgelaugt. Alt. Müde.

Dennoch. Ich werde in einem Mordfall befragt. Ich werde
berühmt. Ich kann nichts dafür, wenn in meinen Augen Sterne
leuchten.

Ich habe die Hände in den Taschen meines Kleids, damit Pearson meine geballten Fäuste nicht sehen kann. Technisch gesehen frage ich mich, ob er mich verhaften kann. Er ist ja nicht mal ein richtiger Polizist, und Kristin lebt nicht mehr und kann daher keine Anzeige erstatten. Es sei denn, sie haben die Karte in ihrem Zimmer gefunden, wo mein Name draufsteht.

Er wartet in der Ecke, in der er mit den anderen gesprochen hat, und ich begrüße ihn mit einem schmallippigen Lächeln. »Hi. Ich bin Suzanne. Sie wollten mich sprechen?« Ich strecke ihm die Hand entgegen, und er schüttelt sie, und ich wünschte, ich hätte die Hand vorher in der Tasche abgewischt. Ich fühle, wie feucht sie ist. Eklig.

»Mein Name ist Pearson. Wie gut kannten Sie Kristin Bailey?«

Er kommt direkt zur Sache. Ich weiß, dass das eine Fangfrage ist. »Ziemlich gut. Wir hatten uns zwar nicht persönlich kennengelernt, aber uns oft online ausgetauscht.«

Er sieht mich fragend an, eine Braue hochgezogen. »Ausgetauscht? Wirklich?« Er blättert ein paar Seiten in seinem Notizbuch zurück, ehe er mich ins Visier nimmt. »Nein. Ich weiß von ihrer Agentin, dass Sie Kristin nicht in Ruhe lassen wollten und dass sogar die Rechtsabteilung des Verlags involviert war.« Er macht eine Pause und wartet offenbar, dass ich das zugebe, was ich jedoch nicht tue. »Wir haben Material von den Überwachungskameras in den Hotelkorridoren ausgewertet. Sie sind heute Morgen zu ihrem Zimmer gegangen, nicht wahr?«

Wusste ich's doch. Ich wusste, dass sie das finden würden. »Es ist nicht so, wie Sie denken.«

»Sie haben versucht, sich Zutritt zu verschaffen, und haben ihr einen Umschlag dagelassen. Ihre Zimmertür öffnete sich und schloss sich sofort danach wieder, als hätte Miss Bailey Sie nicht erwartet. Es sah ganz danach aus, als wollte sie auf Abstand zu Ihnen gehen. Wir haben etwas in ihrem Zimmer gefunden. Vermutlich handelt es sich um denselben Gegenstand.«

Mist. »Wo haben Sie das gefunden?«

»Im Mülleimer im Badezimmer.«

Ich weiß nicht, warum mich das enttäuscht. Es ist nicht so, als hätte ich damit gerechnet, dass sie die Nachricht nach ihrem Tod in der Hand hält, während sie vor sechs Stunden in dem Leichensack an mir vorbeigeschoben wurde. Ich dachte, sie hätte es vielleicht gelesen und daraufhin noch einmal darüber nachgedacht, wie sie mich behandelt hat. Ich dachte, dass sie die Nachricht vielleicht zwischen Büchern presst oder mit nach Hause nimmt. Sobald ihr bewusst wurde, dass ich es ernst meine.

»Also, Miss Shih, möchten Sie mir vielleicht sonst noch etwas sagen?«

Ich schüttele den Kopf. »Wenn Sie die Aufnahmen gesehen haben, dann wissen Sie, dass ich nicht bei ihr war, als sie umgebracht wurde. Ich habe sie gestern Abend an der Hotelbar gesehen und mitbekommen, in welcher Etage ihr Zimmer ist. Als ich hinaufging, um sie zu sprechen, sah ich ihre Zimmernummer. Aber da war es bereits zu spät, um noch zu klopfen. Selbst ich würde diese Linie nicht übertreten. Sie brauchte ihre Ruhe für die Preisverleihung heute Abend. Aber ich dachte … ich dachte, es wäre nett gemeint von mir.«

»Ein Gedicht, das ziemlich creepy ist, und Blütenblätter in

einem Briefumschlag? Sie hat Sie wiederholt wissen lassen, dass sie keinen Kontakt mehr mit Ihnen wünscht.«

»Ich … ich wollte ihr doch nur Glück wünschen.«

»Warum haben Sie Ihren Text dann mit einer Drohung enden lassen?«

»Das war doch keine Drohung!«

»Ach nein?« Er fischt sein Smartphone aus der Tasche und zeigt mir ein Foto von der Karte.

Heute ist der Abend für all die Thriller
Heute ist der Abend für all die Killer
Wenn du beim Murderpalooza den Preis abräumst
Kommst du zum Dinner, von dem du träumst
Wird nicht mal ein richtiges Date sein
Nur wir beide, und wir feiern rein
Was sagst du dazu aus deiner Sicht?
Ein weiteres Nein akzeptiere ich nicht

Er kratzt sich mit dem Bleistift seitlich am Kopf. »Das ist klassischer Stalker-Kram, Suzanne. Nur, dass Sie es wissen: Die Kameras im Korridor sind genau in dem Moment ausgefallen, als Miss Bailey ermordet wurde. Sind Sie etwa zurückgegangen?«

»Nein!«

Wie soll denn irgendwas von dem, was ich geschrieben habe, Stalker-Kram sein? Wieso versteht mich denn niemand? Ich habe den Kontakt vor einem halben Jahr abgebrochen. Und jetzt gesteht man mir nicht mal zu, dass ich meiner Freundin Glück wünsche, wenn sie für einen Preis nominiert ist?

Pearsons Handy klingelt, er wirft einen Blick darauf, dann sieht er mich an. »Moment bitte, das ist mein Boss.« Er nimmt das Gespräch an, wendet aber keine Sekunde den Blick von mir. »Pearson ... aha, hm ... warum? ... geben Sie mir die vier Namen durch ... wirklich, die vier? Verstanden.« Er beendet das Gespräch und mustert mich, wie es nur ein Detective kann. Was er auch immer soeben erfahren hat, er will mit allen Mitteln etwas aus mir herausbekommen. »Wissen Sie etwas von einem eigenartigen Twitter-Account?«

37. KAPITEL

Vicky Overton
Freitag, 18:15 Uhr

Ich atme tief durch, bevor ich die Keycard an die Tür halte. Die Lämpchen leuchten grün auf, die Tür öffnet sich mit einem Klick, ich betrete das Zimmer und schließe die Tür hinter mir. Linker Hand befindet sich der Garderobenschrank, und plötzlich überkommt mich Traurigkeit, als ich die leeren Kleiderbügel sehe – nicht, dass ich damit gerechnet hätte, dass Jim zurückkommt, aber ich weiß nicht, wo er steckt. Vermutlich irgendwo im Hotel.

Das heißt, wenn ich mich darauf einlasse, ihm zu glauben. Lügner lügen weiter.

Wie die Heldin in einem Horrorfilm überprüfe ich alle möglichen Verstecke, abgesehen von dem Garderobenschrank: Ich schaue unterm Bett nach, im Bad, im Kleiderschrank. Jede Stelle, wo jemand lauern könnte, bereit, aufzuspringen, sodass ich mir vor Angst in die Hose mache. Oder Schlimmeres. Als ich sicher bin, dass ich allein bin, schließe ich die Tür ab und schiebe den Riegel vor. Ich kann heute keine Mörder-Duschszenen à la *Psycho* gebrauchen. Ich habe schon genug vom Abstechen gehört.

Ich ziehe mich aus und versuche, die Dusche ans Laufen zu kriegen. Jim hatte noch am Morgen geduscht, ich bin rein, nachdem er raus war. Diese schicken modernen Hotels haben Tablets mit Screens und Icons, die man kaum erkennen kann. Ich brauche weder extra Dampf noch Eukalyptus, ich brauche heißes Wasser. Warum muss heutzutage alles so kompliziert sein, wenn man doch einfach wie früher Wasser aufdrehen könnte? Nachdem ich sämtliche Icons mehrfach gedrückt habe, kommt tatsächlich Wasser, und ich steige in die Duschkabine und halte mein Haar unter den Brausekopf. Ich massiere das Shampoo aggressiv in die Haare und versuche, die Ereignisse des Tages aus meinem Kopf zu schrubben. Ich hasse mich für die furchtbaren Gedanken, die ich den ganzen Tag über hatte. Nein, ich bin *nicht* froh, dass Kristin tot ist. Sie war eine brillante Autorin, und bis heute währt ihre Karriere über zehn Jahre. Ich habe all ihre Bücher gelesen, und für mich war sie eine Autorin, bei der man immer wieder zugreifen musste.

Ist es nicht komisch, wenn die Idole nie den Erwartungen im wahren Leben gerecht werden?

Außerdem nagt es an mir. Könnte Jim tatsächlich ein Killer sein? Kann sein, dass er aus irgendeinem Grund mit allen vögeln will, aber würde er tatsächlich jemanden umbringen?

Nachdem ich mein Haar ausgespült habe, benutze ich eine ordentliche Portion von dem Farb-Conditioner, damit mein Haar frisch violett glänzt, falls ich heute Abend bei der Preisverleihung aufgerufen werde. Natürlich ist mein Geist wieder auf Wanderschaft. Ich stelle mir vor, wie ich allein dort oben stehe und alle Augen auf mich gerichtet sind, eine großartige Möglichkeit, mich vor einem Publikum umzubringen. Wie

Carrie, die blutigen Blumen in Händen. Ist es nicht das, was psychotische Mörder so lieben? Lobhudeleien? Ich bin mir sicher, dass es dem Mörder egal ist, wie meine Haare aussehen, wenn mich die Kugel zwischen die Augen trifft, nachdem ich sage: *Ich danke Ihnen für –*

Jim würde so etwas nicht tun. Aber jemand anders vielleicht.

Das einzige Icon, das ich wiedererkannt habe, ist das rote, und damit stelle ich das Wasser ab. Ich schnappe mir den Hotelbademantel, der innen an der Badezimmertür hängt, und schlüpfe hinein. Dann gehe ich zur Kaffeemaschine. Kein richtiger Kaffee, nur diese Kunststoffkapseln, aber ich brauche das Koffein, um den Alkohol zu kompensieren, der heute zur Genüge geflossen ist. Abgesehen davon, vor aller Augen zu sterben: Stellt euch vor, ich gerate ins Stolpern, wenn ich gerade auf das Podium will, um meinen Preis entgegenzunehmen! Gott, das dürfte noch peinlicher sein, als vor den Leuten zu verbluten.

Ich kippe Wasser oben in die Maschine und schaue mir an, was für Optionen ich habe. Im Augenblick brauche ich die Super-Dröhnung-dunkle-Röstung – *super* streichen –, und mein Herz krampft sich zusammen, als ich die Kapsel mit französischer Vanille sehe. Jims Lieblingsaroma. Ich muss damit aufhören, ständig an ihn zu denken. Ich schiebe die Kapsel in die Vorrichtung und drücke den Brühknopf.

Dann setze ich mich an den Schreibtisch und gehe auf Twitter, weil ich heute wie ein Sadomaso drauf bin, und natürlich hat sich der Mob inzwischen größtenteils auf den armen Mike als Verdächtigen gestürzt. Nur ein paar Nachzügler zeigen immer noch mit dem Finger auf mich. Du liebe Güte, von irgendwelchen Fremden des Mordes beschuldigt zu werden, die überhaupt keine Ahnung haben und nur mit der Herde laufen, ist etwas anderes. Ich suche den Hashtag für Murderpalooza in Kombination mit Mikes Namen, und diese Leute sind echt brutal. Sie wissen nicht, wobei sie da eigentlich mitmachen, sie wollen letzten Endes nur auf der »richtigen Seite« stehen. *Seht doch! Ich wusste die ganze Zeit, dass er es war!*

Vor einer Stunde waren sie sich einig, dass *ich* eine Killerin bin. Ich kann nur den Kopf schütteln, als ich das lese.

#murderpalooza weiß, dass #MikeBrooks @AutorMBrooks1234 ein Killer ist, und er darf immer noch frei herumlaufen! Ich hab ihn eben noch in der Bar gesehen, verdammte Scheiße! #NimmKeinenDrinkVonMikeAn

Macht euren Job NYPD! Deshalb seid ihr also unterfinanziert. Verdammt, nehmt den Mann fest! #murderpalooza

Heilige Scheiße, täuschen mich meine Augen, @VickyOvertonAutorin und @AutorMBrooks1234 sitzen zusammen mit @TheDavisWalton und einem anderen Mädel. Wer ist sie? #murderpalooza

Dann folgen Tweets mit Fotos. Verwackelt, unscharf, aus größerer Entfernung aufgenommen, zu sehen sind wir vier an dem Tisch in der Hotelbar. Fotos, aufgenommen von Leuten, die verzweifelt auf Likes und Kommentare und Retweets spekulieren, weil der Algorithmus funktioniert.

Das ist ein Tisch voll mit Killern! #murderpalooza

Wer ist dieses andere Mädchen? #murderpalooza

Was hat @TheDavisWalton mit der Sache zu tun? Bitte sagt, dass das ein Joke ist #murderpalooza.

Dann …

Dieser Mistkerl.

Nachdem dieses Miststück Meghan Morgan den Rest von Twitter gegen mich aufgestachelt hatte, habe ich die Dinge so gut wie möglich richtiggestellt. Der arme Mike … er kennt sich nicht so gut mit Social Media aus, also muss er ordentlich einstecken. Stalkanne spricht wahrscheinlich immer noch mit Pearson, sie weiß also nicht, was gerade läuft.

Aber dieser verfluchte Davis hat damit begonnen, auf einzelne Tweets zu antworten.

@TheDavisWalton

Habt ihr nicht gesehen, dass ich allein gekommen bin? Dann kam Vicky dazu, dann diese Newcomerin, danach Mike. Was sollte ich groß machen? Sie rauswerfen lassen? Ich schätze, manchmal habe ich einfach ein zu gutes Herz.

Er hatte nicht den Mumm, uns zu taggen. Er glaubt, wir lesen das nicht. Er wirft uns den Löwen zum Fraß vor, um seinen eigenen Hals zu retten. Tut so, als gehöre er nicht zu uns.

Dabei ist er doch derjenige mit dem größten Geheimnis. Wir müssen nur dahinterkommen.

Und weil ich heute vom Schicksal nicht verschont bleibe, bekomme ich eine Nachricht. Sie ist von Stalkanne.

Pearson hat den Twitter-Account erwähnt. Ich hab mich dumm gestellt. Ich weiß nicht, ob das jetzt irgendwelche Folgen hat, aber er weiß, dass der Account uns vieren folgt.

Diana Flemings Nummer ist 319–555–8112. Wirst du sie anrufen?

Darauf kannst du deinen Arsch verwetten.

38. KAPITEL

Davis Walton
Freitag, 18:15 Uhr

Vicky ist weg, Suzanne spricht mit Pearson, und Mike will einfach nicht gehen. Die Leute starren ihn an, denn er ist im Augenblick derjenige, der des Mordes beschuldigt wird. Warum sitzt er immer noch neben mir? Seine Schuld wird noch auf mich abfärben. Er weiß nicht, wohin er gehen soll. Wenn er nach Hause geht, muss er gleich wieder aufbrechen, um rechtzeitig zur Preisverleihung hier zu sein. Wieso geht er nicht den Block runter in eine Bar? Wieso zieht er mich in die Sache mit rein? Ich hole mein Handy aus der Tasche.

»Ich muss mal eben ein paar E-Mails beantworten«, sage ich zu ihm.

Was ich nicht tue. Ich gehe direkt auf Twitter, um nachzusehen, ob ich recht habe, und natürlich habe ich recht.

Heilige Scheiße. Das wird mir zu viel. Die ruinieren mich. Wenn Twitter mich cancelt, dann braucht es mehr als gute Presse und Entschuldigungen, um mich von den Toten zurückzubringen. Die Leute lieben Schlagzeilen, keine Widerrufe. Wenn fett auf Twitter steht *Leo DiCaprio fängt Schlägerei an und verletzt achtzigjährigen Passanten*, dann ist das wohl so passiert. Tatsache. Punkt. Wenn am nächsten Tag als Widerruf zu lesen ist *Berichtigung: Leo DiCaprio schreitet bei Schlägerei ein, rettet achtzigjährigen Passanten*, ist das den Leuten egal. Die sensationelle Schlagzeile bekommt all die Likes und Retweets und Kommentare.

Diese Leute glauben, es wäre schlimmer, zuzugeben, dass sie mit dem, was sie vehement retweetet haben, falschlagen, als tatsächlich falschzuliegen. Also lassen sie alles so. Und wiederholen es. Und dann ist es die Wirklichkeit.

Deshalb antworte ich auf ein paar Tweets. Ich sage, ich kenne Vicky, Mike und Suzanne kaum. Dass sie mir leidtun, und hey, was erwartet man von einem guten Kerl wie mir? Dass ich sie rauswerfen lasse?

Trotzdem. Ich halte dieses Starren nicht mehr lange aus, und ich will allein sein, damit ich nach Jim Russell suchen kann. Ich weiß, dass er das vorhin hinten an der Hotelbar war. Er hat uns beobachtet, hat uns gestalkt, hat Tweets abgesetzt. Und ich werde der Sache auf den Grund gehen. Ich meine, immerhin hat er mit Kristin gevögelt, verdammt noch mal. Das ist viel schlimmer als das, was ich getan habe. Und dabei habe ich ja im Grunde gar nichts getan! Jason ist selbst vor den Baum gefahren. Ehrlich, ich müsste derjenige sein, der sich aufregt. Ich habe immer noch eine Narbe am Kopf von dem Crash.

Deshalb habe ich auch kein wirklich schlechtes Gewissen wegen der Sache mit Tommy Johnson.

»Mike, ich müsste mal ein paar Telefonate führen und so weiter. Ich denke, ich gehe auf mein Zimmer. Ich muss mit Bee Henry sprechen. Verkaufsangelegenheiten.« *Verkaufszahlen,*

Verkaufszahlen, Verkaufszahlen, die du nicht hast. »Schätze, wir sehen uns später bei der Preisverleihung.«

Er sieht auf seine Uhr, und oh Mann! Ich würde ihn wirklich gerne fragen, wie viel er dafür hingeblättert hat, aber das wäre schlechtes Benehmen, selbst aus meiner Sicht. »Okay. Ich glaube, ich werde mir mal draußen ein bisschen die Beine vertreten. Tapetenwechsel.«

»Yeah, ich glaube, das würde dir guttun.«

Ich sage nichts weiter, hefte meinen Blick auf mein Smartphone, damit er es kapiert, aufsteht und endlich geht. Dies ist *mein* Tisch. Ich war schließlich zuerst hier. Endlich schält er sich aus dem Stuhl – vermutlich sind es die Knie in seinem Alter. Er gibt einen Laut von sich, der wie *bis später* klingt, und am liebsten würde ich zuschauen, wie ihn alle angewidert angaffen, aber stattdessen richte ich meinen Blick auf Twitter.

Da ist wieder ein Tweet von @MPaloozaNxt2Die:

Dann wollen wir sie mal aufzählen! 1 toter Autor, 2 tote Autoren, 3 tote Autoren … vielleicht ist Davis Nr. 4? Nee. Ich denke da an jemand anderen #murderpalooza

Mir klappt die Kinnlade runter. In diesem Post werde ich genannt.

Ich bin als Nächster dran. Oder … doch nicht? Will dieser Account mich verarschen?

Der Twitter-Stalker hat nur elf Follower – wahrscheinlich, weil er den ganzen Tag Murderpalooza hashtaggt –, wir vier gehören nicht dazu. Wir haben uns darauf geeinigt, ihm nicht zu folgen, weil das schlecht aussehen würde. Ich bezweifle, dass irgendjemand außerhalb unseres Quartetts überhaupt Notiz von diesem Tweet nimmt, aber das macht es nicht weniger real.

Und schon taucht plötzlich wieder diese Julie auf.

»Hey. Ich habe gesehen, dass die anderen gegangen sind«, sagt sie und setzt sich, natürlich ohne eine Einladung abzuwarten. Sie hat wieder einen Amaretto Sour in der Hand. »Was ist los? Stimmt das, was auf Twitter über Mike Brooks zu lesen ist?« Hoffnung liegt in ihren Augen. Ich glaube nicht, dass sie hofft, dass das alles stimmt, was über Mike geschrieben wird, vielmehr macht sie sich Hoffnungen, dass ich mit ihr plaudere und sie mit Insiderinformationen füttere.

»Oh, hey«, sage ich. »Yeah, im Grunde habe ich keine Ahnung, was diese ganze Sache bedeuten soll.« Es könnte immer noch sie sein.

»Mike war bis eben hier. Ihr habt alle ausgesehen, als hättet ihr euch angespannt unterhalten. Und ich habe mitbekommen, dass dieser Detective-Typ mit dir und mit der anderen Frau gesprochen hat.«

»Stimmt. Ich versuche, bei den Ermittlungen behilflich zu sein.« Verstehst du, ich bin wichtig und kein Verdächtiger. Ganz egal, was du hinter den Kulissen vorhast. Ich habe nichts Falsches getan.

»Hmm.« Dieses *pft, pft, pft* mit dem Plastikstrohhalm. »Ich hoffe, bald eine Agentin zu haben. Ich habe schon vor sechs Jahren angefangen zu schreiben. Es ist so schwer, die richtigen Connections zu bekommen, vor allem wenn man schlecht schreibt.« Sie unterbricht sich und sagt dann leiser: »Ich schätze, so fühlen wir uns alle, bis wir endlich Erfolg haben.«

Mein peripheres Sehvermögen reagiert auf mein Unterbewusstsein. »Ich bin sicher, dass du eine gute Autorin bist«, sage ich ziemlich tonlos und sehe sie nicht an. Ich drehe den Kopf und sehe dieses Ding wieder. Diese Kappe – diese dämliche Tampa Lightning Cap, und ich weiß: Das ist Jim Russell.

Er unterhält sich mit Pearson, allein. Keine Vicky. Sofort kehre ich mit den Gedanken zu ihm, dem einzigen Verdächtigen, zurück. Er hat mehr Connections, und er hat Kristin gebumst. Dieses Julie-Mäuschen versteht nichts von der dunklen Vergangenheit der Leute – sie schreibt Liebesromane. Ich unterdrücke ein glucksendes Lachen bei dem Gedanken, dass Jim sich in die Hose scheißt, weil seine Freundin nicht bei ihm ist, um ihm ein Alibi zu verschaffen. Der verdammte Mörder verhaspelt sich wahrscheinlich bei seinen Ausflüchten, und Mann, ich merke gerade, dass ich genauso übel drauf bin wie der Mob auf Twitter: Meine Ansichten werden von jetzt auf gleich zu Tatsachen.

Derweil plaudert Julie weiter. Ich höre ihre tiefe Stimme, schenke ihr aber keine Aufmerksamkeit mehr. Ich warte darauf, dass Pearson Jim mit dem Rücken gegen die Wand stößt und ihm Handschellen anlegt.

Aber das tut er nicht. Sie schütteln einander die Hände, lächeln sogar, und dann geht Jim in Richtung Ausgang.

»Sorry, Jules, ich muss jetzt los. Wir sehen uns später.«

Ich benutze den blöden Spitznamen, weil sie das bestimmt für charmant hält. Ich stehe auf und merke, dass wir noch gar nicht die Rechnung beglichen haben. Verdammt, wieso muss ich immer mit der Rechnung herumhampeln? Ich verdrehe die Augen. Als ich in meine Tasche fasse, spüre ich das Bündel

100-Dollar-Scheine, die ich immer gern bei mir habe, und löse einen Schein vom Bündel, damit es so aussieht, als könnte ich wie ein Magier fette Geldscheine hervorzaubern. Ich lasse den Schein liegen und nehme die Rechnung mit, für die Steuer. Es ist natürlich viel zu viel für vier Gläser Wein – eins davon halb voll mit Gin –, und ich entferne mich schnell von Julie, um über die Treppe hinunter zur Eingangstür zu kommen.

»Hey!«, rufe ich, als ich die zweiflüglige Tür erreiche. Jim dreht sich nach mir um. »Sind Sie nicht Jim Russell? Vickys Freund?«

Sein Blick wird etwas glasig. »Ich bin Jim, yeah. Beim zweiten Teil bin ich mir nicht mehr ganz so sicher.«

Ich strecke ihm die Hand entgegen. »Davis Walton. Auf ein Wort.«

39. KAPITEL

Mike Brooks
Freitag, 18:15 Uhr

Ich habe sowieso die Nase voll von diesem Ort. Ich muss unbedingt eine Weile hier raus. Wie ein begossener Pudel schleiche ich an den Leuten vorbei, die mich anstarren, ehe sie auf ihre Handys starren und lesen, was da über mich steht. Ich muss allein sein, wenn ich sehe, was sie sagen.

Am Fuß der Treppe biege ich um eine Ecke und stoße fast mit Dustin Feeney zusammen. Er ist ungefähr in meinem Alter, vielleicht ein paar Jahre jünger. Er hat diese *Als-Indiana-Jones-noch-Professor-war*-Ausstrahlung. Runde Metallbrille, eine Taschenuhr, tiefer Seitenscheitel in seinem sandfarbenen Haar.

Mist! Suzanne und ich wollten uns doch heute Abend mit ihm zum Dinner treffen, aber wir haben nie abgesagt. Wir haben ihn einfach im Stich gelassen. Alle müssen mich für einen echten Dreckskerl halten, ich selbst übrigens auch.

»Dustin.« Wir geben uns die Hand, und sein Blick huscht von links nach rechts, denn er schaut sich nach einem Zeugen um, sollte er ermordet werden, denn *Oh mein Gott! Mike Brooks ist ein Killer, wisst ihr das noch gar nicht?* »Du liebe Güte, tut mir leid, dass ich vergessen habe, dir das wegen des Dinners zu sagen«, sage ich.

»Hey, Mike. Kein Problem. Letzten Endes ist mir dann doch was dazwischengekommen. Du weißt ja, wie das ist.«

Alle Konferenzen, an denen ich während der letzten zwanzig Jahre teilgenommen habe, liefen gleich ab – ich habe nie all die Veranstaltungen geschafft, die ich besuchen wollte. Dinge überschlagen sich, Leute werden aufgehalten, und der Zeitplan gerät durcheinander. Aber jetzt weiß ich, dass Dustin mich auch im Stich gelassen hat, aus einem nachvollziehbaren Grund. Er wollte nämlich nicht in meiner Nähe sein, wenn ein Steakmesser auf dem Tisch liegt.

Er hat einen Stapel Bücher unterm Arm, und es sieht so aus, als würden sie jeden Moment herunterfallen. Ich strecke die Hand danach aus. »Soll ich dir helfen?«

»Nein, hab sie, danke«, erwidert er rasch und entzieht sich meiner helfenden Hand.

Verstehe.

Ich nicke und beschließe, ihn aus der peinlichen Lage zu befreien. Warum soll er sich auch unbehaglich fühlen? »Okay, war nett, dich zu sehen. Ich bin auf dem Weg nach draußen. Vielleicht sehen wir uns bei der Veranstaltung heute Abend.«

Er tippt sich wie ein Seemann mit der freien Hand an eine imaginäre Mütze und rennt praktisch vor mir davon.

Mein Leben ist vorüber, denke ich, als ich die Tür aufstoße. Falls – nein, *wenn* diese lächerliche Mordangelegenheit aufgeklärt ist, was dann? Allein kann ich keinen grellen Thriller schreiben, den man eben mal so am Strand liest. Ich habe mich oft gefragt, warum Kristin auf mich zukam und meinen Namen auf dem Cover sehen wollte und sie nur Co-Autorin ist. Warum wollte sie nicht selbst das Lob einheimsen? Wieso hat sie das Buch nicht von ihrer eigenen Agentin Penelope Jacques vermarkten lassen? Warum sollte sie all das für mich tun?

Als einzige Erklärung dafür fällt mir ein, dass sie eine selbstlose Person war. Sie hat alle anderthalb Jahre ein Buch rausgehauen und kann insgesamt fünf Titel vorweisen. Das Projekt mit mir wäre ihr sechster gewesen. Es sei denn, sie hat in der Zwischenzeit noch einen Roman geschrieben, und falls das stimmt, war sie talentierter, als ich dachte. Niemand schreibt so schnell.

Ich finde eine dunkle Bar, fünf Blocks südlich vom Hotel. Nicht gerade schick, aber genau das, wonach ich gesucht habe. So eine Absturzkneipe. Da es mitten im Sommer an einem Freitag schon ein bisschen später ist, ist die Kneipe ziemlich leer, was perfekt für mich ist. Die meisten Unternehmen hier geben ihren Angestellten freitags zwischen dem Memorial Day und dem Labor Day einen ganzen oder einen halben Tag frei, und die halbe Stadt ist dann auf dem Weg zu den Hamptons oder den Küsten von Jersey, um Tequila zu trinken und mit fremden Leuten zu bumsen. Ah, jung müsste man noch mal sein.

Ich sitze auf einem Barhocker, einem Standard-Drehstuhl mit verchromter Sitzfläche und ohne Lehne, als säße ich an der Theke eines Diners aus den Fünfzigern, und bestelle ein Bier. Als der Barkeeper es mir serviert, nehme ich einen Schluck. Ich werfe keinen Blick über die Schulter, brauche nicht nachzusehen, ob mir jemand folgt oder mich möglicherweise beobachtet. Niemand, den ich kenne, wäre hier. Die Leute auf der

Convention sind geradezu versessen darauf, für den Klatsch und Tratsch im Hotel zu bleiben. Und die Veranstaltung fängt in etwas mehr als einer Stunde an, daher verlässt niemand mehr das Hotel.

Ich habe heute überhaupt noch nichts gegessen. Ich habe vergessen, dass das Lunch mit Vita abgesagt wurde, und im Clover & Crimson habe ich auch nichts gegessen. Nicht mal eine Handvoll Nüsse in der Lobby-Bar.

»Könnte ich eine Speisekarte haben?«, frage ich den Mann hinter der Theke.

Er holt eine unter dem Tresen hervor und schiebt sie zu mir. Nur eine Seite, laminiert und klebrig, aber was hatte ich auch erwartet? In meinem Alter esse ich lieber gesünder, aber hier gibt es keinen Brokkoli und keinen Spargel als Beilage zu meinem teuren Steak. Ich scheue zurück vor dem Garden Salad mit gegrilltem Hühnchen, denn die Erfahrung lehrt einen, dass der Salat welk und schleimig sein wird. Ich bleibe bei dem, was man in Spelunken wie dieser bestellen sollte: Chicken Wings mit Pommes frites, wobei ich mir vornehme, gleich morgen zwei Extra-Meilen auf dem Laufband zu laufen.

Zeit, den Tatsachen ins Auge zu blicken: Ich gehe auf Twitter.

Als mein Name erstmals bekannt wurde, gab es noch keine sozialen Medien. Damals gab es selbst E-Mails gerade mal seit etwa zehn Jahren, und die meisten hatten immer noch AOL-Accounts. Ich wurde berühmt durch gute Kritiken und Interviews in Magazinen, ich hatte Auftritte in lokalen Fernsehsendern und im Radio, ich ging mit meinen Büchern auf Tour. Damals lasen die Leute noch Zeitung. Wen auch immer dein Verleger bei einem dieser Medien kannte, bestimmte, wie viel Publicity du bekommen würdest. Heutzutage bewirbt sich jeder selbst und zeigt Bauchmuskeln und den Hintern, und es geht um Follower. Mir ist das alles fremd. Als mein Name noch in aller Munde war, lag das an meinen Büchern und an dem Buch, das Vorlage für den Film war. Dann bekam ich irgendwann schlechte Kritiken in der Branche, und plötzlich lauteten die Schlagzeilen *Hat Mike Brooks den Biss verloren?*

Das hat mir ganz und gar nicht gefallen.

Aber das hier gefällt mir noch weniger. Ein Tweet von der Twitter-Mord-Stalker-Person.

@MPaloozaNxt2Die Dann wollen wir sie mal aufzählen! 1 toter Autor, 2 tote Autoren, 3 tote Autoren … vielleicht ist Davis Nr. 4? Nee. Ich denke da an jemand anderen.

Na großartig. Die Person ist hinter Davis her, vielleicht aber auch nicht. Was bedeutet, dass es zu fünfundzwanzig Prozent mich erwischen kann.

Ich lese den Rest, wo Twitter wieder einmal beweist, dass es die Jauchegrube des Lebens ist. Die Schlimmsten der Schlimmen verstecken sich hinter ihren Avataren oder wie das auch immer heißt und rotten sich gegen andere Leute zusammen. Wenn man nicht gerade ein Egomane wie Davis ist, der sogar noch die bezirzt, die ihn hassen (es sind ja nicht viele), hat man vermutlich eine Hassliebe zu Twitter. Im Augenblick ist da aus meiner Sicht nur Hass.

Fick dich und stirb @AutorMBrooks1234 #GerechtigkeitFür-Kristin #murderpalooza

Die brauchen wahrscheinlich 2 Messer, um sie dir in deinen fetten Bauch zu rammen, du verdammtes Schwein #MikeBrooks

Die sollten @AutorinVickyOverton ihn töten lassen. Wahrscheinlich hat er den Hass gegen sie geschürt

Und dann, meine Freunde, kommt das Sahnehäubchen.

Es war eine Frage der Zeit, wann @AutorMBrooks1234 durchdreht. Seine Bücher sind sowieso scheiße

Das tat mehr weh als die anderen Tweets.

Während ich auf meine Wings warte, rufe ich Vita an. Ein Rufzeichen, zwei, drei, vier, fünf und wieder nur die Voicemail. Sollte mich nicht schocken, aber diesmal tut es das. Komm schon, mal ehrlich? Sie will nicht mit mir sprechen? Ich trinke mein Bier aus und warte, bis der Text der Voicemail zu Ende ist.

»Vita, ich bin's, Mike. Ich kann nicht glauben, dass du nicht zurückrufst. Wo bist du?« Ich mache eine Pause, weil ich das Nächste nicht sagen will, aber scheiß drauf. »Woher soll ich wissen, dass du die Übersicht nicht geleakt hast? Du willst mich reinlegen. Du warst die Einzige, die den Text hatte.«

Das sage ich, obwohl ich weiß, dass derjenige, der Kristin getötet hat, Zugriff auf ihre Aufzeichnungen hatte, auf ihre Daten, ihren PC – auf alles. Aber vielleicht habe ich Vita jetzt wenigstens ein bisschen Feuer unter dem Hintern gemacht und zwinge sie dazu, mich zurückzurufen.

Ich beende das Gespräch in dem Moment, als meine Herzattacke auf einem Teller daherkommt, und ich mache mich über das Essen her wie ein Zehnjähriger und habe Soße an den Fingern und im Gesicht. Gegen Ende der Mahlzeit bringt der Barkeeper die Rechnung und fünf Feuchttücher, damit ich mich notdürftig sauber machen kann, um dann zur Toilette zu gehen und mich dort wie ein Erwachsener zu waschen.

Als ich zitronenfrisch bin und glatt wie die Schale eines Apfels, gehe ich zurück zur Theke und lege zwei Zwanziger auf den Tresen, für mein Essen, das fünfundzwanzig Dollar gekostet hat. Es ist fast sieben Uhr, und ich muss mich bei der Preisverleihung mit den drei letzten noch Lebenden treffen. Aber zunächst greife ich wieder nach meinem Handy, um mich noch ein bisschen zu quälen.

Heilige Scheiße. Die Leute auf Twitter flippen aus. Da steht was von einem nächsten Mord im Hotel. An einer Frau.

Wo steckt Vita bloß?

40. KAPITEL

Suzanne Shih
Freitag, 18:30 Uhr

Nachdem ich Pearson bezüglich des Twitter-Accounts belogen habe, bin ich schnell zu den Aufzügen gelaufen, um von ihm wegzukommen. Es ist mir so peinlich, dass er das Gedicht gelesen hat, das ich für Kristin geschrieben habe. Das war privat. Und als jemand, der gar keine Ahnung hat, hält er mich jetzt bestimmt für eine Stalkerin.

Wer auch immer den Twitter-Account kreiert hat, ist der Stalker und ein Mörder. Ich nicht. Aber Vicky hatte recht – wir müssen herausfinden, was Davis verbirgt, und vielleicht klappt das ja auch und ich bleibe am Leben, um den morgigen Tag zu erleben. Ich öffne meine E-Mails, und die Informationen, die ich angefragt habe, sind da. Ich schätze, mein Leben ist 59,95 Dollar wert, also habe ich um einen Hintergrundbericht zu Diana Fleming gebeten.

Auf dem Korridor vor den Fahrstühlen stehen Ledersofas, also setze ich mich und lese. Das kann ich nicht im Beisein von Constantine tun, weil ich nicht erklären möchte, warum ich das tue. Zeit, dass ich's mir gemütlich mache. Ich lasse mich in das pralle Ledersofa sinken.

Diana Fleming, zweiundzwanzig, lebt noch im Mittleren Westen, aber sie ist von Heimer weggezogen und ging zum College auf der University of Iowa in Iowa City. Im Hauptfach studierte sie Englisch und hat vor Kurzem ihren Abschluss gemacht. Sie wohnt noch in Iowa City und ist im Augenblick als Tutorin am College angestellt. Der Bericht hat ihre aktuelle Adresse, ihre E-Mail-Adresse und ihre Telefonnummer.

Ich schicke Vicky die Telefonnummer per SMS. Sie hat ja gesagt, sie würde sie anrufen.

Zufrieden stecke ich mein Handy in die Handtasche und gehe zu den Aufzügen. Irgendwie unheimlich, aber vor den Fahrstühlen ist niemand, aber wie sollte es auch anders sein, wenn an der Hotelbar Happy Hour ist? Ich rufe den Fahrstuhl und trage ein Lächeln im Gesicht, zuletzt habe ich an diesem Morgen so gelächelt. Wir werden der Sache auf den Grund gehen, mich wird man vom Haken lassen, mein Buch wird sich verkaufen, ich werde berühmt sein, und alles wird sich finden. Ich gehe in den leeren Fahrstuhl, um zu Constantine zu fahren. Ich spüre bereits, wie der Druck nachlässt, während die Türen sich schließen und der Fahrstuhl nach oben fährt.

Klank.

Da ist so ein komisches Geräusch, und etwas bringt den Fahrstuhl zum Stehen. Ich verliere das Gleichgewicht, lasse die Handtasche fallen, sodass sich der Inhalt auf dem Boden verteilt. Mit den Händen stütze ich mich an der Innenverkleidung des Fahrstuhls ab. Rechts von der Tür leuchtet immer noch der Knopf für die 5. Etage, wo mein Zimmer ist. Ich drücke noch mal auf den Knopf, einfach so. Nichts.

Mein Herz schlägt dumpf in meiner Brust – ich spüre es tatsächlich –, und mein Atem beschleunigt sich. Binnen Sekunden kriege ich keine Luft mehr, mein Hals ist wie zugeschnürt. Die Lichter auf der Etagenleiste über der Tür blinken immer noch mit »3« und »4«. Ich stecke fest.

Stecke fest. In einer Kabine.

Ich drücke auf den Notruf-Knopf, aber nichts tut sich, daher hämmere ich gegen die Tür. »Hilfe!«

Mit beiden Händen versuche ich, die Türen aufzuschieben, als wäre ich Captain America, meine Fingernägel bohren sich in den Spalt. Aber ich bin keine Superheldin und habe keine Ahnung, was das bringen soll. Dann trommele ich wieder mit den Fäusten gegen die Tür.

»Hilfe!«

Wie lange dauert es wohl, bis ich keine Luft mehr kriege?

Für den Bruchteil einer Sekunde denke ich *Zum Glück sitze ich nicht im Dunkeln*, aber dann geht natürlich das Licht aus.

Ich stecke zwischen zwei Etagen fest, in einer kleinen Box, im Dunkeln. Das ist kein Zufall. Die Temperatur steigt, obwohl meine Zähne klappern, als säße ich in einem Iglu. Furcht lähmt mich, als ich an der Wand nach unten gleite und in einer Ecke kauere, beide Knie an die Brust gezogen.

»Hilfe«, wispere ich.

Mein Gehirn funktioniert korrekt. Ein Teil von mir, der rationale Teil, weiß, dass mein Handy hier irgendwo auf dem Boden liegt, aber ich bin zu verängstigt, um mich zu rühren. Ich weiß, ich bin allein. Der irrationale Teil von mir glaubt, wenn ich eine Hand ausstrecke, wird mich eine andere Hand packen. Eine andere Person in diesem dunklen Fahrstuhl.

Nein, nicht eine andere *Person*. Es ist der Stalker. Das ist kein Zufall.

Ich hocke in der Ecke, bibbere vor Angst und bete, dass etwas passiert, irgendwas. Das Erwachsensein der vergangenen Stunden entschwindet, und jetzt bin ich wieder ein kleines Mädchen, das zu seiner Mami und seinem Papi will, und ich will zu Hause sein, in meinem Bett mit der violett-weiß gestreiften Daunendecke. Ich mache Versprechungen, als wäre mein Leben vorüber. *Ich schwöre, Mom und Dad, ich tue alles, was ihr von mir verlangt. Ihr könnt mich mit jemandem zusammenbringen, den ihr für »anständig« haltet. Ich treffe mich nicht mehr mit dem Rocker Constantine. Ich helfe auch mehr in der Küche. Aber bitte kommt und rettet mich und holt mich aus New York. Ich schaffe es hier nicht. Nicht für den Rest des Wochenendes. Ich will nach Hause.*

Über den Geräuschen, die meine klappernden Zähne erzeugen, lausche ich auf andere Geräusche. Da ist ein Sirren über mir, oben im Aufzugschacht. Ist das die kaputte Stelle, hat deshalb der Fahrstuhl angehalten, und ist längst jemand dabei, das zu reparieren? Oder klettert jemand dort oben herum und durchtrennt die Kabel, sodass ich abstürze? Auf der anderen Seite der Türen höre ich niemanden, niemand scheint auf die Knöpfe zu drücken und sich lautstark über die Verzögerung zu beschweren. Ich bin mutterseelenallein.

Nur ich, meine Zähne, mein Herzschlag, mein Atem und was auch immer außerhalb dieser Kabine vor sich gehen mag.

Bewege ich mich wieder? Schiebt jemand die Kabine an?

Mein Smartphone leuchtet auf. Oh mein Gott, ich habe Empfang! Ich muss es nur aufheben. Was bedeutet, ich müsste meinen kleinen Rückzugsort in der Ecke verlassen. Ich muss die Arme von den Knien nehmen und mich in Richtung des kleinen Lichts am Boden bewegen, bevor es ausgeht und ich wieder in Dunkelheit gehüllt bin.

Los, beweg dich! Ich zwinge mich dazu, und schließlich schaffe ich es. Ich schnappe mir mein Handy, als wäre es eine Rettungsleine, was es ja auch irgendwie ist, und drücke den Homebutton.

Oh Gott, hilf mir.

Es ist eine SMS von einer unbekannten Nummer.

Gruselig da drin, oder?

Ich schreie, und meine Stimme hallt in dem kleinen Raum wider. Tränen fließen, als ich wieder gegen die Türen schlage, immer noch in der Hocke. Wenn ich aufstehe, würde ich gleich wieder hinfallen. Meine Knie halten mich nicht in meiner Panik.

Mein Handy leuchtet wieder auf.

Wenn ich dich rauslasse, dann solltest du besser ein artiges Mädchen sein und gehorchen. Du versuchst vor der Preisverleihung zu gehen, tja ... 6051 Sunshine Boulevard. Ich erzähle keinen Scheiß.

Wenn das Licht an wäre, wenn ich meine Puderdose samt Klappspiegel finden würde und öffnen könnte, dann hätte ich keine Farbe mehr im Gesicht. Das ist meine Adresse. Die wissen, wo ich wohne!

Ich werde alles tun, ich schwöre es, bitte lass mich raus, schreibe ich zurück, aber die Nachricht kommt sofort zurück: nicht zustellbar. Ich weiß nicht, ob das daran liegt, dass ich hier feststecke oder weil die SMS von irgendeinem Cryptophone kommt.

»Ich tue alles, was du sagst!«, kreische ich. Mein irrationales Ich. »Bitte!«

Dann warte ich. Ich will noch einmal mit der Faust gegen die Tür schlagen, aber mein rationales Ich meldet sich. Füg dich. Im Dunkeln. Ich wische die Tränen aus meinem Gesicht und stehe auf, auch wenn mich niemand sehen kann. Ich glätte die Vorder- und Rückseite meines Kleids mit den Händen, falls der Stoff zerknittert ist, weil ich in der Ecke gekauert oder auf den Knien gegen die Türen gehämmert habe. Ich zwinge mich, wieder normal zu sprechen.

»Ich bin bereit, das zu tun, was du sagst«, sage ich tiefer, obwohl meine Stimme gegen Ende brüchig wird. »Bitte lass mich raus.«

Es dauert etwa zehn Sekunden, ehe das Licht angeht, und ich traue mich nicht, mich zu rühren. Leicht wie eine Feder, steif wie ein Brett. Ich bekomme wieder eine SMS.

Heb deinen Scheißkram auf und benimm dich normal, wenn die Tür aufgeht. Sunshine Boulevard.

Ich blicke nach unten und sehe, dass der Inhalt meiner Handtasche immer noch am Boden verteilt ist. Sofort fege ich alles mit einer Armbewegung zusammen und achte nicht darauf, in welchen Fächern was landet. Dann hänge ich mir die Tasche über die Schulter und falte die Hände vor meinem Körper wie ein anständiges Mädchen.

Der Fahrstuhl setzt sich wieder in Bewegung. Fünf Sekunden später geht die Tür in der 5. Etage auf.

Niemand da.

Auf dem Weg hinaus bemerke ich den Spiegel in der linken oberen Ecke. Jeder weiß, dass sich dahinter eine Überwachungskamera verbirgt.

Jemand vom Hotel steckt hinter der Sache.

41. KAPITEL

Vicky Overton
Freitag, 18:30 Uhr

Habe ich genug Zeit, um Diana Fleming anzurufen? Mir bleibt eine Dreiviertelstunde, ehe ich nach unten gehen muss. Ich muss noch meine Haare föhnen, Make-up auflegen und mich anziehen. Vielleicht sollte ich noch einmal meine »Ich möchte mich bei der Academy bedanken«-Rede durchgehen, nur für den Fall.

Ach, Mist, verdammter. Wenn ich nicht herausfinde, was Davis verbirgt, wird das nie aufhören. Diana wird sowieso nicht rangehen. Wenn ich mich recht erinnere, ist sie ziemlich jung, vielleicht noch auf dem College. Entweder treibt sie sich irgendwo herum oder schläft vor für einen weiteren unvergesslichen Freitagabend. Ich weiß noch, als ich in ihrem Alter war, habe ich nur Party gemacht und Fotos von Essen auf Instagram hochgeladen. Gott, ich vermisse Instagram. Ich bin heute so mit Twitter beschäftigt!

Ich wähle Dianas Nummer und tippe auf den grünen Button.

Zwei Rufzeichen.

»Hallo?«

Ich vergesse zu atmen, weiß nicht, was ich sagen soll. Habe ich geglaubt, das würde mir alles so zufliegen? *Du bist eine Schriftstellerin, achte auf deine Worte*, hat Jim immer gesagt.

Ich vermisse Jim.

Konzentrier dich.

»Hi, ich wollte Diana Fleming sprechen?« Ich gehe am Ende mit der Stimme höher, als wäre es eine Frage. Als wäre ich unsicher. Was ich ja auch bin.

»Wer ist da?«

Da sind Geräusche im Hintergrund, als wäre sie in einer Bar. Gott, ich hoffe, sie ist nicht betrunken. Ich komme nicht mit einem lallenden Kid klar oder mit jemandem, der auf Streit aus ist. Andererseits, ein Plappermaul kann großen Schaden anrichten.

»Ich heiße Vicky Overton. Ich weiß, dass sich das jetzt ziemlich zusammenhanglos anhört, aber ich muss Ihnen ein paar Fragen stellen. Zu Ihrem Bruder. Jason.« *Ziemlich* – streichen!

Ich schließe die Augen und bete, dass sie nicht gleich auflegt.

Meine Schwester Carolyn und ich, wir stehen uns nicht besonders nahe. Sie beschritt den Weg von Anwältin Mami und Arzt Papi und arbeitet in der Finanzbranche. Sie arbeitet in Tampa für ein Tochterunternehmen einer großen Firma aus New York. Carolyn verdient eine Menge Kohle, was meinen Eltern gefällt, sie ist verlobt, hat eine Eigentumswohnung und ein eigenes Boot – in jeder Hinsicht die perfekte Tochter. Ich spreche nicht gern von ihr.

Es würde mir aber noch weniger gefallen, wenn sie tot wäre.

»Mein Bruder ist schon lange tot«, sagt Diana. »Wer sind Sie noch gleich?«

»Ich heiße Vicky. Ich bin Autorin, und ich glaube, ich weiß da vielleicht etwas über Ihren Bruder. Ich weiß, wie seltsam sich das anhören muss, aber wenn Sie einen Moment Zeit hätten?«

»Okay. Moment noch.« Es hört sich an, als würde sie sich das Handy an die Brust drücken, die Hintergrundgeräusche werden leiser und leiser, bis sie ganz aufhören. »Ich weiß nicht, wie ich helfen kann.«

Jetzt ist es leise, und ich weiß, dass ich ihre Aufmerksamkeit habe, und beschließe, gleich auf den Punkt zu kommen. »Ich weiß nicht, ob Sie sich an Jasons alte Schreibgruppe erinnern?« Wieder geht die Stimme am Ende hoch wie bei einer Frage. Ich muss selbstbewusster sprechen. Ich muss ihr diese Information aus der Nase ziehen.

»Jason war gut zehn Jahre älter als ich. Wir haben denselben Dad, aber verschiedene Moms. Ich bin das Midlife-Crisis-Baby. Wir haben nicht zusammengewohnt. Er lebte immer bei seiner Mutter.«

»Oh, genau.« Ich sage das so, als wüsste ich das längst. Innerlich helfe ich mir auf die Sprünge: Sei höflich, aber bestimmt, sorg dafür, dass du nicht so klingst, als würdest du an jedem eigenen Wort zweifeln. »Hat er je von einer Autorin namens Kristin Bailey gesprochen?«

»Der Name kommt mir bekannt vor.« Stille. »Warten Sie, sie gab damals ein Interview für die Zeitung, als er starb. Dann geht es Ihnen also um diese Leute. Ja, er hat mal von denen erzählt. Wieso fragen Sie?«

Ich schlucke. »Nun, ich weiß nicht, ob das eine etwas mit dem anderen zu tun hat, aber Kristin Bailey ist heute Morgen ermordet worden.«

»Tatsächlich?«

Sie klingt weniger erschrocken, als ich es erwartet hätte. Andererseits kennt sie diese Leute nicht.

»Ja. Bei einer Thriller-Convention. Ich habe jetzt leider keine Zeit, ins Detail zu gehen, aber ein paar Leute haben mich und einige andere dazu gedrängt, herauszufinden, ob es da eine Verbindung gibt.« Ein paar Leute. Ha! *Ein Twitter-Stalker bedroht unser Leben!* Das klingt total verrückt. »Hat Jason je von einem Davis Walton gesprochen?«

Stille am anderen Ende. Im Augenblick höre ich nur die hupenden Autos unten von der Straße.

Dann werden ihre Hintergrundgeräusche wieder ein wenig lauter, dann noch lauter, bis es wieder so laut ist wie zu Beginn des Gesprächs. Sie muss bewusst lauter sprechen.

»Hören Sie, ich weiß nur, dass Jason in einer Kritikergruppe mit Kristin und ein paar anderen war. Tommy Johnson gehörte dazu. Und um ehrlich zu sein, ich möchte nicht über Davis Walton sprechen. Hey, entschuldigen Sie, könnte ich noch einen Drink bestellen?«

Sie hat mich ausgeblendet. Ich hatte recht, sie ist in einer Bar. Und sie hat unangenehme Erinnerungen an Davis. Es besteht eine Verbindung. Ich weiß es.

»Wissen Sie, wo ich Tommy Johnson finden kann?«, frage ich.

Sie macht einen Laut, der halb wie ein Spötteln und halb wie ein Glucksen klingt. »Niemand weiß, wo Tommy Johnson steckt. Hey, hi, danke. Ja, gerne noch einen davon. Meine Rechnung liegt dort auf dem Tresen. Danke!« Sie spricht wieder mit dem Barkeeper. »Hören Sie, ich muss dann mal los. Sorry, wenn ich nicht groß helfen konnte. Tut mir leid mit dem Mordfall, aber ich möchte nicht mehr über damals sprechen. Mein Bruder ist tot, und dies bringt ihn auch nicht zurück.«

»Warten Sie. Eine Frage noch. Ich verspreche, dass das die letzte ist, dann lasse ich Sie gehen. Bitte, ja?«

»Was denn noch?« Verzweiflung klingt in ihrer Stimme mit, und ich kann es Diana nicht verübeln.

Ich hasse, was ich jetzt sagen muss.

»Hat Jason … war das damals ein Unfall oder Selbstmord?«

Geplauder an der Bar. Das ist alles, was für die Dauer von zehn Sekunden zu mir dringt.

»Woher wissen Sie das?«

»Ich weiß es nicht. Reine Spekulation, was ich gelesen habe. Aber wenn Sie da Licht in die Sache bringen könnten, dann könnte mir das bei dem Mord an Kristin weiterhelfen. Sie wurde erstochen.«

Ich weiß auch nicht, warum ich glaube, dass es etwas bringen wird, die Mitleidsschiene zu fahren. Aber es klappt.

»Ich muss jetzt auflegen. Aber zuerst das noch: Ja, da gab es etwas in seiner Tasche, das die Polizei als Selbstmordnachricht eingestuft hat. Die Polizei glaubte, er habe die Zeilen unter Stress geschrieben. Das sagte man uns wieder und immer wieder, obwohl wir damals darauf hinwiesen, dass die Handschrift nicht übereinstimmte. Ich muss jetzt los. Rufen Sie nicht wieder an.«

Nicht dieselbe Handschrift? Wer hat die Zeilen dann geschrieben? Wer wollte, dass Jason tot ist?

Die Verbindung ist unterbrochen.

Jasons Unfall war gar kein Unfall. Es sollte wie ein Selbstmord aussehen. Und Davis weiß, warum – da bin ich mir sicher.

Wenn das ein Buch wäre, dann wären wir kurz davor, das Rätsel zu lösen, aber wir wüssten auch, dass noch irgendeine große Sache vorher geschehen müsste, ehe eins zum anderen passt. Ich kann nicht umhin zu fragen, was das sein mag.

Dann klopft es an der Tür.

42. KAPITEL

Davis Walton
Freitag, 18:45 Uhr

Während ich diesen Typen Jim Russell ansehe, frage ich mich, was Vicky an ihm findet. Ich meine, sie ist kein Model, aber irgendetwas sagt mir, dass jemand, der sich die Haare so scharlachrot färbt, wahrscheinlich super im Bett ist und dass Vicky etwas Besseres haben könnte als diesen Kerl. Er trägt eine bescheuerte Mütze, seine Haare sind zu lang und wellen sich nach außen. Bei dieser Hitze will ich mir gar nicht vorstellen, wie sein Kopf aussieht, wenn er diese Mütze abnehmen würde. Außerdem kommt er in kurzer Hose und Flip-Flops daher. Eigentlich gehöre ich auf einen Laufsteg, wenn ich neben diesem Typen stehe.

»Worüber wollten Sie mit mir sprechen?«, will er wissen.

Ich kneife die Augen ein wenig zusammen, dann nicke ich in Richtung seines Kopfverbands. »Was ist passiert? Vicky war bei mir, als sie Ihre SMS bekam.«

Er fasst sich an die Verletzung und tätschelt die Stelle, als hätte er sie schon vergessen. »Oh, ja. Wir wissen es noch nicht. Wir warten ab, ob die Polizei die Überwachungskameras in den Straßen auswertet.«

»Vicky meinte, es war ein Raubüberfall.«

»Haben Sie sie wieder getroffen? Nach meinem Unfall?«

»Ja.« Ich schiebe die Unterlippe leicht vor. Dieser Typ. Als wüsste er das nicht. Er hat uns gestalkt. »Würden Sie auf Twitter gehen, wüssten Sie, dass wir uns vorhin getroffen haben.« Natürlich war auch er auf Twitter. Außerdem habe ich ja gesehen, wie er von der Hotelbar zu uns herübergestarrt hat.

»Ich habe versucht, heute nicht auf Twitter zu sein. Die haben Vicky zerrissen, und das will ich mir nicht antun. Und sie ist … nun ja, sie möchte im Augenblick für sich sein.«

»Stimmt. Weil Sie mit Kristin Bailey geschlafen haben.«

Seine Augen werden ganz groß, dann macht er einen Schritt zurück. Ha! Er hat keinen Schimmer, dass sie uns das erzählt hat, und jetzt ist er geschockt.

»Ich wüsste nicht, was Sie das —«

»Hören Sie auf damit, Jim«, sage ich und halte eine Hand hoch. »Vicky hat es uns erzählt. Sie meinte, sie hat die Nachrichten gesehen. Sie hat Sie mit runtergelassenen Hosen erwischt, und Sie dachten, Sie könnten sie austricksen. Tja, sie hat es rausgekriegt. Und wenn Sie glauben, Sie könnten mir was vormachen, dann haben Sie sich geschnitten, mein Freund.«

Auf seinem ausdruckslosen, dümmlichen Gesicht steht jetzt ein Grinsen. »Und? Was ist, wenn ich mit ihr geschlafen habe? Was geht Sie das an, verdammt?«

»Weil Sie sie umgebracht haben könnten. Sie könnten —« Ich beherrsche mich, weil ich nicht aussprechen will, dass er womöglich über meinen Deal mit ihr und Murderpalooza und

Jason und Tommy Bescheid weiß. Ich muss herausfinden, was er weiß, anstatt es ihm unter die Nase zu reiben und ihm noch mehr an die Hand zu geben. »Sie könnten hinter der ganzen Sache stecken.«

»Hinter welcher ganzen Sache?«

»Twitter. Alles.«

»Oh, Sie glauben, ich hätte die Gerüchte über meine eigene Freundin in die Welt gesetzt? Sie hat gesagt, dass das eine Agentin war.«

Dieser Typ ist entweder ein Meister darin, sich dumm zu stellen, oder er ist ein größerer Idiot, als man denkt. »Waren Sie gestern Abend oder heute Morgen mit Kristin zusammen?«

Er gibt einen höhnischen Laut von sich und wendet sich von mir ab, als wolle er gehen.

Kein Stück.

Ich packe ihn am Arm, und im Nu wirbelt er herum, packt mich an den Schultern und stößt mich mit dem Rücken gegen die Wand. Heilige Scheiße, ich denke, mir bleibt das Herz stehen. Gott sei Dank sind wir in der Nähe beim Hotelausgang und nicht in Sichtweite der Bar, wo uns jeder sehen könnte. Ich sterbe noch vor Verlegenheit, wenn das jemand beobachtet. Seine Finger schließen sich fest um meinen Oberarm, und ich gebe es zu: Ich habe Schiss. Ich wusste nicht, dass er so kräftig ist. Er sieht aus wie ein Schwächling, und auf diese Art von Streit war ich nicht eingestellt. Die Leute hören mir für gewöhnlich zu, wenn ich rede. Jim hingegen stellt auf stur.

»Fassen Sie mich nicht an, verdammt!«, sagt er, und seine blauen Augen nehmen eine tiefere Färbung an. Dann kehrt dieses teuflische Grinsen zurück. »Sie haben keine Vorstellung davon, zu was ich fähig bin.«

Ich verliere die Kontrolle über mich in meiner Angst, aber es ist nur ein Tröpfeln, daher wird es niemand vorn an meiner Jeans sehen. Ich versuche, cool zu bleiben und ihn wissen zu lassen, dass er mir keine Angst einjagt, aber das tut er. Ich hatte die ganze Zeit recht. Dieser Typ ist ein Killer.

Er beugt sich vor, und mir stellen sich die Haare an den Unterarmen und im Nacken auf. »Tatsächlich werden Sie noch herausfinden, zu was ich fähig bin«, wispert er.

»Von was reden Sie da, Mann?«

»Warten Sie's ab. Ich weiß mehr, als ich zugebe, *Davis*.« Er betont meinen Namen, vermutlich weil er neidisch ist oder weil …

Nein.

Er hat mit Kristin geschlafen. Er weiß alles, was sie weiß. *Scheiße.*

»Warum haben Sie sie umgebracht?«, frage ich.

Er macht einen halben Schritt zurück und lächelt, dann nimmt er das Cap ab. Ich hatte recht, sein Haar ist total durcheinander. Er nimmt den Verband ab, um mir seine unverletzte Stirn zu zeigen. Was zum Teufel –

»Kennen Sie das Sprichwort ›Glauben Sie nur die Hälfte von dem, was Sie hören, und nichts von dem, was Sie sehen‹?«, fragt er. Er sieht wie Satan höchstpersönlich aus, als er den Verband zurückschiebt und sich die Mütze wieder aufsetzt. Ein weiteres breites Lächeln geht über sein Gesicht.

Das ist der Moment, als mir noch mehr auffällt.

»Was ist das da an Ihrer Hand, Jim?«

Ich weiß, was es ist. Ich weiß, was es ist. Ich weiß, was es ist.
Jim späht auf seine rechte Hand, befeuchtet einen Finger an der linken Hand und wischt es weg.

»Ups«, macht er. »Ich muss dann los. Nettes Gespräch.«

Er klopft mir kumpelhaft auf die Schulter, und sein Lächeln ist böse – schief, zu weit hochgezogen in der linken Gesichtshälfte. Er verbirgt etwas, und er wird mich umbringen. Er verlässt das Hotel, taucht sofort in der Menschenmenge auf der Straße ab und ist verschwunden. Ich atme schaudernd aus.

Das war Blut an seiner Hand.

Die Hälfte von dem, was Sie hören, und nichts von dem, was Sie sehen.

Ich brauche einen Drink. Etwas Starkes. Ich eile zurück nach oben zur Bar, und die Leute fangen an zu kreischen. Alle starren auf ihre Handys, und ich weiß genau, dass der Twitter-Stalker – Jim – wieder zugeschlagen hat. Ich öffne die blöde App und schaue wieder auf das Murderpalooza-Hashtag, und richtig – neue Nachrichten.

Den Gerüchten zufolge hat sich wieder ein Mord ereignet.

Hier.

Eine Frau.

Mein Herz pocht dumpf, ich fange an zu schwitzen. Jim hatte Blut an der Hand, und eine Frau ist tot.

Wo ist Vicky?

43. KAPITEL

Mike Brooks
Freitag, 19:00 Uhr

Ich stürme ins Hotel, halte die Rechnung über die Wings und das Bier immer noch in der Hand. Falls jemand fragt, wo ich gewesen bin – erneut –, so habe ich ein Alibi. Wieder eine tote Frau? Ich muss unbedingt Vita finden.

Ich gehe hinauf zur Hotelbar, wo alle die Nachricht gehört haben. Die Leute stehen herum, starren auf ihre Handys. Sie stehen in typischen Gruppen zusammen. Diejenigen, die Polizeiserien schreiben, tauschen wahrscheinlich Theorien aus. Die meisten Autoren, die nicht auf der Bestseller-Liste stehen, plaudern miteinander und tragen Aspekte für ihre nächsten Bücher zusammen. Die *New York Times*-Bestseller stoßen an. Ich gehöre gleichermaßen zu allen Gruppen und zu keiner.

Ich entdecke Davis, er lehnt an der Theke. Rechts von ihm steht eine Frau, links von ihm auch. Ich glaube, die eine ist eine Agentin, und wenn mich meine alten Augen nicht täuschen, handelt es sich bei der anderen um Joanne Lopez, die Autorin, die den M-TOTY letztes Jahr gewonnen hat. Die drei scheinen Small Talk zu betreiben, während sie auf ihre Smartphones starren. Mal gehen ihre Köpfe ein Stück weit nach oben, mal nach unten. Die ganze Zeit. Ich atme tief ein und gehe zu ihnen.

»Davis«, sage ich. »Was ist los?«

Mir entgeht nicht, wie sich seine Stimmung verändert hat, von der Zeit, als wir vier noch zusammengesessen haben, bis jetzt, wenn er sich mit Fans und Leuten umgibt, die ihm in den Arsch kriechen. Für die meisten, die auf Twitter sind, bin ich immer noch ein Mörder.

»Mike. Wo bist du gewesen? Vor einer Stunde bist du vom Tisch aufgestanden, seither habe ich dich nicht mehr gesehen.«

Er bringt die Leute dazu, zu hinterfragen, wo ich gewesen bin, als ein weiterer Mord geschah? Natürlich macht er das, schließlich muss er ja blitzsauber bleiben, solange er etwas verheimlicht. Ein Meister der Ablenkung. Vermutlich sind die Konflikte in seinem Buch so gut angelegt. Ich hasse es, ihn mir als talentierten Autor vorzustellen.

Ich hole meine Rechnung hervor. »Ich war ein paar Blocks entfernt bei Dewey's. Ich brauchte was zu essen. Was hast du währenddessen gemacht? Es sind Gerüchte im Umlauf.« Ich kann den Spieß auch umdrehen. Ein paar Tricks habe ich schließlich auch noch auf Lager.

»Entschuldigen Sie, meine Damen, ich muss unter vier Augen mit Mike sprechen«, sagt er, wobei er den Frauen zuzwinkert und lächelt, und sie ahmen ihn nach. Ich verdrehe schon wieder die Augen, sodass es allmählich anstrengend wird. Er nimmt mich beim Arm und verzieht sich mit mir in eine Ecke. »Hast du schon gehört, dass es wieder einen Mord gegeben hat?«

Ich nicke. »Ja, und um ehrlich zu sein, ich flippe bald aus. Unter dem Murderpalooza-Hashtag auf Twitter heißt es, es sei eine Frau. Ich kann Vita nirgends finden. Sie ruft nicht zurück.« Ich schaue wieder auf mein Smartphone. Nichts. Ich lasse es in der Tasche verschwinden. Aus den Augen, aus dem Sinn.

»Ich habe Jim gesehen. Jim Russell. Vickys Freund.«

»Und?«

»Er hatte Blut an der Hand. Ich habe Vicky SMS geschrieben und sie angerufen, aber noch habe ich nichts von ihr gehört.«

»Was?« Ach du Scheiße.

Davis hatte recht; könnte Jim die Twitter-Stalker-Mord-Person sein? Ich reiße das Handy wieder aus der Tasche und rufe Vicky an. Wie beim letzten Anruf, den ich gemacht habe: fünf Ruftöne, dann Voicemail.

Ich hinterlasse keine Nachricht und sehe Davis an. »Weißt du ihre Zimmernummer?«

»Nein«, sagt er mit einem Kopfschütteln.

»Mist.« Ich schreibe Suzanne eine Nachricht. *Wo steckst du? Vicky könnte in Schwierigkeiten sein.*

Drei Punkte. Sie schreibt zurück.

Dann hört es auf.

Kurz darauf wieder drei Punkte.

Dann nichts mehr. Keine Nachricht.

Ich schreibe Vicky wieder.

Kannst du mir antworten? Bist du okay?

Davis und ich beugen uns über mein Display, wir wollen beide unbedingt, dass eine Nachricht durchkommt. Diese drei Punkte bedeuten nichts. Wenn Suzanne verletzt ist, könnte sie versuchen, einen klaren Kopf zu behalten, um uns eine Nachricht zu schreiben, während ihr das Blut über die Finger läuft und auf dem Touchscreen Schlieren hinterlässt. Wenn sie tot ist … oh Gott … aber mal angenommen, sie ist wirklich tot, dann könnte es der Killer sein, der uns schreibt und Spuren verwischt. Um uns auf eine falsche Fährte zu locken.

»Wo sind die alle, verflucht?«, frage ich.

»Ich habe Jim zur Rede gestellt«, sagt Davis. »Er hat kurz den Verband am Kopf abgenommen. Du weißt doch, diese Kopfverletzung von dem angeblichen Raubüberfall? Da war rein gar nichts, Mike. Nur ein Verband, der am Rand rot eingefärbt war. Die kleine Prellung unter seinem Auge war wahrscheinlich Make-up. Er meinte ›Glauben Sie nur die Hälfte von dem, was Sie hören, und nichts von dem, was Sie sehen.‹ Er steckt dahinter. Hinter allem.« Er fasst sich an die Stirn. »Das vorgetäuschte Blut an seinem Kopf und das echte Blut an seiner Hand. Und Vicky ist verschollen.«

»Sollten wir Pearson benachrichtigen? Ich habe seine Karte bei mir.« Ich fasse in meine Tasche. Verdammt, ich hatte recht vor einer halben Stunde. Wir hätten die Wahrheit sagen sollen.

»Nein. Noch nicht. Ich wünschte nur, ich wüsste, wo Vicky ist.«

Es ist das erste Mal, dass ich erlebe, dass Davis sich um jemand anders Sorgen macht als um sich selbst, und ich frage mich, ob es daran liegt, dass er sich tatsächlich Sorgen macht oder glaubt, er könnte der Nächste sein. Ich würde mein Geld auf Letzteres setzen.

»Was, wenn sie da auch mit drinsteckt?«, meint Davis.

»Was redest du da?«

»Jim und Vicky. Was, wenn sie es zusammen getan haben, und sie weiß, dass er es nur vortäuscht? Erinnerst du dich, wie sie sich verhalten hat, als ich Kevin Candelas Buch erwähnt habe, das für den Preis heute Abend nominiert ist? Das Ehemann-Ehefrau-Team, das sich gegenseitig deckt beim Mord an der Geliebten? Was, wenn sie es in einem Anfall von Eifersucht getan hat und er sie jetzt schützt? Was, wenn Jim es im Affekt getan hat und Vicky ihn jetzt deckt?«

Ich verdrehe die Augen. »Ein bisschen weit hergeholt, Davis. Wir sind keine Figuren in einem Buch.«

»Du hast nicht gesehen, was ich gesehen habe. Du hast seinen Gesichtsausdruck nicht gesehen.«

Davis' Handy klingelt, und seine Augen leuchten auf, als er rangeht. Gott sei Dank, das muss Vicky sein.

Nope.

»Penny!«, kreischt er ins Handy. »Was ist hier los? Hast du irgendwas von dem gehört, was alle sich erzählen?«

Er dreht mir den Rücken zu. Warum überrascht mich das nicht? Natürlich hat Davis Vicky sofort wieder vergessen. Ein Arschkriecher ruft an. Hey, er bekommt wenigstens Anrufe. Ich schaue wieder auf mein Handy. Nichts von Vita. Nichts von Suzanne. Nichts von Vicky. Ich schlucke gegen den Kloß in meinem Hals. Was, wenn er recht hat? Was, wenn ihnen etwas Schreckliches zugestoßen ist und wir es hätten verhindern können, wenn wir von vornherein reinen Tisch bei Pearson gemacht hätten?

Ich will nicht, dass Blut an meinen Händen klebt, und daher fische ich Pearsons Karte aus meiner Tasche.

Ich überprüfe die Zeit. Kurz nach sieben. Wir hatten vereinbart, dass wir uns gegen halb acht treffen, um bei der Verleihung in einer Reihe zu sitzen. Davis wendet sich mir zu, als er das Gespräch beendet.

»Penelope ist auf dem Weg hierher«, sagt er. »Sie will mich persönlich sprechen.«

Ein Raunen und Wispern geht durch die Bar. Ich schaue von einer Seite zur anderen, weil ich wissen will, was *jetzt* schon wieder passiert ist.

»Was ist los?«, fragt Davis eine der beiden Frauen, mit denen er bis gerade zusammengestanden hatte.

Ehe sie antwortet, mustert sie mich, den Convention-Killer, von Kopf bis Fuß. Es ist definitiv Joanne Lopez; ich erkenne das kleine Tattoo an ihrer Schulter wieder, den Namenszug ihres Hundes. Ich erinnere mich an die Rede, die sie letztes Jahr auf der Convention hielt, als sie den Preis gewann. Sie sagte, ihr geliebter Pudel sei an jenem Tag gestorben und sie habe sich das Tattoo unmittelbar danach machen lassen. Brutal.

»Nun, wir sollten nicht schockiert sein. Das bekommt man eben, wenn man versucht, mit den großen Jungs zu spielen«, sagt sie nicht ohne Spott in der Stimme.

»Wovon sprechen Sie da?«, frage ich.

»Jemand auf Twitter sagt, bei der toten Frau handelt es sich um diese Liebesromanautorin. Julie Keane.«

»Wer soll das sein?« Habe nie von ihr gehört.

»Eine Autorin von Schmonzetten, die ihre Bücher selbst verlegt und versucht hat, eine Thriller-Autorin zu sein.« Sie zuckt mit den Schultern, als bedeute das Leben dieser Frau nichts, weil sie ihre Liebesromane im Eigenverlag herausgegeben hat. Nicole liebt dieses Zeug. Ich kenne diese Julie nicht, aber Gott, jetzt ist noch eine Frau auf dieser Convention tot.

Davis sieht aus, als müsste er sich jeden Moment übergeben. »Kanntest du sie?«, frage ich leise.

Er hat keine Gelegenheit zu antworten. Joanne ergreift das Wort, während sie auf ihr Handy schaut. »Ha! Wie sich herausstellt, hat sie ein Pseudonym verwendet. Ihr echter Name ist Diana Fleming.«

Oh, jetzt wird es aber richtig spannend!

44. KAPITEL

Suzanne Shih
Freitag, 18:55 Uhr

Mein Herz rast immer noch nach dem Vorfall im Fahrstuhl, und ich gehe sehr schnell den Hotelflur entlang, ehe ich renne. Vor der Zimmertür bleibe ich stehen und versuche mich zu sammeln, aber dann kann ich nicht anders, ich hämmere gegen die Tür.

»Was hast du hier zu suchen?«, fragt Vicky, als die Tür aufgeht. Ihr violettes Haar ist einen Ton dunkler als früher am Tag, sie trägt einen Bademantel und hält eine Haarbürste in der Hand.

Ich konnte nicht zurück in mein Zimmer zu Constantine. Ich habe zu viel Panik, und er würde sich wundern, warum. Im Augenblick bin ich sauer auf ihn, weil er diese Fragen beantwortet und abgeschickt hat, auch wenn das eigentlich nicht sein Fehler war. Ich schätze, das war der Grund, warum ich im Fahrstuhl stecken geblieben bin.

Vickys eher düstere Miene verrät mir, dass sie mich nicht sehen will. Sie hat mir die kalte Schulter gezeigt, seitdem sie herausgefunden hat, was ich mit Kristin zu tun hatte. Und jetzt weiß sie auch, was zwischen mir und Mike war, und das dürfte ihre ablehnende Haltung noch verstärkt haben. Ich bin mir sicher, dass sie glaubt, wir hätten eine Affäre gehabt – was bestimmt auch Davis glaubt. Es war aber keine Affäre. Aber das spielt jetzt keine Rolle.

Im Augenblick glaube ich, dass sie mir helfen wird. Ich zwänge mich in ihr Zimmer. Daran bin ich gewöhnt.

»Hey, Moment mal! Ich habe dich gefragt, was du hier zu suchen hast.«

Als ich mich ihr erneut zuwende, fange ich wieder zu weinen an. Das will ich gar nicht, aber ich kann nichts dafür.

»Jemand aus dem Hotel steckt dahinter«, sage ich durch Schluchzer.

Sie verschränkt die Arme vor der Brust, hat immer noch die Bürste in der Hand. »Von was redest du da?«

Ich schaue zu ihrem Schreibtisch, wo ihr Laptop aufgeklappt steht. »Darf ich mich setzen?« Ich will nicht auf der Bettkante sitzen.

Sie geht zum Laptop und klappt ihn zu. »Gut. Aber du solltest dich beeilen. Ich muss mich noch für die Veranstaltung fertig machen.«

Ich erzähle ihr, dass der Fahrstuhl stecken geblieben ist und ich SMS bekommen habe, als ich festsaß. Ich erzähle, dass die wussten, dass der Inhalt meiner Handtasche verstreut am Boden lag. Allerdings lasse ich den Teil aus, dass ich an Kristins Tür gelauscht habe und wie viel Angst ich vor der Preisverleihung heute Abend habe – sie hält mich sowieso schon für durchgeknallt. Ich frage sie, ob sie irgendwelche Nachrichten bekommen hat, und während ich sie das frage, kommt eine Nachricht bei mir rein.

Es ist nicht der Twitter-Psychopath.

»Das ist Mike«, sage ich. »Er fragt nach dir. Er glaubt, du bist in Schwierigkeiten. Ich schreibe ihm, dass ich bei dir bin.« Ich fange an zu tippen.

»Nein. Warte. Hör auf zu tippen«, sagt sie. Dann legt sie die Haarbürste beiseite und kratzt sich am Kopf. »Warum erkundigt er sich nach mir?« Ihr Smartphone gibt einen Laut von sich, Vicky geht zur anderen Seite des Betts und nimmt es vom Nachttischchen. »Es ist Mike, er fragt, wo ich bin und ob ich okay bin. Antworte ihm noch nicht.«

»Wieso nicht?«

Sie schüttelt den Kopf, hält den Blick gesenkt. »Ich weiß nicht, das ist irgendwie seltsam. Wir wollten uns in einer halben Stunde treffen. Was tut es da zur Sache, wo ich bin? Unmittelbar nachdem es jemand auf dich abgesehen hat. Hat diese Person es jetzt auf mich abgesehen? Will da jemand wissen, wo ich im Augenblick bin?« Sie geht auf und ab, eine Hand an die Stirn gedrückt. »Mist«, sagt sie nach einem Blick auf die Uhr. »Ich muss mich fertig machen. Dann kann ich dir auch sagen, was ich herausgefunden habe.«

»Was du herausgefunden hast? Was denn?« Kann das denn noch schlimmer werden?

»Vorhin habe ich mit Diana Fleming telefoniert. Kann sein, dass sie betrunken war. Jedenfalls hat sie Drinks an einer Bar bestellt. Und sie meinte, sie wolle nicht über Davis sprechen.«

Mein Hals schnürt sich irgendwie zusammen, aber ich kann noch sprechen. »Was, glaubst du, bedeutet das?«

»Ich weiß es nicht. Ich meine ... im Augenblick traue

ich niemandem. Nicht Jim, und ehrlich gesagt euch auch nicht. Ich muss wissen, was hier läuft. Da gibt es eine Verbindung.«

Tja, zumindest gibt sie es zu: Vicky vertraut mir nicht. Wieso auch?

Sie geht in Richtung Bad, bleibt an der Tür stehen und sieht mich an. »Ich bin fast fertig, du kannst hier warten, wenn du willst. Wir können dann zusammen runtergehen.«

Ich lächele. Vielleicht ist sie mir gegenüber wieder etwas freundlicher eingestellt, vielleicht will sie aber auch nur nicht allein sein. Wie auch immer, mir soll's recht sein. Ich kann jetzt nicht zu Constantine gehen. Mist. Constantine. Ich hole mein Handy heraus und schreibe ihm.

Hey. Die Veranstaltungen haben länger gedauert, in einer halben Stunde muss ich bei der Preisverleihung sein. Danach komme ich zu dir, versprochen! Wenn du mich an der Hotelbar auf ein paar Drinks treffen möchtest, schreibe ich dir eine Viertelstunde, bevor ich den Saal verlassen kann.

Solange ich glaube, dass wir nicht unmittelbar in Gefahr sind, kann ich ihn zumindest wissen lassen, dass er noch eine Weile abhängen kann. Er müsste sehen, wie meine Welt aussehen wird. Stellt euch vor, Vicky gewinnt den M-TOTY. Ich meine, *hallo*? Mein engster Bekanntenkreis wird zum literarischen Königshaus gehören.

Meine Augen flammen auf bei der Vorstellung, berühmt zu sein. Die Leute kreischen meinen Namen.

Der Föhn geht an, und ich schaue aus Vickys Fenster. Ihr

Zimmer ist auf demselben Flur wie meins, aber auf der anderen Seite des Hotels, und deshalb kann sie den Sonnenuntergang über dem Hudson beobachten. Der Fluss ist zwar von Gebäuden verdeckt, aber der feurig orangefarbene Himmel ist nicht zu übersehen.

Während ich warte, beschließe ich, auf Twitter zu gehen. Mal sehen, was es Neues gibt. Dieser Psycho-Account hat vor Kurzem etwas getweetet, als ich mich mit Pearson unterhalten habe. Ehe diese Person mich im Fahrstuhl festgesetzt hat.

@MPaloozaNxt2Die Dann wollen wir sie mal aufzählen! 1 toter Autor, 2 tote Autoren, 3 tote Autoren … vielleicht ist Davis Nr. 4? Nee. Ich denke da an jemand anderen.

Was, wenn ich die Nächste sein sollte?

Was, wenn Mike deshalb wissen will, wo Vicky steckt? Arbeitet er mit jemand anders zusammen?

Ich gehe auf den Murderpalooza-Hashtag. Heilige Scheiße, Julie Keane ist tot!

Wer ist denn Julie Keane?

Ehe ich weiter nachforsche, rufe ich laut Vickys Namen, und sie kommt aus dem Bad. Ihre Haare sehen toll aus mit diesem Farbton.

Konzentrier dich.

»Es hat noch einen Mord gegeben! Sieh nur! Auf Twitter sagen alle, dass es eine gewisse Julie Keane ist. Weißt du, wer das ist? Habe nie von ihr gehört.«

Sie stürmt auf mich zu und reißt mir das Smartphone aus der Hand. »Her damit!« Ihre Daumen huschen beim Scrollen und Tippen nur so über das Display. Dann rinnt ihr eine Träne über die Wange.

Es ist noch nicht vorüber.

»Oh mein Gott, kanntest du sie?«, frage ich.

Sie schüttelt den Kopf. »Nein, im Grunde nicht. Aber, oh mein Gott, Suzanne! Ich weiß ganz sicher, dass sie letzte Nacht mit Davis zusammen war.«

Meine Hand fliegt zu meinem Mund. »Soll das ein Witz sein?« Es ist Davis. Es kann nicht anders sein.

Ihre Augen huschen über das Display. »Es kommt noch dicker. Julie Keane war ihr Pseudonym. Ihr echter Name war Diana Fleming.«

Kristin Bailey
Am Morgen des Mords

Kristin hatte die Leitung des Panels und entdeckte Jason Flemings jüngere Schwester Diana in der dritten Reihe des Konferenzraums.

Im Verlauf der letzten Monate hatten sie sich per E-Mail ausgetauscht. Diana nahm Kontakt zu Kristin auf und teilte ihr mit, sie habe ein paar Liebesromane unter einem Pseudonym geschrieben und selbst verlegt, brauche aber nun Hilfe beim Schreiben von Thrillern. Kristin war zu gern bereit, der Schwester ihres verstorbenen Freundes Ratschläge mit auf den Weg zu geben. Kristin schlug sogar vor, Diana solle zum Murderpalooza kommen, denn dies sei der Ort, sich unter die Thriller-Leute und Agentinnen und Agenten zu mischen, um zu erfahren, wie die Branche tickte. Doch Diana lehnte ab und gab an, sie habe viel zu tun und im Augenblick nicht das Geld.

Warum hatte sie Kristin nicht mitgeteilt, dass sie doch kommen würde, nachdem sie ihre Meinung geändert hatte?

Es kam ihr zu sehr wie ein Thriller-Plot vor. Die Person aus der Vergangenheit tauchte auf.

Kristin gab sich Mühe, sich nichts anmerken zu lassen, stellte die einzelnen Autoren und Autorinnen vor und fragte sie nach deren Meinung zu ihrem Panel *Trauma, Drama und Vergeltung*. Als sie Blickkontakt mit Diana aufnahm, warf Diana ihr einen wissenden Blick zu, und da ahnte Kristin, was passieren würde.

Sie wusste genau, warum Diana gekommen war.

45. KAPITEL

Vicky Overton
Freitag, 19:00 Uhr

Das ist unmöglich. Es ist doch buchstäblich keine halbe Stunde her, dass ich mit Diana Fleming gesprochen habe. *Buchstäblich* – warte, nope, das bleibt stehen, es ist zu wichtig. Und jetzt erfahre ich, dass sie sich hinter dem Namen Julie Keane versteckt hatte – jene Julie, zu der ich unfreundlich gewesen bin, jene Julie, die Davis kannte. Gemessen daran, wie die beiden reagierten, als ich sie zusammen sah, bin ich mir sicher, dass sie miteinander geschlafen haben. Da bin ich mir ganz sicher!

Davis steckt da bis zum Hals drin. Jason. Kristin. Julie. Das sind drei Tote der schreibenden Zunft.

Ich habe ein paar Nachrichten von ihm auf meinem Handy. Ich antworte ihm aber nicht, keinesfalls. Ich kann nicht glauben, dass ich hier mit Stalkanne in meinem Hotelzimmer festsitze und mich in ihrer Gegenwart auch noch am sichersten fühle!

»Schreib niemandem zurück. Da läuft irgendwas«, sage ich. »Ich muss mich eben noch schminken. Warte hier.«

»Okay«, meint sie.

»Finde so viel heraus, wie du kannst.« Ich zeige auf den Block und den Bleistift mit dem Hotellogo. »Schreib es auf.«

Wieder im Badezimmer, stelle ich meinen Lockenstab auf die mittlere Stufe, während ich ein pflegendes Öl auf mein Gesicht auftrage. Dann trage ich vorsichtig meine Foundation und meinen Concealer auf, gefolgt von einem rosafarbenen Bronzer, um meine Wangenknochen zu betonen. Bei den Augen entscheide ich mich für Smokey Eyes und benutze falsche Wimpern, aber nicht im Kardashian-Stil. Noch etwas Mascara, dann wasche ich meine Hände. Jetzt bin ich bereit, in das Kleid zu schlüpfen, das ich mir extra für die Preisverleihung gekauft habe. Es ist ein weißes Wickelkleid, dazu Nude Heels: Die Schlichtheit im Gegensatz zu meinen violetten Haaren und dem dramatischen Augen-Make-up ist – mit einem Wort, das ich nicht oft für mich benutze – umwerfend.

Ich wünschte, Jim wäre hier, um mich zu sehen. Einerseits will ich ihm eine Nachricht schicken, dann wiederum will ich meinen Flug zurück nach Florida umbuchen, damit ich nicht im Flieger neben ihm sitzen muss. Ich will nach Hause fahren, seine T-Shirts, Boxershorts und seine Zahnbürste auf einen Haufen werfen und anzünden. Oder aus Sicht der Autorin möchte ich am liebsten ein verirrtes Haar oder irgendeinen anderen DNA-Beweis finden, den ich als Beweismittel am Tatort verwenden kann. Es gibt nichts Besseres als eine gute Falle, um zu demonstrieren, wie sauer man ist.

Ich ziehe meinen linken High Heel stramm und verlasse das Bad. Meine Ohrringe liegen auf der Kredenz neben dem Schreibtisch, also nehme ich sie und lege sie an.

»Was hast du herausgefunden?«, frage ich Stalkanne, während ich meine Ohrringe anlege. Sie hatte zwanzig Minuten Zeit, und sie sollte gefälligst etwas gefunden haben, das wir gegen Davis verwenden können.

Sie schaut vom Handy auf und lächelt. »Du siehst toll aus.«

Na großartig, jetzt bin ich die Nächste in Stalkannes Haus des Schreckens. »Danke. Und?« Meine Augenbrauen schießen in die Höhe und sinken wieder herab, während ich auf ihr Handy zeige.

»Oh, klar. Ja, du hattest recht. Julie Keane ist Diana Fleming. Gott, die armen Eltern«, meint sie. »Kannst du dir vorstellen, wie das ist, beide Kinder zu verlieren?«

Der Gedanke, neun Monate keinen Wein anzurühren, wenn man ein Kind bekommt, macht mir Angst, und ich vermute, dass ich sowieso zu jung bin, um von Kindern zu sprechen. Ich bin gerade mal dreißig – also noch Zeit, ehe ich darüber nachdenken sollte. Auch wenn ich wahrscheinlich wieder von vorn anfangen muss. Ich lese, dass Frauen über fünfunddreißig als »Geriatrie-Schwangerschaften« bezeichnet werden, und welcher Mann diesen Artikel auch immer geschrieben hat, er soll sich verpissen.

Trotzdem. Sie hat recht. Die armen Eltern.

»Keiner auf Twitter weiß wirklich, wer diese Julie war«, sagt Stalkanne.

Sie hat recht; wer Thriller schreibt, neigt dazu, andere Autorinnen und Autoren außerhalb des eigenen Genres auszublenden. Dennoch, warum unternimmt die Hotelleitung nichts? Könnte Stalkanne etwa recht haben – ist jemand aus dem Hotel in die Sache verwickelt? Das ist die einzige Erklärung, die mir einfallen würde. »Wird Davis schon erwähnt?

Hat ihn irgendjemand auf Twitter schon mit Diana in Verbindung gebracht?« *Bitte, bitte, bitte …*

»Nein. Das Hotel sagt, man hat ihr Handy, und jetzt gehen sie ihre letzten Gespräche und Nachrichten und Social Media durch, um zu schauen, wie sie ihre letzten Stunden verbracht hat. Sie wollen wissen, ob sie auch bedroht wurde.«

Ich könnte lachen, wenn das nicht so real wäre. Dieser Pearson wird herausfinden, dass ich sie angerufen habe und wir kurz vor ihrem Tod fünf Minuten miteinander telefoniert haben. »Wie ist sie eigentlich gestorben?«

Stalkanne verzieht das Gesicht. »Huh. Dazu steht hier gar nichts, jetzt, da ich darüber nachdenke.«

Verdammt. Das bedeutet wahrscheinlich, dass man sie auf der Dachterrasse gefunden hat, wo sie von einem Sparren baumelte.

Oder …

Oder Stalkanne hat womöglich recht. Vielleicht steckt jemand aus dem Hotel dahinter, und jetzt versuchen sie, das alles zu vertuschen. Was wiederum bedeutet, dass keiner von uns sicher ist. Wo ist die Polizei? Ich brauche einen Bodyguard, jemanden, der eine Kugel abfängt und mich von der Bühne trägt, wie Kevin Costner es für Whitney Houston tat, in jenem tollen Film, der ein Jahr nach meiner Geburt herauskam.

Vielleicht verliebe ich mich dann auch.

Ich schaue auf die Uhr. Showtime.

»Wir sollten los. Ich will nicht zu spät kommen.«

»Warte, Moment noch«, sagt Stalkanne und sieht besorgt aus. »Gehen wir mit den anderen dorthin? Mit Mike und Davis? Ich dachte, du hast gesagt, die sind gefährlich?«

Ich stemme eine Hand in die Hüfte. Ich habe das Kommando. »Yep. Wenn du's genau wissen willst, ich will Davis zur Rede stellen. Ich habe ihn zusammen mit Julie Keane gesehen ... Diana ... und zwar heute. Ich glaube, er hat sie letzte Nacht gebumst. Und der Umstand, dass sie Jason Flemings Schwester ist ... Wieso sollte man nicht wissen wollen, welche Verbindung da besteht? Wenn das ein Buch wäre, wäre das so eine Stelle, wo die Leser sagen würden, dass die Dinge zu klar auf der Hand liegen. Und deshalb glaube ich auch, dass es immer noch einen Paukenschlag am Ende geben wird. Es gibt Zufälle, und dann diese Sache.«

Ihre Augen sind in Bewegung. »Okay, aber können wir die Treppe nehmen?«

Sie hat immer noch Angst vor dem Fahrstuhl. Kann nicht sagen, dass ich ihr das verüble. Angenommen, der Stalker hat es nur auf sie abgesehen, dann sollte ich es besser nicht darauf ankommen lassen, zusammen mit ihr festzustecken. Es gibt da einen Mann, den ich den Löwen zum Fraß vorwerfen werde, und einen Preis, den ich wahrscheinlich absahne.

Ich nicke. »Gehen wir.«

46. KAPITEL

Davis Walton
Freitag, 19:25 Uhr

Ich schaue immer wieder zu den Leuten neben mir. Ihre Rummelplatzgesichter sind verzerrt, clownesk, ihr Lachen gedämpft und trotzdem laut, das Lachen kommt tief aus ihnen und hallt nach. Ich nehme das und ein hohes Kreischen wahr, das, wie ich weiß, mein Gehirn zur Abschirmung einsetzt, um alles andere auszublenden. Ich kneife mir in die Nasenspitze und atme mehrmals tief ein und aus und versuche, das zu kanalisieren, was Papaya, meine Yogalehrerin in L.A., immer sagt. *Nur du kannst Negatives hervorbringen. Atme es aus. Teile deinem Körper mit, dass kein Platz dafür ist!*

Julie Keane – diesmal fällt mir nicht nur ihr Vorname sofort ein, sondern auch ihr Nachname – ist tot.

Julie Keane ist Jason Flemings Schwester.

Ich war ihr nie begegnet, jedenfalls nicht als Diana. Sie war noch auf der Highschool, als ich Jason kannte, und sie hatten verschiedene Mütter, deshalb hat sie so gut wie gar nicht mit ihm zusammengelebt.

Julie hatte es gestern Abend auf mich abgesehen. Sie war gar kein Super-Fan, der meinen Körper wollte – Gott, das schmerzt.

Sie ist mir gefolgt und hat versucht, ganz bewusst wieder in mein Zimmer zu kommen. Warum?

Was, wenn sie hinter dem Stalker-Twitter-Account steckte? Könnte sein, dass sie mit Kristin Bailey befreundet war. Sie sind sich womöglich auf Jasons Beerdigung begegnet (ich nahm damals daran nicht teil, ich hatte genug damit zu tun, nach dem Unfall zu heilen) und miteinander ins Gespräch gekommen. Was, wenn Julie alles über mich wusste, und dann … hm, warum sollte sie sich dann aber gegen Kristin wenden und sie umbringen?

Wer hatte es auf Julie abgesehen?

»Davis!«

Es ist Mike neben mir, der mich lautstark aus meinen Angstfantasien holt. »Was ist?«

»Hast du gehört, was sie gesagt hat?«

»Wer denn?« Ich bin desorientiert. Moment. Joanna oder irgendwer aus der Ecke. Sie hat den M-TOTY letztes Jahr gewonnen, wenn ich mich nicht irre, und ich irre mich selten. Sie ist diese Autorin neben mir, die immer noch am Tresen lehnt, die immer noch feixend auf ihr Handy starrt, als sie liest, dass Julie tot ist. Verdammt, sie sagte, Julies echter Name sei Diana Fleming, und zwar im Beisein von Mike.

Als ich mich auf Mike konzentriere, sehe ich, dass seine Miene ganz angespannt ist, seine Augen stehen in Flammen. Er will Antworten – Antworten, die ich nicht habe. Mann, ich habe das doch auch eben erst alles erfahren!

»Diese Frau, die ermordet wurde, war Jason Flemings Schwester. Hast du gewusst, dass er eine Schwester hatte?«, fragt er.

Ich versuche immer noch herauszufinden, wie tief ich in der Scheiße stecke, aber mein Geist ist benebelt, und ich kann diesen Nebel nicht durchdringen. Das ganze Kartenhaus wird in sich zusammenfallen wie ein Scheißhaus in einem Orkan, und ich bin derjenige, der einen Scheißefleck auf dem Haus von jemandem hinterlassen wird.

Mikes Stimme wird eindringlicher. »Was hast du noch alles zu verbergen, Davis?« Dann fragt er düster: »Wo ist Vicky?«

Ich erwache aus meiner momentanen Starre. *Jim.* »Ich weiß es nicht! Ich habe nichts getan. Jim war derjenige, der –« Und als wäre sie ein Engel auf ihrem Weg gen Himmel, erblicke ich Vicky, wie sie die Stufen zur Bar hinaufschwebt. Sie erscheint sogar in Weiß; fehlen nur noch die Flügel. Sie sieht toll aus, und bei ihr ist das Kid. Ich strecke meinen Arm aus und zeige in ihre Richtung. »Vicky, Sie leben!«, sage ich, halb aus Erleichterung und halb deshalb, weil ich jetzt durchaus selbstgefällig vor Mike sein darf. Siehst du, ich habe sie nicht umgebracht, auch nicht Kristin oder Julie.

Sie kommt zu uns. Nein, sie kommt stampfend in unsere Richtung, in diesen Heels, den hohen, spitzen Heels, und wow, hatte ich schon erwähnt, dass sie toll aussieht? Ist wirklich wahr. Bis ihr Zeigefinger nur noch zwei Zoll von meinem Gesicht entfernt ist.

»Was haben Sie getan, Davis Walton?«

Meine erste Eingebung ist, diesen Finger zu nehmen und zu verdrehen, aber selbst ich bin nicht so ein Idiot – man wird einer Frau gegenüber nicht handgreiflich.

»Wovon sprechen Sie da?«, frage ich ziemlich unschuldig.

»Wo waren Sie überhaupt? Warum haben Sie weder mir noch Mike geantwortet? Wir hatten Sie schon vermisst.«

Ihr Gesicht verzieht sich. »Nein, nein, nein, Davis. Das machen Sie nicht noch einmal mit uns.«

»Was denn?«

»Sie finden immer einen Weg, das Gespräch in andere Bahnen zu lenken, um nicht länger in der Schusslinie zu sein. Tja, wissen Sie, was? Jemand hat sich fast den ganzen Tag mit Ihnen befasst. Diesmal können Sie sich nicht herausreden. Ich weiß, dass Sie letzte Nacht mit ihr zusammen verbracht haben, und wir alle wissen, dass sie Jason Flemings Schwester war. Sie sollten besser anfangen zu reden, denn sonst rufe ich Pearson, und der wird Sie dann schon zum Reden bringen.«

Das junge Ding versteckt sich halb hinter Vicky und sagt keinen Mucks. Mike starrt mich immer noch finster an. Zum Glück sind die Leute, die vorhin um mich herum waren, mit anderen Leuten beschäftigt und sprechen über den Tod von Julie Keane.

»Moment. Was?«, sagt Mike zu Vicky, ehe er mich ungläubig ansieht. »Was meint sie damit, du hast letzte Nacht mit ihr verbracht? Ich habe dich doch gefragt, ob du sie kanntest.« Wieder zu Vicky gewandt: »Du hattest recht. Er lügt uns schon den ganzen Tag was vor.«

»Das stimmt doch gar nicht«, sage ich. »Ich kann mich kaum an letzte Nacht erinnern. Sie war heute Morgen nicht mehr da. Woher weiß ich denn, ob sie sich das nicht alles ausgedacht hat?«

Mein Geist wandert zurück. Kondomhüllen auf dem Fußboden. Der Lippenstift, den ich gefunden habe. Sie war definitiv mit mir in meinem Zimmer.

Wartet, Moment mal ... ich habe Kondomverpackungen gefunden, aber keine benutzten Kondome. Okay, ich habe nicht im Abfalleimer nachgesehen, aber ich habe das Gefühl, dass ich sie irgendwo hätte sehen müssen. Sicher, der Room Service war schon da und hat meine Beweise entfernt. Ich erinnere mich, dass der Lippenstift auf meinem Schreibtisch aufragte, als ich am Nachmittag aus dem Clover & Crimson zurückkam, als das Zimmer hergerichtet war.

Ich schüttele ungläubig den Kopf. »Ich glaube nicht, dass ich letzte Nacht mit ihr zusammen war. Jemand hat Sachen in meinem Zimmer deponiert. Ich glaube, dass jemand aus dem Hotel etwas damit zu tun hat«, sage ich.

Vicky gibt einen Laut des Erstaunens von sich, ehe sie das junge Ding ansieht. »Das hat sie auch schon gesagt.«

Ich bin dieses Mädel allmählich leid, ob sie nun meine Ansicht teilt oder nicht. »Was hat sie überhaupt mit all dem hier zu tun? Weil sie eine Stalkerin ist und mit Mike rumvögelt?«

»Pass auf, was du sagst, Davis«, sagt Mike und wendet sich dann Suzanne zu. »Aber ich würde gerne wissen, wie du darauf kommst, dass jemand aus dem Hotel etwas damit zu tun hat.«

Sie zieht die Stirn kraus, ihre Augenbrauen bewegen sich aufeinander zu. »Ich wurde angegriffen. Ich bin zwischen zwei Stockwerken im Aufzug stecken geblieben.« Endlich sagt sie mal was, aber es ist nicht das, was ich hören will.

Diese Twitter-Stalker-Person versucht, uns nacheinander auszuschalten. Ich bin zu benommen, um sie zu fragen, was genau passiert ist, aber dann erfreut sie uns mit ihrer Story.

»Diese Person wird erst dann aufhören, wenn –«

Wenn was?

Ich bin der Einzige, der noch ein großes Geheimnis hat.

Ich bringe den Satz nicht zu Ende. Das brauche ich auch gar nicht – mir ist alles klar. Sie glauben, dass der Twitter-Stalker sie vernichten will, aber ich kann jetzt den Wald sehen, nicht nur lauter Bäume.

Der Twitter-Stalker hat es auf mich abgesehen und benutzt dafür die anderen. Gute Schriftsteller können immer ein Rätsel lösen.

47. KAPITEL

Mike Brooks
Freitag, 19:30 Uhr

Kommt, wir gehen in den Festsaal und gucken, ob wir noch einen Tisch für uns bekommen«, sage ich. »Vicky, wirst du an dem besonderen Tisch sitzen? Für diejenigen, die nominiert sind?«

»Nein«, sagt sie und schüttelt den Kopf. »Ich meine, nun, ja, die Nominierten haben einen der fünf Tische weiter vorne. Aber wir können entscheiden, wer dort noch sitzen soll. An jedem Tisch ist Platz für sechs Leute, und da Jim nicht kommt, gibt es sicher noch einen freien Platz.«

»Wer ist die fünfte Person?«

»Penelope.«

Davis lächelt, weil er das mal wieder auf sich bezieht, denn das tut er ständig. *Seine* Agentin wird da sein. Nicht die Agentin von Vicky, der Nominierten. Nein, Davis' Agentin.

»Ich habe Jim getroffen«, sagt Davis wieder. »Vicky, er hat Sie belogen. Er wurde gar nicht überfallen.«

Sie verdreht die Augen. »Ich war doch da. Er saß hinten auf der Kante eines Rettungswagens.«

»Tja, ich weiß zwar nicht, was er im Schilde führt, aber

vorhin habe ich ihn zur Rede gestellt. Ich habe nämlich gesehen, dass er uns in der Bar beobachtet hat. Er wusste, dass wir bei den Sonnenblumen saßen. Ich glaube, er ist der Twitter-Stalker.«

»Davis, hör auf damit, Vicky Unbehagen zu bereiten«, sage ich. Dieser Typ ist wirklich unglaublich. Er ist immer nur um sich besorgt. »Wenn das stimmt, warum hast du uns dann nichts gesagt, als du den Verdacht hattest? Und wo ist er jetzt?« In Gedanken bin ich bei Nicole und den Kindern.

Was, wenn er *wirklich* verrückt ist und hinter allen her ist?

Ich hole mein Handy heraus und schreibe Nicole. *Alles okay?*

»Er wollte gerade das Hotel verlassen, als ich ihn mir vornahm. Dann ging er«, sagt Davis verzweifelt. Vicky hatte recht. Er versucht immer noch, das Gespräch in eine andere Richtung zu lenken. »Aber Vicky, ich schwöre, er hat sich den Verband vom Kopf gezogen. Da war keine Platzwunde. Er täuscht das alles nur vor. Haben Sie die Verletzung denn gesehen oder nur den Verband?«

Vicky entgleiten die Gesichtszüge, sie starrt ihn voller Zweifel an. Keine Zweifel an seinen Worten, sie zweifelt an sich. Ich werde nicht zulassen, dass er ihr das antut.

»Was hat der Umstand, dass Julie – Diana – getötet wurde, mit dem Rest von uns zu tun? Die einzige Verbindung bist du, Davis«, sage ich. »Vicky hat recht. Hör auf damit, das Gespräch auf andere Dinge zu lenken. Niemand von uns kannte diesen Jason. Nur du.«

»Und Kristin«, sagt Davis.

»Und beide sind tot. Und auch seine Schwester, wieder

jemand, bei dem es eine Verbindung zu dir gibt. Ich bin mir nicht sicher, warum, aber hier geht es um dich.«

Musik dröhnt aus dem Festsaal, ein Zeichen, dass alle all-mählich Platz nehmen sollen.

»Die Glocke rettet Sie, Davis«, sagt Vicky und richtet wieder anklagend ihren Finger auf ihn. Sie meint es ernst. »Ich werde der Sache auf den Grund gehen. Sobald diese Show vorüber ist, rufe ich Pearson an und erzähle ihm alles. Von dem Twitter-Account, den Nachrichten, alles! Ich werde ihm diese lächerliche Geschichte über Jim erzählen. Die Sanitäter sagten, er habe eine Aussage bei der Polizei gemacht. Es gibt also einen Bericht von der Sache. Sie werden nicht damit durchkommen, egal, was Sie im Sinn haben.«

Ich lege Vicky eine Hand auf die Schulter, um sie zu beruhigen. Alles, was sie sagt, ist richtig, aber sie sollte jetzt an sich denken und an ihre Nominierung und daran, dass sie vielleicht sogar den Preis gewinnt. Sie sollte sich nicht so viel aufregen.

»Lass nicht zu, dass Davis dir das versaut«, sage ich. »Komm, gehen wir rein.« Ich drehe mich zu ihm um. »Und du kommst besser gleich mit, denn keiner von uns weiß, was als Nächstes passiert.«

Ich lasse Vicky und Suzanne den Vortritt, als ich spüre, wie mein Handy in der Tasche vibriert. Ich hole es heraus und schaue aufs Display, warte immer noch auf eine Antwort von Nicole. Sie ist es.

Mir geht's gut und den Kindern auch. Wir haben was bei Antonio's bestellt. Bis später. Xoxo.

Ich atme erleichtert aus, dankbar, dass sie sich mit anderen Dingen beschäftigen kann. Nicht, dass sie besessen von Twitter wäre, aber ich bin froh, dass sie nichts mitbekommt von dem ganzen Budenzauber heute, dazu zählt auch, dass ich des Mordes beschuldigt wurde. Aus den Augen, aus dem Sinn. Schlimm genug, dass sie denkt, ich bin wegen Kristin in Gefahr, und dann muss sie ja noch damit klarkommen, dass sie schwanger ist.

Ich übrigens auch. Ich hatte kaum Zeit, diese Nachricht sacken zu lassen. Ich kann es nicht abwarten, dass die Verleihung zu Ende geht, denn dann kann ich sofort nach Hause zu meiner Familie.

Die Leute versammeln sich um Vicky, als wir den Saal betreten. Eben jene scheinheiligen Leute, die Vicky noch vor einer Stunde in der Luft zerrissen haben und nun so tun: *Ich habe sowieso nie geglaubt, was die Leute sagen* und *Ich hoffe, Sie gewinnen!* Und *Gut für Sie, dass Sie die Dinge richtiggestellt haben.* Und eben jene Leute sehen mich aus verengten Augen an und fragen sich immer noch, ob ich der Killer des Tages bin, aber Vicky unterbindet all diese anschuldigenden Blicke und meint, wie dumm es doch sei, dass die Leute mich für einen Killer halten.

»Ihr Twitter-Gangster hört aber auch wirklich auf alles, ohne die Fakten zu kennen, oder?«, sagt sie mit einem Lächeln und zwinkert den letzten Reumütigen zu. Töte sie mit Freundlichkeit.

Schlechte Wortwahl.

Aber danke, Vicky, dass du mich überhaupt verteidigst. Jim ist ein Arsch, wenn er dich betrügt. Und wenn er lügt und den

Überfall nur vortäuscht, um Mitleid zu heischen, dann sorge ich dafür, dass er das nicht so schnell vergisst.

Wir vier bleiben dicht zusammen, während Häppchen und Gläser mit Champagner herumgereicht werden. Ich schnappe mir ein Chicken-Satay-Stäbchen und ein Mini-Rindsfilet, obwohl ich vorhin meine Wings samt Pommes frites hatte. Suzanne nimmt ein Glas Champagner vom Tablett und stellt es auf dem Tisch ab, auf dem Vickys Name steht, dann nimmt sie Platz und konzentriert sich auf ihr Handy. Davis schlendert natürlich durch den Saal, als wäre er George Clooney, und die Leute himmeln ihn an, als wäre er es tatsächlich.

Ich will nicht kleinlich sein, und ich weiß, dass Autoren sich untereinander unterstützen sollten, egal was kommt, aber ich hoffe doch sehr, dass jemand diesen Kerl zurechtstutzt. Ich stopfe mir das Mini-Rindsfilet in den Mund und verfolge, wie Davis irgendwelche Leute per Handschlag begrüßt und gekünstelt lacht und alle und jeden so ernst und intensiv ansieht, als würde er tatsächlich hören, was sie sagen. Nachdem ich fast den ganzen Tag mit ihm verbracht habe, weiß ich, dass er nur das tut, was Davis Walton guttut. Alle anderen existieren bloß, um seine Agenda abzurunden.

In dem Buch, das ich gemeinsam mit Kristin geschrieben habe, kam die große Auflösung während der Preisverleihung. Der Co-Autor – also ich, wenn diese Situation Fiktion wäre – war der Killer. Wenn ich die heutigen Ereignisse in Buchform bringen würde, dann würde ich dafür sorgen, dass die Auflösung bei der Verleihung stattfindet, denn dann schauen alle zu.

Zu schade, dass dies das wahre Leben ist und keine Fiktion.

48. KAPITEL

Suzanne Shih
Freitag, 19:45 Uhr

Gott sei Dank findet endlich diese Preisverleihung statt, denn jetzt achtet niemand mehr auf Twitter. Alle strömen herein, umarmen einander und erzählen von all den Erfolgen und Misserfolgen, die sie hatten. Nächsten Dienstag sind die Neuerscheinungen in den Buchläden. Die Verlage pochen nicht auf die Optionsklausel. Das ist wie der Oscar für Schriftstellerinnen und Schriftsteller, und jeder wünscht sich, die kleine Statue in der Hand zu halten.

In dem ganzen Kameradschaftsgeist starrt niemand mehr dauernd aufs Handy.

Das ist gut, denn im Augenblick kommentieren diejenigen, die nicht hier sind, einen Tweet von @MPaloozaNxT2Die. Wie der Tweet lautet?

Ich bin mir sicher, dass jeder Misery gesehen hat. Sieht so aus, als wollte Suzanne Shih Kristin Bailey die Füße abhacken #murderpalooza #kristinbailey #suzanneshih

Oh mein Gott.

Gibt es Anhänge?

Ein paar Screenshots von meinen E-Mails an Kristin und eine Kopie der Unterlassungserklärung des Anwalts des Verlagshauses.

Ich schaue mich nervös im Saal um, aber die Leute stehen in kleineren Gruppen zusammen und stoßen an. Davis ist mit ein paar Leuten beschäftigt, die ich nicht kenne – vermutlich Agentinnen und Verlagsleute, und Vicky und Mike stehen zusammen und unterhalten sich mit ein paar Leuten, die auch nominiert sind.

Ich bin für mich, und so will ich es auch haben, weil ich ermittle. Ich scrolle die ganze Zeit, sodass ich irgendwann ein Karpaltunnelsyndrom haben werde.

@MPaloozaNxt2Die Oh mein Gott, wer hat das getan? Wer ist #SuzanneShih? #murderpalooza

Suzanne Shih hat nie aufgehört! Heilige Scheiße, die ist ja vollkommen verrückt. Haben die Bullen das schon gesehen? #murderpalooza #GerechtigkeitFürKristin #SuzanneShih #Stalker #FuckOffSuzanne #Mörderin

Und wir haben einen Gewinner! Jetzt kennen wir die Wahrheit endlich #murderpalooza #SuzanneShih #Mord #Schuldig #Stalker #WirWerdenAlleSterben #WerIstDerNächste

Kristin Bailey wurde regelrecht gestalkt von dieser #Suzanne-Shih und niemand hat was dagegen unternommen und jetzt ist sie tot. Seid ihr alle auch noch stolz auf euch? #murderpalooza

Ich kann nicht glauben, dass #SuzanneShih Gewalt angewendet hat. Das ist nie die Antwort. Ich hoffe, jemand bringt sie um verdammt #murderpalooza

Die Heuchelei leuchtet wie blinkendes Neonlicht, aber niemand auf Twitter erkennt das. Sieht danach aus, dass sie Mike vom Haken gelassen haben. Jetzt haben sie es auf mich abgesehen.

Habe ich Tränen in den Augen? Nein.

Ich verziehe den Mund langsam zu einem Lächeln. Mein Name hat einen *Hashtag*.

Ich bin berühmt.

»Was ist los?«

Es ist Mikes Stimme. Ich wende mich ihm zu, er ist zusammen mit Vicky an unseren Tisch gekommen.

»Oh, nichts. Gehe nur gerade meine E-Mails durch«, sage ich.

»Gibt es irgendwas Neues über Julie Keane?« Er flüstert, vermutlich ist er sich unsicher, welchen Namen er verwenden soll.

»Hm, habe noch nicht nachgeschaut.«

Mist. Gleich fliege ich auf. Sie werden auf ihren Handys unter dem @MPaloozaNxt2Die-Account nachschauen, dann werden sie den Tweet und die Screenshots sehen, und mich wird man von der Convention ausschließen und ich –

Das Licht wird gedimmt.

»Showtime«, sagt Mike zu Vicky und lächelt, dann blickt er sich im Saal um. »Wo ist Davis, dieser Mistkerl?«

Ich folge seinem Blick und sehe, dass Davis zu unserem Tisch kommt, Penelope Jacques hat sich bei ihm untergehakt. Eigentlich müsste Penelope heute Vicky vertreten, aber Davis weiß nun mal, wie er die Leute in seinen Bann zieht. Er führt sie zum Tisch und bietet ihr den Platz neben Vicky an, Mike sitzt an ihrer anderen Seite. Ich sitze neben Mike, Davis neben Penelope. Zwischen uns ist ein Platz frei. Gut so.

Das wäre Jims Platz gewesen.

»Ist der Platz noch frei?«

Ich drehe mich um, weil ich den italienischen Akzent erkenne.

»Vita. Ich versuche seit Stunden, dich zu erreichen«, sagt Mike leicht verärgert, und er scheint wenig erfreut zu sein, sie zu sehen. Wieso freut man sich nicht, seine Agentin zu sehen?

Sie nickt, presst die Lippen aufeinander und legt sich eine Hand aufs Herz. »*Mi dispiace.* Es tut mir leid. So viel Aufregung wegen der Morde, nicht wahr?« Sie sieht mich an, und ihre Augen sprühen Feuer wie ein Drache. »Wir müssen uns unterhalten, wenn das hier vorüber ist.«

Ihre Stimme hat eine besondere Schärfe. Ich glaube, ich mache mir gleich in die Hose. Ich weiß schon, was passiert ist; sie hat Twitter gesehen und weiß, was los ist. Sie wird mich fallen lassen. Sie hat nicht gewusst, dass Kristin und ich ... dass es da eine Verbindung gab.

Sie hatte keine Ahnung, wen sie da unter Vertrag genommen hat, und jetzt entdecke ich in ihrem Gesicht, dass sie es bereut.

Wie heißt es noch gleich? Selbst schlechte Publicity ist gute Publicity? So was in der Art? Na, wir werden sehen.

Der Moderator betritt die Bühne und klopft leicht gegen das Mikrofon.

Ich lächle. Ich komme damit klar, wenn Vita mich fallen lässt. Ich bin berühmt.

49. KAPITEL

Vicky Overton
Freitag, 20:05 Uhr

Gott sei Dank! Vita Gallo ist gekommen und hat sich auf den freien Platz gesetzt. Ich glaube, ich könnte es nicht ertragen, wenn ich gewinne und dann daran erinnert werde, dass Jim nicht da ist. Ein Schlag in die Magengrube. Dennoch, ich muss an das denken, was Davis vorhin über ihn gesagt hat. Das kann Jim doch nicht vorgetäuscht haben. Wieso sollte er das tun? Und warum erzählt er das dann Davis? Das ergibt doch keinen Sinn.

Ich versuche, nicht darüber nachzudenken. Verdammt, der Augenblick gehört mir. Vielleicht. Hoffentlich. Hoffentlich nicht. Ich weiß nicht, was mir heute Abend noch passiert, oder uns allen. Auf dem Tisch liegt eine wunderschön geprägte Karte, die ich mitnehmen und bei mir aufhängen werde. Ich schaue mal, ob die Convention mir das PDF davon besorgen kann, denn dann könnte ich ein zwei mal drei Fuß großes Foam Posterboard bei mir im Büro aufhängen.

MURDERPALOOZA
THRILLER OF THE YEAR

NOMINIERTE
Kevin Candela
Husband's Double Life

Marco Crimmins
When the Blood Dried

Kristin Bailey
Secrets of the Lake

Larry Kuo
A Killer among Liars

Vicky Overton
A Friend Like You

Ich hätte nicht gedacht, dass ich ausflippen würde, sobald ich die Karte sehe, aber so ist es. Ich flippe aus. Seht nur, mein Name, schick geprägt und auf einer Liste mit tollen Autorinnen und Autoren! Ich schätze, so geht Stalkanne durchs Leben, mit leuchtenden Augen.

Penelope sitzt neben mir. Sie hat auch ein Kleid angezogen, ihr Make-up ist frisch aufgetragen und läuft ihr nicht mehr vom Gesicht. Sie hält meinen Unterarm fest, schüttelt ihn ein bisschen und lächelt dabei. Als wüsste sie, dass sie mich zu sehr vernachlässigt hat und jetzt versucht, es wiedergutzumachen. Als würde ich regelrecht nach Zuneigung lechzen. Ob sie glaubt, dass ich gewinne, um sich dann wieder bei mir einzuschleimen? Sie hat sich immer noch nicht dafür entschuldigt, mich heute Nachmittag mit der Rechnung sitzen gelassen zu haben.

Mein Kopf fühlt sich an, als wäre er voller Haferbrei. Der Moderator hat die Bühne betreten, und die Leute lachen über das, was er sagt, aber es dringt gedämpft bis zu mir. Das sind die Nerven, die Aufregung. Ich klatsche verhalten wie die anderen, wenn es von mir erwartet wird, und dann bricht donnernder Applaus los, und alle erheben sich, als der Präsident der Murderpalooza-Convention die Bühne betritt.

Jonathan DeLuca ist ein großer, schlanker Mann Anfang sechzig. Gesegnet mit einem vollen dunklen Haarschopf und – wie mir scheint – einer gesunden Sommerbräune, sieht er viel jünger aus. Er ist tadellos gekleidet – dreireihiger Anzug, Weste und alles – und strahlt Selbstvertrauen aus, das er im Augenblick bestimmt vortäuscht. Denn die ganze Convention ist ein heilloses Durcheinander. Sein Lächeln ist sicher, als er die Bühne betritt, schwankt dann aber etwas, als der Beifall abebbt und wir wieder unsere Plätze einnehmen. Er tippt einmal ans Mikrofon.

»Danke für die wundervolle Einleitung«, beginnt er. »Wie Peter schon sagte, ich bin Jonathan DeLuca, Präsident von Murderpalooza. Seit zwei Jahrzehnten sind wir stolz darauf, die maßgebliche Convention für Thriller, Krimis und Spannungsliteratur zu sein. Dies ist immer schon ein sicherer Ort für die Teilnehmerinnen und Teilnehmer gewesen.«

Totenstille im Saal, alle sind gespannt, was er zu Kristin sagen wird.

»Wie Sie ja alle wissen, haben wir heute eine teure Freundin verloren – ein in jeglicher Hinsicht großes Talent. Kristin

Bailey war schön und klug und wurde uns viel zu früh entrissen. Alle, die sie kannten, liebten sie. Fünf Jahre lang hat sie sich in selbstloser Weise als Pitch-Wars-Mentorin engagiert und Debütautorinnen und Debütautoren unterstützt, indem sie sie am Tag ihrer Buchveröffentlichungen auf ihren Social-Media-Kanälen vorgestellt hat.«

Das stimmt so weit. Mein Buch war auf ihren Kanälen, als es letztes Jahr erschien – als ich sie noch mochte und sie noch nicht mit meinem Freund vögelte. Sie hat ihre Fans mit neuen Autoren bekannt gemacht. Kristin wusste um ihre Machtposition, und vielleicht wäre ich ohne sie heute nicht hier.

Vielleicht.

Jonathan spricht weiter. »Seien Sie versichert, dass ich in enger Abstimmung mit Gerald Bivona zusammenarbeite, dem Sicherheitschef des Hotels, um alles zusammenzutragen, was wir können. Kristin hat Antworten und Gerechtigkeit verdient, und wir werden nicht aufhören, bis wir wissen, wer diese schreckliche Tat begangen hat.«

Noch einmal verhaltenes Klatschen, Penelope tupft sich die Lider mit der Cocktail-Serviette, die unter ihrem Champagnerglas klebte. Sie hat Kristin während ihrer gesamten Karriere begleitet.

»Ich habe vorhin erfahren, dass noch eine Autorin ums Leben gekommen ist, und auch hier arbeiten wir eng mit dem Ermittler und der Hotel-Security zusammen, um herauszufinden, ob es eine Verbindung zwischen Kristin Bailey und Julie Keane gibt.«

Oh verdammt, ja, da gibt es eine Verbindung, und wie ich es Davis vorhin schon prophezeit habe, ich werde Pearson jedes verdammte Detail vom heutigen Tag erzählen. Dann soll er herausfinden, in welcher Beziehung Davis zu den beiden stand und zu ihrem Bruder Jason.

»Jetzt stellen sich unsere fünf Nominierten mit ihren Kurzvideos vor, die nicht länger als jeweils eine halbe Minute dauern.«

Das Licht wird gedimmt, von der Decke wird eine Leinwand heruntergelassen. Sie erwacht mit einem Countdown zum Leben. Fünf, vier, drei, zwei, eins, dann fängt das erste Kurzvideo an. Ein Scheinwerfer von der Seite des Saals beleuchtet einen Tisch, der ein paar Meter von unserem Tisch entfernt ist, während das Video läuft.

»Hi, ich bin Kevin Candela aus Chicago, Illinois, und vielen Dank, dass Sie *Husband's Double Life* nominiert haben. Die Story wirft die Frage auf, wie weit man für die Liebe gehen würde, wenn das Vertrauen erschüttert wurde. Bedeutet der Bund der Ehe tatsächlich: in guten wie in schlechten Zeiten? Oder bedeutet ›schlecht‹, dass man die eigene Geistesverfassung und Freiheit für jemand anders aufs Spiel setzen würde?«

Alle klatschen, als Kevin aufsteht und sich verbeugt. Gott, muss ich gleich einen Knicks oder so was machen? Ich bin die einzige Frau, die übrig geblieben ist. Ich kann mich ja nicht mal an Kristin orientieren.

Der Suchscheinwerfer erfasst den Tisch neben unserem, und das zweite Kurzvideo startet.

»Wie geht's, alle miteinander? Ich bin Marco Crimmins aus Hoboken, New York, Autor von *When the Blood Dried*. Die Story dreht sich um einen Serienkiller, der sich in die religiöse Mutter seines Opfers verliebt, aber er kann die Lust am Töten immer noch nicht zügeln. Wird sie herausfinden, wen sie in ihr

Leben gelassen hat, und war es letzten Endes Gottes Plan, dass sie ihre Tochter verlieren sollte? Und sieht Gottes Plan vor, sein Leben zu verschonen oder Vergeltung zu üben? Ich freue mich wahnsinnig, für den diesjährigen Preis nominiert zu sein. Vielen Dank.«

Auch er erhebt sich und verbeugt sich vor den Applaudierenden. Mist.

Er setzt sich wieder, als der Beifall abklingt, und ich habe einen Kloß im Hals, ehe das nächste Video läuft. Ihre Stimme. So lebendig.

In dem ganzen Chaos heute habe ich vergessen, wie schön sie war, denn eigentlich wollte ich sie hassen. Das krause Haar hat sie mit einem rosafarbenen Bandana zurückgebunden, das gleichzeitig als Stirnband dient. Sie trägt einen hellrosa Pulli, die Arme hat sie auf dem Tisch vor sich verschränkt. Ihr Lächeln ist bezaubernd.

»Hi, ich bin Kristin Bailey. Ich bin in Heimer, Iowa, aufgewachsen, aber die letzten fünf Jahre ist New York mein Zuhause. Vielen Dank, dass *Secrets of the Lake* für den Murderpalooza Award nominiert wurde! Die Geschichte handelt von einem Sommer-Resort am fiktiven Lake Miller im Mittleren Westen. Jeden Sommer mieten dieselben Familien die Blockhütten am See, und die Familie, um die es hauptsächlich geht – die Claypools –, muss die Erfahrung machen, dass es offenbar nicht ausreicht, wenn man für die Dauer von zwei Monaten im Jahr Einblick in das Leben der anderen Leute hat. Es stellt sich nämlich heraus, dass sie die Leute, die sie für ihre Freunde halten, gar nicht richtig kennen. Insbesondere nachdem eine Familie, die jedes Jahr dort Urlaub macht, umgebracht wird.«

Da es keinen Tisch gibt, auf den sich der Scheinwerfer konzentrieren könnte, wird das Video am Ende angehalten, zu sehen bleibt Kristins fröhlich lächelndes Gesicht. Alle erheben sich von ihren Plätzen, der Applaus ist ohrenbetäubend. Es kann nicht anders sein, denn auch ich klatsche.

Ich werde allmählich unruhig, als das Video von Larry Kuo anläuft und er von seinem Roman *A Killer Among Liars* erzählt. Mache ich nun gleich einen Knicks oder nicht? Ich kann mich ja wohl schlecht verbeugen. Winke ich kurz? Wie die Queen? Oder lächele ich wie ein verirrter Roboter? Oh mein Gott, habe ich Lippenstift an den Zähnen?

»Alles okay bei dir?«, wispert Mike.

Ich lecke mir den unsichtbaren Lippenstift von den Schneidezähnen. »Hmmm.«

»Keine Sorge. Wir stärken dir den Rücken.«

»Ich weiß einfach nicht, was ich von dieser ganzen Twitter-Sache zu erwarten habe. Ich habe ein bisschen Angst. Ich will gleich nicht aufstehen.«

Das Klatschen setzt wieder ein, daher weiß ich, dass Larry Kuo fertig ist. Mist! Dann kommt er wie ein verdammtes Raumschiff: Dieser Scheinwerferkegel erfasst den Tisch, und ich hocke da wie eine Idiotin, und alle Augen sind auf mich gerichtet, als mein Video anfängt. Ha, ich habe das schon vor zwei Monaten eingereicht. Mein Haar war da noch mausbraun, und ich trage ein Tanktop im Video – was habe ich mir dabei gedacht? Wie auch immer, Penelope meinte, ich sollte versuchen, ansprechend rüberzukommen. Das war im Mai in Florida; wahrscheinlich hatte ich da schon zum dritten Mal geduscht.

»Hi, alle zusammen, ich bin Vicky Overton aus Saint Petersburg, Florida, und mein Buch hat den Titel *A Friend Like You*. Es geht um zwei beste Freundinnen – die unterschiedlicher nicht sein könnten –, die erwachsen werden. Eine der beiden hat in der Highschool jemanden aus Rache umgebracht, und die andere hilft ihr dabei, alles zu vertuschen. Aber war es wirklich Rache oder war alles von Anfang an geplant? Als ein geheimnisvoller Brief ins Spiel kommt, stellt sich heraus, dass jemand anders die Wahrheit kennt. Ich fühle mich geehrt und freue mich über die Nominierung. Danke und viel Glück meinen Mitbewerbern Kevin Candela, Marco Crimmins, Kristin Bailey und Larry Kuo.«

Der Applaus setzt ein, und ich stehe auf und lächle – wem ich zulächle, weiß ich nicht. Das Scheinwerferlicht blendet mich, Gott sei Dank, daher kann ich sowieso nichts sehen. Ich beschließe, so zu winken wie die Queen, dann streiche ich mein Kleid glatt und setze mich wieder schnell hin. Das wäre geschafft, Gott sei Dank!

Und ich bin nicht erschossen oder abgestochen worden. Das ist schon mal gut.

Es ist vorüber.

Weit gefehlt.

Jonathan DeLuca stellt sich wieder in die Mitte der Bühne. »Die Person, die ursprünglich den Preis überreichen sollte, ist leider aufgrund eines Zwischenfalls verhindert, aber glücklicherweise steht jemand, der sich bestens mit der Branche auskennt, bereit, um den Namen des Gewinners zu verlesen. Einige von Ihnen haben vielleicht schon mit ihm gearbeitet, auch wenn das keiner von Ihnen zugeben würde, und er würde auch kein Wort darüber verlieren.« Er lacht und legt sich dann einen Finger an die Lippen, als wolle er »Pst!« machen. »Die meisten von Ihnen kennen seinen Namen, aber jetzt werden Sie den Mann hinter dem Vorhang sehen. Darf ich Ihnen den freien Lektor Jim Russell vorstellen?«

Ich stoße ein Glas Wasser um, und mein Blick geht sofort zu Davis, der meinen Blick einfängt.

Hab ich's dir nicht gesagt, formt er mit den Lippen.

Was hat Jim da überhaupt verloren, verdammt? Er tritt bei dieser Convention auf? Woher wusste er, an wen er sich zu wenden hat? Die Leute klatschen, als Jim auf die Bühne kommt, und ja, er ist es wirklich. Der Spezialist für kreatives Schreiben Jim Russell. Mein Freund. Ex-Freund.

Der Killer.

Woher ich das weiß? Weil er tadellos daherkommt, im Anzug mit Krawatte, und auf der Stirn nicht einmal ein Kratzer. Er hat das vorgetäuscht, und so gesehen hat Davis recht, und ich bin zu Tode verängstigt. Er hat uns alle von Anfang an reingelegt. Er wollte, dass wir heute Abend hier beisammensitzen. Oh nein!

Ich wende mich Mike zu. »Was geht hier vor, zum Teufel?«

Seine Miene ist wie versteinert. »Ich habe keine Ahnung, aber ich glaube, Davis hatte recht.«

Kristin Bailey
Am Morgen des Mordes

Es war kein Wunder, dass Kristin durcheinander war, als erst Suzanne Shih an diesem Morgen vor ihrer Tür stand und dann noch Diana Fleming überraschend auftauchte.

Sie schnappte sich einen Kaffee im Lobby-Café, zusammen mit Bethany nach dem Panel. Spontan lud sie auch Kevin Candela und Marco Crimmins auf einen Kaffee ein, als sie die beiden hereinkommen sah. Sie wollte nicht allein sein. Je mehr Leute, desto besser. Sie wollte zur Abwechslung einmal unerreichbar wirken.

Aber nachdem sie sich etwas bestellt und Platz genommen hatten, merkte sie, dass Diana auch im Café war. Als sie kurz ihren Blick quer durch den Raum einfing, unterbrach sie den Blickkontakt schnell wieder, in der Hoffnung, Diana klargemacht zu haben: *Später. Jetzt nicht.*

Kristin brauchte jemanden an ihrer Seite, wenn sie zu den Fahrstühlen ging. Diana durfte sie nicht in aller Öffentlichkeit ansprechen. Kristin wusste, wie das aussehen würde, daher presste sie eine Hand auf den Magen.

»Aua«, sagte sie und hielt sich die andere Hand vor den Mund.

»Alles okay?«, fragte Kevin.

Kristin verzog das Gesicht und rang sich einen Rülpser ab. Ihre kleinen Brüder hatten ihr das beigebracht, als sie zwölf war. »Hm, bin mir nicht sicher. Ich glaube, das war der Bacon heute Morgen. Der roch schon so komisch. Seitdem fühle ich mich scheiße.«

»Das liegt bestimmt nicht nur am Bacon. Ich weiß nicht, warum überhaupt jemand etwas von diesem Büfett anrührt.«

»Ich glaube, ich muss mich kurz hinlegen.« Sie sah Bethany an. »Kannst du mich bis zu meinem Zimmer begleiten, für den Fall, dass ich umfalle?«

»Oh mein Gott, natürlich. Soll ich jemandem Bescheid sagen?«, erkundigte sie sich.

Kristin machte eine Handbewegung vor ihrem Gesicht. »Nein, ich bin mir sicher, dass ich nur ein bisschen Ruhe brauche. Ich lasse die nächsten Panels einfach aus. Um elf werde ich dann bei *Settings: Strand, Stadt oder Land* dabei sein.«

»Okay, großartig. Gehen wir.«

Kristin hielt ihre Kaffeetasse in der Hand, als sie aufbrachen und durch die Menge zu den Fahrstühlen gingen. Diesmal standen die Leute dort Schlange, und sie blickte sich um. Bethany hatte sich bei ihr untergehakt, während Kristin die Magenverstimmung vortäuschte, und nachdem sie auf ihrem Zimmer angekommen war und etwas Wasser getrunken hatte, ließ Bethany sie allein, um das nächste Panel um neun Uhr zu besuchen.

Kristin griff nach ihrem Handy und schrieb Jim, sobald die Tür ins Schloss fiel.

Ich muss dich sehen.

Er schrieb sofort zurück.

Vicky hat ein Meeting um zehn. Ich komme vorbei, sobald sie losgeht.

Das funktionierte perfekt. Sie konnte eine Stunde allein mit Jim in ihrem Zimmer verbringen, ehe das nächste Panel startete.

Zumindest bei ihm fühlte sie sich sicher.

50. KAPITEL

Davis Walton
Freitag, 20:25 Uhr

Wusste ich doch, dass dieser Typ ein Arschloch ist. Seht ihn euch nur an, wie er dort oben steht, im piekfeinen Anzug, nicht einmal eine Schramme auf der Stirn. Wie ich's gesagt habe, aber mir wollte ja niemand glauben.

Was hat er wohl mit uns vor? Mit mir?

Was weiß er?

Wir vier beäugen einander nervös. Suzanne sitzt mit offenem Mund da, Mike sieht zehn Jahre gealtert aus, und Vicky versucht hektisch die Wasserlache auf der Tischdecke aufzutupfen, aber auf mich wirkt sie, als wüsste sie noch nicht, ob sie sich vor Angst in die Hose machen oder schreiend wegrennen soll.

Penelope sieht Vicky an. »Hmm. Ist das nicht Ihr Freund?«

Vickys Augen sehen aus wie bei einer Barbiepuppe, aufgemalt und zu groß. »Ich weiß nicht, was hier gerade passiert«, erwidert sie.

Sie spielt auf Nummer sicher. Sie braucht jetzt nicht zu erklären, *ob er es ist oder nicht.* Ich glaube, er ist ein verdammter Mörder, aber was hat er mit uns vor? Warum jetzt?

Oh Gott. Vicky gewinnt den Award, oder? Er lässt sie zu sich auf die Bühne kommen, vor aller Augen, und dann wird etwas Schreckliches passieren.

Warum hat Kristin mich dann dazu gebracht, meine Seele an Jonathan DeLuca zu verkaufen, um sicherzustellen, dass sie die Stimmen bekommt und gewinnt? Wieso? Wegen Jim. Planänderung, sobald ein Mörder in Erscheinung tritt.

»Vicky«, flüstere ich. »Sie können da nicht rauf, falls Sie gewinnen.«

»Was soll denn der Unsinn jetzt?«, fragt Penelope ziemlich laut. »Natürlich geht sie auf die Bühne, wenn sie gewinnt.«

Ich beuge mich weiter zu ihr und Vicky. Soll Mike doch mit dem Mädel und ihrer Agentin zusammenhocken. Penelope ist unsere. »Ich glaube, ihr wisst nicht, was hier läuft«, sage ich. »Es ist gefährlich.«

Penelope kapiert es nicht. »Nein, ist es nicht. Ich habe gesehen, was heute Morgen alle über Vicky gesagt haben. Das ist dieses verdammte Twitter. Erst glaubten die Leute, er wäre es, jetzt glauben sie, dass sie es ist.« Sie deutet auf Mike, dann auf Suzanne. »Nichts davon ist von Bedeutung.«

»Wie meinst du das?«

»Diese Stalker-Dokumente, die ich dir geschickt habe. Du hast sie online gestellt, oder nicht? Sie sind überall.«

Ich schiebe meinen Stuhl zurück, schnappe mein Handy und gehe auf den @MPaloozaNxt2Die-Account. So wahr ich Davis Walton bin, diese Leute – also eigentlich Jim – hatten Zugriff darauf und haben es online gestellt. Jim muss das von Kristins Computer bekommen haben, nachdem er sie ermordet hat.

»Du und ich, wir waren nicht die Einzigen, die Zugriff auf die Unterlagen hatten. Schau, den ganzen Tag ist hier schon was im Gange. Ich hatte noch keine Gelegenheit, dir Details zu nennen, bis ich wusste, was hier läuft, aber jemand hat es auf mich abgesehen. Auf mich, Mike, Vicky und dieses Mädel Suzanne. Den ganzen Tag stellen die schon Dinge über uns online. Und keine netten Sachen, Penny.«

Sie blinzelt ein paarmal. »Was haben die denn über dich online gestellt?«

Die Wahrheit? Bislang nicht. Was bedeutet ...

Jim nimmt das Mikrofon und räuspert sich.

»Wer Thriller schreibt, ist speziell, wie Sie alle wissen. Ich sage jetzt nicht, ob ich mit einem oder einer von Ihnen zusammengearbeitet habe ...«, er lässt den Blick durch den Saal schweifen, »... aber ich sage auch nicht, dass ich es nicht getan habe.« Hier und da lacht jemand. *Ha, ha, ha, was für ein lustiger Typ.* »Das Beste an Thrillern, Krimis oder Spannungsliteratur ist, dass man nie weiß, wie die Story enden wird. In Liebesromanen finden sich die Liebenden immer. Im Bereich Fantasy erobert die Prinzessin die Burg im Sturm. Aber Thriller sind wie ein Katz-und-Maus-Spiel, das nur einige wenige durchschauen. Man muss nach der überraschenden Wendung Ausschau halten. Nach den falschen Fährten.« Er sieht zu unserem Tisch herüber. »Nach dem Killer.«

Vicky hält sich eine Hand vor den Mund, sie hat Tränen in den Augen. Mike legt ihr eine Hand auf die Schulter. Suzanne filmt das Ganze.

»Also möchte ich den Preis jetzt gerne der Person überreichen, die im letzten Jahr am besten war, und hoffentlich wird es auch in den kommenden Jahren so sein.« Er nimmt einen Umschlag aus einem Fach unter dem Podest, wo der Preis aufbewahrt wird. »Der Murderpalooza Thriller of the Year Award geht an …«

Wir halten alle den Atem an. Oh Scheiße.

»Kristin Bailey für *Secrets of the Lake*.«

Musik setzt ein, ihr Bild erscheint wieder auf der Videoleinwand, und alle erheben sich und klatschen Beifall. Natürlich hat Kristin gewonnen. Ich wusste es, weil ich ja mitgeholfen habe, dass es so kommt. Was hat es also dann damit auf sich, dass Jim hier auftaucht, auf der Bühne? Mike flüstert was wie *Sorry* in Vickys Ohr und nimmt sie tröstend in den Arm. Dann umarmt Penelope sie und sagt, *das wird schon, vielleicht nächstes Jahr*, aber ich bin mir sicher, dass nächstes Jahr mein Debüt *Memories Gone Wrong* nominiert wird, und dann wird niemand eine Chance gegen mich haben. Ich glaube nicht, dass es Vicky etwas ausmacht, dass sie verloren hat.

Jim spricht weiter. »Den Preis für Kristin Bailey wird in Empfang nehmen …«

Er blickt zum linken Bühnenrand und winkt einer Person.

»Kristin Bailey!«

Erschrockenes Luftholen verwandelt sich in ein wahres Geheul, als Kristin Bailey die Bühne betritt, ihr hellgrünes Kleid betont ihre dunkle Haut und ihr schwarzes Haar.

Das ist kein Hologramm. Sie ist es. Kristin.

Sie lebt!

Sie geht auf Jim zu, der sie mit offenen Armen empfängt. Sie umarmt ihn, dann geben sie sich Küsschen auf die Wangen, als wären sie Franzosen – Penelope tut das ständig –, aber vermutlich liegt es daran, dass sie es miteinander treiben.

Mit dem Schweiß, den ich gerade hervorbringe, könnte ich einen Pool füllen.

Kristin lebt, was bedeutet: Ich bin tot. Davis Walton wird bald nur noch eine blasse Erinnerung sein.

51. KAPITEL

Mike Brooks
Freitag, 20:30 Uhr

Mein erster Gedanke ist Unglaube. *Ihr wollt mich wohl verarschen.*

Mein nächster Gedanke ist ehrlich. Meine Freundin lebt, und mir sprudelt das Herz über.

Aber warum hat sie mich heute so verarscht?

52. KAPITEL

Suzanne Shih
Freitag, 20:30 Uhr

Ich reibe mir die Augen. Oh mein Gott! Sie ist es wirklich. Sie lebt!

Gott, ich liebe sie.

53. KAPITEL

Vicky Overton
Freitag, 20:30 Uhr

Seht ihn euch an, dort oben, wie er es allen unter die Nase reibt. Nur zu, küss sie doch vor aller Augen. Zeig der Welt dein kleines schmutziges Geheimnis.

Ich kapiere nur nicht, warum sie mich den ganzen Tag hereingelegt haben. Warum sollte Kristin ihren Tod vortäuschen?

Warum diese vorgetäuschte Kopfverletzung, Jim?

Wer steckt wirklich hinter dem Twitter-Account? Warum, warum, warum, warum, warum …

54. KAPITEL

Kristin Bailey
Freitag, 20:35 Uhr

Tja, da wären wir also. Es hat funktioniert. Perfekt. Nur fünf Personen wussten, dass ich lebe – okay, abgesehen von denen, die ich angeworben habe –, und es hat tatsächlich geklappt. Man muss eine gute Vertraulichkeitsvereinbarung und die beste Presseagentin der Branche einfach lieben.

Ich atme lange aus; es ist vorbei. All die Leute, mit denen die Autorinnen und Autoren und alle aus dem Literaturbetrieb heute gesprochen haben, waren von mir angeheuert. Pearson, die Sanitäter, die Jungs in den Uniformen des NYPD – alles Schauspieler. Gott sei Dank hatte ich Hilfe vom Hotelmanager und dem Chef der Security, und meine Presseagentin Lauren hat sich um die Bars und Lokale und die echten Polizisten vom NYPD gekümmert. Welche Barbetreiber rufen die Polizei, wenn sie glauben, dass die Polizei längst am Tatort ist und alles im Griff hat? Hey, jede Publicity ist gute Publicity, oder? Ein Mord auf einer Convention, komplett mit einem verschließbaren Leichensack und einer Herz-Lungen-Wiederbelebungspuppe, die auf einer Rolltrage durch die Gänge geschoben wird: Das alles hat dem Hotel jede Menge Aufmerksamkeit verschafft.

Ich muss insgeheim lachen, denn niemand hat sich um die Wahrheit geschert, wie man ja den ganzen Tag über an den Retweets und den Anschuldigungen sehen konnte. Natürlich hatte der @MPaloozaNxt2Die-Account – also ich und Jim – ein paar nichts ahnende Helfer, die mir einiges von meiner Drecksarbeit abgenommen haben. Wir haben verfolgt, wie sie sich zusammengerottet haben, dann übereinander hergefallen sind, ehe sie sich letzten Endes wieder zusammengerottet haben.

Genau auf diese Weise hätte ich es in einem Buch angelegt. Menschen können ja so berechenbar sein.

Jetzt entfaltet sich der Thriller, den ich für den heutigen Tag erschaffen habe, vor mir. Leute im Publikum kreischen, andere machen Fotos oder filmen. Ein Typ versucht, auf die Bühne zu gelangen (danke, dass Sie ihn mir vom Leib halten, Gerald Bivona; er ist mein Hotel-Security-Mann). Niemand glaubt, dass ich zurückgekommen bin nach dem Mord, denn alle fühlen sich deswegen schlecht. Sie sind der Herde gefolgt. Eigentlich gab es null Beweise, abgesehen von ein paar Tweets, die von Mord sprachen, und dem falschen Tatort-Flatterband »Zutritt verboten« an meiner Hotelzimmertür, das ich bei Amazon bestellt habe. Nicht zu vergessen die Schauspieler in den Polizeiuniformen.

Fake. Fake. Fake.

Ich bin den ganzen Tag auf meinem Hotelzimmer geblieben, hinter dem Absperrband, hatte meinen Laptop und habe Spielchen mit den anderen gespielt. Aus einem bestimmten Grund.

Ich flüstere an Jims Ohr. »Wir haben's geschafft. Keine Sorge, mit Vicky wird schon alles okay sein«, sage ich mit einem Lächeln. »Sie wird das verstehen, sobald du es ihr erklärst.«

Er nickt und streichelt über meine Schulter. »Ich weiß. Ich wollte es ihr sagen, aber sie kann kein Geheimnis für sich behalten. Sie wird verstehen, dass es für sie genauso wichtig ist, ihn dingfest zu machen. Bist du bereit, dieses Arschloch vom Sockel zu holen?«

Ich war nie für etwas bereiter. Showtime.

»Okay, würden sich dann bitte alle wieder setzen?«, spricht Jim ins Mikro. »Unsere Preisträgerin möchte ein paar Worte sagen.«

Ich glätte mein jadegrünes Kleid, das Kleid, von dem Mama immer sagt, es sorge dafür, dass meine Haut leuchtet. Ich wünschte, meine Eltern und meine beiden Brüder könnten das jetzt sehen, all das, was ich an nur einem Tag erreicht habe. Aber sie sind noch in Iowa. Ich bin hier, ich bekomme das Interesse, das ich haben wollte, und es ist an der Zeit, alle stolz zu machen. Sie können ja später online lesen, was gelaufen ist – ein derart ausgeklügelter Schwindel könnte sogar landesweit Schlagzeilen machen.

»Hi«, sage ich, und meine Stimme wird brüchig. Ich lache nervös. »Sorry. Ich muss mich erst daran gewöhnen, am Leben zu sein.« Einige Leute im Publikum lachen, aber ansonsten habe ich die ungeteilte Aufmerksamkeit. Ich bin das tolle neue Spielzeug unterm Weihnachtsbaum, und mein Publikum ist wie eine Schar Fünfjähriger. Ich hätte auch *Ho, Ho, Ho* machen können.

»Ich bin mir sicher, Sie fragen sich jetzt alle, was hier heute eigentlich passiert ist. Ich habe einiges zu erklären«, fahre ich fort. Ich blicke auf den Preis. Eingraviert steht dort: *Murderpalooza Thriller of the Year. Kristin Bailey, Secrets of the Lake.* Ich bin so stolz, aber ich möchte ihn auch zerschlagen. Er ist nicht echt. »Zuallererst möchte ich sagen, dass ich diesen Preis nicht annehmen kann. Ich habe ihn nicht fair bekommen. Da war Bestechung im Spiel. Ich werde darum bitten, einen neuen Preis zu organisieren für die Person, die die zweitmeisten Stimmen erhalten hat. Außerdem werde ich persönlich die neue Gravur bezahlen. Wenn Jonathan DeLuca nach dem heutigen Tag noch einen Job hat, und ich wette, den hat er nicht, dann sorge ich dafür, dass er sich um einen neuen kümmert.«

Ich lasse den Blick durch den Saal schweifen, bis ich Jonathan DeLuca entdecke, der an *meinem* Tisch sitzt, zusammen mit ein paar Verantwortlichen der Murderpalooza-Convention. Und ich verkneife mir ein Lachen, als ich sehe, wie DeLuca Davis einen gehässigen Blick zuwirft.

Davis Walton. Du hast ja keine Ahnung, was noch auf dich zukommt, du Arschloch.

»Ich möchte Ihnen eine Geschichte erzählen, wie ich damals anfing, im Mittleren Westen. Sie alle haben sicher auf die eine oder andere Weise einer Schreibgruppe angehört. Nun, ich gehörte zu einer größeren Gruppe, der ich mich anschloss, nachdem ich die Autorinnen und Autoren auf einer Mini-Schreib-Convention kennengelernt hatte. Wir waren jung und blauäugig, und wir hatten nicht nur Champagner-Wünsche und Kaviar-Träume, sondern litten auch an Größenwahn. Einer meiner engsten Freunde aus jener Gruppe war ein überaus talentierter junger Mann namens Jason Fleming. Leider litt *er* massiv unter seiner Unsicherheit und glaubte, er wäre nie gut genug. Aber er war sehr gut; er war einer der besten Schriftsteller, die mir je begegnet sind. Aber nicht alle in der Gruppe waren so hilfsbereit, wie sie es gerne behaupteten. Insbesondere ein ganz furchtbarer Autor namens Tommy Johnson.« Ich werfe diesem Arschloch Davis einen Blick zu, aber er achtet gar nicht auf mich. Er flüstert Penelope Jacques irgendetwas ins Ohr, und er redet wie ein Wasserfall.

Aus der Nummer kommst du nicht mehr raus, du Schwein. Netter Versuch.

»Jason Fleming starb vor sechs Jahren bei einem Autounfall, aber davor überließ er mir seinen vollendeten Roman zum Lesen, und diesen Roman habe ich bis heute in Ehren gehalten. Vor Kurzem lernte ich seine Schwester Diana näher kennen, um herauszufinden, ob ich Jasons Familie dabei behilflich sein könnte, den Roman postum für meinen lieben alten Freund zu veröffentlichen. Diana hat mir sehr geholfen, ist sie doch selbst als Autorin im Selbstverlag relativ erfolgreich gewesen. Sie kennen sie vielleicht alle als Julie Keane, die Autorin von Liebesromanen.«

Atemloses Staunen im Publikum, ich schaue nach links, wo sie lächelnd durch den Bühnenvorhang lugt.

»Komm nur heraus, Diana. Begrüße deine Kolleginnen und Kollegen der schreibenden Zunft.«

Noch eine Auferstehung, und ihr könnt darauf wetten, dass ich diesem Mädchen dabei helfen werde, einen Fuß in die Tür zur Thriller-Welt zu bekommen. Denn diese Tür bleibt den Autorinnen von Liebesromanen normalerweise verschlossen. Nicht unter meiner Leitung.

Als sie die Bühne betritt, wird es still. Natürlich will jetzt niemand etwas sagen, jetzt, da sie hier ist, bei mir. Vor fünf Minuten hat noch jeder das Gerücht verbreitet, sie sei »gestorben«. Warum haben die Leute das geglaubt? Weil es überall auf Twitter war. Eine Person von einem entlegenen Account (also ich) ist imstande, eine Aussage unter einem bekannten Hashtag unterzubringen (#murderpalooza), und das sorgte dafür, dass die Leute es glaubten. Julie Keane war tot, ermordet, und das wurde als Tatsache wiederholt. Immer und immer wieder. Selbst die Convention veröffentlichte eine Verlautbarung. Alles nur, weil sie Tweets Glauben schenkten. Null Beweise, nur Tweets.

Diana winkt allen zu, und ich übergebe ihr den Preis, den sie nimmt, ehe sie die Bühne wieder verlässt.

Ich bin noch nicht fertig, und sie weiß, was jetzt kommt. Sie hat mir geholfen, seitdem Jim mit seinem Talent für kreatives Schreiben vor Monaten auf den Plan trat und wir gemeinsam beschlossen, aus dem heutigen Tag einen Roman zu machen. Ich hatte keine Ahnung, dass sie gestern in New York angekommen ist – sie kam wohl erst dann in die Hotelbar, als ich schon gegangen war. Offenbar hielt sie es für das Beste, mit Davis zu bumsen. Gestern Abend sprach sie mit Jim, und er hat unseren Partner aus der Security gebeten, Kondompackungen und einen Lippenstift in Davis' Zimmer zu deponieren, sobald klar war, dass er sturzbesoffen eingeschlafen war. Jim kam mitten in der Nacht in mein Zimmer und erzählte mir, was sie gemacht hatten, und dann überlegten wir gemeinsam, wie wir Diana in unser Spiel mit einbinden könnten. Sie hat dieses Arschloch nie auch nur angefasst.

Aber es war lustig, ihn in dem Glauben zu lassen, dass die beiden Sex hatten.

»Wie dem auch sei«, fahre ich fort, »stellen Sie sich vor, wie überrascht ich war, als ich Jasons Buch las. Nicht beim ersten Mal, sondern beim zweiten Mal. Wie das? Ich erhielt ein Vorabexemplar, das mit großem Tamtam von einem anderen Verlag veröffentlicht werden sollte. Ich wusste, dass es eben jenes Buch war, weil ich das Original habe. Das Vorabexemplar, das ich bekam, hatte einen anderen Titel. Es stammte darüber hinaus von einem anderen Autor: von Tommy Johnson. Ja, der untalentierte Autor aus der Gruppe hatte sich Jasons Buch unter den Nagel gerissen und behauptet, es wäre sein eigenes. Er glaubte wohl, niemand würde das je herausfinden, da auch er ein Pseudonym benutzt, hinter das ich gekommen bin, als ich auf dem Buchrücken sein Autorenfoto sah.«

Genau. Aus. Diesem. Grund. Bin. Ich. Hier.

»Ladies und Gentlemen, Sie alle kennen Tommy Johnson als Davis Walton. Tommy, würdest du dich bitte erheben?«

55. KAPITEL

Davis Walton
Freitag, 20:45 Uhr

Sie haben Jason Flemings Buch *geklaut*?«, schreit Vicky mich an. »Ihr echter Name ist gar nicht Davis Walton?«

»Wow, du Arsch«, kommt es von Mike.

»Das war also die Verbindung«, sagt Suzanne.

»Davis, von was redet sie da?«, fragt Penelope. »Sag mir, dass das nicht wahr ist.«

Es sind nicht nur sie. Alle im Publikum starren mich mit gespieltem Schrecken an, sie übertreiben vor den laufenden Kameras, vor den Videos, die gemacht werden. Das Gemurmel ist lauter geworden, wie bei einer Runde Stille Post; die Leute reden an einem Tisch, sagen es zum nächsten Tisch weiter und dann zum nächsten, bis mich alle anstarren und auf eine Antwort warten.

Ich schaue hinauf zu Kristin, die wie die Cheshire-Katze grinst.

Deshalb hat sie mich dazu gebracht, Jonathan DeLuca zu bestechen, damit sie auf jeden Fall den Preis gewinnt. Sie hat das geplant, um mich vor aller Augen zu demütigen. Sie wollte die große Bühne, um sicherzugehen, dass niemand sie unterbricht oder infrage stellt.

Sie hätte mich einfach auf Twitter beschuldigen können. Sie hat recht; alle hätten es geglaubt.

Nein, stattdessen hat sie ein ganzes Spiel daraus gemacht und hat Vicky, Mike und Suzanne in die Sache reingezogen. Sie hat sie benutzt. Alles meinetwegen.

Ich habe nichts zu meiner Verteidigung vorzubringen, und alle wollen, dass ich, Tommy Johnson, etwas sage. Gott, ich habe den ganzen Tag darüber nachgedacht, wie ich Tommy Johnson umgebracht habe, wie ich ihn aufgab und im Mittleren Westen zurückließ und ins sonnige L.A. zog, um ganz von vorn anzufangen. Ausgestattet mit meinem neuen Roman – Jasons Roman –, reichte ich ihn zur Veröffentlichung unter einem Pseudonym ein, ehe ich legal meinen Namen änderte. Zu Davis Walton. Klingt nach was; das gab mir Selbstvertrauen. Ich bin Davis Walton. Ich sage mir das zehnmal am Tag.

Aber ich bin es nicht. Ich bin der untalentierte Tommy Johnson, so einfach ist das.

Ehe ich noch vor aller Augen wie ein Waschlappen zu heulen anfange, versuche ich es mit der altbewährten Davis-Variante.

»Jim Russell hat mit Kristin Bailey geschlafen!« Ich sage es, weil es wahr ist. Ablenkung. Es stimmt doch, oder?

Sie starren beide von der Bühne auf mich herab, lächeln und freuen sich einen Ast, dass auch das erfunden ist. So muss es wohl sein. Der Ausdruck in Vickys Gesicht verrät es – sie glaubt es auch nicht, jedenfalls nicht mehr. Es gehörte zum Spiel, es war ein Grund für die drei, sich bedroht zu fühlen und dazu beizutragen, mich bloßzustellen.

Sie hatten mich die Hälfte des Tages in Verdacht. Ich bin im Begriff, etwas zu sagen.

»Ich —«

Da ist nichts. Ich kann nicht schreiben, und jetzt kann ich auch nicht mal mehr sprechen.

Ich *was*? Was jetzt? Soll ich sagen, dass Mike sie umgebracht hat, weil es so in dem Buch passiert? Wie lächerlich. Sie ist ja nicht tot; sie ist hier, auf der Bühne, und ruiniert mein ganzes Leben. Und Suzanne? Sie ist eine Stalkerin. So what? Sie hat Kristin nicht umgebracht. Ich weiß nicht, wen ich noch beschuldigen könnte, damit niemand mehr mit dem Finger auf mich zeigt.

Penelope sieht mich an, als wäre ich ein Monster. Alle Augen sind auch auf sie gerichtet, und aus den falschen Gründen. Ich habe sie reich gemacht, und jetzt sind die Verträge für sie null und nichtig. Goodbye, Penelope. Goodbye, Bee. Goodbye, meine Filmagentin Susan, mein Verleger Gary, mein Presseagent Billy.

Ich bin ein Niemand. Ich bin Tommy Johnson.

Ich stehe auf, während die Rufe auf mich einprasseln. Lautstarke Buhrufe und Zischlaute.

Dann ziehe ich den Schwanz ein und verlasse den Festsaal.

56. KAPITEL

Kristin Bailey
Freitag, 20:45 Uhr

Tja, das wär's«, sage ich lachend, als Davis mir den Finger zeigt und den Festsaal verlässt. War wohl an mich adressiert, vielleicht aber auch an alle hier im Saal. Ich hoffe, der Finger galt mir; es würde mich wahnsinnig freuen, diejenige zu sein, die zu seinem Untergang beigetragen hat.

Dann richte ich meine Aufmerksamkeit auf den Tisch unmittelbar vor der Bühne. »Hätte ich Tommy Johnson nicht einfach mit meinem Beweis anklagen können? Sicher. Aber wo wäre dann der Spaß gewesen? Es war viel besser, ihn genau dort zu demütigen, wo er sich als Held gerierte. Wo alle ihn liebten, wo keine Fragen gestellt wurden. So tickt er eben.« Ich zucke mit den Schultern. Es ist ja wahr.

Leises Lachen im Publikum. Sie wissen, dass ich recht habe.

»Wartet, Leute, da ist noch eine Sache. Als ich gesagt habe, dass mir dieser Preis nicht zusteht, habe ich es auch so gemeint. Ich habe den guten alten Tommy Johnson erpresst, um sicherzustellen, dass ich gewinne und hier oben stehe, um euch meine Story zu erzählen. Jonathan DeLuca hat Leute unter Druck gesetzt, für mich zu stimmen, und zwar indem er ihnen in Aussicht stellte, *der* Davis Walton werde alles promoten, was mit Murderpalooza zu tun hat, damit DeLuca die Preise im kommenden Jahr verdoppeln kann. Es geht immer nur ums Geld und darum, die Leute zu verarschen, die Krimis und Thriller lieben. Applaus für Jonathan!« Ich zeige auf ihn und fange an zu klatschen, während Jonathan dasitzt, mit hochrotem Kopf. Er flüstert einem anderen älteren männlichen Kollegen etwas zu, dann stehen sie beide auf und verlassen den Saal, mit denselben Gefühlen wie Tommy.

Ich schaue hinüber zu den beiden Leuten, die ich aus eigennützigen Motiven benutzt habe: um hier zu sein, wo ich jetzt bin. Vicky und Mike. Sie werden die Früchte meiner Arbeit ernten. Dafür habe ich gesorgt. Sie haben es verdient.

»Ein paar persönliche Anmerkungen, wenn das gestattet ist.« Natürlich gestattet man mir das. Die Leute lauschen mir mit angehaltenem Atem. »Ich habe heute Morgen mit diesem Twitter-Spiel begonnen, und zwar mit der Absicht, zwei meiner Lieblingsautoren zusammenzuführen, nur um sie gegenseitig misstrauisch zu machen und dann dazu zu bewegen, dass sie sich gegen Tommy verschwören. Es hat funktioniert. Sie haben die Hinweise verstanden, die ich im Verlauf des Tages gestreut habe, nämlich dass Tommy – also Davis – das Problem war. Das ist ein großartiger Plot für ein Buch, wenn man es richtig anpackt. Aber damit die beiden auch zueinander fanden, musste ich sie in dem Glauben lassen, dass sie in Gefahr waren. Als würden sie in einem Roman existieren.«

Suzanne … nun ja, mit ihr werde ich mich später befassen. Ich habe sie heute Morgen in dieses Spiel mit aufgenommen, um ihre Stalker-Neigungen bloßzustellen, nachdem sie mit irgendeinem Liebesgedicht in meinem Zimmer aufgekreuzt ist. Später, als Gerald und ich am Nachmittag in meinem Zimmer weiter Pläne schmiedeten, erwischten wir Suzanne auf frischer Tat, als sie ihr Ohr an meine Zimmertür presste und lauschte. Was mag in ihr vorgegangen sein? Wäre ich nicht schon den ganzen Tag tot gewesen, würde ich denken, dass sie mich umbringen wollte.

»Erstens möchte ich mich öffentlich bei Vicky Overton entschuldigen. Bei meinen Hinweisen und Tricks heute muss sie wirklich geglaubt haben, ich würde mit ihrem Freund schlafen, der, wie ihr jetzt wisst, mein illustrer Scherzpartner war – der brillante freie Lektor Jim Russell. Ich hoffe, es versteht sich von selbst, dass ich nicht mit ihm geschlafen habe.« Als ich ihren Blick einfange, hat sie Tränen in den Augen. »Vicky, es tut mir leid, Jim und ich arbeiteten vor ein paar Monaten zusammen, als ich Tommys Vorabexemplar in die Finger bekam und herausfand, was er getan hatte. Ich bin ausgeflippt. Jim hat mir geholfen, den ganzen Plan zu entwickeln. Es war seine Idee, den heutigen Tag wie einen Thriller aufzuziehen. Er ist wirklich gut in seinem Metier! Für einen erfolgreichen Roman benötigt man mehr als nur einen Spieler, der glaubt, in Gefahr zu sein. Um die Spannung weiter zu steigern. Von den gefakten Nachrichten – sogar die etwas gewagten von vor ein paar Wochen – bis zu dem vorgetäuschten Überfall und bis zu dem Moment, wo er seine Freundin verließ und den Rest des Tages mit mir verbrachte, tja, es hat funktioniert, oder nicht?«

Die Leute lachen leise. Alle sehen Vicky bewundernd an. *Wie toll sie doch ist!* Und schließlich sieht Penelope Vicky an, mit dem Elan, sie zu einem Star zu machen, was sie längst hätte tun sollen, anstatt ihre Aufmerksamkeit diesem verdammten Lügner Tommy zu schenken. Vielleicht kapiert Penelope es ja jetzt.

Und ich werde alles in meiner Macht Stehende tun, um sie zu unterstützen.

Dann sehe ich meinen guten Freund Mike an, und mir wird warm ums Herz.

»Mike Brooks, großer Gott, was habe ich dir nur heute alles zugemutet! Es tut mir so leid. Aber hey … das Geheimnis ist gelüftet! Wir beide haben ein Buch geschrieben über jemanden, der beim Murderpalooza umgebracht wird! Was jeder dazu wissen sollte, ist, dass es Mikes Buch ist. Ich habe ihm nur mit Rat und Tat zur Seite gestanden.«

Es ist nicht nur seins, das stimmt so nicht. Wir haben gemeinsam daran gearbeitet. Aber ich habe das Gefühl, dass ich mit vielen anderen Verlagsangeboten überschüttet werde, wenn diese Sache hier vorüber ist. Mike hat es verdient, einen Riesenerfolg zu landen. Und das Manuskript wird jetzt *ganz sicher* ein Hit werden. Er wird nicht vergessen, was ich für ihn getan habe – dafür hat er ein zu gutes Herz.

»An alle Lektorinnen und Lektoren und alle aus den Programmleitungen – und ich sehe, dass etliche von euch heute hier sind –, schaut nicht weiter als bis zu Mike Brooks. Ich glaube, seine Agentin hat dieses Wochenende versucht, das Buch auf den Markt zu bringen. Vita Gallo ist schon an seiner Seite. Sie wissen, was zu tun ist.«

Mikes Gesichtsausdruck versichert mir, dass ich diese ganze Scharade, wenn ich es müsste, noch einmal wiederholen würde. Vita nimmt seine Hand, Vicky seine andere. Stolz.

Suzanne schaut erwartungsvoll zu mir herauf.

Ich wette, sie wartet darauf, dass ich etwas sage, um sie aufzubauen, aber diese Bitch ist verrückt, und ich werde jetzt nichts sagen. Ich hatte Gerald beauftragt, sie im Fahrstuhl einzusperren, um sie zu Tode zu ängstigen, so wie sie es mit mir gemacht hat. Aber *durchgeknallte Leute* sind nicht auf die gleiche Weise betroffen wie man selbst, und da dieser ganze Tag wie ein Krimi gewesen ist, muss mein echter Mord nicht die letzte Wendung der Geschichte sein.

Ich zwinkere noch einmal Mike und Vicky zu, ehe ich wieder zu meinen mich bewundernden Fans schaue. »Sollen wir dann vielleicht an der Hotelbar weiter über die Sache sprechen?«

57. KAPITEL

Mike Brooks
Freitag, 21:00 Uhr

Ich sitze mit offenem Mund da, während ich Revue passieren lasse, was heute alles geschehen ist.

Kristin war nie tot. Ich war nie wirklich in Gefahr. All die Mordanschuldigungen sind verhallt. Das könnte der beste Tag meines Lebens sein, denn nicht nur sind die Horrorgeschichten des Tages nicht wahr, sondern zudem ist Nicole schwanger, und ich werde wieder ein großer Star sein. Alles fügt sich zusammen.

Kristin und Jim stehen noch auf der Bühne und unterhalten sich, während die anderen aufstehen und in Richtung Bar gehen. Ich muss unbedingt einen Moment unter vier Augen mit ihr sprechen. Oder besser eine Stunde. Oder für den Rest der Woche. Ich werde mich nie richtig bei ihr bedanken können, auch wenn dieser Tag so höllisch begonnen hat.

Ich ziehe mein Smartphone aus der Tasche. Nicole wird das verstehen.

Preisverleihung ist vorüber. Kristin lebt, es war alles ein PR-Gag für das Buch. Es wird sich bestens verkaufen, Nic. Ich

komme doch später als vereinbart, aber du kannst ja schon mal online nach einer größeren Wohnung mit allen Extras schauen. Was dir am besten gefällt, egal was.

Egal was. Mein Leben hat sich wieder normalisiert.

»Ich kann es nicht fassen«, meint Vicky. Ich kann es ihr am Gesicht ablesen: Dort sehe ich die Angst und den Schrecken, dass wir Teil eines Spiels waren und dass wir bald groß rauskommen werden.

»Ich weiß. Was für ein Tag, wie?«

Vita zupft an meinem Ärmel. »Komm, sorgen wir dafür, dass der Superstar zur Hotelbar kommt, damit wir erste Angebote einholen können, okay?«

Ich lächle. »Nur zu. Bin gleich bei euch.« Mein Blick geht zu Kristin auf der Bühne. »Ich muss noch kurz mit ihr sprechen. Heute war wirklich ein interessanter Tag. Ich erzähle es euch nachher.«

Vitas Handy klingelt, ihre Augen weiten sich. »Das ist Bee Henry. Sie hat soeben ihren Goldesel verloren, und ich wette, sie sucht nach einer Möglichkeit, all die Dollar zu investieren, die sie auf Davis Walton gesetzt hatte.« Sie nimmt das Gespräch entgegen. »Hallo, Sie sprechen mit Vita Gallo«, sagt sie und schließt sich den Leuten an, die zur Hotelbar strömen.

»Ich bin so stolz auf dich, Mike«, sagt Vicky. »Es tut mir leid, dass ich dich heute verurteilt habe, wegen der Sache, die zwischen dir und Suzanne gelaufen war.«

Ich beschließe, ehrlich gegenüber Vicky zu sein. »Das war nicht gerade mein bester Tag, aber es ist nicht so gewesen, wie du es dir vorgestellt hast. Es war nur ein Fehltritt.«

Sie nickt. »Das Schlimmste waren eigentlich die Psychospielchen, die Davis mit mir gespielt hat, um die Aufmerksamkeit von sich selbst abzulenken. Ich kann es nicht fassen, dass er ein Hochstapler ist. Ich meine, das kann ich schon, aber trotzdem ...«

»Doch, er ist ein Hochstapler. Was für ein Idiot.«

Suzanne gesellt sich zu uns, ihr Mund wirkt verkniffen, sie hat die Arme vor der Brust verschränkt, ihre Augen scheinen Feuer zu sprühen. »Kristin hat mich mit keinem Wort erwähnt. Warum hat sie meinen Namen nicht genannt? Ich habe auch mit der Geschichte zu tun, das wisst ihr. Ich habe auch genau hier gesessen.«

Ich mustere sie von Kopf bis Fuß und zucke mit den Schultern. Vicky schweigt, und ich weiß im Grunde nicht genau, warum Kristin Suzanne mit keinem Wort erwähnt hat.

»Mein Name hat einen Hashtag, wie ihr wisst. Meine schmutzige Wäsche wurde auch gewaschen. Ihr beide wurdet beschuldigt, sie umgebracht zu haben, was ja offensichtlich nicht stimmte. Davis – Tommy, wie er auch immer heißt – ist erledigt. Aber ich? Ich werde von nun an die Stalkerin sein!« Sie zeigt anklagend mit dem Zeigefinger auf mich. »Vita wird mich fallen lassen, und du solltest sie besser davon überzeugen, das nicht zu tun, denn sonst ...«

Oh, das wird sie nicht wagen. Nicht jetzt. Ich habe meinen Mumm wieder. »Sonst *was?*«

Sie schiebt die Unterlippe vor und zieht eine Braue hoch. »Sonst erzähle ich allen von der Bar letzten Winter.«

Mir entgleiten die Gesichtszüge, dann schaltet sich Vicky ein und springt mir bei.

»Was willst du von der Bar erzählen? Etwa die Sache mit der Armbanduhr?«, fragt Vicky. »Ich habe doch von dir *persönlich* gehört, was da gelaufen ist. Mike war betrunken, und die Uhr hatte sich gelöst, als du ihm in ein Taxi geholfen hast. Glaub nicht, dass ich ihm nicht beistehen werde, falls es dir in den Sinn kommt, ihn zu verleumden. Alles andere als das, was du uns bisher gesagt hast, ist eine Lüge.«

Ich glaube, Vicky könnte meine beste Schreibkollegin in dieser Welt der Thriller werden.

Suzannes Oberlippe zuckt, und sie tippt irgendwas auf ihrem Smartphone, meidet aber unsere Blicke. »Ich schreibe meinem Freund, dass wir uns an der Bar treffen. Bis später.«

Sie wendet sich von uns ab und geht, und ich atme auf. »Danke, Vicky.«

Vicky tätschelt mich am Arm und schaut in Richtung Bühne. Jim und Kristin haben gerade ihr Gespräch beendet. »Tja, schätze, du willst dann mit Kristin sprechen, oder?«

Ich neige meinen Kopf leicht zur Seite. »Und ich wette, du willst auf die Bühne und mit Jim reden.«

Sie lacht. »Wird auch Zeit.«

Kristin kommt zum Rand der Bühne und nimmt die drei Stufen bis zu uns. Als ich sie so nah vor mir sehe, ist mein Herz wieder voller Freude. Ich dachte schon, ich würde sie erst wieder bei der Trauerfeier sehen, aufgebahrt, die Hände über der Brust verschränkt, einen Rosenkranz zwischen den Fingern. Sie gibt mir zu verstehen, dass sie jeden Moment für mich Zeit hat, richtet den Blick aber zuerst auf Vicky, ehe sie ihre Hand ergreift.

»Hey, Vicky. Du sollst wissen, wie leid es mir tut, was ich dir heute zugemutet habe«, sagt Kristin zu ihr. »Du weißt, dass ich es mag, wenn wir Frauen zusammenhalten. Aber das Wichtigste war, dass wir Tommy los sind, und das wird dir zugutekommen. Jetzt hast du wieder Penelopes Aufmerksamkeit.«

»Ich weiß. Danke«, sagt Vicky, und dann umarmen sich die beiden. Es ist nicht diese leicht peinliche *Wir-kennen-uns-kaum-aber-komm-wir-nehmen-uns-doch-in-den-Arm*-Umarmung, im Gegenteil, sie kommt von Herzen. »Ich wollte gerade zu Jim, aber du solltest Diana sagen, dass die Polizei die Handschrift auf dem Zettel ihres Bruders mit Davis' Handschrift vergleichen soll. Ich habe ein Gefühl, dass da noch mehr dahintersteckt.«

Heilige Scheiße. Daran hätte ich nie gedacht. Davis könnte an so vielen anderen Dingen schuld sein.

Aber überlassen wir das den Thriller-Autoren. Wir erwähnen ja immer den stümperhaften Detective. Allerdings war Pearson kein echter Ermittler, aber trotzdem. Wir wissen, dass es an uns war, die ganze Sache zu enträtseln.

»Du siehst übrigens toll aus«, fügt Vicky zu Kristin gewandt hinzu. »Der Tod steht dir gut.«

Kristin lacht. »Danke. Ich weiß, dass er dich sehen will. Geh nicht zu hart mit ihm ins Gericht. Er hat das auch für dich getan.«

Vicky blickt in Richtung Bühne und geht dann. Ich bin allein mit Kristin, und ich kann nicht anders, ich schließe sie in meine Arme und drücke sie wie ein Bär an mich, sodass sie die Bodenhaftung verliert. Schon befürchte ich, dass ich sie selbst umbringe, sie zerquetsche, bis sie mir wie ein Knochengerippe aus den Armen fällt. Zufrieden mit meiner überschwänglichen Begrüßung, stelle ich sie wieder auf die Füße und frage endlich, was mir schon die ganze Zeit unter den Nägeln brannte.

»Kristin, ich kann es immer noch nicht fassen. Warum? Warum willst du die Rechte an diesem Buch aufgeben? Wir haben doch so hart daran gearbeitet.«

Sie deutet mit einer Geste an, dass das für sie *keine große Sache* ist. »Als ich gerade dort oben gestanden habe, habe ich den Leuten erklärt, dass ich Tommy auf die Schliche gekommen bin, während ich mit Jim zusammenarbeitete. Und das stimmt. Jim hilft mir dabei, ein altes Manuskript auf Vordermann zu bringen, ein Manuskript, das ich vor Jahren schrieb, als ich mich mit Jason austauschte. Ich hatte es vor Jahren zur Seite gelegt und habe es erst kürzlich wieder hervorgekramt. Jim hilft mir, den Text zu optimieren. Du hast ja gesehen, zu was er imstande ist – das alles gehört zu einer Story, die er sich ausgedacht hatte. Und nicht umsonst bin ich diejenige, die die ganze Sache durchgezogen hat. Wahrscheinlich habe ich noch vor Ende des Abends ein Vorkaufsangebot, und das alles, obwohl es bislang nur einen Entwurf gibt. Wir können beide groß rauskommen. Ich habe es nicht nötig, allein im Rampenlicht zu stehen. Ich bin ja schließlich nicht Tommy.«

Ich habe mich geirrt. So fantastisch sie auch ist, Vicky wird doch nicht meine beste Freundin sein, was die Welt der Thriller betrifft. Es wird immer Kristin Bailey sein. Die platonische Liebe zwischen uns ist echt. Sie umgibt mich wie die Musik aus den Lautsprechern, das Geplauder der Gäste, die Luft in meiner Lunge.

Warum habe ich also immer noch die Befürchtung, dass etwas Düsteres geschehen könnte?

58. KAPITEL

Suzanne Shih
Freitag, 21:10 Uhr

Ich habe Constantine nie etwas getextet, auch wenn ich das gesagt habe. Ich brauche Zeit, um darüber nachzudenken, wie ich an Kristin herankommen kann. Warum hat sie mich nicht namentlich erwähnt? Weiß sie denn nichts vom Hashtag Suzanne Shih?

Da ich gerade davon spreche ... ehe ich in Richtung Bar gehe, checke ich Twitter.

Mein Magen sackt ein Stück weit nach unten. Ich lade die Seite neu, weil das nicht stimmen kann. Mein Name wurde zuletzt vor etwa einer Stunde gehashtaggt. Vor einer Stunde! Wieso redet keiner mehr über mich? Ich stand am Rande des Ruhms.

Oh, klar, Kristin Bailey ist von den Toten auferstanden und das alles. Kristin Bailey hier, Kristin Bailey da. Ich scrolle mich durch den Murderpalooza-Hashtag, bis meine Daumen wehtun. Man wird mich nur noch als Stalkerin in Erinnerung behalten. Das hat *sie* so eingefädelt. *Sie* hat diese Dokumente über mich online gestellt.

Atme.

Ich beschließe, zu Vita zu gehen und sie zur Rede zu stellen. Wie auch immer, vielleicht gefällt es ihr ja, eine »durchgeknallte« Autorin als Klientin zu haben. Sie mag doch, was ich schreibe. Stellt euch vor, was ich alles erreichen könnte, jetzt, da alle über mich und Kristin Bescheid wissen.

Mein Plan ist zum Scheitern verurteilt, weil Constantine bereits an der Hotelbar wartet. Er steht allein da, trägt ein T-Shirt mit dem Namen seiner Band – echt jetzt? –, dazu dunkle Jeans und Springerstiefel. Sein platinblondes Haar sieht feucht aus, er hat es sich zu einem kleinen Knoten zusammengebunden. In der Hand hält er eine Flasche Bier, und quer durch den Raum kann ich sehen, dass sie halb leer ist.

Ich weiß auch nicht, warum, aber ich werde stinksauer. Ein Teil von mir nimmt sich vor, sofort zu ihm zu gehen, ihm das Bier ins Gesicht zu schütten und ihm zu sagen, dass er sich verpissen soll und dass ich ihn nie wiedersehen will. Denn er hat mir das alles komplett versaut. Wieso ist er überhaupt hier? Ich habe ihm doch gesagt, er soll warten, bis ich mich bei ihm melde. Wie soll ich mit meiner Karriere durchstarten, wenn er die ganze Zeit hier herumlungert?

Kristin hat ihm dieses Formular geschickt, das er ausfüllen sollte. Kristin hat mich im Fahrstuhl eingesperrt.

Kristin.

Ich sehe, wie sie die Bar betritt, wo sie sofort von allen möglichen Leuten bedrängt wird. Gott, sie sieht so schön aus! Dieses grüne Kleid ist ein echter Hingucker, und sie muss wissen, dass ich auf ihrer Seite bin. Dass ich nicht verrückt bin. Wir sind zwei Frauen, die ihre Texte veröffentlichen. Wir müssen einander unterstützen, egal bei was.

Sie ist von den anderen Nominierten umgeben, nur Vicky sehe ich nirgends. Alle umarmen sie. Wow, allein die Vorstellung, sie umarmen zu können! Ich schleiche mich heran, und die anderen sagen ihr, wie froh sie doch alle sind, dass sie lebt. Klar, tut das nicht jeder? Sie streicht sich ein paar verirrte Locken von der Schulter und lächelt, dankt ihnen allen. Noch mehr Leute kommen – Verlagsleute, Agentinnen und Agenten – und Penelope sagt was in der Art von *Ich hätte fast einen Herzanfall gehabt, ich hatte schon alles für deinen Nachlass vorbereitet,* und dann lachen sie alle und reden davon, was für ein Trottel doch dieser Davis ist – oder Tommy oder wie auch immer er heißt.

Kristin ist sicher in ihrem ganzen Auftreten. Penelope ergreift ihre Hand und führt Kristin hinüber zu Bee Henry, die sich gerade mit Vita unterhält. Da ist sie! Bei Bee! Ich atme tief durch, um mich zu beruhigen, streiche mein Kleid glatt und gehe auf die Leute zu, aber *war ja klar.*

»Wo warst du so lange?«

Constantine. Er steht vor mir, mit der Bierflasche, und ich will sie ihm am liebsten aus der Hand reißen, sie an der Theke zerschlagen und ihm den zersplitterten Flaschenhals ins Ohr rammen. Aber nicht jetzt.

»Ich habe dir gesagt, du sollst oben auf mich warten«, sage ich und kräusele meine Lippe wie Billy Idol. Er hasst es, wenn ich dieses Gesicht mache. Gut so.

»Ich bin schon den ganzen Tag dort. In was für Schwierigkeiten hast du dich da eigentlich reingeritten?«

Ich habe das Gefühl, einen Schlag ins Gesicht zu bekommen. »Soll heißen?«

»Ich hatte den ganzen Tag nichts zu tun, Suzanne. Also habe ich angefangen, irgendwas über Murderpalooza zu lesen, damit wir heute Abend etwas hätten, worüber wir uns unterhalten könnten. Du warst vorhin überall im Hashtag. Ich habe die Unterlagen gesehen, auch die Sachen, die du Kristin geschickt hast. Hast du das wirklich getan oder wurde das mit Photoshop bearbeitet? Die Leute verbreiten die fürchterlichsten Dinge.«

Mir ist zum Lachen zumute. Constantine kapiert es einfach nicht. »Da wird maßlos übertrieben. Kristin und ich, wir sind Freundinnen.«

»Die Leute haben geglaubt, dass du sie umgebracht hast! Und dann lese ich, dass sie lebt. Was ist da heute eigentlich gelaufen, verdammt noch mal?«

Constantine geht auf Konfrontationskurs, und das sieht ihm gar nicht ähnlich. Er ist doch in mich verliebt, oder so was in der Art. Ich meine, er ist hierhergekommen, weil er mich sehen wollte. Aber im Augenblick kann ich mich nicht mit ihm befassen.

»Ich muss mit meiner Agentin sprechen. Sie ist im Gespräch mit einer bedeutenden Programmleiterin. Dort drüben.« Ich zeige auf Vita, die eng mit Bee zusammensteht. Sie lachen, schwatzen. Über Mike, da bin ich mir sicher. Wieso kriegt er alles? Penelope und Kristin haben sich zu einer anderen Gruppe gesellt.

»Weißt du was?«, sagt Constantine und stellt seine Bierflasche auf einem der Tische ab. »Ich habe keine Ahnung, wer du wirklich bist. Ich glaube nicht, dass du so mit Kristin befreundet warst, wie du es mir weismachen wolltest.« Er hängt sich den Gurt seiner Tasche um den Kopf und die Schulter.

»Ich hole meine Sachen von oben und hau ab. Mit uns ist es zu Ende.«

Ich habe die Kontrolle über alles verloren. Warum passiert mir das nur? Ich packe Constantine am Arm, und er macht eine große Szene daraus, sich von mir loszureißen.

»Lass mich *los*!«

Bei dem Blick, den er mir zuwirft, taumele ich ein paar Schritte zurück, während einige Leute schon in unsere Richtung gucken. Mein Gesicht wird ganz heiß. Ich spüre die Hitze, es ist mir peinlich, dass uns alle anstarren, und mir wird leicht schwindelig. Ich schaue nach links, und Kristin zeigt auf mich und flüstert den Leuten irgendwas zu.

Ich weiß, was sie denen sagt: *Ja, das ist sie! Sie ist diejenige, die diese Briefe geschrieben hat!*

Jetzt starren mich alle an. Ich lasse das an mir abperlen und gehe direkt auf Vita zu. Ich weiß, dass sie mich kommen sieht – wir hatten Blickkontakt. Doch sie ignoriert mich, als ich bei ihr bin, daher tippe ich ihr auf die Schulter. Sie dreht mir ruckartig den Kopf zu, und ihre Augen blitzen auf. Sie mustert mich von oben bis unten, als hätte sie mich gerade wie Dreck von ihrer Schuhsohle gekratzt.

»Kann ich Ihnen helfen?«

Sie sagt es so, als würde sie mich nicht kennen. Als hätte sie mich nicht unter Vertrag genommen, als hätte ich heute Morgen nicht gemeinsam mit ihr gefrühstückt.

»Ich kann erklären, was Sie online gesehen haben, Vita«, sage ich. »Es ist nicht so, wie es aussieht.«

»Berühmte letzte Worte. Sie werden gleich morgen früh mein Kündigungsschreiben erhalten.«

Ich werde verscheucht wie eine unwillkommene Ameise beim Picknick. Tränen brennen in meinen Augen, als ich einen Blick auf Tara erhasche, die an mir vorbeigeht.

»Hey!«, rufe ich ihr fröhlich zu. Kaugummi-fröhlich. Schon vergessen? Gott, das ist doch gerade mal neun Stunden her. Warum habe ich das Gefühl, als läge ich auf einem Fließband, und die Dinge bewegen sich mit rasender Geschwindigkeit?

Ihre Augen sind in Bewegung. »Oh, hey. Ich bin gerade mit jemandem verabredet. Wir reden später.«

Sie schenkt mir ein Lächeln, das nicht ankommt, dann verschwindet sie die Treppe hinunter, schneller als gewöhnlich. Ich hole mein Smartphone raus und checke Twitter.

Sie folgt mir nicht mehr.

Zorn.

Aber … der Ruhm.

Die Leute glauben vielleicht, dass ich verrückt bin, aber ich habe mehr als dreitausend neue Follower. Dreitausendachtzehn neue Follower! Verrückt verkauft sich eben!

Aber ich bin ja gar nicht verrückt. Die Leute glauben nur das, was sie im Netz sehen.

Das ist Kristins Schuld.

Ich wende mich ab und gehe entschlossen los. Gespräche hören auf, als ich bei ihr ankomme, andere Leute scharen sich um sie, schirmen sie ab.

Ich recke den Hals. »Ich möchte nur reden, Kristin.«

»Nein«, sagt sie hinter jemandem. Es ist Kevin Candela. Vor neun Stunden wäre ich total begeistert gewesen, ihm so nah zu sein. Und natürlich ihr. »Muss ich die einstweilige Verfügung bemühen?«

Eine Hand legt sich um meinen Ellenbogen. Jemand dreht mich ziemlich forsch herum. Ein Mann steht hinter mir, führt mich weg. Vor aller Augen. Durch die Bar, die Treppe hinunter, dann zum Fahrstuhl. Als er mich in den Fahrstuhl drängt, lese ich seinen Namen auf dem Schildchen: Gerald Bivona, Chef der Security.

Als die Tür zugeht, sagt er: »Sie werden morgen früh ausgecheckt, Ma'am. Gute Nacht.«

59. KAPITEL

Vicky Overton
Freitag, 21:10 Uhr

Ich zögere, ehe ich auf der Bühne auf Jim zugehe. Kristin ist gerade gegangen, aber jetzt unterhält er sich noch mit ein paar Nachzüglern – vielleicht sind das wieder ein paar Schreiberlinge aus dem Mittelfeld, die ich vom Namen her kenne, aber nicht vom Sehen.

Ich bekomme ihn nur selten schick angezogen zu Gesicht, was wohl leider daran liegt, dass wir beide von zu Hause aus arbeiten. Wenn wir uns zum Mittagessen sehen, sind wir praktisch im Schlafanzug. *Praktisch* – streichen! Er steht sehr gerade, hat die Hände in den Taschen. Sein Haar ist durcheinander, aber zurückgekämmt. Sexy. Und zur Abwechslung trägt er mal passende Socken und Schuhe.

War das alles nur Show? Der leicht stümperhafte Boy aus Florida? Wir sind gerade mal anderthalb Jahre zusammen, daher kenne ich ihn vielleicht gar nicht richtig. Seit mindestens zwei Monaten arbeitet er nun schon mit Kristin zusammen – in dieser Zeit erzählte er mir, er besuche seine Eltern, aber er war bei ihr. Oder war auch das bloß ein Trick? All die SMS waren gefakt. Geplant.

Mr. Mittelklasse-Autor geht, und Jim wendet sich mir zu. Zwinkernde Augen, breites Lächeln – Mann, ich dachte, er hätte jetzt eine Scheißangst vor mir, aber er sieht echt zufrieden aus. Er streckt mir eine Hand entgegen, lädt mich ein, zu ihm auf die Bühne zu kommen. Ich nehme die paar Stufen bis zu ihm, und er will mich in Empfang nehmen. Ich versteife mich.

»Wie konntest du mir das nur antun?«, gifte ich ihn an, immer noch stinksauer, so viel ist klar. Ich hielt ihn für einen Betrüger, ich war davon überzeugt, dass mich jemand umbringen wollte, und dann glaubte ich auch noch, er wäre ein Mörder.

Sein Blick ist so anders als in dem Moment, als ich ihn aus meinem Zimmer geworfen und zum Teufel geschickt habe. »Ich habe das für dich getan.«

»Du hast doch gesehen, was die Leute alles online über mich gesagt haben. Ich kann nicht glauben, dass du mich so erniedrigen würdest.«

»Meghan hat damit angefangen, und ich bin dir beigesprungen, sobald es gemein wurde. Kristin und ich, wir haben beide den Fake-Twitter-Account benutzt. Ich war es, der schrieb, man solle dich gefälligst in Ruhe lassen und stattdessen der Sache mit Jason Fleming nachgehen.«

Das stimmt … ich erinnere mich, dass ich dieses Twitter-Arschloch einen Moment mochte.

»Du siehst toll aus«, sagt er und nähert sich mir, um mich zu berühren. Als ich ihm keine knalle, streicht er mir mit den Fingern durchs Haar. »Dieser Farbton gefällt mir an dir.«

Tränen brennen in meinen Augen, aber es sind endlich Freudentränen. Ich umarme ihn und wispere an seinem Ohr:

»Ich bringe dich trotzdem dafür um.« Dann lache ich, denn so wie es heute läuft, ist es gut möglich, dass ich zur Klischeefigur in einem Thriller werde und mich grundlos in eine Mörderin verwandle.

»Es tut mir leid, dass ich dir nicht gesagt habe, was wir vorhatten, aber du hättest bestimmt nicht den Mund halten können, wenn du den ganzen Tag mit diesem Clown zusammen gewesen wärst«, meint er und nimmt meine Hände in seine. »Es hat mir einfach nicht geschmeckt, dass Penelope ständig Davis den Vorzug vor dir gegeben hat, und als Kristin herausfand, dass er seinen Namen geändert und das Buch ihres Freundes gestohlen hatte, habe ich mir diese Story ausgedacht, ihn öffentlich bloßzustellen und ihn ein für alle Mal zu demütigen. Aber damit all das auch klappte, musste ich dich komplett im Ungewissen lassen. Und als du mich dann auf dem Times Square abserviert hattest und meintest, du würdest dich mit den anderen dreien treffen, wusste ich, dass mein Plan funktioniert.« Er lacht leise. »Natürlich musste ich den Hotelmanager und sein Security-Team für mich gewinnen. Der Manager meinte nur, jede Publicity sei gute Publicity. Das Hotel ist von nun an berühmt-berüchtigt. Im Grunde war der heutige Tag wie eine Filmkulisse.«

»Ja, ergibt Sinn.«

Er legt mir liebevoll eine Hand auf die Schulter. »Ich hoffe, du weißt, dass ich nicht mit Kristin geschlafen habe, aber ich habe dich angelogen, als ich dir erzählte, ich würde meine Eltern besuchen. Ich bin nach New York geflogen, um mit ihr den Vertrag zu unterschreiben, weil sie persönlich durchstarten wollte. Und du weißt ja, wie viel mir daran liegt, die Identität meiner Klienten zu schützen. Keine Bestsellerautorin und kein Bestsellerautor möchte zugeben, dass er oder sie Hilfe beim Plot brauchte und dass sie nicht alles allein machen.«

Ich zucke mit den Schultern. »Du hättest mir doch einfach sagen können, dass du eine Klientin in New York betreust. Es ist ja nicht so, dass ich gewusst hätte, dass sie es war. Du wirst der bestbezahlte freie Lektor aller Zeiten sein. Du kannst locker deine Preise beim kreativen Schreiben verdoppeln, und ich wette, du wärst trotzdem noch auf Jahre ausgebucht. Und«, füge ich hinzu, »ich bin heilfroh, dass du nicht überfallen wurdest.« Ich streichele ihm über den Kopf, wo am Nachmittag noch sein vorgetäuschter Verband saß.

Er stöhnt leise vor Schmerzen. »Ich bin dir bis zum Clover & Crimson gefolgt und habe dem Barkeeper hundert Dollar gegeben, damit er ordentlich Tabasco in Davis' Drink kippt. Dann bin ich durch den Park geflitzt und habe mich mit ein paar Schauspielern beim Rettungswagen getroffen. Nette Leute. Sie fanden das lustig, was wir uns ausgedacht hatten. Und als ich heute die Nachrichten dieser Stalkerin gesehen habe, wusste ich, dass du dir mein Handy schnappen würdest, um herauszufinden, was ich hier wirklich mache.« Er hält inne, dann lächelt er. »Hast du wirklich geglaubt, ich wäre ein Killer? Ein *Killer*, Vicky.«

Ich lache auch, weil mir jetzt tatsächlich alles so lächerlich erscheint. »Ich weiß. Ich komme mir total dämlich vor. Aber Ende gut, alles gut? Ich freue mich so für Mike.«

Er nickt. »Yeah, das ist für alle ziemlich gut gelaufen, oder?«

»Tja, wohl nicht für Davis und Suzanne.«

Er hält sich die Hände vor den Körper, als wollte er einen Angriff abwehren. »Oh Mann, all die Dinge, die Kristin mir über diese Suzanne erzählt hat! Heute Morgen erst hat Kristin mir eine überraschende Wendung im Plot aufgetischt und gesagt, sie wolle Suzanne in das Spiel mit einbinden, damit alle auf sie aufmerksam werden, und sie bloßstellen. Die Dokumente, die du gesehen hast, waren nur ein Bruchteil. Dieses Mädchen ist durchgeknallt. Sie hat Kristin sogar E-Mails vom Account ihres Freundes geschickt, weil ihr Account geblockt war. Ich hatte Angst, dass du heute so viel Zeit in ihrer Nähe verbracht hast. Ich wollte nicht, dass sie ihre Aufmerksamkeit auf dich richtet. Sie gehört eingewiesen.«

Meine Augen werden groß. »Genial. Wo ist sie eigentlich?«
Wir schauen beide zur Tür zum Festsaal.

»Glaubst du, sie ist auch zur Bar gegangen?«, fragt Jim.
»Jedenfalls ist Kristin dort.«

Sie würde es doch wohl nicht wagen, Kristin vor aller Augen zu konfrontieren, oder?

60. KAPITEL

Mike Brooks
21:45 Uhr

Ich schaue auf meine Uhr, fast zehn. So großartig dieser Abend bisher auch verlaufen ist – zumindest bis jetzt –, am liebsten möchte ich nach Hause und zusammen mit meiner Familie feiern. Vita kann sich vor Interessensbekundungen nicht retten, Bee Henry und andere namhafte Verleger haben ihr jede Menge Geld in Aussicht gestellt, und jetzt wird das Buch an den Verlag gehen, der am meisten dafür bietet. Ich habe also Aussicht auf richtig viel Geld. Wenn man bedenkt, dass die Story zur Hälfte auf einer wahren Geschichte und zur Hälfte auf einem echten Event beruht, müssten die Verkaufszahlen durch die Decke gehen.

Vita fängt meinen Blick aus einiger Entfernung ein, und ich locke sie mit einem Finger zu mir. Sie entschuldigt sich bei Dara Tedward, einer anderen namhaften Verlegerin, und kommt zu mir.

Kaum vorstellbar, dass ich wieder so viel Aufmerksamkeit erhalte. Ich habe das Gefühl, dass ich das alles gar nicht tatsächlich erlebe. Es ist wie ein Plot in einem Buch. *Der alte Hase ist wieder gefragt!*

Alle lieben eine Comeback-Story.

»Was gibt's, Mike? Alles gut, oder?«, erkundigt sich Vita.

Ja.

Ich bin auch deshalb glücklich, weil ich Vita wieder mit Stolz erfülle. Nachdem mein Verlag mich fallen ließ und meine Verkaufszahlen seit gut zehn Jahren stark rückläufig waren, hielt sie trotzdem immer zu mir. Hat immer an mich geglaubt. Stand immer an meiner Seite. Hat mir gut zugeredet, wenn die Leute sagten, ich sei erledigt.

Sie ist nicht nur eine Literaturagentin, sie ist eine gute Freundin, und das seit über zwanzig Jahren. Hoffentlich ist sie auch für die nächsten zwanzig Jahre noch meine Agentin, aber unsere Freundschaft wird immer währen.

»Ich muss bald nach Hause, Vita.«

»Oh, keine Party mehr? Du bist der große Star, Mike. Du und Kristin Bailey, oder? Was für ein Augenblick!« Sie macht eine Siegerfaust, und sie sieht umwerfend aus, auch wenn ihr Lippenstift etwas auf ihre Zähne und ihre Wange abgefärbt hat und ihre Frisur so gut wie ruiniert ist. Sie strahlt.

Ich lächele und ziehe sie dann in meine Arme. »Genieß den Abend. Ich bin morgen wieder bei den Panels dabei. Übrigens bin ich eingeplant für das Panel *Spannungsbogen in einer Szene*, und nach dem heutigen Tag müsste ich ja wohl der Experte für so was sein, oder?«

Sie lacht. »Du hast mir nie richtig erzählt, was heute eigentlich passiert ist.«

»Stimmt. Kristin hat alle auf meisterhafte Weise manipuliert, mit Jim Russells Hilfe. Die beiden haben uns den ganzen Tag über wie orientierungslose Hühner herumgescheucht, denn jeder von uns glaubte, als Nächster ermordet zu werden. Aber es hat funktioniert. Es war bestens. Davis – Tommy Johnson, wie auch immer – ist erledigt. Und Suzanne –« Ich halte inne.

Sie verzieht das Gesicht und schüttelt den Kopf. »Nein. Ich kann nicht länger mit Suzanne arbeiten. Ich wusste nicht über sie Bescheid, wusste nicht, was sie Kristin angetan hat. So jemanden wie sie kann ich nicht nach außen vertreten.«

Ich nicke, denn ich kann das verstehen. Immerhin steht ja auch Vitas Ruf auf dem Spiel. Suzanne wird allein klarkommen müssen, nachdem sie sich professionelle Hilfe geholt hat.

Ich verabschiede mich von allen, und mit einem Mal wollen alle mit mir gesehen werden, dann gehe ich die Stufen nach unten, als mir Vicky und Jim entgegenkommen, Hand in Hand. Gut so. Ich bleibe stehen, umarme Vicky noch einmal und schüttelte Jim die Hand.

»Ich bin auf dem Weg nach Hause«, sage ich. »War ein langer Tag, wie ihr ja wisst.«

»Genau. Wir schauen bloß auf einen Drink vorbei, außerdem wollen wir sichergehen, dass Suzanne nicht über Kristin herfällt.«

Ich lache laut auf. »Ha! Zu spät. Sie hat es bereits versucht und wurde dann von der Security weggeführt. Ich hoffe, dass sie sich in Behandlung begibt. Eigentlich schade. Sie ist eine talentierte Autorin.«

»Hast du ihr Manuskript gelesen?«

»Ja. Vita hatte uns beide unter Vertrag und ...« Ich lasse den Satz verklingen. Vicky weiß, wie das alles läuft.

»Alles klar. Komm gut nach Hause. Ich besuche dein Panel morgen, aber wir sehen uns bestimmt vorher.«

»Prima. Sollen wir morgen zusammen essen?«

Sie nickt. »Schick mir eine Nachricht.«

Diese Worte haben so eine ganz andere Bedeutung als noch am Nachmittag. Ich drücke ihren Arm zum Abschied und verlasse das Hotel. Die Nachtluft ist nicht mehr so fürchterlich heiß, und ich bleibe einen Moment stehen und schaue hinauf zum Himmel. New Yorker sehen nie die Sterne, aber an diesem Abend ist fast Vollmond, er steht hoch über mir, und einen Augenblick lang lasse ich den Anblick auf mich wirken. Ich sehe wie ein Tourist aus – jene Touristen, die einem auf die Nerven gehen, weil sie mitten auf dem Gehweg stehen bleiben und zu den großen Gebäuden hinaufstarren. Aber im Augenblick ist es mir egal, was für einen Eindruck ich mache. Ich lebe, und Kristin lebt, alles hat sich gefügt.

Ich hole mein Handy hervor, um Nicole mitzuteilen, dass ich unterwegs bin. Dabei fällt mir ein, dass sie mir noch gar nicht geantwortet hat, als ich ihr schrieb, ich würde später kommen. Seltsam. Ich rufe ein Taxi und wähle ihre Nummer. Als ich ins Taxi steige, geht ihre Voicemail an.

»Nic, ich bin's. Ich bin auf dem Weg. Hoffe, alles okay bei dir. Ich habe länger nichts von dir gehört. Ruf mich zurück, wenn du das abhörst.«

Ich lege auf und mache mir Sorgen, obwohl alles vorüber ist und heute nichts wirklich Schlimmes passiert ist. Es gab weder einen Killer noch die Affäre, die ich meiner Frau unterstellt habe – nichts. Daher verstehe ich nicht, warum ich das Gefühl habe, einen Bleiklumpen im Magen zu haben.

Als das Taxi vor unserem Gebäudekomplex hält, gebe ich dem Fahrer auf die Schnelle Bargeld – wahrscheinlich viel zu viel, aber ich will schleunigst aus dem Taxi und so schnell wie möglich die Treppen hinauf. Ich grüße den Nachtportier und eile dann zum Ende der Lobby. Der Fahrstuhl steht bereit, ich drücke zigmal auf den Knopf für unsere Etage, als würde mich der Fahrstuhl nach oben teleportieren. Ich habe einen Schweißfilm auf der Stirn, als ich den Korridor hinunterlaufe, ehe ich umständlich die Wohnungsschlüssel hervorkrame. Meine Hände zittern.

Als die Tür aufgeht, ist es dunkel in der Wohnung. Stille.

Eine unheimliche Stille. Wieso haben wir nicht längst einen Hund?

Ich mache das Licht im Flur an, betätige den Schalter neben dem Eingang. »Nic?«

Nichts.

Anstatt auf Zehenspitzen durch die Wohnung zu schleichen, wie ich es sonst immer tue, wenn ich spät komme, bin ich wie der Elefant im Porzellanladen, mache überall Licht an und stampfe durch die Wohnung. Ich öffne die Tür zum Schlafzimmer –

Und da ist sie. Meine Frau. Auf dem Bett.

Schlafend.

Ich lehne am Türrahmen und drücke mir eine Hand gegen die Brust – ich hätte fast einen Herzinfarkt gehabt. Jetzt tippele ich auf Zehenspitzen ins Kinderzimmer und öffne die Tür. Taylor und Tyler schlafen beide tief und fest, Taylor hält das Einhorn-Stofftier im Arm, das meine Mutter ihr zum Geburtstag geschenkt hat, und Tyler hat sein Lieblings-Legohaus nah an sein Bett gezogen. Ich gehe erst, als ich sehe, dass sich bei beiden die Brust in gleichmäßigem Rhythmus hebt und senkt. Sie atmen leise. Sie leben.

Ich bin dankbar, mache die Tür zu und gehe zurück ins Schlafzimmer. Leise ziehe ich mich aus, bis ich nur noch die Boxershorts trage, steige neben Nicole ins Bett und lege einen Arm um sie. Sie fühlt sich warm an und gibt einen zufriedenen Laut von sich. Ich atme erleichtert aus und schließe die Augen, um den Tag hinter mir zu lassen.

Als ich aufwache, bin ich allein, aber ich höre die typischen Geräusche eines Samstagmorgens durch die geschlossene Tür. In der Pfanne brät Bacon. Müsliflocken, die in Schalen gefüllt werden, Löffel schlagen gegen Porzellan. Eine Zeichentrickserie läuft leise im Fernsehen.

War der gestrige Tag bloß ein Albtraum?

Ich schnappe mir mein Handy und google Davis Walton.

Es gibt ein Video, wie er gerade mit einem Koffer das Hotel verlässt. Er trägt eine Sonnenbrille und fuchtelt mit der freien Hand herum, als ihm ein paar Leute die Mikros vors Gesicht halten wollen. Kein Kommentar, kein Kommentar.

Ich scrolle durch ein paar Schlagzeilen, lese die jüngsten News: *Ermordet beim Murderpalooza?* Oder *Davis Walton in Ungnade gefallen* oder *Der wohl raffinierteste Scherz der Stadt.* Ich muss lachen. Es ist vorbei. Ich verspüre kein Verlangen, mir das durchzulesen. Ich möchte jetzt mit meiner Familie frühstücken und mich dann auf die Panels mit meinen Kolleginnen und Kollegen vorbereiten.

Ich werfe mir den Morgenmantel über, mache ihn vorne zu

und verlasse das Schlafzimmer. Beim Duft des gebratenen Bacons läuft mir das Wasser im Mund zusammen.

»Daddy!«

Taylor und Tyler springen beide von ihren Stühlen am Tisch und laufen zu mir, ehe sie sich an meine Beine klammern. Ich lege beiden die Hände auf die Köpfe und lächele Nicole an, die sich am Herd zu uns umdreht und ebenfalls lächelt. Dann beuge ich mich hinab und gebe meinen Kindern einen Kuss.

»Tut mir leid, dass ich gestern so spät gekommen bin«, sage ich zu ihnen.

»Können wir heute in den Park gehen, Daddy?«, fragt Taylor.

Ich gehe vor ihr in die Hocke. »Heute klappt es nicht. Daddy muss arbeiten.«

»Aber es ist Samstag«, sagt sie und macht einen Schmollmund, wobei sie die Unterlippe weit vorschiebt.

»Ich bin heute nicht lange weg. Heute Abend gehen wir zum Essen raus.« Ich gehe zu Nicole und küsse sie, ehe ich ein Stück Bacon stibitze, das auf einem Stück Papier das Fett von sich gibt. Dann schlendere ich ins Wohnzimmer, schnappe mir die Fernbedienung und schalte einen der Nachrichtensender ein. Überall Schlagzeilen. Immer noch. Ha!

Erstochen auf dem Murderpalooza.

Ich schaue auf die Uhrzeit auf der Kabel-TV-Box. Acht Uhr morgens. Die ganze Sache wurde doch schon vor zwölf Stunden aufgeklärt. Wieso steht dann diese Schlagzeile im Live-Ticker?

»Liebling?«, rufe ich und widme meine Aufmerksamkeit dann wieder dem Fernseher.

»*Ich bin Stephanie Cooper von NMC News mit einer Eilmeldung. Nachdem ein ausgeklügelter Streich auf der Thriller-Convention Murderpalooza reibungslos über die Bühne gegangen ist, haben wir soeben erfahren, dass die Kunst bisweilen das Leben imitiert. Kristin Bailey, die beliebte Autorin und Urheberin des Scherzes um ihren gestrigen Tod, wurde heute Morgen niedergestochen im Toilettenraum eines Hotels aufgefunden ...*«

Ich schalte ab.

Dies ist in den Nachrichten. Jetzt. Heute Morgen. Es heißt, sie wurde in einem Toilettenraum niedergestochen.

Das ist wirklich passiert.

61. KAPITEL

Suzanne Shih
Samstag, 7:30 Uhr

Ein Mädchen muss was essen, oder nicht?

Kann sein, dass die Leute mich hier nicht sehen wollen, aber das heißt nicht, dass ich kein Namensschildchen von der Convention habe. Es bedeutet nicht, dass ich keinen Zeitplan habe und mich nicht frei bewegen kann. Ich fasse mein Haar zu einem festen Knoten zusammen, sodass man meine pinken Strähnchen nicht sehen kann. Die künstlichen Wimpern lasse ich weg, auch den Rest meines Make-ups. Ich trage Jeans und ein T-Shirt und Doc Martens, außerdem setze ich meine Lesebrille auf, auch wenn ich damit alles verschwommen sehe, was weiter entfernt ist. Ich sehe jetzt ganz anders aus, aber ich hänge mir das Schild um den Hals und gehöre zu der Masse der coolen Kids.

Es ist ja nicht so, dass ich berühmt bin. Die Leute erkennen mich sowieso nicht.

Für die Gäste gibt es ein Frühstücksbüfett, und ich schenke der Hotelangestellten ein Lächeln, die die Namensschilder der Leute checkt. Sie hat keinen Schimmer, wer ich bin, aber ich habe das goldene Ticket. Ich habe für die Convention bezahlt, also darf ich auch rein.

Die Luft im Frühstücksraum erfüllt mich mit Hoffnung, kaum dass ich über die Schwelle trete. Überall stehen Tische, und mir schwillt die Brust vor Stolz, denn eines Tages werde ich hier sein: Dann bin ich berühmt, werde Verträge aushandeln, und die Leute werden mir an den Lippen hängen. Ich bleibe bei dem ersten Büfett-Tisch rechts von der Tür stehen und nehme eine Tasse mit kaltem Kaffee und ein mieses Croissant. Noch mische ich mich nicht unter die Leute, tausche mich mit niemandem aus. Ich tue das, was ich laut Mike am besten kann.

Kristin sitzt mit neun Leuten an einem der Tische. Heute trägt sie ein weißes Kleid und einen marineblauen Blazer. Das krause Haar hat sie zu einem Pferdeschwanz zusammengebunden, was ihre Wangenknochen betont. Sie sieht hübsch aus; normalerweise sehe ich sie, wenn sie ihre markanten Stirnbänder trägt, aber ich finde, sie sollte die Haare öfter aus dem Gesicht nehmen. Ich kenne alle Autorinnen und Autoren bei ihr am Tisch. Eigentlich hätte *ich* an diesem Tisch sitzen müssen, bei meiner *Freundin* Kristin. Am Tisch der beliebten Kids. Sie unterhalten sich und lachen und tauschen Storys aus. Sie genießen das Leben. Genießen es, berühmte Autorinnen und Autoren zu sein.

Was soll ich jetzt mit mir anfangen? Storys im Eigenverlag herausbringen? Als ob! Dafür habe ich doch eine Agentin, verdammt noch mal. Jedenfalls habe ich im Augenblick eine. Noch hat sie mir kein Kündigungsschreiben geschickt. Aber ich bin erfindungsreich, was Plots betrifft, und habe schon einen Plan. In der Nacht habe ich mir die Story nämlich durch den Kopf gehen lassen.

Ich nippe am Kaffee und tue so, als würde ich am Handy scrollen, aber tatsächlich gilt meine Aufmerksamkeit jenem Tisch. Komm schon, Kristin. Ich weiß alles über dich; du schreibst doch immer in deinem Blog darüber. *Kaffee jeden Tag, und alles ist okay!* Jetzt müsste sie doch eigentlich bald pinkeln, oder?

Kurz darauf ist es tatsächlich so weit. Sie ist eine starke, unabhängige Frau, sie braucht nicht in Begleitung einer anderen zu den Toiletten zu gehen. Und sie kommt wieder, denn sie hängt ihre Handtasche über die Rückenlehne ihres Stuhls. Sie verlässt den Frühstücksraum und geht über den langen schmalen Flur in Richtung Toilettenräume. Ich taste meine Tasche ab. Das Messer ist noch da.

Ich folge ihr.

Die Tür fällt hinter ihr zu, ich warte eine halbe Minute, bis ich weiß, dass sie sich in einer kompromittierenden Position befindet und ihr Handy nicht dabeihat.

Ich öffne die Tür. Dann gehe ich in die Hocke und sehe nur in einer der sechs Kabinen zwei dunkle Beine.

Ich betätige das Türschloss vorne und warte. Dann nehme ich die Brille ab, löse den Bun. Die pinken Strähnen kommen zum Vorschein. Ich bin's, Suzanne Shih. Hashtag Suzanne Shih.

Ich höre die Toilettenspülung, dann verlässt Kristin die Kabine. Sie bekommt ganz große Augen, als sie mich sieht.

»Ich will nur mit dir reden, Kristin«, sage ich.

Sie macht eine abwehrende Geste mit beiden Händen. »Ich schreie.«

»Na los, tu's doch!«, schreie ich ihr ins Gesicht.

Jetzt ist sie total verängstigt, denn sie taumelt rückwärts, bis sie mit dem Rücken gegen die Wand prallt, und ihre Augen verraten mir, was ich wissen will. Sie hatte damit gerechnet, dass ich klein beigeben würde, oder nicht? Dachte sie etwa, ich würde aufhören, wenn sie die Stimme erhebt und mir droht? Wieso sollte ich? Weil ich eine Newcomerin bin? Nein, sie hätte von Anfang an mit mir kooperieren sollen.

Ich hole das Springmesser heraus und drücke auf den Knopf. Eine glänzende, spiegelähnliche Oberfläche schnellt hervor, und ich sehe mich selbst. Mein Lächeln. Ich sehe die scharfen Ränder der Klinge. »Du wirst mir jetzt zuhören, Kristin.«

Ihre Stimme nimmt einen weicheren Klang an. »Okay, okay, ich höre dir zu.«

Ich fange an, auf und ab zu gehen, um mich zu sammeln. »Ich wollte bloß deine Freundin sein. Am Anfang waren wir ja auch Freundinnen. Ich bin stolz auf dich. Ich wollte zu deinem Freundeskreis dazugehören, wollte, dass du mich wahrnimmst, mir Beachtung schenkst.«

»Ich schenke dir Beachtung, Suzanne. Und wir sind Freundinnen.«

Ich gebe einen spöttischen Laut von mir. »Ich weiß, was umgekehrte Psychologie ist. Versuch nicht, mich zu verscheißern. Gestern Abend hast du dafür gesorgt, dass ich aus der Bar fliege, und du hast meine Hotelreservierung stornieren lassen. So kannst du nicht mit Leuten umspringen, du Bitch!«

Es gibt da einen alten Witz unter Schriftstellern über unsere Google-Suchanfragen: Falls wir je festgenommen werden, brauchen wir dem FBI nur zu sagen, dass wir Autorinnen und

Autoren sind, und schon ist der Verlauf unserer Suchanfragen hinfällig. Egal ob man im Netz nach Giftstoffen gesucht hat, die nicht nachweisbar sind, oder man nachgelesen hat, wie lange es dauert, bis jemand ausgeblutet ist, oder welche Anklagen gegen dich in den verschiedenen Bundesstaaten wegen versuchten Mordes erhoben werden können. *Sorry, Officer, Sir, ich bin Schriftstellerin!*

Wenn man lange genug die Suchmaschine durchforstet, erfährt man, wie man zustechen muss, ohne dabei lebenswichtige Organe zu verletzen. Ich meine, um Gottes willen, ich will Kristin doch nicht *umbringen*. Schon vergessen? Normale Leute werden nicht einfach so aus dämlichen Gründen zu Mördern. Ich bin normal.

Dennoch, ich lächele, als ich mich auf sie stürze, den Arm über dem Kopf, um zuzustoßen. Von ihr aus rechts ziele ich mit der Klinge auf die Stelle knapp unterhalb des Schlüsselbeins. Sie schreit auf – was für ein süßer Laut – und geht zu Boden, und ich ziehe das Messer zurück und verpasse ihr auf die Schnelle zwei Fleischwunden am Bauch. Sie windet sich am Fußboden, blutet, heult, schreit und gibt all die Sachen von sich, die die Leute in Büchern von sich geben. *Warum tust du das, du bist doch verrückt, Hilfe!*

Wie kam es nur dazu, dass ich zur Hauptfigur in einem Klischeeroman wurde?

Von außen hämmert jemand gegen die Tür. Ich drehe mich um, weil ich aufmachen will, doch dann erhasche ich einen Blick auf mich im Spiegel: Ich bin voll von Kristins Blut, habe immer noch das Messer in der Hand. Ich lasse es nicht fallen. Ich öffne die Tür.

Alle vor dem Toilettenraum schreien auf, als sie mich und Kristin sehen, die hinter mir in einer Blutlache liegt.

Langsam lasse ich mich auf die Knie sinken, lege das Messer neben mir ab und umfasse dann den Hinterkopf mit beiden Händen. Irgendjemand, keine Ahnung, wer, presst mich von hinten mit dem Gesicht nach unten zu Boden und hält mich fest. Ich wehre mich nicht, leiste keinen Widerstand.

Es wird sich für die zukünftigen Sponsoren auszahlen, wenn sie sehen, dass ich kooperiere.

Leute schreien um Hilfe, sie reden Kristin gut zu, versuchen ihr klarzumachen, alles werde gut. Ich höre, wie jemand sagt, man solle Druck ausüben, um die Blutung zu stoppen, offenbar glauben sie nicht, dass ich keine lebenswichtigen Organe getroffen habe.

Hab ich doch gesagt.

Keine fünf Minuten später sind Polizisten und ein Krankenwagen zur Stelle. Man legt mir Handschellen an und reißt mich vom Boden hoch. Die Leute machen Fotos oder filmen das Ganze. Ich lächele in die Kameralinsen.

Ich frage mich, wann man mir Zeit lassen wird, um meinen Blog zu aktualisieren. Stellt euch nur vor, wie viele Klicks ich haben werde! Und all die neuen Follower! Die Leute werden versuchen, alles über mich in Erfahrung zu bringen.

Hashtag Suzanne Shih.

Jetzt halten sie mir Mikrofone vors Gesicht. All die Lichter blenden mich. Kanal 2, Kanal 4, Kanal 7 …

Ich schaue unverwandt geradeaus und lächele. »Benachrichtigen Sie meine Agentin.«

Ich werde abgeführt, werde auf die Rückbank eines wartenden Wagens gedrückt. Ich höre es die ganze Zeit, von allen Seiten.

Suzanne Shih. Suzanne Shih. Suzanne Shih.

Ich bin berühmt.

Zwei starke Gegenspielerinnen, ein myste-
riöser Podcast und ein tödliches Geheimnis ...

Cleo Konrad
TÖDLICHER PODCAST
Thriller

512 Seiten
ISBN 978-3-7857-0045-7

Nina ist überglücklich, als die berühmte Podcasterin Malu sie als
Reinigungskraft engagiert. Seit Monaten verfolgt sie gebannt
deren True-Crime-Sendung, die ganz Berlin in Atem hält. Doch
schon bald häufen sich in dem auf Hochglanz polierten Haus
rätselhafte Vorkommnisse, und Nina hat den Verdacht, dass sich
hinter der makellosen Fassade dunkle Abgründe auftun. Warum
schirmt Malu ihre Familie hermetisch von der Außenwelt ab? Was
versucht sie zu verbergen? Als im Netz ein anonymer Podcast
veröffentlicht wird, beginnt Nina zu ahnen, wie entsetzlich Malus
Geheimnisse wirklich sind – und wie tief Nina selbst schon darin
verstrickt ist ...

Lübbe

Wenn der Heimweg zum Albtraum wird…

Claire Allan
VERFOLGT
Kein Heimweg ist sicher
Thriller
Aus dem Englischen
von Sabine Schilasky
352 Seiten
ISBN 978-3-404-18993-9

Als die junge Krankenschwester Nell verschwindet, rechnet ihre Mutter mit dem Schlimmsten. Kurz darauf tauchen merkwürdige Videos in den Sozialen Medien auf. Auf einem davon ist zu sehen, wie Nell von einem Mann verfolgt wird. Die Polizei stößt so auf eine Gruppe radikalisierter Männer, die für ihren Hass auf Frauen ein verstörendes Ventil gefunden haben: Sie filmen sich dabei, wie sie Frauen ohne Begleitung auf ihrem Heimweg Angst machen. Ist einer von ihnen noch weitergegangen und hat Nell entführt? Nur ein junger Polizist kann ihn offenbar noch aufhalten: Aber wird er seine Karriere, seine Beziehung und seine Freiheit dafür opfern?

Lübbe